犹太人

美国命运的

汤天一　胡新航／著

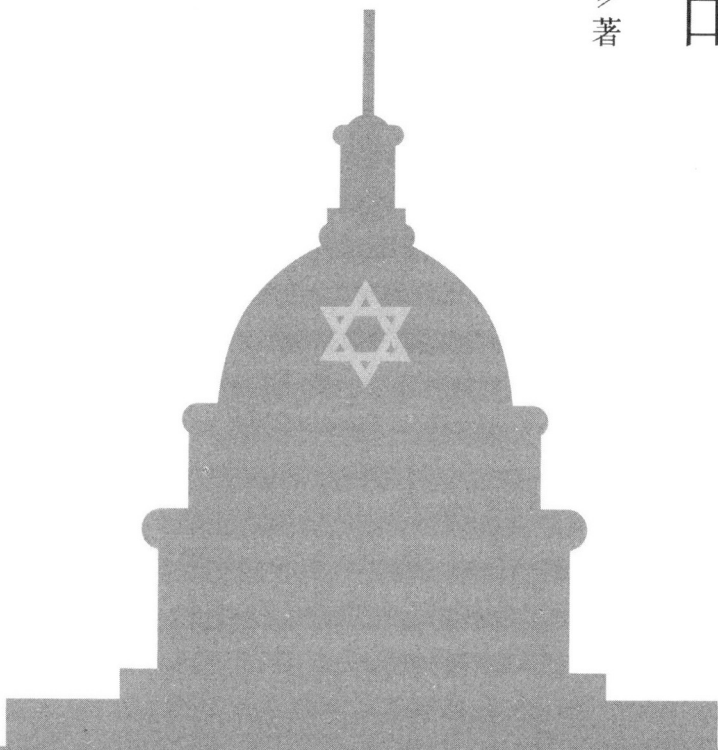

百花洲文艺出版社
BAIHUAZHOU LITERATURE AND ART PRESS

图书在版编目（CIP）数据

操纵美国命运的犹太人 / 汤天一, 胡新航著. — 南昌 : 百花洲文艺出版社, 2017.9
ISBN 978-7-5500-2394-9

Ⅰ. ①操… Ⅱ. ①汤… ②胡… Ⅲ. ①纪实文学 – 中国 – 当代 Ⅳ. ①I25

中国版本图书馆CIP数据核字(2017)第197722号

操纵美国命运的犹太人

汤天一　胡新航　著

出 版 人	姚雪雪
责任编辑	郑　骏　叶　姗
封面设计	黄敏俊
制　　作	周璐敏
出版发行	百花洲文艺出版社
社　　址	南昌市红谷滩新区世贸路898号博能中心A座20楼
邮　　编	330038
经　　销	全国新华书店
印　　刷	南昌市红星印刷有限公司
开　　本	710mm×1000mm　1/16　印张　17
版　　次	2018年1月第1版第1次印刷
字　　数	400千字
书　　号	ISBN 978-7-5500-2394-9
定　　价	38.00元

赣版权登字　05-2017-338

邮购联系　0791-86895108
网　　址　http://www.bhzwy.com
图书若有印装错误，影响阅读，可向承印厂联系调换。

前　言

　　犹太人在美洲大陆的历史可以追溯到哥伦布。1492 年，西班牙笼罩在宗教裁判所的阴影之下，境内的犹太人为了逃生纷纷远走他乡，而有相当一部分被称作"马拉诺"（西班牙文原意为"猪"）的犹太人则表面上皈依天主教，私下里坚持信奉犹太教。根据史料记载，哥伦布的随行当中就有好几位"马拉诺"，其中包括审计员塞格维亚和译员托里斯，哥伦布本人可能也是犹太人。托里斯在日记中有这样的记载："（哥伦布）想在到达中国及远东后去寻找'流失的犹太十部落'，并通过我和他们交流。"

　　犹太人来到美国则是哥伦布发现新大陆一个半世纪以后的事情了。1654 年 9 月，葡萄牙人从荷兰人手里抢下巴西，23 位西班牙籍犹太人——又称塞发迪犹太人——没有折回欧洲，而是变卖财产作为船资。从巴西东北部港口累西腓取道北上，抵达哈德逊河畔的新阿姆斯特丹，也就是今天的纽约。当时新阿姆斯特丹的总督斯图文森拒绝收留他们，他在给荷兰西印度公司顶头上司的信中称犹太人为"可恨的敌人"和"亵渎基督名字的人"，并要求准许他赶走这批不速之客，为的是"不让这一欺诈成性的种族来进一步毒害和骚扰新殖民地"。但是西印度公司最终否决了斯图文森的请求，原因之一是许多犹太人是荷兰西印度公司的股东。就这样，第一批犹太人终于在这片新大陆上有了立足之地。从那时至今，犹太人在美国已经有了三百六十多年的历史。

　　在接下来的一百多年里，移居美国的犹太人并不多。1776 年，美国正式脱离英国宣布独立，当时的 13 个州里只住了不到两千犹太人。在美国建国后的 50 年里，犹太人也只增加了数千人。紧随美国独立战争之后的法国革命给欧洲的犹太人带来了新的希望，减慢了他们远走他乡的步伐。1791 年，在法国的犹太人第一次获得了公民权。但是好景不长。19 世纪初拿破仑倒台后，欧洲的保守势力开始变本加厉地迫害犹太人。在希特勒粉墨登场的一百多年前，德国的巴伐利亚地区就对犹太人课以重税，并对他们的就业和居住点施行种种有辱人格的限制。到了 19 世纪中叶，欧洲的犹太人开始大量出走，很多人移民美国。1830 年，全美国一共只有六千多犹太人，大部分在美国出生。三十年之后，美国的犹太人已超过 15 万人，其中大多数人说德语。这些德国犹太人踏上美国土地之后便在纽约及周边地区定居下来。在纽约城里，犹太人多聚居在曼哈顿的东城下区。许多早期来美国的德国犹太人家境殷实，受过良好教育，而且很有商业头脑，往往从沿街叫卖的小本生意起家，不久就开出自己的店面，一旦飞黄腾达，便搬出东城下区，住进曼哈顿东城上区的富人区。他们以纽约为大本营，开始逐渐向美国其他地区渗透。美国的西部大开发让德国犹太人看到了巨大商机，很多敢于冒险的犹太青年身上背着装满日用百货的大包穿行于人迹罕至的乡村小镇之间，用辛苦挣来的血汗钱把生意越做越大。不少人成了美国最早的百货商店的老板，也有不少人开办了服装厂。俄亥俄州的辛辛那提市很快就成了美国服装业的重镇。他们当中最有名的可能是在"掘金潮"中去了旧金山的李维·斯特劳斯，他靠生产牛仔裤创造出 Levis，一个风行了 160 年的经典品牌。

与此同时，交通工具的改善也加快了欧洲犹太人移民美国的步伐。早期从欧洲移民美国的犹太人历尽了艰辛，要忍受几个月的颠簸之后才能抵达目的地。船上缺水少食，人满为患，一旦染上疾病，往往就是死路一条。到了 19 世纪中叶，蒸汽船的改进大大缩短了横跨大西洋的航程。但抵达美国之后，他们还要在艾利斯岛等入境移民检查站停留数日乃至几个月的时间，接受各种各样的体检、盘问和人格侮辱，并随时面临被遣返回国的可能。但这一切都没有减慢犹太人移民美国的速度，在美国南北战争中就有大约一万名犹太人在北方军或南方军中服役。

到了 1880 年，美国的犹太人口已经达到 27 万人，其中纽约地区就占了 18 万，他们当中还包括了最早一批说意第绪语的东欧犹太移民。1880 年到 1914 年第一次世界大战爆发前是犹太人移民美国的第二个高峰。这期间大约有二百万犹太人移民美国，他们大多数来自东欧的俄国、波兰、罗马尼亚等国。在 18 世纪末和 19 世纪初，俄国和一些东欧国家境内掀起了大规模的反犹排犹风暴，大量东欧犹太人被迫背井离乡，来美国新大陆寻找生机。与德国犹太移民相比，东欧犹太移民刚来美国的日子要难过得多。他们不光囊中羞涩，而且教育程度相对较低。善于寻找商机的德国犹太人的足迹遍布全美国，他们甚至从东海岸一直跑到西海岸的加州扎下根来。而东欧新移民则聚居在美国东部和中部的纽约、费城、波士顿、巴尔的摩、克里夫兰、圣路易斯和芝加哥等大城市的贫民窟里。20 世纪初期，曼哈顿东城下区一块一个半平方英里的地段就住了五十多万犹太移民。六千座简易楼里塞进了六万多户人家。

从宗教上来讲，德国犹太人大都是改革派犹太教徒，而东欧来的新移民大多属于正统派犹太教徒，男人们一般都留长须，穿黑衫，头戴小圆帽。他们当中很多人靠缝纫为生，在德国犹太人衣厂老板面前低三下四，唯恐丢了全家人赖以生存的饭碗。那些脸色惨白、身体羸弱、戴着眼镜弓着背的犹太裁缝便成了当年美国犹太人的固定形象。19世纪末期，大部分东欧犹太移民和其他新移民一样，只能在所谓的"血汗工厂"里缝制衣服。他们在恶劣的环境里一天工作12到15个小时，挣的却是一点少得可怜的工资。老板经常要求他们周末加班，有时候甚至贴出告示："如果星期天不来上班，星期一也请免来。"最后工人们实在忍无可忍，纷纷组织起来，通过罢工等手段为自己争取合法权益，由犹太服装工人组织的工会在各大城市如雨后春笋般涌现出来。1911年，纽约一家服装厂的大火吞噬了146位女工的性命，其中大多为犹太女工。这一事件更让工人们看到了工会的重要性，追求社会公正的观念也在很多美国犹太人的心中深深地扎下根来。

和全世界各地的犹太人一样，美国犹太人数百年来表现出了百折不挠的求生意识。读过犹太人两千年来受歧视、受迫害、饱尝颠沛流离之苦的辛酸血泪史，常常会让人觉得犹太人能够生存至今这一事实本身就是一个奇迹。长期以来，犹太人在美国也遭到过各种形式的歧视。美国立国两百多年，反犹排犹的幽灵在美国大地上一直徘徊不去。美国曾经出现过好几个反犹倾向明显的基督教保守派政党，威廉·佩利的"银衫党"就是其中之一，反犹报纸《守卫者》曾经有过十一万之众的订阅者。1913年，一个名叫利奥·弗兰克的犹太人在乔治亚州被控谋杀了一位十三岁的基督徒女孩，法庭破天荒地让一位黑人出庭作证，尽管这个黑人已经向律师承认自己杀了女孩。弗兰克被判死刑后，乔治亚州长斯拉顿相信他无辜蒙冤，设法给他减了刑。但没想到一群暴徒把弗兰克劫持出监狱，以绞刑处死。整个私刑的过程不仅被拍照，而且印成明信片后还销路甚佳。

有人把1929年的美国股市大崩盘归罪于掌握了金融命脉的犹太人，也有很多富人俱乐部拒绝接受犹太人。美国的不少名人公开发表过反犹言论，其中最为出名的是福特汽车公司的创始人亨利·福特。他出钱出版反犹报纸书刊，在他赞助出版的《国际犹太人》一书中，犹太人被描绘成一群行动诡秘、拉帮结党、欺诈贪婪、引人上当的奸诈之徒。福特公司密执安州迪尔邦厂房的停车场上曾经竖过这样一块大牌子：

犹太人不可信。犹太人出卖美国，犹太人传播共产思想，犹太人宣扬无神论，犹太人损毁基督教；犹太人操纵出版业，犹太人制作肮脏电影，犹太人控制了金钱。

在绝大多数人信仰基督教的美国，信仰犹太教的犹太人只能是异类。马克思和列宁都是犹太人，从俄国来的犹太移民自然就和共产党挂上了钩。在 20 年代的"恐红"时期，犹太人几乎成了"共产党"的代名词。到了麦卡锡主义盛行的 50 年代，犹太人更是人人自危，连好莱坞犹太裔的电影大亨们也都被迫出席国会的听证。1953 年，犹太人罗森堡夫妇被以向苏联出售原子弹机密的罪名处以绞刑。"水门事件"爆发后，尼克松总统因为相信犹太人在和他作对，也曾命令手下人去调查政府委员中的犹太人。为了更顺利地融入美国社会，不少犹太人改名换姓，甚至向亲生孩子隐瞒自己的犹太背景，或让孩子改信天主教。从小信仰天主教的美国前国务卿玛德琳·奥尔布莱特就声称是当上美国国务卿之后才知道自己的犹太身世。当然，还有更多的犹太人捍卫自己的宗教传统，坚守自己的文化家园。无论采取的是何种方式，犹太人都已经在美国这块土地上稳稳地扎下了脚跟。许多人刚来美国时尽管身无分文，但他们胼手胝足、吃苦耐劳，用血汗和才干改变了自己和家人的命运。

作为一个饱经沧桑的族群，美国犹太人不但一直保持着强烈的忧患意识，更有一种通过奋发努力改变自己命运的强烈欲望。犹太人在逆境中求生存、求发展的传统在美国得到了进一步的发扬光大。为了改善生活处境，19 世纪的犹太移民纷纷走进校门，把学校作为改变命运的敲门砖。他们所学的专业大多是药剂师、牙医、律师和教师。1884 年，比东欧犹太移民先一步来美国的德国犹太移民创办了纽约市希伯来工学院，目的是为贫困的犹太孩子提供成为熟练工人的专业培训。没想到东欧犹太移民对这所学校兴趣阑珊，因为他们认为当木匠低人一等，也不满足于自己的孩子仅仅成为一名电焊工。下面的这则笑话也许具有一定代表性：

一位犹太母亲带着两个幼子走在街上。一个行人问她两个男孩的年龄。

这位母亲回答道："医生三岁，律师两岁。"

在选择职业时，律师和医生等高收入的职业也确实是许多美国犹太青年的首选。他们从小就被培养出很强的竞争意识，成绩优异是天经地义的事情，父母总有理由说服孩子好上加好，因为他们前面有不计其数的模范榜样。美国犹太移民对学业的追求在短短几十年内便结出了丰硕成果。1890年，纽约市当律师和医生的犹太人还寥若晨星，到了十年之后的1900年，纽约已经有了五百到六百名犹太医生，教师和其他行业的专业人士则有数千人之多。二十年之后，也就是进入20世纪30年代，纽约市55%的医生、64%的牙医和65%的律师都是犹太人。到了20世纪中叶，美国男性专业人士中的犹太人比例高达20%，比全美男性专业人士的平均比例高出整整一倍。到了1970年，美国犹太人当中蓝领阶层的比例已不足0.5%。

绝大多数美国犹太人都认识到知识和学业的重要性。犹太人历来就有"爱书的民族"的美称，而美国的犹太人更是如此。一项调查结果显示，美国犹太人购买了美国50%以上的精装本图书。1990年的一份调查显示，适龄美国犹太人就读大学的比例是87%，而美国非犹太人只有40%在读大学。同一年美国的另一份调查表明，25岁以上的犹太男性有78%上过大学，同一年龄层的美国白人男性只有42%有大学学历；32%的犹太男性读过研究生，白人男性的比例是11%；69%的犹太女性读过大学，而美国白人女性仅有34%进过大学校门；犹太女性读研究生的比例更高达非犹太女性的四倍之多。美国犹太人的子女不但上大学的比例高，而且在美国的一流大学里，犹太学生的比例比其他族裔的学生更要高得多，以至于哈佛大学一类的名校一度对犹太学生的录取名额加以限制。在美国，一个人的工资收入往往与其受教育的程度成正比，从上面这组数字可以看出为什么美国年收入超过五万美元的犹太家庭的百分比是非犹太家庭的两倍，而年收入低于两万美元的犹太家庭的百分比只有非犹太家庭的一半。

此外，美国犹太人还富于冒险精神。这一点在第一代移民美国的犹太人身上尤其明显。他们从保守闭塞的欧洲国家来到幅员辽阔的美国，凭借着过人的胆识和勇气赤手空拳闯天下。他们当中的金融家和企业家常常会有出人意料的大手笔，因而能够发大财、获暴利。也有不少人因为铤而走险而碰得头破血流，但往往又能从逆境中奋起，再作拼搏直至成功。美国的百万富翁中有三分之一是犹太人，《富比士》杂志上美国前40名富人排行榜上有将近一半是犹太人。

和世界上其他地区的犹太人一样，美国犹太人身上处处可以看到犹太教的影响。美国的犹太教徒分为正统派、保守派和改革派三种，正统派的教规最严格，改革派的教规最宽松，保守派居中。保守派只是相对改革派而言的一个称呼，并不意味着真正的保守。从比例上来讲，保守派的人数过半，改革派占了40%，而正统派只有10%。

很多美国犹太人从小就熟读犹太教经典，包括希伯来《圣经》和《塔木德》，熟读之后还要和教友一起讨论，并就经典里的故事和犹太律法展开质疑和辩论。这种严格的训练不但能提高一个人的抽象思辨能力，而且对培养口头表达能力也大有好处。或许这就是为什么美国有众多的犹太人选择律师、记者、教师和喜剧演员等强调语言表达的职业。

在对子女的教育上美国犹太人也很有自己的特点。为了培养孩子的自信心，他们从不强调家庭内的辈分，不在家施行体罚，孩子在家里往往享有充分的自由和发言权。到了13岁，男孩要接受"成年礼"，而成年礼之后孩子就被看作成年人了。和中国父母相比，美国的犹太父母对孩子要纵容得多，对孩子们的调皮捣蛋和恶作剧往往一笑置之。导演过《外星人》《侏罗纪公园》《辛德勒名单》等巨片的名导演史蒂文·斯皮尔柏格小时候喜欢把花生酱抹到邻居的窗户上。12岁那年他就有了自己的第一部照相机，还拿它拍摄自己的玩具火车相撞的镜头。暑假时他穿上西装拎着公文包混进好莱坞的摄影棚里观摩拍电影。凭着这股闯劲，他在20岁那年就当上了好莱坞的合同导演。在他成了誉满天下的名导演之后，他的母亲说起他孩童时做的种种"坏事"时仍然是欣赏的口气。

美国犹太人的参政意识很强。18岁以上美国公民的投票率只有50%左右，而美国犹太人的投票率却高达80%。犹太人的参政意识还表现在政治捐款上。1974年，美国犹太人对民主党和共和党的私人捐款比例高达60%和40%。历年竞选中民主党超过一半的竞选经费都由美国犹太人赞助。自从20世纪20年代，特别是30年代罗斯福总统推行"新政"以来，大多数美国犹太人就一直站在民主党一边。犹太人长期遭受宗教迫害，所以对政教合一深恶痛绝。他们主张社会公正，文化上相对开放，一般都有较强的自由主义色彩。以"自由派"自诩的美国人只有18%，而以"自由派"自诩的美国犹太人则有50%左右。他们相对赞同民主党的政见，参众两院里绝大多数犹太裔美国国会议员也都是民主党人。在2004年的总统选举中，高达80%的美国犹太人投了民主党候选人克里的票。美国的有钱人大都是共和党的铁杆支持者，而美国犹太人的政治倾向则使得美国的政治天平得以在保守和开放之间保持相对稳定。

美国犹太人还有援助犹太同胞的传统，最好的例子就是美国犹太人对以色列的鼎力相助。以色列只有五百多万人口，但它获取了美国20%的外援。从1949年到1996年，美国给以色列提供的援助和贷款总数达770亿美元。美国-以色列公共事务委员会从 3 名成员发展到 150 名成员，每年的活动经费高达 1500 万美元，它的主要任务就是游说美国国会，影响美国的对外政策，尤其是美国的中东 - 以色列政策。1991 年，老布什总统在斡旋中东和平时决定推迟给以色列一笔 100 亿美元的贷款，以此加重谈判桌上讨价还价的砝码，却没想到一下子召来了一千三百多名全美各地犹太组织的领袖。他们云集华盛顿，通过游说美国国会议员给布什施压。布什最终还是顶住了压力，但也为此付出了惨重代价。他在第二年的总统竞选中被克林顿击败，其重要原因之一就是全美各地的犹太人齐心协力为克林顿助选。

美国犹太人又是一个乐善好施的群体。在很多人眼里，犹太人是小气吝啬的代名词，其渊源大概可以追溯到莎士比亚的《威尼斯商人》。在中国人看来，许多美国犹太人在日常生活中未免显得"抠门"，但在需要解囊相助时犹太人却最为慷慨大方。美国人的慈善捐款平均占他们可支配收入的 2%，而美国犹太人的慈善捐款平均占他们可支配收入的 4%。1997 年，美国犹太人的慈善捐赠高达 45 亿美元。1999 年，一家杂志列出的美国前 100 名慈善家的名单里，犹太人就占了 35 名。他们的捐款可能带有私人或政治目的，但手笔之大往往令世人咋舌。最著名的例子是乔治·梭罗斯。他在上个世纪 90 年代对俄国科学家的一次性捐款就超过了 10 亿美元，让美国政府对俄国的援助相形见绌。

犹太人在美国的各个领域都占有举足轻重的地位。华尔街掌握着美国的经济命脉。高盛和已经破产的莱曼兄弟等名气最大、资格最老的华尔街投资公司都是犹太人创办的。在美国，被公认为总统之外对经济影响力最大的人物就是联邦储备委员会主席。从 1987 年到 2006 年，担任这一职位的一直是阿兰·格林斯潘。在他任职的二十年里，格里斯潘的每一次决策都对美国经济产生了举足轻重的影响。

和世界上其他地方的犹太人一样，美国犹太人从一开始就显露出做生意的天分。他们不仅能吃苦耐劳，而且对不为常人所见的商机也有特殊的嗅觉。在美国这个首屈一指的消费大国里，梅西和布露明黛这些规模最大、档次最高的百货商场都是由犹太人一手创建的，最有名的百货商店的老板也大都是犹太人，美国的玩具制造销售业几乎被犹太人垄断。全美最大的五金建材连锁店家得宝的创建人是犹太人伯纳德·马库斯和亚瑟·布兰克，化妆业的女强人雅诗·兰黛和海伦娜·鲁宾斯坦白手起家创造出驰名世界的产品，以著名设计师凯文·克莱因和拉尔夫·劳伦名字命名的服装品牌风靡全球，靠直销电脑发家的迈克尔·戴尔创造了美国电脑业的传奇，"星巴克"咖啡屋的创始人霍华德·舒尔茨更是把"星巴克"的分店开到了世界的各个角落。

美国犹太人不光是金融和商业高手，他们在其他领域的表现也是可圈可点。在美国政界到处可见犹太人的身影。美国的每个州只有两位美国国会参议员，而全美人口最多的加利福尼亚州的两位国会参议员——芭芭拉·伯克瑟和黛安·范斯坦——都是犹太女性。2000年，民主党总统候选人戈尔的竞选伙伴是犹太人约翰·李伯曼参议员。在美国从政的犹太人当中也不乏共和党中的保守派，包括当今在美国政坛上大行其道的"新保守派"，其中最著名的是曾经担任美国国防部副部长和国际银行行长的保罗·沃尔夫威茨，他在美国出兵伊拉克的决定中扮演了关键性的角色。

美国的新闻传媒界同样深受犹太人的影响。大卫·萨诺夫是美国电台电视台的开路先锋，以报业巨人普利策命名的普利策奖至今仍是美国最高的新闻和文学奖，专题节目主持人麦克·华莱士和莱瑞·金是哥伦比亚广播公司(CBS)和美国有线新闻电视网(CNN)的金字招牌，另类节目主持人霍华德·斯特恩和杰瑞·斯普林厄则以在电台和电视上惊世骇俗的内容和言论让世人对他们侧目而视。美国很多犹太记者以监督政府为己任，充分表现出新闻记者的职业道德。20世纪70年代初期，《华盛顿邮报》的两位年轻记者首先披露了震惊全美的"水门事件"，最终导致了尼克松总统的下台，两位记者中的一位是犹太人卡尔·伯斯坦。无独有偶，三十多年之后，另一位犹太记者麦克尔·埃西克夫第一个披露了克林顿总统的性丑闻，差一点把克林顿逐出白宫。有趣的是，丑闻中的女主角莫妮卡·莱温斯基也是犹太人，而事后第一个在电视上采访她的则是另一位大名鼎鼎的犹太女人——美国广播公司的头牌主持芭芭拉·沃特斯。

美国工会的历史源远流长。"劳联"和"产联"是当年美国最大的两个工会，它们的首任主席塞缪尔·龚帕斯和西德尼·希尔曼均是犹太人。美国犹太人帮助创立了美国全国有色人种协会（NAACP），从1930年到1966年的三十多年里，该组织历年的会长都由犹太人担任。很多美国犹太人积极投入美国60年代的民权运动，因为他们深知，给黑人弟兄争取民权，就是在捍卫自己作为犹太人的平等权利，在去南方参加和平示威游行的白人中有半数以上是犹太人。1964年，有三位民权活动家在密西西比州遇刺身亡，其中一位是黑人，另外两位是犹太人。在1965年蒙哥马利等地的民权大游行中，许多知名犹太人士与民权领袖马丁·路德·金并肩而行，后者对犹太人为民权运动作出的杰出贡献有过高度评价。在六七十年代声势浩大的反战浪潮中，站在反战运动最前列的阿比·霍夫曼、杰里·鲁宾和马克·拉德等学生领袖也是犹太人。多年来，语言学大师诺姆·乔姆斯基和已经去世的著名作家苏珊·桑塔格一直都是美国左派知识分子的精神领袖。

律师在美国是一个收入很高的职业，但吸引众多美国犹太人加入律师行业的并不仅仅是高收入，而是为了捍卫法律尊严。美国的律师中有 15% 是犹太人，纽约市和华盛顿特区的一流律师事务所的合伙人当中犹太人的比例高达 40%，美国有四分之一的法律教授是犹太人，在现任的九位美国最高法院大法官中犹太人占了两名。

美国犹太人喜欢选择的另一个热门职业是教师。犹太人向来注重教育，很多人毕业后选择从事教育工作。美国的大学里犹太教授比比皆是，在名牌大学里犹太教授的比例高达 35%，哈佛大学、耶鲁大学、麻省理工学院、普林斯顿大学、芝加哥大学、哥伦比亚大学等一流大学都有过犹太人出任校长。在美国有一种说法，要看一所大学好不好，只要看学校里犹太教师和中国学生的比例就能知道。

在美国众多的诺贝尔奖得主中，犹太人占了四分之一，科学和经济诺贝尔奖的比例更高达 40%，其中包括美国第一位获得诺贝尔奖的科学家阿尔伯特·迈克尔逊和女科学家罗莎琳·亚楼，以及第一个发现维生素的卡斯弥尔·方克和第一个开发出抗菌素的赛尔门·瓦克斯曼。诺贝尔经济奖得主弥尔顿·弗里曼的经济理论对 20 世纪末期美国经济的走向产生了巨大影响。此外，美国的"原子弹之父"朱利叶斯·奥本海默和美国的"氢弹之父"爱德华·泰勒也都是犹太人。

美国犹太作家对 20 世纪的美国文学作出了重要贡献，他们当中有长诗《嚎叫》的作者爱伦·金斯堡，《麦田守望者》的作者杰·迪·塞林格，《第二十二条军规》的作者约瑟夫·海勒，《裸者和死者》的作者诺曼·梅勒，现代戏剧经典《推销员之死》的作者阿瑟·米勒，以及美国 20 世纪 70 年代的两位诺贝尔文学奖得主索尔·贝娄和艾萨克·辛格。中国读者熟悉的美国当代作家伯纳德·马拉默德、赫尔曼·沃克和西德尼·谢尔顿也都是犹太人。没有这些作家和他们的作品，20 世纪下半叶的美国文坛会黯淡得多。

美国影视界的犹太人更可谓是群星璀璨。当年创造好莱坞神话的就是一群赤手空拳从纽约来到加州闯天下的年轻犹太人，他们当中的阿道尔夫·朱考尔、塞缪尔·哥德温、卡尔·雷姆勒、路易斯·梅涅和杰西·拉斯基创立了好莱坞最早的电影公司——米高梅、哥伦比亚和环球影视，从此齐心协力把好莱坞打造成全世界第一个电影城。他们在好莱坞的发家史给"美国梦"的内涵提供了新的涵义。好莱坞电影里展现的美国往往并不是真实的美国，但影片所传播的所谓"美国价值"却潜移默化地影响了一代又一代美国人。二战期间美国军队中的种族隔离仍然很普遍，但好莱坞同一时期的战争片中却能见到黑人士兵和白人士兵同吃同住、并肩作战。今天，尽管种族歧视在美国时有抬头，但和几十年前相比已不可同日而语，对此好莱坞功不可没。今天的好莱坞已经成为美国通俗文化和大众娱乐的代名词，奥斯卡颁奖仪式更是美国文艺界每年一度的隆重盛典。

好莱坞电影明星的行列中也处处能见到犹太人的身影：芭芭拉·史翠珊、达斯汀·霍夫曼、保罗·纽曼、柯克·道格拉斯等都是好莱坞最耀眼的巨星。美国许多最有才华的电影导演也是犹太人，其中包括伍迪·艾伦和史蒂文·斯皮尔伯格。1995年，斯皮尔伯格与另外两位犹太人杰弗瑞·卡曾柏格和戴维·盖芬联手创办梦工厂多维体制作公司，在好莱坞的声望更是如日中天。难怪名演员马龙·白兰度在1996年的一次杂志采访中不无妒意地惊呼："好莱坞是犹太人的天下！"

同样，犹太人在美国音乐界的影响也无所不在。百老汇的音乐剧可以说是犹太人的专利发明，小提琴大师斯坦恩和梅纽因名扬世界，名指挥家伦纳得·伯恩斯坦的大师风范征服了全球的听众，欧文·伯林创作的《天佑美国》是美国国歌之外在美国流传最广的歌曲。20世纪60年代，以一曲《随风飘扬》唱红全美国的鲍勃·迪伦成为美国反战青年的精神偶像，美国流行歌曲史上的最佳二人组合西蒙和加芬克尔演唱的多首名曲代表了那个时代的声音。

犹太艺术家是美国艺术界一道醒目的风景。被塞尚称为"第一个印象派画家"的卡弥尔·皮萨罗影响了大批欧洲印象派画家，抽象表现主义画家马克·罗斯科用色彩来表现人类情感，现代雕塑家露易丝·奈弗尔森把日常生活中的纸盒、家具和碎木屑组合成巨型的系列雕塑作品。其他著名的当代美国犹太艺术家还有马克·查格尔、乔治·西格尔、彼得·麦克斯、弗兰克·克莱恩等一长串名字。

喜剧是美国人生活中必不可少的一部分。按照《时代》杂志的估计，20世纪60年代最受欢迎的喜剧演员中有80%是犹太人。到了20世纪90年代，情景喜剧《赛菲尔德》被《福布斯》杂志称为"有史以来赢利最高的娱乐作品"。它的创作者兼主角杰瑞·赛菲尔德、制作人莱利·大卫、乔治的扮演者贾森·亚力山大和伊琳的扮演者裘丽·路易斯—德雷福斯都是犹太人。剧中对白妙语连珠，处处体现了典型纽约犹太人的诙谐幽默。

作为美国的金融和文化中心，纽约对美国乃至全世界都举足轻重。全美国六百多万犹太人将近三分之一住在纽约市。纽约能发展成为美国乃至全世界的经济文化中心，与美国犹太人的贡献密不可分。《纽约时报》、《华尔街日报》和全美三大电视台 (ABC、NBC、CBS) 每天都在影响着美国的政府和民众，而这些要害部门的主管和骨干分子往往都是犹太人。

美国犹太人不但已经被美国的主流社会所接受，他们当中的许多人已经成了美国主流社会的中坚力量。美国犹太人今天最担心的已经不是被摒除于美国主流文化之外。恰恰相反，他们忧虑的是美国犹太人被美国文化完全同化，在物欲横流的金钱社会里失去自己几千年世代相传的文化命脉。

数百年来，尽管犹太人在美国遭受了各种各样的歧视，但与历史上许多欧洲国家相比，美国对犹太人是一个相对友好的国家。许多美国犹太人对美国心存感激，因为这片新大陆为他们提供了一个安定的家园、一方发挥聪明才智的广阔天地和一座大显身手的中央舞台。美国犹太人不到美国总人口的 3%，但他们对美国社会的全方位贡献和他们所占的人口比例完全不成正比。犹太人在美国这个大熔炉里找到了自己的位置，在实现美国梦的同时不仅改变了自己的命运，也影响了美国社会的走向。可以这么说，没有美国犹太人，美国将完全是另一个面貌。

今天，全世界一半以上的犹太人都在美国扎下根来。美国的犹太人不但在这片新大陆上站稳了脚跟，而且在这个当今世界唯一的超级强国里发挥着举足轻重的作用，这不能不算是 20 世纪的一个奇迹。现代美国，尤其是 20 世纪，美国社会和美国犹太人之间的互动给这个国家的政治、外交、宗教、科技、法律、经济、文艺、传媒、娱乐等各个领域都带来了根本性的改变。

本书写到的八十位美国犹太人覆盖了美国不同的历史阶段和社会领域。书中人物按照出生时间顺序排列，他们的生平不仅再现了犹太人在美国的奋斗历程，而且折射出美国社会的发展轨迹。通过了解他们的故事，读者既能对美国各个领域的杰出犹太人有一个全景式的认识，也会对美国历史和美国社会有更深一层的感悟。

目 录

哈伊姆·萨罗门
帮助美国打赢独立战争的犹太人

在众多杰出的美国犹太人当中，哈伊姆·萨罗门（Haym Salomon）可以说是一个最富于传奇色彩的人物。1772年，已经32岁的萨罗门从欧洲来到还是英国殖民地的美国。1785年，45岁的他因病去世，前后在美国仅生活了短短13年。但是时势造英雄，萨罗门正好赶上了美国的独立战争和立国后的艰难岁月，成为那一段美国历史里一个举足轻重的人物。

1740年，萨罗门出生于波兰莱斯托一个犹太家庭，当时的莱斯托还隶属于普鲁士王国。萨罗门的父母原来居住在葡萄牙，因为葡萄牙反犹排犹而不得不远走他乡。但莱斯托的暴民也常常以各种借口突袭犹太人居住的村子，杀人放火、掠夺财物。萨罗门十几岁就离开父母，游历欧洲各国，不但学会了近十种语言，而且在多家银行工作，积累了丰富的金融知识，为日后在金融界的发展打下了坚实的基础。1770年前后他回到波兰。1772年，波兰周围的列强开始瓜分波兰。萨罗门参加过波兰民族运动，为了免遭迫害只得再次背井离乡，取道英国来到美国纽约。当时的纽约已经是北美洲商业和货运中心。萨罗门依靠自己的天分和专业知识，很快就成为一个成功的货运和证券经纪人。他的客户大都是保皇派的有钱人，但他亲眼目睹了犹太人在欧洲受到的种种歧视，所以坚定不移地支持美国独立，并且在朋友的影响下成为纽约"自由之子"组织的积极分子。

1776年，美国独立战争爆发，萨罗门拿到一份为纽约州的美国军队提供给养的合同。同一年，英国以间谍罪将他投入监狱。德国雇佣军将军海丝特听说萨罗门能说多种语言，便把他从牢里放出来，让他做了随军翻译兼商贩。萨罗门利用职位之便偷偷帮助美国战俘逃跑，甚至说服雇佣军的官兵倒戈到美军一方。1777年，他娶15岁的雷切尔·弗兰克斯为妻。1778年，英军觉察了萨罗门的行为后再次把他关进监狱，并准备用绞刑将他处死。在"自由之子"成员的帮助下——也有一种说法是他花钱买通了监狱看守——他抛妻别子，只身一人逃到了已经成为革命军大本营的费城，重操旧业做起了证券交易。他很快成为费城最成功的的证券经纪人，妻子和幼儿也来到费城和他团聚。不久，他又受命担任和美军并肩作战的法国军队的军饷出纳员，西班牙和荷兰政府也请他帮忙出售贷给美国新政府的债券。这时的美国政府从地方上收不到税，已经濒临破产，只能靠向外国政府借债度日，而当务之急是为美国军队提供足够的武器和给养。1781年，美国新政府的金融部长罗伯特·莫里斯注意到萨罗门的金融专长，任命他为新生共和国的政府债券经纪人。莫里斯把债券交到萨罗门的手里，由萨罗门转手卖出，卖得的钱款再由萨罗门转给莫里斯和新政府。在和英军的八年抗战中，萨罗门亲自为美国政府经手的借贷就有几百宗，而且还通过谈判筹集了大量国内外的贷款，有时甚至自掏腰包给美国军队购置武器装备，发放军饷，为饥寒交迫的共和国士兵雪中送炭。除了华盛顿，后来的三任美国总统托马斯·杰斐逊、詹姆斯·麦迪逊和詹姆斯·门罗都得到过萨罗门的赞助。

具有讽刺意味的是，这位向美国新政府一次又一次伸出援助之手的金融家去世时却一文不名。萨罗门将60万美元贷给了新政府，到去世时还有40万没有收回来，他的遗产还不足以替他还债。萨罗门长眠在费城一个犹太人的墓地，下葬时家人甚至没有钱为他竖一块墓碑。他的妻子和四个年幼的孩子突然之间陷入经济困境，只好离开费城去投奔纽约的亲戚。家人在他死后一直试图从美国政府那里追回欠款，但因为萨罗门没有留下任何收据而分文未得。

多年以来，萨罗门对新生共和国的贡献并没有得到应有的承认。19世纪40年代，萨罗门的小儿子和约翰·泰勒总统见过面，从他那里拿回一大叠卷宗，但后来文件不翼而飞。19世纪60年代，国会档案馆里也有一卷有关萨罗门的金融档案失踪，原因可能是窃贼看中了案卷里华盛顿和杰佛逊等人的签名。早在1893年，美国第五十二届国会就通过了一项议案，表彰萨罗门对美国的特殊贡献，但萨罗门的后代要求铸造一枚纪念章的请求却遭到拒绝。1911年时曾有计划成立一所以萨罗门的名字命名的大学，但也因为第一次世界大战爆发而不了了之。1936年，美国国会再次投票，决定在哥伦比亚特区竖立一座萨罗门纪念碑，最后又因为经费不到位而作罢。1941年，芝加哥市中心竖起了一组比真人还大的雕像，萨罗门和华盛顿总统、罗伯特·莫里斯三人并肩而立，但是美国政府并未提供任何资金，制作雕像的费用完全来自芝加哥犹太市民的捐款。直到1976年，美国邮局成立一百周年之际才发行了一

张十美分的哈伊姆·萨罗门纪念邮票。邮票设计独特,背面印有一行浅绿色的文字:

"金融功臣——商人兼经纪人哈伊姆·萨罗门为美国革命筹集到大部分资金,并拯救了危难之中的年轻共和国。"

今天,仍然有历史学家认为,如果没有当年哈伊姆·萨罗门的慷慨相助,就没有今天的美国。

裘达·本杰明
南北战争中南部邦联的灵魂人物

在 19 世纪中叶的美国政坛，裘达·本杰明（Judah Benjamin）是一位举足轻重的人物，而且是进入美国参议院的第一个犹太人。美国南北战争爆发之后，他先后出任了南部邦联政府内阁的司法部长、国防部长和国务卿。他的头像甚至被印在南部邦联政府发行的两美元纸钞上，使他成为唯一一位在美国货币上露过面的美国犹太人。他的一生曲折跌宕，充满了戏剧性。

1811 年 8 月 11 日，裘达·本杰明出生于英属西印度群岛，父亲是一位英国犹太人，母亲的祖上是葡萄牙犹太人，因此他一出生便是英国公民。本杰明两岁那年，全家人离开西印度群岛，来到了美国的北卡罗来纳州，不久后又搬到了南卡罗来纳州。1825 年，年仅 14 岁的本杰明被耶鲁大学录取，但他两年之后就辍学离开了耶鲁。17 岁那年，他在新奥尔良市一家公证处找到一份文书的工作，并利用业余时间学习法语和法律，同时还给有钱人家的子女当英文家教。尽管家境贫寒，但本杰明性格开朗、招人喜爱。据说有一个警惕性极高的父亲就因为担心女儿坠入情网而拒绝让他做家教，而后来成为他妻子的即是他当年教过的学生之一。1832 年，年仅 21 岁的本杰明顺利通过路易斯安那州的律师资格考试，两年之后便成为新奥尔良市最有声望的商业法律师。他所撰写的法律专著和他经手的著名官司让他名利双收，于是他买下了一家甘蔗种植园，开始一心研究甘蔗种植技术，并写出多篇探讨甘蔗种植新理论、新方法的文章。后来，他给一位朋友提供了六万美元的担保，朋友破产后他只好卖掉甘蔗园，重操旧业当起了律师。

与此同时，裘达·本杰明开始积极从政。出于政治上的保守，他加入了辉格党。1842 年，他被选为路易斯安那州的州议员。1848 年，他成为辉格党党主席的候选人之一。1852 年，他当选为美国国会参议员，并为当年美国新宪法的建立立下了汗马功劳。同一年，菲尔莫尔总统请他出任美国最高法院法官，但被他婉言拒绝，因为他认为自己在参议院可以发挥更大的作用。作为一个拥有黑奴的庄园主，他坚定不移地捍卫黑奴制度的合法性。林肯当选总统后，他更是竭力主张脱离美国联邦政府。路易斯安那州一退出美国联邦，他便立即宣布退出美国参议院。南方11州邦联政府成立之后，裘达·本杰明成了南方总统杰弗逊·戴维斯的心腹顾问。此前两人还有过一段有趣的插曲。在一次参议院的激烈辩论中，同为参议员的戴维斯出言不逊，本杰明觉得是对自己的侮辱，提出要和戴维斯决斗。戴维斯认识到自己的错误，不但没有同意决斗，反而当众向本杰明道歉，从此两人成了莫逆之交。

戴维斯总统先是任命裘达·本杰明为南部邦联政府的司法部长，几个月后又让他改任国防部长。当时的南方军已经面临武器装备严重不足的困境，中央联邦政府对南方实行武器禁运，截获了不少南方军在欧洲购买的武器。1862年，裘达·本杰明受戴维斯总统之命接任国务卿一职。为了打破北方对南方的禁运，他派出所谓"商业代表"去百慕大、西印度群岛和古巴等地找到新的商业航道，使南方政府得以苟延残喘。1864年，南方军在北方军的攻势下节节败退，裘达·本杰明已回天乏术。他意识到挽救颓势的唯一办法也许是通过许诺自由招募黑奴参军，但他的提议遭到南方国会的否决，他个人也因此成了众矢之的，在对他的讨伐中有人甚至发出了"处死那个犹太佬"的喊声。1865年2月13日，南方参议院把对他的不信任案付诸表决，同意和反对的票数各占一半。两天之后，又有三分之一的南方众议员对他投了不信任票。这时，南方政府在北方部队锐不可挡的进攻下已经面临土崩瓦解，戴维斯总统带着他的内阁成员仓皇出逃。几天后，裘达·本杰明率家人离队南下，取道佛罗里达州和西印度群岛逃到伦敦，因而避免了像戴维斯一样被北方军活捉的下场。

到伦敦之后，裘达·本杰明已经一文不名。为了重操搁置多年的律师行业，他进入了伦敦著名的林肯律师学院学习。在此期间，他靠给《每日电讯报》撰写有关国际事务的文章养家糊口。本杰明在律师学院未学满五个月便通过了英国的律师资格考试。1868年，他发表了《个人财产销售法论》一书，从此声誉鹊起。到了1872年，他已经是英国大名鼎鼎的律师，并且担任了英国皇室法律顾问。后来，他只接受英国上议院和英国枢密院司法委员会的案子。1872年到1882年的十年间，他代表这两个机构打过136场官司。

裘达·本杰明尽管有家室，妻子女儿却长年住在巴黎，因此他大部分时间都过的是形单影只的单身生活，只能利用周末去巴黎探望家人。1880年5月的一天，他在乘坐巴黎的有轨电车时摔成重伤，但没等身体痊愈，就不听医生劝告回去上班了。到了1883年，他的身体每况愈下，不得不告老退休，英国律师协会为他举办了盛大的告别宴会。次年的5月6日，本杰明在巴黎去世，享年73岁。

约瑟夫·塞里格曼
白手起家的大银行家

在 19 世纪移民美国的德国犹太人中，约瑟夫 · 塞里格曼（Joseph Seligman）是其中最响亮的一个名字。塞里格曼家族在美国的发家史充满了传奇色彩，至今仍为人们津津乐道。

塞里格曼一家住在德国巴伐利亚的一个偏僻小村。父亲大卫以织布为生，他个子矮小，还是个驼背，生活的艰辛让他年纪轻轻就未老先衰。和他年龄相仿的伙伴们忙着成家生孩子的时候，他还是形只影单。就在大家以为他要注定打一辈子光棍的时候，他却把邻村一个体态丰满的年轻姑娘娶进了家门。因为村里人私下传言大卫有生理障碍，接下来的几个月里，这个名叫范妮的新媳妇便成了全村人关注的中心。谁也没有料到，一年之后范妮就给大卫生下了一个儿子，取名约瑟夫。这一年是 1819 年。接下来的二十年里范妮又生了七个儿子和三个女儿。

范妮带给大卫的不仅仅是这十一个孩子，她做新娘时还从娘家带了一些东西作为陪嫁，包括二十四条被单、二十个枕头、十匹布和一些花里胡哨能讨女人喜欢的小玩意儿，并且凭着这些嫁妆在自家的一楼开出一家店面。十一个孩子里，约瑟夫最受她的宠爱。约瑟夫脑袋刚够得到柜台时就成了一个能干的小店员。和所有犹太母亲一样，范妮对她的孩子们尤其是大儿子寄予厚望。约瑟夫 14 岁那年，她筹到足够的钱送他去厄兰根大学读书。他聪明好学，两年之后就已经掌握了五种语言——德语、希伯来语、意第绪语、英语和法语，离开大学时又用希腊语致了告别辞。

1837 年，17 岁的约瑟夫决定只身闯荡美国，母亲给他的钱勉强够当盘缠，父亲则叮嘱他要牢记安息日和戒斋等犹太传统。船在大西洋上走了整整九个星期，一路上他都睡在一块脏兮兮的木板上，这成了他终生难忘的经历。抵达纽约后，瘦了一大圈的约瑟夫步行三百多里路去投靠住在宾夕法尼亚州的一个表叔。他先找了一份出纳员的工作，不久就另立门户，成为一个送货上门的乡村货郎。半年后，他寄钱回家，让两个弟弟威廉和詹姆斯也坐船来到了美国，三兄弟在宾州的乡村走街串巷，推销羊毛、棉布、花边、手绢、内衣、围巾、桌布、餐巾、针线、纽扣等各色百货用品。约瑟夫对所卖物品的要求很简单：体积小、重量轻，进价低，还要能及时卖出并盈利。有一次，他们发现一家商店的香烟卖完了，弟弟威廉步行三十多里路，在另个一镇子用花一元钱买的一个银戒指换了一百支雪茄烟，再走三十多里路回来，以四分钱一支的价格把雪茄烟卖给了那家商店。路尽管走得辛苦，但获取的是三倍的利润。他们整天衣冠不整，蓬头垢面，背上的货包压得他们直不起腰，手里还提着打狗棍。他们常常在露天过夜，偶尔洗上一回澡，在床上睡觉更是难得的奢侈。等到生意慢慢做大，他们便在兰卡斯特城租了一栋小房子作为大本营。这时 14 岁的弟弟杰西也来到美国，成了大本营的留守人员。几兄弟终于可以享受到晚上在床上睡觉的幸福，但是作为老板的约瑟夫还是想尽一切办法节省开支。有一次，弟弟詹姆斯提出需要配备一架马车来兜售生意，被约瑟夫一口拒绝：厚脸皮！居然还要坐马车。上帝为什么让你生了一双脚？

1842 年，母亲范妮去世，隔了一年，在德国的家人全体移民来到了美国，约瑟夫把他们安顿在纽约曼哈顿的东城下区。这时候，塞里格曼兄弟已经把生意扩展到了美国南部的阿拉巴马州。在接下来的几年里，他们相继在纽约、圣路易斯和几个南方城市里开了百货店。1848 年，30 岁不到的约瑟夫和德国的表妹结婚，两人在纽约定居下来。约瑟夫开在威廉街一号的十一层楼商店后来成了塞里格曼公司的总部。这一年，塞里格曼兄弟在纽约州的水城买下了一家杂货店，杰西和一位经常上门的军人成了好朋友，这位酒量很大的年轻中尉就是后来在美国内战中赫赫有名的联邦军总司令尤利西斯·格兰特将军。第二年，杰西在加州的淘金热中去了旧金山，开了一家杂货铺，通过买卖金条发了一笔横财。

美国内战时期，塞里格曼公司接下了给联邦军缝制军服的大订单，与此同时，塞里格曼兄弟开始向银行业发展，很快就开起了美国数一数二的大银行。1862 年至1864 年期间，塞里格曼公司成功地向欧洲国家出售了价值六千万美元的美国政府债券，对林肯的北方联邦军起了雪中送炭的作用。后来格兰特将军在葛底斯堡大胜李将军，有历史学家认为约瑟夫出售政府债券这一功劳可以和格兰特将军的功绩相提并论。1869 年，格兰特将军成为第十八任美国总统，有意任命约瑟夫·塞里格曼为财政部长，但被约瑟夫婉言谢绝。林肯总统遇刺之后，总统遗孀变得一文不名，衣食没有保障，格兰特总统听从了塞里格曼的建议，每年由政府提供给她三千美元的养老金。

美国内战一结束，约瑟夫就决定把自己的银行扩展成一家跨国银行，在巴黎、伦敦、法兰克福和旧金山等地都开设了分行。作为一个投资家，约瑟夫常常能够出奇制胜，轻而易举赚进大笔钱，但他也有失误的时候。有一年，曼哈顿南至60街、北至21街、西到百老汇街的三平方多英里的一大片土地以不到50万美元廉价出售，约瑟夫因为不肯把钱套在房地产上而没有买下，否则塞里格曼家族今天一定是全世界的首富了。

到了1877年，55岁的约瑟夫已经成了全美国最有名的犹太人，但却发生了一件意想不到的事。这年夏天，约瑟夫带家人去萨拉托加城休假，准备住进纽约的联邦大酒店时却被告知酒店不收犹太客人。约瑟夫一气之下向报界公布了事情的真相。因为约瑟夫的名气，这一事件在美国引起巨大反响，犹太人遭受歧视的社会问题也第一次得到了整个美国社会的关注。但酒店老板拒不让步，扬言要坚持酒店的规定，"不去理会摩西和他的后代的反对"。尽管大多数美国人都站在约瑟夫·塞里格曼一边，但他还是为这场恶斗付出了代价，三年之后他因为心力交瘁死于中风。

当然，最为人熟知的还是约瑟夫·塞里格曼从一个走街串巷的货郎变成一个腰缠万贯的银行家的经历，因为这更像一个典型的美国故事。

李维·斯特劳斯
牛仔裤的发明人

可以毫不夸张地说，牛仔裤是美国人对人类服装最伟大的贡献。从第一条牛仔裤诞生至今历时一百多年，世界时装潮流风云变幻、日新月异，而牛仔裤却在一波又一波流行热中屹立不倒，成为历久不衰的时尚经典。这一切都归功于它的创始人——李维·斯特劳斯 (Levi Strauss)。

1829 年 2 月 26 日李维·斯特劳斯出生于巴伐利亚。父亲在他 16 岁时因病去世。两年后，他与母亲和妹妹移民美国，投奔在纽约的两个同父异母的哥哥。最初几年里，李维·斯特劳斯一边学英语，一边在哥哥开的布匹批发店学习生意和剪裁。19 世纪中期，加利福尼亚发现了金矿。一夜之间，成千上万的美国人、墨西哥人、欧洲人和亚洲人冒着生命危险奔向北加州，小城旧金山成了淘金者的大本营。此时，李维·斯特劳斯正挑着担子在肯塔基的穷乡僻壤里兜售布匹。听到消息后，他立刻赶回纽约，请求哥哥让他带着一批货到西海岸碰碰运气。1853 年 1 月，李维·斯特劳斯宣誓成为美国公民。3 月，他到达旧金山并很快开了自己的布匹批发店。

正如李维·斯特劳斯所预料的一样，淘金者们对布料和成衣的需求量极大。加上李维·斯特劳斯为人诚实、货品地道，他的公司渐渐有了名气，很多小店都从他那里批发进货。随着生意越做越大，店面也一再扩迁。1866 年，李维·斯特劳斯公司终于在旧金山的百特瑞街上落脚，并且一待就是四十年。

矿工们常年匍匐劳动，裤子磨损很快。他们总是抱怨买来的裤子不够结实。李维·斯特劳斯于是用自己店里的帆布请人做成工装裤出售，很受矿工们的欢迎。后来，他又改用染成深蓝色的斜纹粗棉布。这种面料不仅结实，而且因为质地比帆布柔软，穿在身上更加舒适。很快，"李维的裤子"就在淘金者中间出了名。1872 年，一位从李维·斯特劳斯店里进货的裁缝雅各布·戴维斯从内华达州写信给李维·斯特劳斯。他发明了一种让工装裤变得更加耐穿的办法，即用金属撞钉来固定口袋和前档等易破损的部位。戴维斯没钱申请专利，他希望李维·斯特劳斯出钱，然后由两人共享这项发明。1873 年 5 月 20 日，美国专利和商标局向两人颁发了专利证书。这一天被李维·斯特劳斯公司定为第一条牛仔裤诞生之日。由于有专利权的保护，在接下来的二十年里，李维·斯特劳斯公司是唯一能够生产有撞钉的牛仔裤的厂家。

新牛仔裤的好处不胫而走，在市面上供不应求。李维·斯特劳斯很快开了两家工厂，雇佣了几百名工人，同时将戴维斯请到旧金山负责牛仔裤的生产和加工。随着产量的增加，李维·斯特劳斯公司也对自己的产品进行不断改进。1886 年，双马拉车的皮章被缝上裤腰；1890 年，产品首次编号，著名的 Levis501 问世；1936 年，后裤袋出现红布标签，使品牌更为醒目。

19 世纪末，李维·斯特劳斯年事渐高，公司的日常运转由他妹妹的四个儿子接管。1902 年 9 月 26 日，李维·斯特劳斯与世长辞。第二天，旧金山《号角报》在头版发布了他的死讯。数日后举行葬礼时，当地的许多商店和公司都停业出席。李维·斯特劳斯终身未婚，他将公司传给了四位外甥。李维·斯特劳斯公司至今仍是一个尚未在华尔街上市的家族企业，由李维·斯特劳斯的后代掌管。

李维·斯特劳斯生前不仅是一个出色的生意人，还是一位积极的社会活动家和慈善家。他曾经为旧金山贸易理事会管理财务，并担任过内华达银行、利物浦、伦敦和环球保险公司以及旧金山煤电公司等企业的董事会长。他一生致力于慈善事业，去世后部分财富捐给了包括犹太教会、天主教会和新教教会主办的孤儿院以及他生前所属的犹太教堂。此外，他还向加州大学捐赠了一大笔钱，设立了 28 项奖学金。旧金山贸易理事会对此表示："李维·斯特劳斯的去世是教育和慈善事业的巨大损失。他对加州大学的慷慨捐赠将成为他作为一个自由、开明和热心公益的公民的永久见证。他不事张扬的众多慈善行为超越了种族和宗教信仰，显示了他对人类博大宽广的爱与同情。"

李维·斯特劳斯生前恐怕没有料到以他的名字命名的牛仔裤日后会对美国的历史和文化产生如此深刻的影响。20 世纪的 20 年代，牛仔裤成为美国西部最普遍的工装裤。30 年代，西部片盛行，电影里的主人公是清一色穿着牛仔裤的西部英雄。牛仔打扮被赋予了一层传奇色彩，象征着西部牛仔的独立、粗犷和骁勇。40 年代，美国大兵带着他们心爱的牛仔裤远征海外，让世界第一次见识了美国牛仔的形象。二战胜利后，牛仔裤成了心情舒畅的美国人随意休闲的装束。50 年代，李维·斯特劳斯公司开始向全国销售牛仔裤。60 年代，牛仔裤在全美流行，无所不在。1964 年的《美国织品报》写道："在整个工业化社会，牛仔服成为年轻、随意、充满活力的美国生活的象征。"十年之后，同一家报纸指出："牛仔服不仅是一种品牌，而且是对服装乃至生活方式的一种既定的态度。"70 年代，牛仔裤逐渐向个性化、艺术化发展。缀珠、绣花、磨洗、绘图、镶片，五彩纷呈，令人目不暇接。以凯文·克莱因为首的时装设计师进一步将牛仔裤向时装转化，牛仔裤的款式更加丰富多彩。曾几何时，对美国以外的世界而言，牛仔裤与美国人之间划着不言而喻的等号。但在过去几十年里，牛仔裤已经走出美国，融入世界。而作为其中历史最悠久、名声最响亮的品牌，李维·斯特劳斯牛仔裤远销一百多个国家，在许多大城市都设有专卖店。

　　一百多年来，牛仔裤从淘金者的工作服演变为世界时尚经典，它自身的历史与美国的历史始终交织在一起。他的创始人李维·斯特劳斯也因此在美国历史上永远占有一席之地。

约瑟夫·普利策
普利策奖的创立人

19 世纪后期，约瑟夫·普利策（Joseph Pulitzer）成为美国新闻业的象征。他既是精明老练的报社业主，又是不遗余力揭露政府腐败的斗士；既是为了发行量敢于拼个你死我活的办报人，又是富有远见的新闻界领袖。他第一个提出将新闻作为大学里的一门专业学科，他所设立的普利策奖代表了美国新闻、文学、音乐和戏剧领域的最高荣誉。

1847 年 4 月 10 日，约瑟夫·普利策出生于匈牙利一个富有的犹太家庭，在布达佩斯的私立学校受到良好的教育。普利策的父亲是一个粮食商，在他 11 岁时就去世了，几年后母亲改嫁。普利策 17 岁时决定去当兵，但因为视力不佳、身体瘦弱而先后被奥地利军队和英国军队拒之门外。此时，美国正在进行南北战争，联军在欧洲招兵，普利策因此随军来到美国。南北战争结束后，普利策在圣路易斯待下来。他能够讲流利的德语和法语，但英语水平十分有限。为了谋生，他赶过骡子，在码头上搬过行李，在餐馆端过盘子，但一有时间就泡在公共图书馆里自学英语和法律。一学就是一天。普利策在图书馆的棋室看人下棋时忍不住对棋局指点了一番。两位弈者之一是当地最大的一份德语日报的主编，他对普利策的机敏和顽强十分赞许，让他在自己的报社做了一名记者。几年之后，普利策已经在报社独当一面，濒临破产的业主于是将报纸的大部分产权转让给他。在办报的同时，普利策开始涉足政界，并当选为州议员。普利策终身对政治和政府投入极大关注，但自己的政治生涯却十分短暂。相比之下，作为一个年轻的报纸业主，他在办报上则日益得心应手，通过购买和重整数家处于困境的报纸渐渐积累起财富和名望。此时的普利策已经成为美国公民，英文讲得无可挑剔，衣着打扮和生活方式也与当地名流毫无区别。1878 年，他与出身名门的凯特·戴维斯结婚。

从欧洲蜜月归来后，普利策买下了濒临破产的《圣路易斯快报》，从此掀开了他个人新闻生涯也是美国新闻史上崭新的一页。为了吸引读者，快报大量刊载调查性纪实报告与社论。普利策把自己当作人民和民主的代言人，不遗余力地揭露和抨击政府的腐败以及富人偷税漏税的丑闻。他工作起来废寝忘食，夜以继日，很快就扭转了快报的亏损局面。然而过度的操劳极大地损害了普利策的健康，尤其是他的视力。1883年，他遵医嘱前往纽约，准备从那里乘船去欧洲疗养。但在纽约期间，他又买下了另一家陷入财务困境的刊物《纽约世界报》，欧洲之行也不了了之。

普利策单枪匹马地开始了对《纽约世界报》从采编、内容到版面的全面改革。他沿用了部分接手《圣路易斯快报》时所采取的策略，用大量篇幅刊载揭露腐败的特别报道并有意制造新闻卖点。其中最成功的一例是鼓动民众为修建自由女神像的基座捐款，使女神像最终得以离开法国运往纽约港口。十年之内，《纽约世界报》各种版本的发行量达到60万份，为全国各大报纸之首。《纽约世界报》的成功引发了对普利策个人的恶意诽谤。他被指为"摒弃自己种族与宗教的犹太人"，其目的是离间纽约犹太群体与《纽约世界报》的关系。在这场恶战中，普利策的健康进一步恶化。1890年，他不得不从主编的位置上退出。年仅43岁的普利策双目几乎完全失明，而且患有一种对声音极其敏感的疾病。他多次出国求医但都没有结果。在接下来的二十年里，普利策大部分时间都是在隔音环境中度过的。尽管如此，他仍然一直保持着与自己名下报纸的密切联系并继续在编辑与财政上亲自掌握方向。

1896至1898年，普利策与另一家报社业主威廉·赫斯特为扩大各自的发行量而卷入一场激烈的恶战。为了争夺读者，双方竞相采用耸人听闻的标题和报道，大肆渲染甚至编造新闻故事。1898年2月16日，美国"缅因号"战舰在哈瓦那港口爆炸。《纽约世界报》与赫斯特的《纽约报》极力煽动美国人民对当时统治古巴的西班牙政府的敌意，力主美国向西班牙宣战。国会听从了民意，但战争进行了四个月之后，普利策便从这场被称为"黄色新闻"的混战中退出，《纽约世界报》也恢复了以往的理智与客观。在历史学家们看来，普利策短暂的"失足"与他的贡献相比微不足道。他对政府和私营企业贪污舞弊行为的揭露在很大程度上促成了反垄断法与保险业管理条例的实施。1909年，《纽约世界报》披露了美国政府付给法国巴拿马运河公司一笔四千万元的假账。联邦政府随即指控普利策诬陷罗斯福总统与银行家J.P.摩根。普利策拒不退让，《纽约世界报》继续对这一事件追踪调查。法庭最终宣判普利策无罪，新闻自由大获全胜。

1911 年 10 月 29 日，普利策因心脏病去世。他在遗嘱中要求将自己的财产用于建立哥伦比亚大学新闻学院以及设立一年一度的普利策奖，以表彰美国在文学、戏剧、音乐和新闻领域的杰出人才和作品。普利策去世一年后，哥伦比亚大学新闻学院成立。1917 年，普利策奖正式诞生。

普利策在自己的遗嘱中强调："我的一生完全投入到新闻事业中，因此对这一行业的进步与提高极其关注。我将新闻视为一个高尚的职业，其无可比拟的重要性在于它对民众思想与道德的巨大影响。我希望能够将正直有为的青年吸引到这个领域，并帮助那些已经身在其中的人们获得最好的品德教育与智能教育。"普利策身体力行，以自己一生坚持不懈的奋斗与无私无畏的勇气为后代新闻工作者树立了榜样。他的远见卓识更超越了新闻领域，对整个美国文化产生了永久性的影响。

爱玛·拉扎勒斯
在自由女神像座上题诗的女诗人

不似那铸成铜像的希腊巨神

征服者的双腿横跨两岸

在这里——海浪与落日中的大门

将矗立起一个伟大的女人

她手中的火炬是囚禁的闪电

她的名字是流亡者的母亲

她灯塔般的手臂闪耀着对全世界的欢迎

温和的眼睛俯视着隔水相望的双城

她呼喊着，张开沉默的双唇：

"古老的土地，留下你华丽的传奇

给我送来你疲惫的人，你贫穷的人

你渴望呼吸自由的拥挤的众生

让他们来吧!

被你丰饶的海岸推走的不幸的人们

被风暴席卷，无家可归的人们

在这金色的大门边

我为他们举灯照明。"

　　一百多年前，当来自欧洲的移民乘船到达美国时，第一眼看到的就是纽约港口的自由女神像。女神像的底座上携刻着爱玛·拉扎勒斯 (Emma Lazarus) 不朽的十四行诗《新的巨人》。在诗中，爱玛·拉扎勒斯把自由女神称作"流亡者的母亲"，对所有因为贫困和宗教迫害而离开自己祖国的人张开欢迎的双臂。女神像是法国政府赠给美国的礼物，其本意与移民并无关系。是爱玛·拉扎勒斯的诗赋予了自由女神新的含义，使之成为民主、包容、自由和机会的象征。

《新的巨人》创作于1883年。诗的作者爱玛·拉扎勒斯是美国文学史上著名的女作家。当时，这首诗的名气远不如它的作者。当它被人从故纸堆里发现并全文刻在自由女神像底座上时，爱玛·拉扎勒斯已经去世了16年。

1849年7月22日，爱玛·拉扎勒斯出生于纽约一个富裕的犹太商人家庭，祖辈是最早来到美国的西班牙和葡萄牙移民。她从小就由私人教师授课，熟读古典文学并通晓德文和法文，很早就开始写诗和翻译。17岁那年，她的父亲为她出版了她的第一部作品集。

1868年，爱玛·拉扎勒斯将自己的作品寄给了著名的散文家和诗人爱默生。在接下来的几年里，两人通信频繁，爱默生给了她很大鼓励。1874年，爱默生编辑了一本美国诗人诗集，但没有收入爱玛·拉扎勒斯的作品。失望之余，她给爱默生写了一封措辞激烈的质问信。信中写道："您对我的嘉许之言得到英美最资深评论家的认同。我自认为可以在诗集中占一席之地，却不料您令我在寄望最高处受到了轻蔑。"但这一插曲似乎并未影响师生二人的情谊。爱玛·拉扎勒斯一直对爱默生充满敬意，并多次在自己的文章中赞美他。爱默生也曾两次邀请爱玛到家中做客。除了爱默生之外，爱玛·拉扎勒斯还与威廉·詹姆斯、朗费罗、屠格涅夫、罗伯特·白朗宁等著名作家和诗人保持着密切的联系。她曾经在1883年和1885年两次去欧洲访问并与那里的作家进行交流。

犹太人是爱玛·拉扎勒斯文学生涯中的一个重要主题。她早年曾经在《犹太信使》等刊物上翻译和介绍过中世纪希伯来诗人的作品。她的第二部诗集《阿德墨托斯》于1871年出版，其中《纽波特的犹太教堂》一篇是她犹太意识的最早流露。1876年，她创作了剧本《斯巴诺莱托》，但这部讲述中世纪犹太人在德国遭受迫害的悲剧并没有在舞台上和观众见面。在爱玛·拉扎勒斯的创作中，德国犹太诗人海涅占据着重要位置。像她自己的作品一样，海涅的诗歌既有古典浪漫主义的传统又有对社会现实的嘲讽。1881年，她翻译出版了《海涅诗集》。数年之后，又发表了《论诗人海涅》的专题论文，对海涅的作品和他作为犹太诗人的特殊背景进行了透彻的分析。她认为海涅作为一个犹太人却有着希腊人对纯艺术的热爱。他对希伯来信仰并不狂热，但却十分热心于为犹太人争取平等权益。这与爱玛·拉扎勒斯本人对自己作为犹太人的定位十分相近。爱玛·拉扎勒斯尽管在一定程度上认同自己的民族，也对犹太人被歧视的处境有所见闻，但她优裕的生活环境和社会圈子却将她和绝大多数犹太移民隔离开来。

19 世纪 80 年代，东欧的反犹排犹倾向甚嚣尘上，在俄国出现了对犹太人有组织的大屠杀，大量犹太难民涌入美国。这一切对爱玛·拉扎勒斯产生了前所未有的震动。1881 年，她在《美国犹太人》上发表了诗集《一个犹太人的歌》，旗帜鲜明地宣告了自己作为犹太诗人的立场。同一年中，她还在《世纪》《评论家》《纽约时报》等主流刊物上撰文声讨对犹太人的迫害，呼吁社会关注犹太人的处境。她个人提出的解决办法是为东欧移民在巴勒斯坦建立一个全新的犹太国家。当时，犹太复国主义的名词尚未产生，但爱玛·拉扎勒斯已经在她的文章中预言了这一复兴犹太民族的途径。不仅如此，她还亲自访问了在沃德岛上的俄国犹太难民并对犹太移民救助会等组织提供直接援助。

对犹太移民的关注点燃了爱玛·拉扎勒斯作为一个犹太诗人的激情，并进入了创作上的鼎盛时期。《新的巨人》就是在这时诞生的。1883 年，为了给建造自由女神像的底座筹款，爱玛·拉扎勒斯、朗费罗、惠特曼、马克·吐温等著名作家应邀以文募捐。正在为俄国难民的困境担忧的爱玛·拉扎勒斯在诗中很自然地按照自己的愿望把美国描写为走投无路的移民们的归宿。在爱玛·拉扎勒斯之前，从来没有任何美国犹太作家对自己的民族投注如此多的精力和热情。然而，爱玛·拉扎勒斯在个人生活中并不信奉犹太教，对东欧犹太民族悠久的传统和文化更缺乏了解和体验。尽管她对犹太移民的处境充满同情，但她始终不曾将自己当作他们中的一员。也许正是这种距离感给她的创作带来了局限，使她的绝大多数作品未能像《新的巨人》一样经受住时间的考验。

1887 年 9 月，爱玛·拉扎勒斯从欧洲返回美国。接下来的两个月里，她的健康状况急速恶化，于 11 月 19 日患癌症去世，年仅 38 岁。

塞缪尔·龚帕斯
美国劳工联合会创始人

美国的工会历史源远流长，最大的工会组织"美国劳工联合会"（AFL）在 1886 年成立，首任主席是当时 37 岁不到的塞缪尔·龚帕斯（Samuel Gompers）。这个主席他当了 37 年，到 1924 年他去世为止只有一年"缺席"。这位美国工会历史上最重要的人物对美国工会运动可谓是鞠躬尽瘁、死而后已。

1850 年 1 月 27 日，塞缪尔·龚帕斯出生于英国伦敦，父母亲都是从荷兰移民英国的犹太人。龚帕斯 6 岁开始在一家免学费的犹太学校读书，他那时已经能说一口流利的英语和荷兰语，在学校里又学会了阅读希伯来文和法文。做古董生意的爷爷对他的语言和数学天赋非常欣赏，有时干脆让他管账，给荷兰顾客的商业信函也由他代笔。因为生活贫困，他 10 岁时父母只好让他辍学去给鞋匠当学徒。龚帕斯对做鞋子兴趣缺缺，父亲便让他步自己的后尘，改学技术难度较大的卷雪茄烟。学徒期间，龚帕斯第一年每周的工资只有一先令，相当于 12 美分，第二年他的工资涨到了一星期两先令。

1863 年，龚帕斯的父母亲带着他和他的四个弟弟，在大西洋上颠簸了整整七个星期之后来到美国，在纽约东城定居下来。那时，美国的南北战争尚未结束，纽约的雪茄工业也正在经历从家庭作坊向工厂批量生产的转型，因此开始更多地依赖机器和非熟练工人，熟练工人的日子越来越不好过。到纽约后，龚帕斯先是在家里和父亲一起卷雪茄烟，一年后另立门户，独立制作雪茄。17 岁那年，他和也是从伦敦移民美国的女工索菲亚结婚。1868 年，他开始在雪茄烟厂上班，并立即加入了雪茄制作国际工会。上班时，他和工人们常常轮流朗读报纸、杂志和书籍。因为是计件工作，工友们给朗读的人相应数量的卷烟，用来弥补占用的时间。龚帕斯声音洪亮，所以比别人朗读的时间都要长。他们订了好几份劳工报，龚帕斯把他能找到的马克思、恩格斯和一些工人领袖的文章读给工友听。为了能读懂马克思和恩格斯的原著，他甚至开始学习德文。

1875 年，25 岁的龚帕斯被选为国际雪茄工会纽约分会的主席，他把工作重点放在争取八小时工作制和提高最低工资上。19 世纪 80 年代，美国最富有的百分之一的家庭所拥有的的资产超过了其他百分之九十九的家庭的总和。这十几万户最有钱的人家通过股票、红利和租金一年平均有 26 万美金的收入，而当时的美国有五百多万户人家的年收入不到五百美金。当时没有失业保险和公共救济项目，工厂老板给工人付的是低得可怜的工资，很多非熟练工人因为低薪、失业、工伤和疾病而挣扎在贫困线上。熟练工人的待遇稍好一些，工会还为他们提供一定数量的保险和失业救济。

1881 年，龚帕斯代表美国雪茄工会出席在匹兹堡举行的全美劳工大会并被选举为新成立的"组织行业和劳动工会联盟"的副主席。他领导联盟成员着手废除在纽约随处可见的血汗工厂。接下来的几年里，龚帕斯逐渐成为全美工人运动的领袖人物。1885 年，他号召"组织行业和劳动工会联盟"的各路领导为八小时工作制举行总罢工。5 月 1 日那天，全美将近二十万工人大罢工，龚帕斯在芝加哥的工会广场向成千上万的工人发表演讲。为全世界劳动者而设立的五一国际劳动节就是在那一天诞生的。

不幸的是，为八小时工作制而进行的罢工并没有达到目的。三天之后的 5 月 4 日，无政府派在芝加哥草市场广场举行了一次集会，一枚炸弹当场爆炸，炸死了几名警察，慌乱之中警察向人群开枪扫射，死伤数十人。政治激进派和工会领袖顿时成为众矢之的，龚帕斯也终于明白工人运动的唯一出路就是建立更强有力的机构。同年 11 月，"组织行业和劳动工会联盟"在俄亥俄州的哥伦布市召开第六届年会，龚帕斯在会上费尽口舌，说服大多数到会代表另起炉灶，成立"美国劳工联合会"，37 岁的龚帕斯当选第一任会长。

"劳联"会长是一份全职工作，龚帕斯领取一千美元的年薪。最初，"劳联"设在纽约的总部只有一间房子，总部里除了龚帕斯只有给他当助手的儿子亨利和一个每周挣三美元的勤杂工。但"劳联"的成员却迅速增加，到了 1904 年，美国每十个就业人员中就有一名"劳联"成员。尽管如此，企业、媒体、法庭和大多数政府官员仍然对工会采取非常敌视的态度。同时，龚帕斯不愿意把非熟练工——尤其是黑人、妇女和欧洲新移民——吸收到"劳联"里来，这也限制了"劳联"的扩展。龚帕斯主张通过限制移民人数来控制劳工来源，提高劳动工资。在劳资纠纷中，龚帕斯和工会激进派的距离越来越远，他往往以温和改良派的姿态出面和资方谈判。社会主义思潮在美国最后无疾而终，龚帕斯应该说起了不小的作用。

为了保证"劳联"的生存，龚帕斯改变了斗争策略，开始寻求政界对工人和工会的同情和支持，让"劳联"慢慢向美国民主党靠拢。在 1912 年的美国总统选举中，"劳联"旗帜鲜明地支持民主党候选人伍德罗·威尔逊。威尔逊当选后促成了一系列保护工人利益的法案，其中包括美国劳工部的成立，对商船船员和铁路工人工作环境的规定和 1914 年通过的"克雷顿法案"。"克雷顿法案"第一次以法律形式保证了工会的合法性，龚帕斯为之欢呼雀跃，称其为"劳工大宪章"。1916 年，威尔逊寻求总统连任，最后以 13 张选举团选票的微弱优势战胜了共和党总统候选人查尔士·休斯，这当中"劳联"两百万成员的选票起了关键作用。第一次世界大战爆发后，"劳联"支持美军出兵参战，这一爱国举动赢得了社会的普通好感。1920 年，"劳联"的成员跃至四百多万。

担任"劳联"会长期间，龚帕斯每年都要不辞辛苦地长途跋涉，去全美各地宣传参加"劳联"的好处。1924 年的"劳联"年会上，龚帕斯最后一次当选"劳联"会长。同年 12 月 13 日，这位在美国工会史上影响最大的工人领袖在访问德克萨斯州圣安东尼奥市的旅途中去世，终年 74 岁。

阿尔伯特·迈克尔逊
第一位获诺贝尔奖的美国科学家

阿尔伯特·迈克尔逊（Albert Michelson）被公认为现代理论物理之父。他一生致力于光的研究，锲而不舍地寻求用最精确的仪器测定光的属性，他的实验证明了光的速度是恒定的。他设计了第一台能够显示分子运动的光谱仪，他还是世界上第一位测量出天体直径的人。阿尔伯特·迈克尔逊的实验和发现对现代物理的发展产生了不可估量的影响。

1852年12月19日，阿尔伯特·迈克尔逊出生于德国统治下的普鲁士。他2岁时，全家移民美国。当时美国西部的淘金热方兴未艾，迈克尔逊的父亲在内华达州开了一家杂货店，为矿工们提供日常用品。迈克尔逊被送到旧金山上学。高中时，由于他在数理和科学上显示出过人禀赋，校长极力鼓励他报考位于安纳波利斯的美国海军学院。迈克尔逊通过了考试，但另一位与他考分相当的考生凭借家中的政治背景被优先录取。迈克尔逊不肯就此放弃。他听说海军学院通常留十个机动名额给情况特殊的考生，便决意当面向当时的美国总统格兰特争取其中的名额。1869年，未满17岁的迈克尔逊只身一人从西海岸的旧金山来到东海岸的华盛顿。他如愿以偿地见到了格兰特总统，但此时那十个名额已经全部招满了。在总统的鼓励下，迈克尔逊直接向海军学院院长提出申请。鉴于迈克尔逊突出的成绩和感人的执着精神，学校破格录取了他。

1873年，迈克尔逊以优异成绩从海军学院毕业。在军中服役两年之后，他回到母校任教。出于对光学的浓厚兴趣，他对前人测定光速的方法进行了修改，用简单的仪器测出光速为每秒钟186500英里，比以往任何科学家的结论都更精确。迈克尔逊的实验结果发表在1879年4月的《美国科学学刊》上，令科学界对这个26岁的年轻人刮目相看。1880年，为了了解光学理论的最新发展，迈克尔逊前往欧洲学习。他先后访问了柏林、海德堡等几所大学的光学研究中心。两年后，他回到美国，被聘为新成立的凯斯运用科学学院的物理教授。

在欧洲期间，迈克尔逊继续进行对光速的研究。自 19 世纪初以来，科学界普遍认为光以波的形式传播，其媒介被假定为一种充满宇宙的发光物质——以太，而光速便是对于以太的存在而确定的。因此当地球穿过以太围绕太阳旋转时，光速会有所不同。迈克尔逊试图通过实验证明以太对光速的影响。他设计出一种干涉仪，将单一光束分成互相垂直的两路。按照当时的光学理论，由于传播方向不同，这两束光的传播速度应该有所不同，但他的实验没有发现任何差异。迈克尔逊认为自己的实验失败，于是在访学结束时将这一课题带回美国。

1886 年初，迈克尔逊和凯斯西储大学的化学教授爱德华·莫利一起用更精密的干涉仪做了相同的实验，但得到的仍是光速相同的结论。换言之，以太并不存在，而光速是恒定的。这是科学史上最重要的否定性结论，它推翻了科学家们近一百年来对宇宙的认识。大多数科学家，甚至包括迈克尔逊自己都对这一惊人发现难以接受，而另一些科学家则试图对迈克尔逊的结论做出解释。但直到将近十年后，天才的爱因斯坦才以他的狭义相对论为此提供了圆满答案。

1889 年，迈克尔逊离开凯斯学院，担任了马萨诸塞州克拉克大学的物理教授。三年之后，他被新成立的芝加哥大学聘为教授和物理系主任。他在那里工作了 37 年，直到 1929 年退休。

在克拉克大学期间，迈克尔逊继续运用干涉仪进行各种实验。长期以来，光的波长以一根特殊的铁条上两点之间的距离来确定，这种方法既不准确又不可靠。迈克尔逊提出了用更精确的测量单位取代旧的光速定义。他在光谱学和光速测量上的成就为他赢得了 1907 年的诺贝尔物理学奖，成为第一个荣获诺贝尔奖的美国科学家。

从 1891 年开始，迈克尔逊尝试运用干涉仪测量天体现象及其大小。1919 年，迈克尔逊设计出一种新的干涉仪，把它装在加州威尔逊山顶的天文望远镜上。这一装置首次成功地测量出太阳系以外的星球的直径，在当时引起了巨大轰动。直到晚年迈克尔逊仍然不断地改进和修正自己的实验，寻求用更精确的方法和仪器进行光学研究中的测量。他一生发表了 79 篇论文，是当时光学领域无可争议的权威。

尽管迈克尔逊只拿到了本科学位，但却有十一所大学，包括剑桥、耶鲁等世界一流的学术机构向他颁发荣誉博士学位。1888 年，迈克尔逊被选为美国科学院院士，并于 1923 年到 1927 年间担任院长一职。此外，他还担任过美国物理学会主席和美国科学发展协会主席。迈克尔逊在世界上享有极高的声誉。他先后获得过国内外十几个科学大奖，几乎所有美国和欧洲的著名科学学会都将他聘为会员。迈克尔逊的诚实、才能和判断力得到了国际科学界的尊重。除他自己之外，从来没有人对他的实验提出任何质疑或进行重新验证。1920 年，迈克尔逊与爱因斯坦在一次晚宴上同为主宾。这是两位伟大的物理学家第一次也是唯一一次会面。爱因斯坦在讲话中对迈克尔逊表示了敬意："当你开始工作时，我还是个孩子。是你把物理学家们引上了一条新的道路，并且通过你杰出的实验为相对论的发展铺平了道路。没有你的研究工作，这个理论不过是一个有趣的推测而已。"

迈克尔逊曾经结过两次婚，有六个子女。他一生以光学为唯一目标，淡泊处世，荣辱不惊。因为沉浸于对科学的追求中，他对人对事都相当疏远，世俗的爱恨情仇、妒忌野心从来不曾左右过他，但他仍然是一位富有责任感和同情心的丈夫、父亲、朋友、同事和老师。在科学上，迈克尔逊单纯的性格表现在他对自然现象直觉的尊重和挑战自然奥秘时的大胆、执着和智慧。此外，迈克尔逊还是一位艺术家，在小提琴和水彩画上颇有造诣。在芝加哥大学时，他曾经不情愿地展出过自己的画作。一位女士告诉迈克尔逊，她认为他当年放弃艺术搞科学可能是一大错误。但迈克尔逊认为自己从未放弃过艺术，因为他相信艺术只有在科学中才能得到最高的表达。

1931 年 5 月 9 日，迈克尔逊因心肌梗塞去世，享年 79 岁。美国著名天文学家茅尔顿在悼念文章中写道："他从不慌张或烦躁，无论是置身科学的前沿，踏上新的研究途径，或者登上无人企及的高度，他都保持着宁静平和的风度。"

路易斯·布兰代斯
第一个犹太人大法官

1916 年，民主党总统伍德罗·威尔逊提名路易斯·布兰代斯 (Louis Brandeis) 为美国最高法院法官。在这之前，美国参议院对美国总统的法官提名很少有异议，但是威尔逊总统的这次提名却在美国朝野引起了一场轩然大波。参议院法律委员会的五人小组举行了一长串的听证会。前总统塔夫脱和美国律师协会的七位前主席联名上书反对，哈佛大学校长罗威尔和波士顿的一些达官贵人也全力阻挠，理由是布兰代斯"不适合"出任最高法院法官。在当时的大多数美国人看来，一个犹太人做最高法院法官是一件很不可思议的事情。同年四月，五人小组以三票对二票勉强通过提名，五月参议院法律委员会以十票对八票的微弱多数再次通过了提名，六月参议院投票表决，赞成者 47 人，反对者 22 人。路易斯·布兰代斯终于成为美国历史上第一位犹太裔最高法院法官。那一年他 59 岁。

1848 年，欧洲革命爆发，布兰代斯的父亲阿道尔夫从德国移民美国，不久后母亲也来到了美国。1856 年 11 月 13 日，路易斯·布兰代斯出生于肯塔基州的路易斯维尔。美国内战与战后重建期间，阿道尔夫靠做农产品生意发了大财，举家迁回欧洲。布兰代斯在德国德莱斯顿读了几年高中后于 1873 年回到了美国，并在两年后被哈佛大学法学院录取。当时的法学院院长朗戴尔认为法律是一门科学，率先采用严谨的案例教学法，学生通过研究不同时期的法律案例来了解法律的演变。布兰代斯非常喜欢这种严格的教学方式，一头扎进学业中，达到废寝忘食的地步。他博览群书，过目不忘，上课发言时连教授都对他洗耳恭听。他在哈佛接触了许多名人，其中有著名作家爱默生、诗人朗费罗和后来成为最高法院同事的霍尔姆斯法官。他还是大名鼎鼎的《哈佛法律评论》杂志的创办人之一，负责管理杂志的财务。在成为最高法院法官之前他一直是《哈佛法律评论》的理事。

1877 年，布兰代斯以哈佛法学院历史上的最佳成绩毕业。毕业后，他和同班同学塞缪尔·华伦在波士顿合开了一家律师事务所。华伦的父亲是一位很有钱的大资本家，家里与波士顿的名门望族来往密切，布兰代斯最初的客户也大都是富人和有钱的大公司，因此给律师事务所带来了丰厚的利润。经济的独立让他有更多时间来关注社会公正问题。1889年，布兰代斯第一次将官司打到最高法院并且胜诉。1890年，布兰代斯和华伦在《哈佛法律评论》上联合发表了《隐私权》一文，提出个人在法律上有不把自己的思想和感情公诸于众的权利。这篇文章发表后产生了很大反响，专家们普遍认为文章中的观点不但开辟了一个新的法学领域，而且为这一领域勾勒出基本的理论框架。这一年，年仅24岁的布兰代斯应邀在哈佛法学院开了一门课。学校对他的教学非常满意，有意聘他为助理教授，但被他婉言谢绝。两年之后他在麻省理工学院讲授一门商业法的课程，因而对商业和法律之间的关系有了深入了解，也认识到二者和政治之间密不可分。布兰代斯进入律师行业时正是美国工业化的初期，收购兼并之风盛行，托拉斯垄断大行其道，银行家和政客们狼狈为奸，律师大都和大公司一个鼻孔出气，而联邦和州政府的法律条文或者得不到贯彻，或者干脆被法院裁定为非法。身为百万富翁的布兰代斯挺身而出，义务帮助社会上的弱势群体打官司，和波士顿、纽约等地的大公司对簿公堂，在交通、铁路、保险、公共设施等领域不遗余力地捍卫工人、工会、消费者和平民百姓的利益。这些轰动一时的大官司为布兰代斯赢得了"大众律师"的美称。

1907年，布兰代斯应邀为俄勒冈州妇女十小时工时上限法一案担任辩护律师。两年前，法庭认为这一法律违反了美国第十四条修正案中的正当程序条例而将其判为违宪行为。布兰代斯在辩护状中据理力争，不仅陈述了这一法律的合法性，而且用超时工作危害妇女健康的大量证据证明了其合法性。1908年，最高法院一致投票裁决俄勒冈的工时上限法没有违反美国宪法。在一百多页的"布兰代斯辩护状"里，他用短短的两页纸篇幅进行了法律陈述，却用了一百多页纸的内容大量引用事实和数据来证明超工时对妇女的危害。这种形式由他首创，随后在法律界被广泛采用，"布兰代斯辩护状"从此成为一份经典的法律文件。

1910年，纽约六万多制衣厂工人在罢工期间生活陷入困境，引起整个美国社会瞩目。布兰代斯及时出面担任调解人，帮助起草了"和平议定书"，一方面规定工厂老板必须改善工作环境，增加工人工资，并由工会会员的工人逐步取代非工会会员的工人，另一方面议定书也给了资方足够时间来适应成本上涨。布兰代斯以非罢工手段解决劳资争端，受到美国媒体的一致好评，也为后人提供了一个良好的先例。

当时纽约的制衣厂工人大都是犹太女工，和她们的合作使布兰代斯开始关注犹太人的命运。他尽管不信奉犹太教，但还是积极地参加了 20 世纪初的犹太复国运动，并成为犹太复国联盟的领军人物。可以想象，没有布兰代斯和他那一代犹太人的努力，就不会有 1948 年的以色列建国，而以色列作为美国盟国之一直接影响了 20 世纪下半叶乃至 21 世纪美国的中东政策。

从 1916 年到 1939 年，布兰代斯一共做了 23 年最高法院的法官，在美国法律和社会政策方面起了举足轻重的作用。他自始至终站在垄断资本家的对立面，努力维护社会公正和小人物的合法权益。罗斯福当上总统之后，他更为"新政"投出了一张关键的赞成票。两次世界大战之间，美国最高法院政治上趋于右倾保守，而布兰代斯倡导社会革新的自由派声音尤其难能可贵，路易斯·布兰代斯是公认的美国历史上最杰出的最高法院大法官之一。

阿道尔夫·欧克斯

《纽约时报》的出版人

《纽约时报》是美国乃至全球英语世界最具声望的报刊之一。它历史悠久、内容广泛、版面规整、风格严谨。在当今媒体纷纷以耸人听闻的报道和五光十色的娱乐图片吸引大众视线的时代，《纽约时报》岿然不动，始终保持着自己一贯的阳春白雪的形象。这一形象的缔造者便是阿道尔夫·欧克斯（Adolph Ochs）。

1858 年 3 月 12 日，阿道尔夫·欧克斯出生于俄亥俄州辛辛那提市一个德裔犹太家庭，是家中六个孩子中的长子。1864 年，欧克斯的父亲朱利亚斯带着全家搬到了德克萨斯州的诺克斯维尔，并在那里开了三家布店。1867 年，美国内战后的经济恐慌席卷全国，不善经营的朱利亚斯宣告破产，全家随之陷入贫困。少年欧克斯被迫辍学打工，做了《诺克斯维尔纪实》报的报童，周薪一元五角。两年后，他被换到办公室打杂，后来又升为印刷车间的学徒。欧克斯一直把这段经历称作自己的高中和大学，在报社里他学到了有关印刷和排版的技术，同时对办报产生了浓厚的兴趣。

1876 年，欧克斯搬到查特努加市，被聘为《查特努加快报》的广告经理，但几个月后快报便关了门。欧克斯留下来，利用原有的印刷设备印制了一批查特努加市工商行业地址录，为报社还清了债务，同时也给自己挣到一笔钱。不久，查特努加市唯一幸存的《查特努加日报》也面临倒闭，对外求售。欧克斯用自己的积蓄加贷款与人合伙将其买下，成了该报的半个业主和出版人。那年他只有 20 岁，还不到投票年龄。在欧克斯的经营下，《查特努加日报》很快扭亏为盈，并且对当地经济文化的发展产生了一定影响。几年后，欧克斯买下了报纸的全部产权，同时盖房建屋，把父母和弟妹都接来与自己同住。《查特努加日报》为该市引来大量商机，土地价格随之飞涨。但欧克斯却因为投资地点失误而损失惨重，于是寄希望于买下另一家即将倒闭的报纸，然后再次点石成金。这时，他听说《纽约时报》正在寻求买主，便马上动身赶往纽约，并倾其所有买下了《纽约时报》。

《纽约时报》创建于1851年，它的读者主要是富有文化素养的知识人士。19世纪末，《纽约时报》无法与其他日报竞争，发行量不断下降，每周亏损逾千元，同时还与《纽约世界报》的"黄色新闻"打得如火如荼，双方竞相采用耸人听闻的标题和报道吸引读者。1896年8月18日，欧克斯正式接手《纽约时报》。他对读者宣告："我由衷认为《纽约时报》的目标是以简明扼要、引人入胜的形式报道新闻。"10月25日，《纽约时报》在头版的醒目位置打出了"只登正当合理之新闻"的口号，表示绝不与"黄色新闻"同流合污。为了与其他报纸竞争，欧克斯将报价从每份三分钱降至一分钱，但在内容上仍然坚持严谨客观的标准。此外，他又增加了《周日杂志》和《书评专辑》，这两本副刊至今仍是《纽约时报》星期天版的固定内容。1913年，《纽约时报索引》出版，为学生、图书馆管理员、新闻记者和历史学家提供了重要参考资料，被誉为美国第一家"纪实性报纸"。第一次世界大战期间，《纽约时报》开始全文登载各种条约、讲话和法律，尽力为关心战事的读者提供全面准确的消息。欧克斯把报纸的客观立场放在首位，严格要求编辑人员把对事件的报道和记者个人的看法分开。他从不为了赚钱而放弃原则，拒不接受可疑的广告或政府的合同，以避免《纽约时报》的独立观点被利益左右。欧克斯的策略很快收到成效。1901年，《纽约时报》的发行量从1896年的九千份升至十万份。十年之后，《纽约时报》的读者数量达到七百多万人。

《纽约时报》获得成功之后，欧克斯开始在出版业寻求新的发展空间。1901年，他买下《费城时报》，于1913年出售。1914年，他创办了《当代历史》杂志。1925年，他每年投资五万元，用十年时间完成出版了第一套《美国传记词典》。在从事出版之外，欧克斯还积极投身于慈善事业。从1911年开始，他在《纽约时报》上开辟了"百事求援"专栏，为纽约最大的六家慈善机构募捐，这一专栏一直延续到今天。1926年，他出任希伯来联合大学筹款委员会主席，为创立全国第一所犹太教神学院筹集资金四百多万元。此外，他个人捐款四十万元，在查特努加建起了一座以他父母名字命名的教堂。

1935年4月8日，欧克斯在查特努加去世，全城降半旗致哀，美联社送往全世界的电波静默两分钟。

欧克斯去世前几年已经逐渐将报纸的经营大权交给自己的女婿亚瑟·索尔兹伯格。欧克斯死后，索尔兹伯格被董事会任命为总裁，正式接管《纽约时报》。1935年

5月8日，索尔兹伯格在编者按中庄重承诺："我将永远不会偏离欧克斯以力量和勇气为我们树立的诚实中立的新闻原则。"并且表示将以无所畏惧、不偏不倚的立场为大众提供新闻。索尔兹伯格继承并扩大了欧克斯一手创立的新闻事业，《纽约时报》的发行量、盈利额和雇员数量都有大幅度的增长。1961年索尔兹伯格退休，把总裁位置让给了自己的大女婿欧威尔·德莱伏斯。1963年，德莱伏斯去世，索尔兹伯格的儿子接任总裁。

欧克斯是一部赤手空拳创业成功的传奇。他11岁送报，15岁失学打工，20岁成为报业主，38岁接手面临危机的《纽约时报》，将其打造成全世界最具声望和影响力的报刊之一。欧克斯努力创造一个独立、客观、负责、诚实、富有尊严、值得信赖的大众媒介。他用事实证明高发行量、高利润和高品质新闻是可以并行不悖的。在欧克斯的影响下，《纽约时报》历经百年风雨但依然根基牢固，风貌不改。它不仅是一份报纸，而且是一个社会公共机构。欧克斯作为美国新闻史上最具影响力的出版家，将与《纽约时报》一起名留青史。

爱玛·戈德曼
惊世骇俗的社会活动家

在美国众多的著名犹太女性中，爱玛·戈德曼（Emma Goldman）可以说是最有个性的一位。她集无政府主义者、恐怖谋杀者、女权主义者等头衔于一身；她反战、反资本家、反苏联、反纳粹、反对爱国主义；她对言论自由和自由同居同样热衷。

爱玛·戈德曼1869年6月27日出生于立陶宛克弗诺的犹太居民点里。母亲在嫁给父亲之前已经和前夫有了两个女儿，所以父母亲对家里又多出一位女孩非常失望。戈德曼13岁那年，全家搬到了圣彼得堡。因为生活拮据，戈德曼到圣彼得堡六个月之后就辍学当了工人。15岁那年，父亲想让她早早嫁人，便自作主张给她找了个丈夫，但戈德曼不同意，使父亲大为光火。戈德曼一不做二不休，干脆远走高飞去美国纽约州的罗切斯特投奔同父异母的姐姐丽娜。她在美国找到的第一份工作是在一家制作胸衣的工厂当裁缝，每周工时达60个小时。

1886年，一颗炸弹在芝加哥的草市广场爆炸，七名警察当场殒命。次年，四个无政府主义者受到起诉，在罪证严重不足的情况下被判有罪，以绞刑处死。18岁的戈德曼义愤填膺，毅然决定成为一个无政府主义者。在这同时，她的个人生活也一波三折。19岁那年，她和一位同是俄国犹太移民的工人科斯纳结婚，但婚后发现他不光是赌徒，还患有性无能，于是不到一年就和他离了婚。科斯纳不肯罢休，威胁着要自杀，戈德曼最后还是甩掉了他。1889年，戈德曼从罗切斯特搬到纽约，正式开始了她跌宕起伏的职业革命者生涯。她能说会道，写得一手好文章，积极鼓动年轻女工加入工会。1890年，她被选为无政府主义代表大会委员会的委员，和无政府主义战友亚力山大·伯克曼结成革命情侣。那一年，戈德曼刚满21岁。

1892年。卡那基钢铁公司的警卫在一次罢工冲突中开枪打死了数名罢工工人。戈德曼和伯克曼认为应该向公司总裁亨利·福里克讨回血债，便开始策划暗杀他的行动。起初，他们设计用炸弹，因为害怕误伤无辜而作罢。最后伯克曼用手枪击伤了福里克，戈德曼因为和情人约会而没有参加伯克曼的暗杀行动。伯克曼被判入狱一年之后，戈德曼也因为鼓动失业工人去"抢"面包而坐了七个月的牢。她在监狱病房里担任护理，对做护士产生了兴趣，出狱后，她在另一位恋人的帮助下前往奥地利的维也纳学习护士和助产士专业，还选修了几门弗洛伊德亲自讲授的课程。一年后回到美国时，戈德曼已经是一位完全合格的护士兼助产士。可是她放弃了当护士，开了一家专做头部和颈部按摩的美容院。有一段时间，她和对穷人充满了爱心的本·莱特曼医生同居。莱特曼医生相貌丑陋，戈德曼则长得粗矮短胖，身高只有一米五。他们俩一人是"流浪汉国王"，一人是"无政府主义女王"，为不喜欢戈德曼的人增添了不少笑料。

尽管戈德曼不断有新的兴趣和新的恋人，但她的革命热情却始终如一。她用意第绪语、德语和英语四处演讲，为工人和妇女撑腰说话。1915年3月28日，戈德曼在纽约一家俱乐部向六百名听众解释如何使用避孕用品，这在当时的美国可谓大逆不道。她被送上法庭后，法官给了她一个选择：100元的罚款或者15天的监牢。当戈德曼选择服刑时，法庭里响起一片喝彩声。刑期一满，她又开始在各地发表同样的演讲，并且一再被捕入狱。为了可以在监狱里阅读，她每次演讲时都带上一本书。每个法庭都成了她为妇女权益抗争的讲坛，到最后连法官们对避孕问题也改变了看法。她曾经在几十个城市发表演讲，成为20世纪初影响最大的无政府主义者和女权主义者。

第一次世界大战爆发后，戈德曼加入到反战的行列中。这时，伯克曼已经出狱，两人一起组织了反征兵示威游行，双双被捕后又坐了两年牢房。1919年，他们再次刑满出狱，这时一战已经结束，美国也因为苏维埃在俄国的胜利而笼罩在一片"红色恐怖"之中。戈德曼失去了美国公民权，顶着"美国最危险的女人"的头衔与包括伯克曼在内的两百多名"赤色分子"一起被驱逐出境。从那时直到她去世的二十多年里，戈德曼再也没有踏上美国国土。

戈德曼离开美国的第一站是苏联。她本来对苏联抱有很大幻想，但两年里对苏联官僚机构和政治迫害的所见所闻让她非常失望。1921年，克朗斯达德号水手士兵的暴动被托洛斯基领导的红军镇压下去后，戈德曼和伯克曼决定离开苏联。在接下来的年月里，戈德曼在欧洲各地颠沛流离。20世纪30年代，她在演讲中一再告诫人们要警惕纳粹德国的威胁。1936年，戈德曼多年的革命伴侣伯克曼身患绝症自杀。

同一年，西班牙内战爆发，已经 67 岁的戈德曼立刻赶赴西班牙，加入到反对弗朗哥独裁的队伍中。1940 年，戈德曼在加拿大的旅途中因中风去世。死前她留下遗嘱，要求将自己的骨灰埋在因芝加哥草市广场爆炸案而被处绞刑的四名无政府主义者墓边。死后的戈德曼终于得以重返美国。

在那个时代，戈德曼是一个无可争议的激进派，她奋力争取的许多东西——比如个人自由、工会权、妇女权益等等——都在美国社会里扎根并结果。即使在今天，她的名言仍然具有振聋发聩的效力。她崇尚自由同居，在她眼里婚姻不啻是"谋杀"。她厌恶爱国主义，认为爱国主义的本质是骄横、傲慢和自我中心。她痛恨战争机器，曾经表示："当权者知道老百姓就像小孩，拿到一个玩具，他们的绝望、伤心和眼泪就会被欢乐所取代……一支陆军和海军就是老百姓的玩具。"她对美国人则有这样的评价："我们美国人自称是爱好和平的人民，讨厌流血，反对暴力。可是，飞机上的炸弹扔向平民时，我们却会喜不自禁。"

但愿今天的美国人和世界各国的人们都能听见爱玛·戈德曼一个世纪以前的声音。

阿道尔夫·朱考尔
好莱坞的常青树

时间：1973年1月7日。地点：比佛利山庄希尔顿酒店舞会厅。派拉蒙电影公司为公司的创始人阿道尔夫·朱考尔（Adolph Zukor）举办盛大生日晚会，庆祝他的百岁诞辰。尼克松总统特意为朱考尔颁发了杰出成就证书，两百多位好莱坞名人应邀光临，一个高达五米的蛋糕上插了一百支蜡烛。董事长在生日致词中称阿道尔夫·朱考尔是"美国梦的典范"。

朱考尔1916年出任派拉蒙公司总裁。半个多世纪之后，坐在轮椅里的朱考尔还坚持每天去派拉蒙公司上班。每周一上午，他仍一如既往地检查派拉蒙公司的票房收入。当年和朱考尔一起打造好莱坞的犹太人都已一一作古，唯有朱考尔仍在为派拉蒙发挥余热，令好莱坞人对他肃然起敬。

1873年1月7日，阿道尔夫·朱考尔出生于匈牙利里斯的一个犹太人家庭。朱考尔1岁时就失去了父亲，改嫁后的母亲也在朱考尔8岁那年去世，当拉比的舅舅领养了他。12岁那年，他开始在一家商店当学徒，干扫地、跑腿一类的杂事。他不挣工资，但可以从一个孤儿基金会那里领到一些免费的衣服鞋子。每星期他还去上两次夜校。1888年，15岁的朱考尔向孤儿基金会要到一笔船资来到了美国，到纽约时身上仅有缝在背心里的40美元。他借住在一个老乡家里，在纽约一家皮货店当伙计，扫地一个星期可以挣到两美元。下班后他练习拳击，同时继续上夜校，学习英文和经商方法。两年之后，他当上了一名合同工，出售自己缝制的皮件，并第一次有了自己的银行账户。

1892年，朱考尔来到芝加哥，和一位朋友合开了一家皮革厂。第一年，两人各有一千美元的收入。第二年他们雇了二十多个工人，还在芝加哥附近开了一家分店，两人各赚了八千美元。1896年，他和朋友分手后独自经营芝加哥的皮革厂，并且把所有的钱投入生产一种皮斗篷。这一次他判断失误，血本无归。好在另一位皮革商莫里斯·科恩拔刀相助，帮他还清了欠款。科恩很欣赏朱考尔的野心和干劲，建议两人合伙，由他负责资金和销售，朱考尔负责设计和生产。科恩公司正式上马后，朱考尔娶了科恩的侄女为妻，生意也越做越大。1900 年，他们为了靠近时装中心决定把公司总部搬到纽约。三年后，朱考尔看准红狐皮会走俏时装市场，狠狠赚进了一笔。

1897 年，正在走红百老汇的《寡妇琼斯》里有一个只有一分钟左右的电影片段，这是朱考尔平生第一次看电影，但他已经感觉到了电影的魅力。1903 年，当有人向他建议在纽约的 125 街合伙开一个能看投币电影的游乐场时，他不仅痛快地拿出了三千美元，而且向科恩建议在最热闹的 14 街上开一个自己的电影游乐场。他们租下一家废弃不用的餐馆，拆掉椅子，在里面放了一百多台游乐机，包括自动算命机、测力器和各种新奇好玩的游戏机，但是挣钱最多的还是一分钱能看三十秒钟小电影的投币电影。游乐场每天有六七百美元的进账，第一年就为他们赚了十万多美元。于是两人干脆卖掉了皮革公司，一心一意做起游乐场的老板。游乐场的二楼有一间 250 英尺长、40 英尺宽的空屋，他们把它改建成一家能放 200 个座位的小电影院。朱考尔心里没底，因为看投币电影只收一美分，而电影院的门票是五美分。为了招徕顾客，他们修了一个漂亮的玻璃楼梯，透过玻璃可以看见金属槽里的水瀑被红、蓝、绿色的灯光照得五彩斑斓，还给影院起了个好听的名字叫做"水晶厅"。观众蜂拥而至，不知道是电影还是玻璃楼梯吸引了他们。

朱考尔大受鼓舞。1906 年，他和一位游乐场老板合伙，把电影院生意扩展到了费城、匹兹堡、波士顿、纽沃克等地。当时放映的都是无声电影，他便让演员站在屏幕后面，按照故事情节给电影同步配音。为了增加电影的动感，他们还出巨资把电影院改建成火车车厢的式样。当时最受欢迎的电影是长达八分钟的《列车大盗》。但是好景不长，几个月之后，观众人数巨减。不到一年，朱考尔的公司已经负了十六万美元的债。朱考尔似乎对这种大起大落习以为常，照样气定神闲地抽着他的雪茄烟，不同的只是把全家人从有佣人和电梯的豪华公寓搬到了楼下是糖果店的临街楼房里。他拆除了"火车车厢"，把坐椅放回原处，让电影院从早上九点一直开到半夜十二点。两年之后，他终于还清了欠款，同时也认清了一个道理：要让电影院的生意长盛不衰，不能只赚劳动阶层的钱，还必须依靠中产阶级，而吸引中产阶级的关键就是放映更长更好的电影。1910 年，朱考尔花四万美元买下了片长一个半小时的进口电影《激情飞扬》的放映权，被许多人看作是自杀性行为，但电影上映后非常卖座。朱考尔认为名戏名角是提高电影档次的关键，于是为公司取名名角公司。1912 年，他花三万五千美元买下法国片《伊利莎白女王》的放映权后，立即把名角公司搬进了时报大楼。他把电影的首映式放在一个高级剧院里，还特意请来影片女主角的扮演者莎拉·伯恩哈特和演艺界内外的名流见面。在朱考尔的精心包装下，《伊利莎白女王》的首映式成为纽约的一大文化盛事。

在放映欧洲电影长片的同时，朱考尔自己也开始尝试制作故事片。他用个人股票添补资金短缺，并疏通关系说服舞台演员出任电影演员。名角公司推出的美国第一部故事片是《贞达的囚徒》，接下来，它又推出了《德伯家的苔丝》《基督山伯爵》等故事片。朱考尔为影片《好小鬼》请到了百老汇名演员玛丽·皮克福特，她在拍摄《风雨之乡的苔丝》后更加星光四射。1912 年，名角公司出产了 5 部故事片，第二年又一气推出了 30 部故事片。1914 年，朱考尔和电影发行大王霍德金森签约，为派拉蒙电影公司每年提供五十多部影片，还在好莱坞的落日大道和好莱坞大道交界处建起一座摄影棚。1916 年，股东们推选朱考尔为派拉蒙公司的总裁。四天之后，名角公司和故事片公司合并，成立了名角－拉斯基公司，由朱考尔担任公司总裁，拉斯基担任副总裁。朱考尔走马上任后立即集资一千万美元用来购买新影院和翻修旧影院。在 20 年代，名角－拉斯基公司生产的电影都以派拉蒙电影公司的名义推出，派拉蒙也顺理成章地把电影的生产、发行和放映三大环节统统控制在手中。公司在纽约的时代广场造起一幢 39 层高的办公楼，并在楼里建了名闻遐迩的派拉蒙影剧院。

朱考尔还一手建立了美国电影界的明星制度。电影厂通过观众反映、影迷来信和票房数字来决定演员的取舍。如果观众喜欢某一位演员，电影厂就会替演员找到合适的角色，并为演员广做宣传。观众的选择往往和电影厂的看法不同，但他们拥有最终决定权。朱考尔认为制片人"发现"明星的说法是"胡说八道"，因为电影名星的命运应该由观众掌握。

在成为派拉蒙电影公司掌舵人之后的半个多世纪里，朱考尔和公司一起几经沉浮，但最终总能重新崛起。20 世纪 30 年代，他曾被评为 64 个"主宰"美国的美国人之一，而美国总统也榜上无名。在电影最初 50 年里评出的"百部优秀影片"中，有 14 部来自朱考尔的电影制片厂。1948 年，他在奥斯卡颁奖仪式上荣获特殊贡献奖。

朱考尔在提高美国电影地位的同时也非常在意世人对自己的看法。他开好车、住豪宅，在纽约的罗克兰郡买下一个占地一千英亩的庄园，在庄园里修建了一个 18

洞的高尔夫球场。他永远衣冠楚楚，一副绅士风度模样。1976 年 6 月 10 日，103 岁高龄的朱考尔身上穿着熨得笔挺的衬衫，脖子上打着领带，坐在轮椅上离开了人世。

格特鲁德·斯坦因
为"迷惘的一代"命名的女作家

如果要问 20 世纪最著名的画家毕加索、马蒂斯和 20 世纪最著名的美国作家海明威、菲茨杰拉德有什么联系，那就是他们在事业上曾经得到过同一个人的提携和帮助，此人就是美国著名女作家格特鲁德·斯坦因 (Gertrude Stein)。

格特鲁德·斯坦因的父母亲都是从德国移民美国的犹太人，1874 年 2 月 13 日出生的斯坦因在五个孩子中最小，也是唯一的女孩。她出生于美国的宾夕法尼亚州，在欧洲的维也纳、巴黎和美国加州的奥克兰长大。斯坦因从小酷爱读书，有空就去公共图书馆。她 14 岁那年母亲患癌症去世。17 岁那年在一家有轨电车公司当副总裁的父亲也突然去世。比她年长九岁的大哥迈克尔成了一家之主，精心管理父母留下的遗产，让斯坦因一辈子过着衣食无忧的生活。斯坦因和小哥里奥的感情更深，因为两人有共同的爱好，常在一起讨论哲学、文学等话题。

1893 年至 1897 年，斯坦因就读哈佛的莱德克里夫女子学院，主修心理学，尤其爱读法国心理学家的著作。她师从著名的哲学家和心理学家威廉·詹姆斯。詹姆斯一般不让本科生参加他的研究生讨论会，但破格接受了斯坦因。大学时期斯坦因和别人合作发表过几篇心理学论文。1897 年至 1902 年，斯坦因在约翰·霍普金斯医学院学习神经学，但对所学专业兴趣不大，尤其厌恶考试。1903 年，她放弃学业，远走高飞投奔在巴黎学习绘画的哥哥里奥。从那时直到她 1946 年去世，斯坦因只在 1934 年至 1935 年期间回过一次美国，其余时间大都住在巴黎。多年后，斯坦因说过一句话："美国是我的祖国；巴黎是我的故乡。"

斯坦因到巴黎后搬进了里奥在福乐露丝街 27 号的公寓，两人一起收集了不少当时还默默无闻的毕加索、马蒂斯、布拉克等现代画家的作品。但他们的兴趣不尽相同，里奥偏爱后现代主义的作品，而斯坦因则对立体主义画家情有独钟。1905 年，她结识了毕加索并成为朋友。次年，毕加索画出了那幅世界闻名的斯坦因肖像画。20

世纪初的巴黎画坛上各种新潮艺术流派争奇斗艳，斯坦因也试图在文学上创造出与艺术相呼应的新文风。1909 年，斯坦因的恋人、管家兼秘书爱丽丝·托克拉斯搬进了斯坦因和里奥合住的公寓。1913 年，里奥离开巴黎去了意大利，斯坦因和托克拉斯则在福乐露丝街 27 号定居下来。20 年代，斯坦因的公寓成为巴黎著名的文化沙龙。作为一位前卫家，斯坦因吸引了众多已经出名和将要出名的文化精英，毕加索、马蒂斯、罗素、詹姆斯·乔伊斯、E.M. 福斯特等人都成了沙龙的座上客。经常光顾沙龙的还有大批第一次世界大战后流落到巴黎的年轻美国作家——海明威、菲茨杰拉德、舍伍德·安德生、哈特·克兰、威廉·卡洛斯·威廉斯。这些作家大都在一战中上过前线，对战后的美国产生了深深的幻灭感。斯坦因给他们集体取名，称之为"迷惘的一代"。这一称呼成了美国文学史上对海明威等美国作家的经典概括。

1909 年，格特鲁德·斯坦因发表了成名作《三个人的生活》，里面收集了三个美国下层妇女的故事，其中的"马兰莎"讲述的是一位黑白混血的年轻妇女和一个黑人医生的恋爱悲剧，小说里对黑人人物的同情笔触在那个时代非常罕见。她在 1906 年到 1908 年之间写成的长篇小说《制造美国人》直到 1925 年才发表。小说开头是时间、地点、人物的写实描写，但很快作者的过去和作者的意识就重叠交织起来，小说变得抽象晦涩，字句的顺序和位置也显得毫无章法。在这本书中，斯坦因试图把立体主义绘画的手段引入文学创作，多视角全方位地展现同一件物品或同一次经历。1914 年，斯坦因发表了诗集《温柔的纽扣》，一首首小诗——《一把椅子》《一个盒子》《烤牛肉》《最后的夏 13》——就像一幅幅静物写生画。她最有名的作品是《爱丽丝·托克拉斯自传》，而这其实是斯坦因借托克拉斯之名写的自传，对 20 世纪初的巴黎文化生活有细致入微的刻画。这部作品出版后受到广泛好评，她应邀去美国做巡回演讲，还被美国第一夫人埃莉诺·罗斯福请到白宫喝茶。除此之外，斯坦因还写过剧本、儿童文学和大量的文学艺术评论。

在 20 世纪的美国文坛，格特鲁德·斯坦因可以说是一位非常特殊的人物。她是著名的美国作家，却没有几个美国人读过她的作品。她著作等身，但一半以上的作品都在她死后才问世。她的作品里既有现实主义和自然主义的痕迹，又有抽象主义和立体主义的影响。她曾经是现代主义的一员主将，也是后现代主义的开山鼻祖。随着时间的推移，后人逐渐认识到她的价值。她对意识流文学、同性恋文学和妇女文学都产生了重大影响。尽管她家境优裕、出身名校，但作为一位同性恋作家、犹太作家和妇女作家，她对社会边缘人的境况充满了同情。她的文学语言往往像是在玩弄文字游戏，常常置标点、句法和语法于不顾，处处显示出强烈的反叛性。她在语言和文体上刻意创新，"一朵玫瑰是一朵玫瑰是一朵玫瑰"是她广为传诵的名句。海明威宣称，他从斯坦因一个人那里学会了如何写作，他的简洁直白的文风在很大程度上得益于斯坦因的指点。

格特鲁德·斯坦因自视甚高，她对自己曾经有这样的评论："爱因斯坦是这个世纪最有创造性的哲学家，我是这个世纪最有创造性的文学家。"她还说犹太人当中仅有三位具有独创精神的人，他们是"基督、斯宾诺莎和格特鲁德·斯坦因"。她说这话时可能忘了爱因斯坦也是犹太人。她虽然孤芳自赏、目空一切，但在 20 世纪早期人才辈出的文艺圈子里，她确实是一位重量级的人物。

1946 年，格特鲁德·斯坦因在巴黎的一家美国医院去世。她在遗嘱中要求把毕加索为她画的著名肖像画捐赠给纽约大都市艺术馆，把自己的手稿捐给耶鲁大学图书馆。弥留之际，她问守候在身边的爱丽丝："答案是什么？"爱丽丝没有作答。斯坦因最后的话是："那么，问题又是什么？"

哈里·胡迪尼
擅长金蝉脱壳术的魔术大师

"没有任何牢房能够囚禁我，没有任何镣铐能够锁住我，没有任何绳索能够阻止我获得自由。"除了哈里·胡迪尼（Harry Houdini），没有任何人敢下如此断言。作为全世界最伟大的魔术家和脱身术大师，他扑朔迷离的身世，众说纷纭的死因以及令人不可思议的脱身术给世人留下了一个永不褪色的神话。

尽管胡迪尼生前一直对外宣称他的出生地是美国威斯康辛州的小镇阿伯尔顿，他的研究者们却考证出他于1874年3月24日出生于匈牙利的布达佩斯，原名哈里奇·维兹。哈里奇幼年时，全家随父亲移民美国。父亲在阿伯尔顿的一个小犹太教区做拉比，薪水微薄，勉强能够养家糊口。几年之后，父亲由于宗教观念上的分歧被教民们免了职，带着一家人离开阿伯尔顿搬到了密沃尔基。为了帮父母分担家庭重担，哈里奇卖过报纸，擦过皮鞋，但他的爱好是练习杂技和玩魔术。据胡迪尼自述，他第一次当众表演是在两棵树之间走钢丝，号称"空中王子"，那年他只有9岁。

12岁时，哈里奇离家出走，跳上了一辆开往堪萨斯城的火车。他去了哪里又做了什么至今仍是一个谜。一年之后，他与家人在纽约团聚。那时犹太人可以找到的工作十分有限，一向对魔术着迷的哈里奇决定以表演魔术为职业。他的偶像是当时法国著名魔术大师罗伯特·胡丁，于是给自己改名为哈里·胡迪尼。一开始，他与弟弟西奥以"胡迪尼兄弟"的名义演出。后来他遇见了年轻的歌舞杂耍艺人贝丝·雷蒙，两人于1894年结婚，婚后贝丝取代西奥成了胡迪尼的搭档。1895年，胡迪尼夫妇加入了一个歌舞杂耍团，在全国各地巡回表演。演出之余，胡迪尼不断钻研和改进自己的节目，尤其是各种锁的结构和开锁技巧。每到一地，他都宣称可以打开当地警方乃至任何人提供的手铐，甚至乐于为自己的失败付给对方一百美元。这一独出心裁的宣传方式和从未失误的纪录为胡迪尼吸引了大量观众。他的知名度迅速提高，很快成为团里的头号明星。

但是胡迪尼对自己的成功仍不满足，决定到欧洲试试运气。1900 年，他和贝丝在没有任何演出合同的情况下坐船到了伦敦，并幸运地在一家剧场找到表演机会。在一次演出中，胡迪尼被锁在戒备森严的伦敦警察厅的一根柱子上，和以往一样，他毫不费力地脱身成功。胡迪尼因此一举成名，欧洲其他国家纷纷邀请他前去表演，无论走到哪里，他的演出都场场爆满。为了制造惊人效果，他甚至戴着镣铐跳进河里，直到所有人都认为他生还无望时，才在最后一刻跃出水面，手中挥舞着被打开的锁链。

1905 年，当胡迪尼从欧洲返回美国时，他已经成了国际名人。在接下来的十几年里，胡迪尼不断向极限挑战，以更难、更复杂、更惊险的表演征服观众。他曾经从关押刺杀加菲尔德总统的凶手的死牢中逃出，曾经穿着紧身枷衣倒挂在摩天高楼上在众目睽睽下脱身，也曾经被绑住手脚、关在钉死的箱子里从桥头扔进河里后逃生。此外，他还创作了多个大型舞台秀，其中"中国水牢""牛奶桶逃亡""大埋活人"等成了后来幻觉表演的经典节目。在完成这些高难表演的过程中，胡迪尼依靠的不仅是魔术中常用的遮人眼目的技巧，更是他个人超常的意志和体能。为了延长在水下憋气的时间，他在家中的特大浴缸里装满了水，有空就练习。在和朋友们聊天时，他的手脚也从不闲着，因而他的双手和双脚都能灵活地开锁解扣。因为长期锻炼，他的身体极其柔软，屈伸自如，而且有着非凡的耐力。胡迪尼的成就使他成为国际魔术界无可争议的领军人物。他曾经担任美国魔术家协会的主席，并在伦敦创建了魔术师俱乐部。面对层出不穷的效仿者和后起之秀，胡迪尼一直保持着戒心和距离。他一方面对自己的技巧守口如瓶，一方面更加努力地创作新节目以确保自己在观众心目中的地位。

胡迪尼只上过几年学，但他求知若渴，阅读并收藏了大量书籍。他一贯的探索和冒险精神也延伸到其他领域。20 世纪初，莱特兄弟证实了人类飞行的可行性，胡迪尼对飞机发生了浓厚兴趣。本来他连汽车都不会开，但为了去机场方便，他在学开飞机的同时也学会了开车。1910 年，他让人将自己购买的飞机拆开后运往澳大利亚，然后在那里重新组装后飞上了天，创造了澳大利亚首次飞行成功的纪录。无声电影问世后，胡迪尼应邀主演了《神秘大师》等影片。随后，他建立了胡迪尼制片公司，亲自掌握影片的拍摄和制作。尽管这些电影中不乏扣人心弦的脱身表演和惊险特技，但胡迪尼蹩脚的演技和毫无激情的爱情戏却遭到影评家们一致诟病，观众的反应也很一般。在拍戏过程中，胡迪尼为不得不亲吻其他女人而感到难堪，每吻一次他都要给自己的太太五美元。

胡迪尼夫妇没有子女，他的母亲和他们住在一起。胡迪尼与母亲感情极其深厚，母亲的去世对他打击很大。年轻时，胡迪尼曾对通灵术有过兴趣。母亲死后他更加迫切地渴望借此与母亲交流。但长年魔术表演的经验使他轻易就识破了所谓的通灵师装神弄鬼的手段。胡迪尼由失望而愤怒，他写了一本名为《亡灵中的魔术师》的畅销书，书中详细介绍了通灵师常用的骗人把戏并在自己的魔术表演中亲自加以演示。由于对通灵术的共同兴趣，胡迪尼与福尔摩斯的创作者柯南·道尔一度成为好友。柯南·道尔因为在第一次世界大战中痛失爱子而对通灵术笃信不疑。胡迪尼对通灵术不遗余力的攻讦引起了作家的反感，而柯南·道尔的固执己见也让魔术大师深感不满。两人的争执日益激烈和公开化，关系终于破裂。

1926年秋天，胡迪尼从纽约出发开始又一轮巡回演出。贝丝因食物中毒中途病倒，胡迪尼忧心忡忡，连续几夜守护在妻子身边。在接下来的演出中，胡迪尼脚踝受伤，但他不听医生劝阻，执意按原计划前往下一站——加拿大的蒙特利尔。演出期间，几个大学生慕名到后台探访胡迪尼，其中一位提出要试试他的体能。胡迪尼一向对外号称自己体魄强健，不会被击倒。于是不顾身体虚弱答应了这一要求。而当他从沙发上起身尚未站稳时，这个学生已连出三拳打在他的腹部，胡迪尼面色惨白，应声倒下。尽管如此，他仍然带着巨痛坚持完成了当天和第二天的演出，并拒绝就医。10月24日，胡迪尼一行到达底特律，当晚演出结束后，他终于同意进了医院。经医生诊断，胡迪尼的阑尾穿孔，已导致腹膜炎，在没有抗生素的年代，这便是绝症。1926年10月31日，胡迪尼不治而亡。

临死前，他与贝丝约定了日后两人交流的暗语。此后每逢胡迪尼祭日，贝丝都试图通过举办降神会与他的亡灵相会，但胡迪尼从未出现。

英国戏剧家萧伯纳曾经调侃道，胡迪尼与上帝和福尔摩斯并列为世界史上最有名的三个人物。在当时，这番话其实不无道理。胡迪尼本人和他所做的一切都是凡胎肉骨的普通人所无法想象的。他不仅是一位出色的演员和魔术师，而且是大众娱乐的创始人。胡迪尼是第一个充分利用新兴媒体（包括报纸、广播和电影）为自己大作宣传的艺人。他对自身形象的塑造与他充满戏剧性的经历糅合在一起，形成一个带着永恒光环的不朽传奇。从贫穷的移民后代变成一代魔术大师，胡迪尼实现了自己的美国梦。他的成功既来自于他的抱负、坚持和无畏，也体现了犹太民族不屈不挠、善于生存的精神。

阿尔伯特·爱因斯坦
20世纪的"世纪人物"

　　千禧年之际，美国《时代周刊》隆重推出世纪人物特刊。在长时间的考虑、比较和争议之后，阿尔伯特·爱因斯坦（Albert Einstein）获选为20世纪"世纪人物"。美国总统罗斯福与圣雄甘地分别名列第二和第三位。在解释这一选择的理由时，《时代周刊》写道："20世纪被后人所铭记的将是科学与技术，特别是对原子能和宇宙的理解与控制。而爱因斯坦作为我们时代最伟大的智者和最卓越的偶像显得格外突出。这位心地善良、心不在焉的教授，他蓬乱的头发、深邃的双眼，富有魅力的人格和超凡绝伦的智慧让他的脸和名字成为天才的同义词。"

　　1879年3月14日，爱因斯坦出生在德国乌尔姆一个犹太家庭。父亲是一个性情随和的工程师，在慕尼黑开一家电子化学公司。母亲精明强悍，是一家之主。她热爱音乐，也培养了爱因斯坦对古典音乐和小提琴的兴趣。爱因斯坦3岁才开口说话，几年后仍不很流利。上小学时他成绩奇差，以至于老师和父母都怀疑他是弱智。爱因斯坦5岁时，父亲送给他一个指南针。那指针背后看不见的力量让爱因斯坦第一次体会到自然的奥秘。12岁时，他读到一本有关欧氏几何的小册子，科学的清晰明确又一次震撼了他的心灵。从那时起，对宇宙规律的思索就给了爱因斯坦无穷的乐趣和自由。

　　爱因斯坦15岁时，父亲生意失败，带着全家搬到意大利米兰，爱因斯坦一个人留在慕尼黑继续上学。出于对学校的不满，他故意与老师作对，最终被学校开除。在辍学的六个月时间里，他自学了微积分和高等数学。1896年，爱因斯坦进入苏黎士的瑞士科技大学，1900年通过考试获得物理学士学位。读书期间，他与一位也是物理专业的女同学麦勒娃·玛里克相爱并结婚。1902年，他在瑞士首都伯尔尼的瑞士专利局找到一份技术鉴定员的职位。接下来的七年中，他一边工作一边做自己的研究，不仅拿到了苏黎士大学的博士学位，而且在1905年发表了一系列重要论文，其中三项发现在科学史上具有划时代的意义。

其一，光子运动和光电效应。这一发现为后来电视、激光和半导体的产生提供了理论基础。爱因斯坦因此而获得了1921年的诺贝尔物理奖。

其二，布朗运动。爱因斯坦证实了布朗的发现和假设，并对悬浮在液体中的微粒的运动规则进行了数学上的表述。

其三，狭义相对论。无论一个物体以怎样的速度向光源或逆光源而动，光速保持不变，而时间与空间是相对的。在此基础上，爱因斯坦进一步提出了举世闻名的公式 $E=mc^2$，即能量等于物体质量乘以光速的平方。这一公式从理论上解释了原子弹的可行性。狭义相对论的出现在科学界掀起了轩然大波。怀疑者、嘲讽者不乏其人，更多的人则茫然不知其所云。爱因斯坦的发现改变了人们长久以来对宇宙的认识，一个在规律与秩序中一成不变的世界就这样被推翻了。

科学界开始对这位年仅26岁的年轻学者刮目相看，欧洲的许多大学纷纷向他发出邀请。爱因斯坦先后在苏黎世大学、布拉格的德国大学以及母校瑞士科技大学任教。1913年，德国著名的凯斯·威廉物理学院聘请他担任院长。次年，他被选为普鲁士科学学会会员同时被柏林大学任命为特聘教授。这一年，爱因斯坦离开了瑞士，重返德国，妻子麦勒娃则带着孩子留在了苏黎世。不久后两人离婚，爱因斯坦又娶了一位远房表亲爱尔莎。

1916年，爱因斯坦提出了广义相对论，进一步阐述了物体与能量、时间与空间的关系。他的理论同时对牛顿定律提出挑战，预测在天文现象的观测中应该可以看到重力所导致的光的屈折。1919年，英国天文学家通过日蚀的照片证实了爱因斯坦的理论。第二天，《泰晤士报》头条标题写道："科学领域的突破——牛顿理论被推翻！"《纽约时报》则惊叹："天上之光俱斜矣！爱因斯坦之说获胜！"一夜之间，爱因斯坦成了举世知名的新闻人物。

爱因斯坦成名之际，正值第一次世界大战期间。作为一个和平主义者，他一直努力运用自己的影响为世界和平奔走呼吁，是德国签署反战请愿书的仅有的四位科学家之一。爱因斯坦主张科学无国界，号召人们用科学造福人类而不是毁灭人类。战争结束后，德国的纳粹势力迅速增长。爱因斯坦在公开谴责纳粹迫害犹太人的同时，积极参与犹太复国主义运动。1921年到1922年间，他曾经多次陪同后来成为以色列第一任总统的化学家魏茨曼到世界各地进行访问，为建立一个独立的犹太家园争取援助。与此同时，爱因斯坦在德国成为反犹势力的攻击对象，他的相对论也被称为"犹太物理学"。30 年代初，德国犹太人的处境日益恶化，爱因斯坦的生命受到威胁。1933 年 1 月，希特勒上台。正在加州理工学院讲学的爱因斯坦闻讯后悲愤交加，决定弃国留美。普林斯顿大学为他提供了一份永久教职和一个安静的研究环境。

在潜心研究的同时，爱因斯坦仍然关注着德国的局势。尽管和平是他的一贯立场，面对纳粹的种种恶行，他公开表示支持对希特勒采取军事行动，并且帮助许多犹太难民逃亡到美国。1939 年，爱因斯坦得知德国很可能正在造原子弹。他当即签署了一封由数位科学家联合起草的致罗斯福总统的信，信中敦促美国政府尽快开始研制原子弹。在罗斯福总统的亲自过问下，一个名为"曼哈顿计划"的研究项目很快付诸实行。尽管爱因斯坦从未直接参与原子弹的研究，他的相对论却为之提供了理论依据。然而，1945 年美国在日本广岛长崎投下的原子弹深深震撼了爱因斯坦，让他长时间陷入痛苦和沉默。

1940 年 10 月 2 日，爱因斯坦宣誓成为美国公民。他说："只要我能够选择，今后我将只会生活在一个人人拥有政治上的自由、宽容与平等的国家。"二战结束后，爱因斯坦比以往更鲜明地表明自己的政治立场。他呼吁禁止核武器的使用，谴责麦卡锡主义的高压政策，反对宗教偏见和种族歧视，支持犹太复国主义运动。1952 年，以色列第一任总统魏茨曼逝世，但爱因斯坦谢绝了以色列让他接任总统的邀请。

自从发表广义相对论以后，爱因斯坦一直专注于统一场论的研究。他曾经几次宣布有了突破性进展，但始终未能通过实验来证实自己的理论。1945 年，爱因斯坦正式从普林斯顿退休。40 年代后期，他的心脏开始出现问题。1955 年，爱因斯坦的身体进一步恶化，而他坚持不肯做心脏手术。4 月 18 日，爱因斯坦因心血管破裂去世。按照他的生前遗嘱，没有葬礼，没有陵墓，没有纪念碑，他的遗体火化后骨灰被撒到当地的一条河里。但普林斯顿的一位病理学家却偷偷地保存了爱因斯坦的大脑并终于在半个世纪以后把它交给了加拿大研究人员，希望破解 20 世纪最伟大天才之谜。

爱因斯坦一生以科学为享受。他曾经说："科学是最美丽的。献身科学实在是一个人所能得到的最好的礼物。"20 世纪是一个科学与技术腾飞的时代，这个时代的每一个里程碑，从原子弹、航天到电子技术都留下了爱因斯坦的痕迹。尽管爱因斯坦对科学的贡献是无与伦比的，他的影响却远远超越了科学。《时代周刊》指出："爱因斯坦的相对论不仅颠覆了物理学，而且动摇了社会基础。它间接地为道德、艺术和政治上前所未有的相对性铺平了道路。"在过去三百年里，伽利略和牛顿精确的宇宙观为启蒙时代奠定了基础，人们相信并依赖因果关系、秩序、理性以及责任。而今，时空变成了相对的，绝对的定律不复存在。与科学相对应的是艺术。爱因斯坦获得诺贝尔奖的同一年，乔伊斯发表了《尤利西斯》，艾略特发表了《荒原》。毕加索、普鲁斯特、斯特拉文斯基、弗洛伊德等都在各自的领域里打破了机械性的秩序和绝对的时空观念。

爱因斯坦是一个奇特的人物。为了专心进行科学研究，他几乎是有意地与他人包括自己的家庭保持距离，而他所思考的宇宙问题与普通人的生活更是相距甚远。然而，他却是二十世纪最耀眼的公众人物，他固有的道德感和良知让他在一次次重大的历史关头发挥了关键的作用，因而成为整个西方世界的道德楷模。

爱因斯坦生前曾经说过："为他人服务是唯一值得拥有的人生。"在即将离开这个世界时，他在病床上坦然地说："我已经完成了我的工作。"

路易斯·梅涅
米高梅电影公司总裁

好莱坞的发家史和一长串犹太人的名字连在一起——朱克尔、莱梅尔、戈德温、科恩、塞尔伯格、福克斯、拉斯基、施恩克、梅涅。在短短的几十年里，他们把默默无闻的好莱坞变成了一个全世界家喻户晓的名字。在好莱坞这些元老级的人物当中，米高梅电影公司的创始人之一路易斯·梅涅(Louis Mayer)应该是成就最高、影响最大的一位。从1924年到1951年的27年里，他一直是米高梅电影公司的主要制片人，栽培了电影界很多大牌电影明星、导演、剧作家和制片人，也因此而成为30年代到40年代期间好莱坞一言九鼎的风云人物。直到今天，米高梅电影公司出品的影片片头那只咆哮的狮子仍然是全世界最为人们所熟知的商标之一。1927年，在路易斯·梅涅的倡导之下，美国电影艺术科学院宣告成立。从此以后，由美国电影艺术科学院主办的奥斯卡颁奖仪式成了美国乃至全世界电影界每年一次的盛典。

1885年，路易斯·梅涅出生于俄国明斯克的一个犹太人家庭。他3岁那年，父母移民到加拿大新不伦瑞克省的圣约翰，父亲收集破铜烂铁，母亲则做了沿街兜售的鸡贩子。路易斯·梅涅小学毕业后即辍学给他父亲当帮手。20岁那年，他离开加拿大，来到美国的波士顿，继续从事废铁回收的老行当。1907年，他用赚来的钱在波士顿北面的一个小镇里买下了一家破旧的小电影院，将它整修一新后专门放映高质量的电影。在接下来的几年里，他又接连买下好几家电影院。不久就成了新英格兰地区最大的连锁电影院老板。1915年，他用五万美元买下电影《一个国家的诞生》在新英格兰地区的批发权，一举盈利五十万美元。1918年，33岁的路易斯·梅涅做出了一个历史性的决定，从波士顿搬到了洛杉矶，并成立了自己的电影公司——都市电影。他的几部由影星安妮塔·斯图亚特主演的爱情片为电影公司带来了丰厚的利润，让电影界同行刮目相看。1924年，电影业的巨头马库斯·洛尔买下了都市电影，梅涅成为公司的行政副总裁。两年之后，都市电影和戈德温电影公司合并，正式成为米高梅电影公司，路易斯·梅涅出任米高梅首任总裁。

路易斯·梅涅相信优秀演员是优质电影的保证。在他的领导下，米高梅电影公司网罗到一大批大牌明星，包括克拉克·盖博、琼·克劳馥、茱蒂·加兰、罗伯特·泰勒、威廉·鲍威尔、伊丽莎白·泰勒和凯瑟琳·赫本，而葛丽泰·嘉宝的伯乐则是路易斯·梅涅本人。他对合同制的使用可谓炉火纯青，把这些明星牢牢地拴在米高梅的旗下。在这个由影星、导演和制片人组成的大家庭里，路易斯·梅涅成了无可争议的一家之主。有一次，罗伯特·泰勒跑来找他要求增加工资，他对泰勒的忠告是：只要他工作勤奋、尊敬长辈，就会得到他应该得到的一切。梅涅掉了几滴眼泪，拥抱了泰勒，然后把他送出了办公室。别人问泰勒有没有涨到工资。泰勒热泪盈眶地回答："没有，但我有了我一直想要的一个父亲。"

米高梅成立的头几年里就拍出了多部成功的作品，比如《大游行》、《本·赫》《大饭店》《八点钟的晚餐》《绿野仙踪》等。有一段时间，"米高梅"的员工多达数千人，平均每星期推出一部大片。路易斯·梅涅的个人经历对米高梅的电影有很大影响。他瞧不起自己的父亲，但很爱自己的母亲，母亲的早逝是他心中永远的伤痛。他不知道自己的出生日期，出于对收留他的美国的感激，把美国独立日7月4日当成自己的生日。对母爱和爱国主义的赞美成了米高梅电影中的主旋律，在表现美国梦的同时也对美国梦做出了新的诠释。路易斯·梅涅非常看重电影在体现美国价值观上的重要性。当他听说《安迪·哈代》的青年影星米奇·路尼在生活中放荡不羁时，不禁勃然大怒，对他大声训斥："你是安迪·哈代！你是美国！你是星条旗！你是一个象征！放规矩点！"女演员安·拉瑟福德也来找他加工资，他先是对她使用对付罗伯特·泰勒的同样手法，但是拉瑟福德解释自己答应给母亲买房子却拿不出钱。一听她提到母亲，梅涅马上动了恻隐之心，陪着掉眼泪之后立刻给她涨了工资。

二十世纪四五十年代，米高梅把融音乐和舞蹈为一体的百老汇音乐剧搬上了银幕，再一次获得巨大成功。同一时期米高梅影响最大的影片是由梅涅的女婿大卫·塞尔兹尼克执导的《飘》。但二战之后米高梅电影公司的好莱坞霸主地位开始受到挑战，它的家庭剧和言情片也因为格式化和过于滥情而失去了往日的魅力。同时，梅涅的家长式作风渐渐引起手下人的反感。1951年，路易斯·梅涅在一场新旧交替的权力斗争中被迫出局，结束了他在米高梅电影公司长达27年的铁腕统治。

在政治上，路易斯·梅涅一向趋于保守，是共和党的铁杆支持者。胡佛任美国总统期间，曾有心委派他出任美国驻土耳其大使，但当时米高梅刚刚开始拍摄有声电影，梅涅最终决定留守好莱坞。他热心政治，是加州共和党的领袖。20 世纪 50 年代初，美国国会参议员麦卡锡大肆围剿文化艺术界的亲共人士，路易斯·梅涅积极合作，把大批在他手下工作的演员和作家的情报提供给麦卡锡的非美活动调查委员会，这应该算是梅涅一生中的一个污点。

1957 年，路易斯·梅涅患白血病去世。因为和女婿的政见不同，他决定不给女儿留下任何遗产。这位一生信奉家庭价值的人带着和家人深深的裂痕离开了人世。他死后不知是谁说的一句话可能给他传奇般的影响力做了最好的注脚：“这么多人来参加他的葬礼，只是因为想确认他确实死了。”

艾达·罗森斯奥
胸罩的发明人

在当今琳琅满目、五彩缤纷的女性内衣世界里，胸罩是其中最普通却最能凸显女性魅力的一种。21世纪的女性已经无法想象身上没有胸罩，但很少有人知道谁是这一改变了女性生活的伟大发明者。

她就是美国最大的内衣公司、历史最悠久的胸罩品牌"少女型胸罩"的创始人艾达·罗森斯奥 (Ida Rosenthal)。

艾达·罗森斯奥于1886年1月9日出生于俄国明斯克的一个犹太家庭。父亲是一位希伯来语学者，母亲经营一家小杂货店。艾达19岁时随未婚夫威廉·罗森斯奥移民美国，于1907年在新泽西州结婚定居。不久，艾达利用自己的裁缝技术在纽约的曼哈顿开了一家小缝衣店，由她主管销售和财务，威廉负责设计和裁剪。作为女性，艾达对女式服装在胸部的裁剪方式一直很不满意。第一次世界大战以前，女性穿的是有金属箍圈的紧身胸衣。大战期间，所有的钢铁都被用于制造武器，于是女人们只好用一条背后有挂钩的长布带来束胸。这种束胸不仅非常不舒适而且完全掩盖了女性的胸部曲线。

罗森斯奥夫妇设计了一种独特的女式服装内衬，将两个对称的圆形罩杯缝在胸部，中间用松紧带相连。这一改进让胸部自然挺起，使女式服装一下子变得既合身又漂亮，深受女性顾客的欢迎。罗森斯奥夫妇决定放弃制作服装，专门生产胸罩。他们给自己的品牌起名为"少女型"，意在凸显与令胸部平平的"男孩式"布带束胸截然相反的风格。1925年，第一家少女型胸罩工厂在新泽西州投入生产。1928年，售出胸罩五十万个，之后又顺利度过席卷全国的经济大萧条时期。到30年代末，少女型胸罩在全美各大商场均有出售并且远销国外。在富有生意头脑和时装意识的艾达的领导和参与下，少女型内衣公司又陆续开发出丰满型胸罩、哺乳胸罩、泳装和其他女用内衣。在不断寻求改进的过程中，威廉提出将胸罩罩杯的尺寸规范化，并因此于 1926 年获得专利。1942 年，艾达发明了用扣袢调整胸罩背带的长短，同样也获得了专利。如今，这两项专利已经成为胸罩设计的基本模型。为了扩大生产、增加产量，艾达将重工业领域常用的流水线作业首次引用到内衣制造业。她重新调整了生产程序，让每个工人分别完成其中一个环节，最后再将内衣的各个部分缝制在一起。

1949 年，罗森斯奥夫妇决定在报纸和杂志上为他们的产品大做广告。一个纽约的广告公司提出了这样一个别出心裁的广告词："我梦见自己穿着少女型胸罩在（购物、演戏、法庭上等等）……"广告中的年轻女性在不同日常公共场合或者幻想境界中出现，上身一律只戴着一个少女型胸罩。在风气保守的 50 年代，只穿胸罩的女性形象无疑会引起巨大争议，但艾达大胆采用了这一令人瞩目的创意。广告登出后效果奇佳，广告中的口号成为经典，一直延用了二十多年。少女型胸罩让广大女性感到前所未有的舒适、自由和性感，并且从心理上迎合了二战以后妇女对独立和成功的向往。而且研究还表明，戴胸罩工作的职业女性比较不会感觉疲劳。

随着时间的推移，少女型内衣公司从创业时的十名员工发展到了数千名。1958 年，威廉·罗森斯奥去世，艾达成为公司总裁。她从位于长岛的豪宅搬进了纽约第五大道上一套三居室的小公寓里。她每天去位于曼哈顿的公司总部上班，亲自检查每一个推销员的业绩，并到全国各地做产品宣传。艾达于 1973 年 3 月 29 日去世，享年 87 岁。公司由她的女儿也是公司主设计师碧雅翠丝接管。

罗森斯奥夫妇生前将财富慷慨地回馈社会以及自己的犹太民族。他们在纽约大学建立了以自己名字命名的研究基金，为犹太文献和希伯来文化的研究者提供资助。为了纪念他们早逝的儿子路易斯，罗森斯奥夫妇将自己在新泽西州的地产捐给美国童子军作为活动营地。此外，艾达还将遗产的一部分捐赠给许多犹太学校和机构。

罗森斯奥夫妇身无分文地从俄国来到美国，用自己的智慧、才干和勤奋书写了一篇犹太移民的奋斗史。在一个广大妇女的社会角色是主妇、秘书、女工的时代里，艾达·罗森斯奥作为一个企业家取得了如此巨大的成功是极其罕见的。更重要的是，她的发明给全世界的女性带来了美和自由。

欧文·伯林

《天佑美国》的词曲作者

欧文·伯林（Irving Berlin）是美国最长寿也最多产的词曲作家。他一生中创作了近千首歌曲、19 部音乐剧和 18 部电影配乐。在他广为流传的众多歌曲中，《天佑美国》的知名度和重要性几乎与美国国歌不相上下。与欧文·伯林同时代的著名作曲家杰罗姆·克恩曾经对他作出最经典的评价："欧文·伯林在美国音乐里不是占有一席之地，他本身就是美国音乐。"

1888 年 5 月 11 日，欧文·伯林出生于俄国秋明市。他 5 岁时，父母为了躲避对犹太人的大屠杀带着六个子女逃亡到美国。像当时的许多东欧移民一样，欧文·伯林一家住在纽约下城东区的贫民公寓里。欧文·伯林对音乐的最早接触来自犹太教堂，他的父亲偶尔在那里领唱祷文。欧文·伯林只上过两年小学，他 8 岁时父亲就去世了。为了帮助母亲维持一家人的生活，他曾经走上街头卖唱。14 岁时，欧文·伯林离家自谋生路。最初他在咖啡馆、夜总会、沙龙等场所卖唱为生，后来他在唐人街的一家中餐馆找到一份歌手兼跑堂的差事。在这期间，他和餐馆的钢琴师合作了他的第一首歌《玛丽来自阳光灿烂的意大利》，由他填词，钢琴师谱曲。1907 年 5 月 8 日，这首歌正式出版。随后，他又陆续写了一些受欢迎的歌曲，并被一家有名的音乐创作出版公司聘用为专职词作者。这期间，他开始自己谱曲。1911 年，欧文·伯林创作了《亚历山大散拍乐队》。散拍乐是早期爵士乐的一种形式，来源于 19 世纪末美国南部和中西部黑人音乐家的创作。《亚历山大散拍乐队》由轻歌舞剧女星爱玛·卡罗斯在芝加哥演唱之后迅速走红并流传到国外，短短时间里就卖出了上百万份歌谱。同一年内，欧文·伯林又写出三首脍炙人口的散拍乐风格的歌曲，被公认为散拍乐之王。尽管欧文·伯林的歌在节奏上缺少散拍乐的原味，但他是最早将爵士乐普及化的白人音乐家。

在接下来的 50 年里，欧文·伯林的歌曲以各种各样的风格和形式源源不断地流向社会，成为近半个世纪美国大众音乐的代表。

1914 年，欧文·伯林的第一个舞台剧《走路当心》公演。他从此一发而不可收，共写出包括《停！看！听！》《安妮，拿起你的枪》《叫我夫人》等 19 部音乐剧。剧中许多歌曲都成了传唱一时的名曲。1919 年，欧文·伯林成立了自己的音乐出版社。两年以后又在百老汇创建了八音盒剧院，专门上演自己的作品。1935 年，欧文·伯林应邀为音乐电影《高顶礼帽》配乐，开始了他与好莱坞长达 20 年的密切合作，他的歌曲也通过银幕更广泛地在民间流传开来。

在两次世界大战期间，欧文·伯林创作了大量爱国歌曲以及与战争和军队生活有关的作品，他的歌曲反映了美国人民的爱国热情，也极大地鼓舞了前方战士的士气。1917 年，欧文·伯林应征入伍，在长岛的阿普顿营服役。他受命写出了反映军旅生活的舞台剧《嘿！嘿！》。这出戏在纽约上演后引起巨大反响，一共演出了 32 场，其票房收入为阿普顿营建起了一个服务中心。第二次世界大战期间，欧文·伯林重返阿普顿营搜集创作素材。这一次，他写出了舞台剧《军人风范》，并随剧组在美国各大城市以及美军在欧洲、非洲和澳洲的基地进行了长达三年半的巡回演出。《军人风范》的票房收入达到一千万，欧文·伯林将它全部捐给了美国政府。

在一次采访中，欧文·伯林说："爱国歌曲是一种情感，你绝不能让听众感到难堪，否则他们会恨透了你。它一定要恰到好处，而且时机上也要掌握得当。"1938 年第一次世界大战停战日那天，欧文·伯林献出了他最著名的爱国歌曲《天佑美国》。这首歌立刻在美国民众中引起了热烈的反响和认同，甚至有取代美国国歌之势，后来成了历年美国独立节必唱的歌曲之一。继《天佑美国》之后，欧文·伯林又写了鼓励民众认购国防债券，宣传国防工厂的扩建，以及赞美美国红十字会的歌曲。1955 年 2 月 18 日，艾森豪威尔总统授予欧文·伯林国会金质奖章，表彰他和他所创作的爱国歌曲对国家作出的贡献。

20 世纪 50 年代中，欧文·伯林停止了创作。他试过打高尔夫球、钓鱼、画画等，但都没有坚持下去。1962 年，74 岁的欧文·伯林带着舞台剧《总统先生》重返百老汇，观众对此期待极高，首演之前票房收入已达到二百五十万元。但评论界对《总统先生》褒贬不一，有些评论指出这出戏"过时、疲沓、缺少创意"。这对欧文·伯林显然是一个打击，《总统先生》落幕之后，他正式告别了音乐创作。

在创业初期，欧文·伯林几乎一直是单身。1912 年，他娶了多萝西·葛叶兹，但她婚后五个月就染病死去。1926 年，37 岁的欧文·伯林与 22 岁的邮电大亨克莱伦斯·麦克埃之女爱琳私奔，成了当时大小报刊上轰动一时的新闻，这段婚姻一直延续到 1988 年爱琳去世。晚年之后，欧文·伯林过着隐居式的生活，不接受采访，也不在公众场合露面。他退休时身价千万，是同时代音乐家中最富有的一位。但他对自己歌曲的版权很小心，轻易不肯授权于人。因为小时候生活穷困，他从一开始就将音乐和钱划上等号，因为如果卖不出音乐，他就没有饭吃。尽管写出了那么多有名的作品，他对自己的成就却始终缺乏安全感。

欧文·伯林只上过两年小学，更没有接受过任何正规的音乐教育。甚至不会识谱和记谱。在普通钢琴上，他只能弹黑键并且只能弹一个音阶。创作时，欧文·伯林使用移调钢琴，通过钢琴上的手柄来变换音阶，再由一位助手将他弹出的音乐记成乐谱。在半个多世纪的创作生涯中，欧文·伯林凭借的完全是他在音乐上天生的禀赋和超人的直觉。他不仅在同时代音乐家中最多产，而且成功率最高，许多歌曲至今仍在被人传唱。其中《白色圣诞》和《复活节游行》成为耳熟能详的经典节日歌曲，每年都在世界各地播放。欧文·伯林不是一位深奥精致的音乐家，但他的歌词和旋律纯朴优美，深入人心。一位评论家曾经指出："欧文·伯林的天才不在于他能够适应每一个历史事件和戏剧背景。而在于他善于发现和表达普通美国人心底的需求和情感。"

1988 年，欧文·伯林的百年诞辰庆典在纽约卡内基音乐厅举行，弗兰克·辛纳特拉、伦纳得·伯恩斯坦、艾萨克·斯特恩、娜塔丽·寇尔等美国最杰出的音乐家到场致贺，庆祝实况通过电视向全国转播。一年后的 9 月 22 日，101 岁的欧文·伯林在睡梦中安然离去。

赛尔门·瓦克斯曼
"抗菌素"的发明人

　　赛尔门·瓦克斯曼 (Selman Waksman) 不仅是"抗菌素"这一名称的发明者，而且是这一起死回生的药物的发现者。1943 年，他经过对上万种微生物的研究，成功地分离出了链霉素，从而挽救了全世界无数结核病患者的生命。1952 年，瓦克斯曼获得诺贝尔医学奖。作为抗菌素领域的先锋，他改变了现代医学的发展，对人类健康作出了不可估量的贡献。

　　1888 年 7 月 2 日，赛尔门·瓦克斯曼出生于俄国的一个小村镇。父亲靠编织家具上用的布料养家糊口，母亲和几个亲戚一起开了一家杂货批发行。瓦克斯曼从小受的是传统的犹太教育，后来为了上大学又进入了敖德萨的一所拉丁学校学习。尽管瓦克斯曼通过了拉丁学校的考试，但由于俄国对犹太族裔的种种歧视和限制，他被关在了大学门外。

　　1909 年，瓦克斯曼的母亲去世，已经移民美国的亲戚向他发出了邀请。1910 年，22 岁的瓦克斯曼漂洋过海来到美国的新泽西州。在亲戚的农场里，他学习并掌握了最基本的农业知识。第二年，瓦克斯曼进入了附近的拉特格斯大学，在那里他遇到了同样来自俄国的细菌学专家利普曼教授。作为农学院院长，利普曼极力主张瓦克斯曼学习农业并给了他奖学金。1915 年瓦克斯曼本科毕业，第二年获得硕士学位。在读研究生期间，他曾经在新泽西州的农业实验站做过土壤细菌学方面的研究。1916 年，瓦克斯曼成为美国公民并与来自同村的俄国同乡波莎·敏尼克结了婚。婚后，瓦克斯曼前往加州柏克莱大学攻读博士，只用了两年时间便拿到了博士学位，他的毕业论文是关于真菌中水解酶的研究。1918 年，瓦克斯曼的母校拉特格斯聘请他担任土壤微生物学的讲师。几年之内，瓦克斯曼出版了两本重要的专业著作，其中《土壤微生物学原理》被土壤细菌学的研究者奉为经典。同时，他的实验室也不断有新成果问世。30 年代，瓦克斯曼对土壤、腐殖质土壤与泥炭中微生物复杂的生命结构进行了系统的研究。作为学科带头人，他吸引了许多慕名而来的研究生和博士后。瓦克斯曼在撰写专业著作的同时与不少微生物方面的企业建立了良好的合作关系。这些企业日后对生产和推广瓦克斯曼的研究成果起了很大作用。

1939 年，瓦克斯曼担任了美国战时细菌委员会主席。他利用自己早年对土壤微生物的研究结果，研制出保护士兵与军事设备的杀菌剂，并帮助海军解决了损害船只的细菌问题。这一年，瓦克斯曼的一位研究生发现了两种从土壤中分离出来的抗菌素：短杆菌酪肽和短杆菌肽，后者对革兰氏阳性菌十分有效。但由于短杆菌肽对人体毒性过大，只能用于动物的各种细菌感染上。这一发现激励了瓦克斯曼继续探索土壤中抗菌微生物的医疗作用。他建立起一个由 50 名研究生与研究助理组成的团队，对成千上万种土壤中的真菌和微生物进行了系统分析和研究。1940 年，瓦克斯曼成为微生物系主任。这一年，他和手下的研究人员分离出了放线菌素。尽管放线菌素对人体依然有害，但随后发现的它的几种分类却有较强的抗癌作用。在接下来的十年里，瓦克斯曼又分离出十种不同的抗菌素，其中最重大的发现就是链霉素。

链霉素不仅对人体基本无害，而且对革兰氏阴性菌感染极为有效，尤其是当时被称为"人类头号杀手"的结核病。20 世纪初，美国每年有九万人因结核病丧生，平均每七例死亡中就有一例是结核病。全世界在上两个世纪的二百年中有一亿多人被结核病夺去了生命。在链霉素发明以前，医学在结核病面前束手无策，唯一的治疗方法是隔离和疗养，而链霉素改变了这一切。从 1944 年第一次临床实验成功开始，链霉素显示出了神奇的疗效，将无数患者从死神手中解救出来。1950 年，链霉素对其他疾病的作用也得到了证实，包括脑膜炎、心内膜炎、肺炎、尿道感染等炎症。

在瓦克斯曼的亲自安排下，链霉素在多家医药公司同时投入生产，成为一项年产量价值五千万元的产业。拉特格斯大学成为链霉素专利权的最大受益者，而且瓦克斯曼还把属于自己的那份收入捐赠出一大部分，为母校建立起一所微生物学院，后来改名为瓦克斯曼微生物学院。此外，他还将自己对链霉素的研究成果写成了一部名为《链霉素：性能及其实用》的著作。链霉素的发现改变了现代医学的发展轨迹。它不仅挽救了无数生命，而且开辟了医学研究的新领域，激发了世界各地的科学家们从微生物中寻找其他抗菌素和药物。1949 年，瓦克斯曼分离出新霉素，用于对链霉素产生了抗体的细菌感染。他领导下的微生物学院也不断发现新的抗菌素。1950 年，瓦克斯曼以前的一位研究生将他告上法庭，索求链霉素的部分专利权。这位学生曾经参与了链霉素的研究，他的名字也像其他研究人员一样列在相关的文章和专利申请上。瓦克斯曼在学校法律顾问的建议下，同意庭外和解，该学生得到一大笔补偿金。

1958 年，瓦克斯曼从拉特格斯大学退休，但他并未停止工作，不仅继续讲课和指导科研，而且以惊人的速度继续写作。瓦克斯曼一共发表了二十多本著作，其中他的自传《我的一生与微生物》被译为多种文字。除诺贝尔医学奖之外，瓦克斯曼还获得了法国荣誉骑士称号以及巴西、英国、丹麦、意大利、日本、荷兰等许多国家学术组织的表彰。此外，他还于 2005 年 5 月被列入美国发明家名人榜。

1973 年 8 月 16 日，赛尔门·瓦克斯曼因脑溢血突然去世，死后葬在他工作了一生的拉特格斯大学附近。

格劳裘·马克思
与卓别林齐名的喜剧大师

20 世纪六七十年代，法国著名导演让－卢克·戈达德有一句流传欧美电影界的名言："我是格劳裘派的马克思主义者。"这里的马克思主义指的不是我们所熟悉的共产主义理论，而是美国喜剧演员马克思兄弟独特的表演风格。格劳裘·马克思（Groucho Marx）不仅是马克思兄弟中最主要的一员，也是 20 世纪美国最伟大的喜剧天才之一。

格劳裘原名朱利亚斯，1890 年 10 月 2 日出生于纽约曼哈顿一个犹太人聚居的社区。朱利亚斯在兄弟五人中排行第三，他的父亲塞缪尔和母亲米妮分别是来自法国和德国的犹太移民。塞缪尔靠做裁缝养家糊口，但他手艺平平，收入微薄，家里常常入不敷出。米妮有一位表演杂耍喜剧的哥哥，在舞台上小有名气，因此米妮一心想让自己的几个儿子在演艺圈混一口饭吃。朱利亚斯有一副好嗓子，又喜欢唱歌，于是第一个被母亲推上了舞台。不久，其他四个兄弟也陆续加入进来，最终形成了"马克思兄弟"的固定组合，而且每个人都起了艺名。朱利亚斯变成了格劳裘（Groucho），他的四个兄弟则分别叫做奇寇（Chico）、哈泼（Harpo）、仔泼（Zepppo）和加莫（Gummo），其中加莫只偶尔在台上露面。

最初，"马克思兄弟"以唱歌为主。一次，他们在德克萨斯州的一个小镇表演时，一头骡子发起蛮劲，不肯拉车。观众们无心看演出，纷纷跑到外面看热闹。马克思兄弟气急败坏，待观众们一回到座位上便把他们狠狠地挖苦了一番。谁知这番"即兴表演"收到了出其不意的效果，观众们不但不以为忤，反而被他们刻薄而机智的嘲讽逗得乐不可支。从此"马克思兄弟"正式转向喜剧表演，开始了自己独特的集插科打诨、嬉笑怒骂于一身的闹剧风格。

随着时间的推移，"马克思兄弟"的演技越来越老练，并且每个人都有了自己固定的舞台个性和表演风格。格劳裘逐渐形成了日后世界闻名的人物特征和造型，包括他的长礼服、粗眉毛、金丝眼镜、大雪茄烟、唇上的一抹黑胡子和走路时松松垮垮的步子。这里面有的是刻意而为，如格劳裘从不离手的雪茄烟可以用来掩饰忘词时的停顿；有的则是意外收获，比如他夸张抢眼的黑胡子。一次格劳裘因故迟到，上场之前来不及粘假胡子，便随手用油墨在唇上抹了一笔，不料效果奇佳，从此成了他的标志之一。

1919 年，"马克思兄弟"的小品《回家》在芝加哥首演时大受欢迎，并且得到《芝加哥论坛报》的好评。"马克思兄弟"因此受到纽约皇宫剧院的邀请，那里是昔日杂耍歌舞团的最高殿堂。演出后，"马克思兄弟"在纽约留了下来，并加入了当时最有影响的杂耍歌舞组织奇斯－奥比。1922 年夏天，"马克思兄弟"应邀前往英国，在伦敦著名的大剧院表演。他们的演出获得了巨大成功，但回到纽约后却因擅自外出表演被奇斯－奥比处以罚款。"马克思兄弟"拒不认罚，因此被赶出了杂耍歌舞界。

值得庆幸的是，由于有声电影和广播的出现，杂耍歌舞的传统正在走向衰落。"马克思兄弟"因祸得福，开拓出新的表演天地。一位戏剧制作人在看过他们的演出后，决定把他们的滑稽节目改编成音乐喜剧《我说她是》。这出戏在费城首演后引起巨大轰动，"马克思兄弟"大受鼓舞，随后前往全国各大城市进行巡演，最终的目的地是戏剧之都——纽约。经过一年多的演出和修改，1924 年 5 月 19 日，"马克思兄弟"终于鼓足勇气登上了百老汇的戏剧舞台。纽约戏剧界权威亚历山大·沃考特对《我说她是》大加赞许。他在评论中写道，剧终时自己笑倒在地，"不得不被人从过道扶起，再轻轻地放回到座位上"。

从穷乡僻壤的小镇到皇宫剧院再到百老汇舞台，"马克思兄弟"已经在路上风尘仆仆地颠簸了二十余年，如今终于苦尽甘来。1925 年到 1928 年期间，"马克思兄弟"先后成功地演出了《椰子》和《动物饼干》，成为百老汇最受欢迎的演员。尽管这两部戏的剧本都是由他人执笔，但实际上却是"马克思兄弟"惟妙惟肖的性格刻画和格劳裘反应敏捷的即兴发挥赢得了观众。格劳裘的剧中角色通常是一个冒充行家的骗子，他油嘴滑舌、出口成章，让人永远抓不住把柄。在演出过程中，格劳裘必定脱离剧本和台词任意发挥。他的俏皮话信手拈来、毫不费力，而且每演一场都不断有新的创造。

20 世纪 20 年代，有声电影出现，影片中的笑星出声之后却未必好笑。好莱坞制作人于是转向戏剧舞台寻找既会演又能说的演员，而此时"马克思兄弟"正是百老汇最耀眼的明星。1929 年到 1930 年，《椰子》和《动物饼干》先后被搬上了银幕。1931 年，"马克思兄弟"从东海岸把家搬到了好莱坞。

1929 年本是"马克思兄弟"演艺生涯收获最丰的一年。但同一年中，母亲米妮中风去世，随后美国股票市场崩盘，兄弟几人几乎失去了所有的投资。多年后，格劳裘应邀参观纽约证券交易所，他的出现引起了交易者们的欢呼。格劳裘抓过扩音器高声宣布："1929 年，我在这里损失了几十万。今天我要让那些钱丢得值得！"在接下来的 15 分钟里，他不停地唱歌、跳舞、讲笑话。此间全场鸦雀无声，华尔街的股票自动显示器上一片沉寂。

30 年代初，"马克思兄弟"为派拉蒙电影制片公司拍摄了《恶作剧》（1931）、《马羽》（1932）和《鸭汤》（1933）。1934 年，仔泼离开"马克思兄弟"，做了独立经纪人。格劳裘、奇寇和哈泼加盟 MGM，拍摄了"马克思兄弟"最为人称道的两部影片《歌剧院之夜》（1935）和《比赛之日》（1937）。接下来的几年里，"马克思兄弟"又有几部电影问世，但卖座率远远不如从前的作品。

1941 年，"马克思兄弟"宣告解散。五年之后，格劳裘、奇寇和哈泼重返好莱坞，拍摄了《卡萨布兰卡之夜》，之后再一次各奔东西。他们合作的最后一部电影是 1951 年上映的《欢爱》。

"马克思兄弟"解散后，格劳裘继续单枪匹马在演艺界发展，他是兄弟几人中最为成功的一个。从 1947 年到 1952 年间，他先后拍摄了《克帕卡巴纳》《双雄》《循规蹈矩》等影片。1947 年，格劳裘成为美国广播公司（ABC）的广播猜谜节目"用性命打赌"的主持人。这个节目充分展示了格劳裘的特长。因为没有脚本的束缚，他可以随心所欲地即兴发挥，而他也的确利用这个机会把自己的喜剧天才表现得淋漓尽致。1950 年，"用性命打赌"被搬上了电视，格劳裘又一次成为万众瞩目的明星。从 1947 年到 1961 年，"用性命打赌"在广播和电视上共播出 15 年，格劳裘用开怀的笑声伴随了美国几代人。作为这个节目的主持人，他先后获得了皮博迪广播奖和艾美电视奖。

1961 年以后，格劳裘有近十年处于半隐退状态。这期间他读书写作，在文字上颇有收获。因为少年时代从艺，格劳裘连小学都没有毕业，但他一生酷爱读书。从他与别人的大量通信中可以看出他阅读广泛、文笔轻松流畅。1967 年，美国国会图书馆不仅收藏了格劳裘的信件，而且出版了《格劳裘书信集》。此外，格劳裘还创作并发表了剧本《伊丽莎白时代》、自传《格劳裘与我》、随笔《低劣情人》等著作。

格劳裘共结过三次婚，妻子一个比一个年轻，但最终都以离婚告终。20 世纪 70 年代初，年逾八旬的格劳裘在自己美貌的女秘书兼伴侣爱伦·弗莱明的陪同和鼓励下重返舞台，在美国各大城市举办了一系列个人表演，包括 1972 年 5 月 6 日在纽约卡内基音乐厅的盛大演出。同年，格劳裘出席了法国戛纳电影节并被法国政府授予文学艺术骑士称号。1974 年，格劳裘荣获奥斯卡特别奖。1977 年，马克思兄弟四人被列入好莱坞名人榜。哈泼和奇宝已不在世，仔泼重病卧床，格劳裘独自一人出席了典礼。

1977 年 8 月 19 日，格劳裘因患肺炎去世，享年 86 岁。

格劳裘在世时，曾被英国戏剧家萧伯纳称为"当今全世界最伟大的演员"。格劳裘卓越的喜剧天才表现在他张口即来的俏皮话、出人意料的双关语、逻辑错乱的狡辩、入木三分的嘲讽以及他在"抖包袱"时对时机和火候恰到好处的把握。与他语言上的喜剧天赋相得益彰的是他的表演才能和活灵活现的动作和表情。格劳裘有一句这样的名言："无论是什么，我一律反对。"这便是他最被人推崇的所谓"颠覆性幽默"。在他的喜剧里，格劳裘几乎将所有的传统、权威、体制甚至感情都嘲笑遍了，但是他最尖刻的讽刺始终是针对那自认为高人一等的上层人物和他们的愚蠢、自负和残酷。

格劳裘·马克思的喜剧艺术对后来的喜剧演员和表演产生了巨大影响。2005 年 1 月 1 日，英国举办了有史以来最伟大的 50 名喜剧艺术家的评选，投票者必须是喜剧演员或者喜剧专家。格劳裘·马克思高居第五名，排在他前面的是三位英国喜剧演员以及名列第四的美国犹太喜剧大师伍迪·艾伦。查尔斯·卓别林是第十八名。伍迪·艾伦从不掩饰对格劳裘的崇拜和他对自己演艺事业的直接影响。他曾经说："格劳裘·马克思是我们这个国家有史以来最优秀的喜剧演员。他像毕加索和斯特拉文斯基一样举世无双。"

大卫·萨诺夫
让收音机和电视机走进千家万户的企业总裁

美国是世界上汽车最多的国家，每个家庭平均拥有两到三部汽车。开车时美国人最喜欢听收音机，因为收音机里的新闻、音乐、聊天、猜谜等节目丰富多彩、引人入胜。车里有了收音机，美国人每天开车上下班的那段路程就好打发得多了。美国也是世界上电台最多的国家，共有一万三千多家电台，而最早设想用无线电收听广播的人就是大卫·萨诺夫（David Sarnoff）。

美国人平均一周在电视前要消磨好几十个小时。对他们来说，电视是一扇窗子，他们既可以了解窗外的世界，又可以在窗里逃避现实。电视在美国人的生活中占有不可替代的位置，早已超越报纸和电台成为 20 世纪最具影响力的媒体。最早把电视介绍给全世界的也是大卫·萨诺夫。

1891 年 2 月 27 日，大卫·萨诺夫出生在俄国明斯克的一个犹太村庄里，在家里排行老大。1900 年，萨诺夫 9 岁那年，全家移民美国，住在纽约曼哈顿东城下区的贫民窟里。父亲无力养活全家，萨诺夫到美国的第三天就开始沿街叫卖意第绪语报纸。为了多赚几文钱，他雇了帮手，同时把报纸转销给别的摊贩，就这样建起了自己的报纸销售网，不久还有了自己的报摊。他利用旧英文报纸学习英文，一年后就掌握了基本词汇。父亲病逝后，15 岁的萨诺夫被迫辍学，挑起了养家糊口的重担。他找到的第一份全职工作是给商业电报公司当送信人，几个月之后又换到另一家公司做办公室里的勤杂工，每周的工资是五块半美元。他对无线通讯这个新概念非常着迷，因为意识到这是一个大有可为的处女地，便从微薄的薪金里省钱买下了一个电报按键，很快学会了使用莫尔斯电码。17 岁那年，他被公司派到马萨诸塞州一个偏僻小岛上做电报收发员，月薪涨到 60 美元。随后几年里，他在往返于波士顿和纽约之间的船上当无线电报收发员，有一次还跟随一支海豹探险队远征北冰洋。调回纽约后，他白天继续做电报收发工作，晚上去学校选修工程方面的课程。

1912 年 4 月 14 日，萨诺夫在值班时收到了奥林匹克号轮船从一千四百英里之外的北大西洋海面发出的求救电报："泰坦尼克号和冰山相撞，正在迅速下沉。"在接下来的 72 个小时里，萨诺夫一刻也没有离开他的电报收发机。他不断收到救援船只发来的无线电报，及时向全国转告获救人员的名单。塔夫特总统亲自下令东海岸的所有无线电台停止作业，好让萨诺夫不受任何信号干扰。泰坦尼克号上有 1517 人葬身海底，这场灾难让美国国会和全体美国人都认识到无线电的重要性，联邦法规定从此所有的大型船只上都必须配备无线电发报机。21 岁的萨诺夫也一夕成名，成了全美国家喻户晓的人物。

从那以后，大卫·萨诺夫可谓一帆风顺，平步青云。他就职的马考尼公司先后委任他为检查员、教官和经理助理。1916 年，他在给公司总裁的一份备忘录中建议开发一种"无线音乐盒"，用来接收各种广播。他认为无线电可以成为"像钢琴和留声机一样的家庭用品"，把音乐带进千家万户。1919 年，美国无线电公司（RCA）买下了马考尼商业电报公司，萨诺夫当上了 RCA 公司的商业经理。1921 年，他用一台美国海军使用的发送机实况解说一场世界拳击赛，公开演示了如何通过电波传送音乐和声音。RCA 最早给萨诺夫用于开发收音机的专款只有两千美元，而在 1922 年至 1924 年两年之间 RCA 就卖出了价值 8300 万美元的收音机。萨诺夫把留声机和收音机合二为一的设想也给公司创造了丰厚的利润。1926 年，他和美国电话电报公司（AT&T）谈判，买下 AT&T 的广播资产，创立了国家广播公司（NBC），给五百万已经拥有收音机的美国家庭提供各种节目。1928 年，他成为 RCA 的代理总裁，两年后正式出任公司总裁。那一年他只有 39 岁。

萨诺夫早在 1923 年就预见到电视的重要性。1928 年，他受命成立第一家电视台，这就是后来大名鼎鼎的 NBC 电视台的前身。次年，他把工程师弗拉基米尔·左里金招到自己旗下，由他领军开发电视。他还从发明家手里买下专利或使用权，为电视的问世扫清了障碍。RCA 耗费五千万美元的巨资，终于研制出了第一台黑白电视机。1939 年 4 月 20 日，在纽约世界博览会上，萨诺夫向世人展示了 RCA 生产的黑白电视机："现在，我们把画面和声音放在一起——这个人造奇迹将把世界带进千家万户。"他用充满诗意的语言对这一发明的重要性进行了描述："……这个新艺术的诞生意义重大，势必影响整个社会。它像一把希望的火炬，驱散世间的困扰，我们应该利用它的创造力给人类带来福祉。"1946 年，第一台彩色显像管在 RCA 的实验室里问世。1947 年，萨诺夫当选为 RCA 的董事会长，主管 RCA 的彩电生产和 NBC 的电视播放。

二战期间，萨诺夫是艾森豪威尔将军的通讯顾问，帮助设立了一个所有作战部队都能收听到的电台。RCA 还根据作战需要开发了不少电子导向系统，提高了投弹的命中率。二战结束后，萨诺夫为重建法国通讯系统也出了大力。为了表彰他的杰出贡献，罗斯福总统授予他准将军衔，法国也为他颁发了法国荣誉骑士团勋章。

1950 年，RCA 已经拥有五万四千多名雇员，营业额高达三亿多美元。在萨诺夫的领导下，RCA 的规模越来越大，不仅生产收音机、电视机等电器产品，还有电影、唱片、计算机和太空探索设备，其中通讯工具一项就包括小至计算机里的芯线、大至跟踪卫星和导弹的巨型雷达。

大卫·萨诺夫从一个一文不名的穷小子变成美国传媒界的巨擘，演绎了一个经典的美国移民的成功故事。哥伦比亚大学、纽约大学等二十多所大学给只接受过小学教育的萨诺夫颁发了荣誉博士学位。他还得到过日本、波兰、意大利、以色列各国政府的嘉奖。1929 年，他成为《时代》杂志的封面人物。时隔 22 年之后的 1951 年，他再次上了《时代》杂志的封面。同一年，RCA 用他的名字重新命名设立在普林斯顿的研究中心。1971 年，80 岁的大卫·萨诺夫心脏病突发去世，给世人留下了一笔丰富的遗产。

杰克·华纳

好莱坞最多产的制片人

和在好莱坞最先打出名气的犹太制片人——阿道尔夫·朱考尔、杰西·拉斯基、路易斯·梅涅等人相比，杰克·华纳（Jack Warner）算是一个后起之秀，但华纳兄弟电影制片厂在竞争激烈的好莱坞不但站稳了脚跟，而且大有后来居上的势头。在华纳长达 60 年的电影生涯中，他前后一共制作过五千多部电影，是好莱坞名副其实的高产制片人。

1892 年 8 月 2 日，华纳在加拿大安大略省的伦敦市出生。华纳的本姓是犹太名字依切尔堡姆。他的父母亲都是从波兰移民加拿大的犹太人，一共生了 12 个孩子，但有 5 个不幸夭折。在活下来的 7 个孩子中杰克年龄最小。为了养活一大家人，杰克的父亲当过屠夫、鞋匠和沿街叫卖的货郎。杰克 2 岁那年，全家人搬到了美国俄亥俄州的杨斯敦。杰克读小学时成绩不佳，读完四年级就辍学了，后来再也没有跨进校门，这成了他的终生遗憾。小时候，杰克就一心想当一个演员，十几岁时他开始在杂耍团里表演，还登上过歌剧院的舞台。1906 年，杰克跟随哥哥哈利、山姆、艾尔伯特和姐姐罗丝搬到宾州的纽卡瑟，五人合开了一家电影院，大家分工明确、各司其职：哈利负责租电影，艾尔伯特售票兼管账，山姆担任放映员，罗丝演奏钢琴，而杰克则在电影散场后到台上一展歌喉，表面上是给观众助兴，其实是为了清场。

1907 年，全家人决定把自家姓氏改为地地道道的美国姓氏"华纳"。同一年，他们办了一家电影发行公司，专门向电影院出租电影，但只办了三年就被迫关门，兄弟几人于是决定自己制作电影。杰克和哥哥山姆来到密苏里州的圣路易斯，拍出了几部成本低廉的短片，却没有一部获得成功。于是，他们决定由哈利和艾尔伯特驻守纽约，而杰克和山姆则分头去旧金山和洛杉矶寻找机会。一战爆发后，杰克和山姆应征入伍，并受命拍摄一部有关性病传染的部队教材片。杰克在片中担任主演，这也是他在电影中唯一一次扮演主角。1917 年，杰克去洛杉矶建起了华纳兄弟的第一个摄影棚。他们买下外交官詹姆斯·纪拉德的畅销书《德国四年》的版权，改编成电影后大获成功，赚了150万美元。1920年，华纳拍出了一部15集的电影。在接下来的两年里，又出产了六部故事片。

1922年，华纳四兄弟正式成立华纳兄弟电影公司，由杰克出任制片主任。公司名下演员众多，但公司最早的明星却是一个在一战战壕里发现的德国牧羊犬，艺名叫任亭亭。到了1925年，华纳公司出产的影片已达30部。这一年，华纳公司和西电公司签约，联合研制有声电影。第二年，华纳公司推出的《唐璜》一片中率先出现了音乐和音响特效，让观众又惊又喜，华纳公司的股票也一路飙升，从每股8元飞涨到每股65元。1927年10月26日，和杰克关系最密切的哥哥山姆因劳累过度而心脏病突发去世，年仅39岁。山姆去世的第二天，华纳公司推出了有史以来第一部有人物对话的有声电影《爵士歌手》，正式拉开了有声电影的帷幕。这部由艾尔·乔尔森担任男主角的影片大获成功，华纳公司也名声大振，一跃成为好莱坞的五家重量级电影公司之一。

作为华纳电影公司主管制片的副总裁，杰克对审阅剧本、挑选导演、计算开销、雇用演员和安排日程等都要一一过问。他一般在早上九点钟起床，立即和制片经理通电话，安排一天的日程，然后他又打电话给自己的秘书，了解寄来的信件和好莱坞电影报纸上的信息。接下来他一边吃早饭一边匆匆浏览剧本和作品概要，寻找拍摄素材。中午时分，他来到电影厂，召见各部门经理。午饭之后他在放映室花两三个小时的时间观看前一天拍完的电影胶卷，然后又回到办公室接待来客，并和制片主任交换信息。商讨完公事之后，他总是去电影厂的理发店，在理发师给他修面的同时在椅子上呼呼睡去。修面之后他常常会洗一个蒸气浴，然后又精神抖擞地接着开会或商谈公事。晚上，他常常和公司的主管们一起开一个小时的车去洛杉矶远郊观摩公司的新片，并且边看边向电影的编辑交代需要改动的细节，最后回到家里时往往已经是深更半夜了。

在拍电影的开销上，杰克一向精打细算，不肯多花一分钱。他经常在制片厂里四处巡视，看见不必亮着的灯就立刻关上。在他的严格监督下，华纳公司出产的电影大都成本低廉。华纳公司在三四十年代推出了一系列引人注目的电影，有《小凯撒》《人民公敌》《爱弥丽·左拉的一生》《黑色的愤怒》《罗宾汉历险记》和《一个纳粹间谍的自白》。华纳公司的电影常常带有社会批判的锋芒，揭露种族歧视和社会偏见等弊病。《绿色草原》一片里主角全部由黑人扮演。1935 年问世的《仲夏夜之梦》首次将莎士比亚的剧本改编成有声电影。二战期间，杰克再次从军，加入了美国空军的一支电影分队，并获得中校军衔。二战期间，华纳公司推出了包括《卡萨布兰卡》《守望莱茵河》和《目的地：东京》等多部经典战争片。这些电影让杰克名利双收，但他对电影演员和手下员工非常苛刻，强迫他们超负荷工作，因此四面树敌。1943年，在罗斯福总统的授意下，华纳公司根据美国驻苏联大使约瑟夫·戴维的回忆录拍出了《出使莫斯科》，对作为美国二战盟友的苏联有不少正面描写。到了和苏联关系紧张的麦卡锡时期，杰克不得不出面为这部影片辩护，还同时供出了几位与他有矛盾的作家。

杰克和他的大哥哈利一向不和，二哥山姆去世后两人的关系更是每况愈下。杰克个性张扬，我行我素，私生活上也很不检点，绯闻不断。1956 年，华纳兄弟决定卖出手头的公司股票，但是杰克通过私下交易又买回了自己的股份，保住了自己在公司的头衔。哈利觉得弟弟出卖了自己，兄弟俩从此分道扬镳。1958 年哈利去世时，杰克甚至没有出席葬礼。哈利死后三个星期，杰克在法国南部的一次车祸中险些丧命，昏迷了将近一个星期才苏醒过来。当他得知儿子在他昏迷期间说他可能性命不保时，一气之下不但撤销了儿子在公司的职务，而且和儿子一家断绝了来往。他本来朋友就不多，步入晚年后更成了孤家寡人。1966 年，已经 74 岁的杰克以三千二百万美元的价格将华纳电影公司出售，但他和电影的缘分并未结束。20 世纪 70 年代，他曾经以独立制片人的身份又拍出两部电影，但观众反应平平。这时的杰克已经把大部分时间都花在打网球和赌博上了。1974 年，82 岁高龄的杰克·华纳在网球场上摔伤，再也没有恢复过来。四年之后，他因中风在洛杉矶去世。

布兰奇·科诺福
美国最有名的女出版家

　　布兰奇·科诺福 (Blanche Knopf) 是 20 世纪美国出版业首屈一指的女性。她对文学潮流与作家的关注和发掘整整影响了几代人的文学品位，为美国读书界开辟了一片崭新的文化天地。

　　1894 年 7 月 20 日，布兰奇出生于纽约一个富有的犹太家庭。她被送进纽约最好的私立学校读书，并且有自己的法文和德文家教。对欧洲语言和文学的掌握成为她日后事业成功的重要资本。1911 年，布兰奇与父母在长岛度假时结识了即将从哥伦比亚大学毕业的阿尔弗莱德·科诺福，两人于五年之后结婚。

　　1915 年，在布兰奇的鼓励下，阿尔弗莱德创建了著名的科诺福出版社，布兰奇不仅为丈夫出谋划策，而且从约稿、审稿、图案设计到广告和发行都亲自过问并参与。1921 年，布兰奇成为出版社的副总裁兼董事。

　　布兰奇的特长和兴趣在于发掘和引进新的作者和文学流派。她个人深厚的文学素养使她成为一位独具慧眼的出版家。最早引起布兰奇关注的文学现象是 20 世纪 20 年代出现在纽约的黑人作者群"哈莱姆文艺复兴"。科诺福出版了相当数量的黑人作家的作品，首次将文学主流之外的少数族裔的声音和形象呈现在读者面前。著名黑人诗人兰斯顿·休斯因此与布兰奇成为至交，布兰奇对休斯的创作给予了极大的鼓励并且积极为他争取经济上的权益。科诺福还出版了赫格希默、薇拉·凯瑟、亨利·门肯等其他美国作家的作品。在布兰奇的直接影响下，科诺福一开始就在纯文学、历史和音乐题材上打出了自己的特色和实力。

　　通晓德、法和意大利语的布兰奇对欧洲文学情有独钟，许多欧洲知名作家都是通过她才被介绍到美国的。科诺福最早出版的欧洲作品包括法国作家莫泊桑的短篇小说集，法国戏剧家奥日埃的剧作，俄国作家果戈理的长篇小说等等。1916 年，哈得逊的《绿厦》出版，成为让科诺福名利双收的第一本畅销书。布兰奇为科诺福书籍所设计的书面标志——俄国狼狗——也成了人所熟知的图案。1920 年起，布兰奇每年都要去欧洲寻找新作品。在接下来的十年里，科诺福出版了挪威女作家温赛特、德国作家托马斯·曼、黎巴嫩作家纪伯伦、俄国作家肖洛霍夫、英国女作家凯瑟琳·曼斯菲尔德等人的作品，几乎将当时欧洲最优秀的文学家一网打尽。1938 年，美国掀起弗洛伊德热，许多出版社千方百计想要获得弗洛伊德未完成的作品《摩西与一神论》的版权，而布兰奇最终凭借自己高人一筹的公关能力从欧洲带回了这部名著的手稿。

　　二战开始以后，欧洲旅行受到很大限制，布兰奇又将目光转向了拉丁美洲。她多次前往中、南美各国与那里的作家们进行交流，签订合约，并着手组织对作品的翻译，科诺福享有盛名的翻译传统就是从那时开始的。经布兰奇介绍到美国的作家包括阿根廷作家厄杜阿多·马里埃、哥伦比亚历史学家兼外交家哲曼·阿兹聂加斯、巴西社会学家吉尔波托·弗莱耶以及小说家佐治·阿马多等等。在此之前，拉美文学在美国鲜为人知，布兰奇为美国读者打开了又一扇通向世界的窗口，为此巴西政府特别授予她国家南十字骑士勋章。

　　二战结束以后，布兰奇重返欧洲并带回了大量法国作家的作品，包括纪德、加缪、萨特等人的代表作。事实上，存在主义、弗洛伊德的精神分析理论以及欧洲小说中现代主义的主要作品都是由科诺福翻译并出版的。特别值得一提的是，布兰奇主持出版了法国女作家西蒙·德·波伏娃的女权主义开山之作《第二性》，书中探索了女同性恋、娼妓、两性局限等惊世骇俗的主题。此书出版之际，美国正处于一个政治上极端保守并对共产主义充满敌意的时期。《第二性》不仅代表了 20 世纪女权运动的复兴，而且出自一个曾是共产党员的女作家之手，书中对性别歧视的尖锐揭露更是直接对当时主导美国的清教思想提出了挑战。尽管如此，布兰奇仍然坚持出版这部叛逆之作，认为书中对两性关系的阐释对男女两性都具有启蒙意义。

　　布兰奇在《第二性》出版上所表现出的胆识和勇气贯穿了她的整个出版生涯。她所选择的书籍开阔了读者的眼界，创造出一个更宽容也更具挑战性的知识和文化氛围，从而潜移默化地改变了 20 世纪美国对世界的了解和认识。正因为有了布兰奇，科诺福从一开始就以其书籍的世界性和高品位从众多出版社中脱颖而出。在布兰奇主持出版期间，先后共有十六位科诺福作家获得了诺贝尔文学奖。1957 年，阿尔弗莱德出任科诺福董事会主席，布兰奇接任了总裁的位置。1960 年，科诺福与蓝登书屋合并。后者拥有主要管理权，但科诺福仍然享有较大的自主性，并保留了自己的作者、编辑和出版风格。

在 20 世纪上半叶的美国出版界，布兰奇无疑是一位叱咤风云的杰出人物。但作为女性，她仍然在这个男性主宰的领域里遭到公开歧视和排挤。当时两个全国最大的出版家组织——出版家午餐俱乐部和书桌协会——都将她拒之门外。一次，一所女子大学请布兰奇为学生们做一个关于女性与出版业未来的演讲，却被她一口回绝，理由是女性在出版业根本没有未来可言。尽管如此，天性要强又自信的布兰奇仍然凭借自己过人的智慧与胆识打造出一份大多数男人都望尘莫及的精彩事业。在做女强人的同时，布兰奇还是一位出色的社交活动家。她风度优雅、谈吐机敏、精力旺盛，不仅会周旋应酬，而且善于讨价还价。她同时又是作家们的良师益友，许多名不见经传的年轻作者都在写作和经济上受到过她的热心帮助。

进入晚年以后，布兰奇的视力严重衰退，不得不靠他人审阅手稿，提供意见，但出版与否仍然由她定夺。1966 年 6 月 4 日，布兰奇在纽约去世，终年 72 岁。布兰奇生前曾在一个女性杂志上撰文写道："我所了解的世界即是书的世界，我不会用它交换其他任何世界……"在拥有自己的世界的同时，布兰奇也给予了美国读者一个精彩无比的世界。

贝内特·瑟福
蓝登书屋的创办人

贝内特·瑟福（Bennett Cerf）是世界闻名的出版社蓝登书屋的创建人之一。1898 年 5 月 25 日，瑟福出生于纽约市的一个犹太家庭，父亲是一个印刷工人。尽管母亲有娘家传下的财产，但父亲始终坚持用自己微薄的工资维持一家人的生活。瑟福 15 岁时，母亲因难产去世，给他留下了一笔数目不小的遗产。上高中期间，瑟福对经商产生了浓厚的兴趣，曾经一边在商业专科学校修课，一边给一家会计事务所打杂。1915 年，瑟福进了哥伦比亚大学的新闻学院。他很快加入了校报的编辑工作，同时为其中的"漫步者"专栏撰稿。第二年，瑟福成为一份由学生主办的幽默杂志《笑话大王》的主编。在他的建议下，《笑话大王》增添了图书评论栏目。一战期间，瑟福应征入伍，学业暂时中断。退役后，他重返哥大，于 1919 年和 1920 年分别获得艺术和文学双学士学位。

大学毕业后，瑟福在华尔街的一家经纪公司找到一份差事，同时为《纽约论坛报》撰写投资咨询专栏。几个月之后，他在专栏中告诫读者不要给某破产公司投资，引起对方抗议，瑟福随即遭到解雇。他一面继续做经纪人，一面寻找更适合自己的职业。

1923 年，瑟福的一位大学同学辞去了邦尼－利弗莱特出版社副社长的职位，并且推荐瑟福接替了自己的工作。两年之后，瑟福与好友唐纳德·克洛弗共同买下了利弗莱特所拥有的"现代图书馆"系列的出版权。瑟福与克洛弗性格迥异，分工也不同。瑟福热情洋溢、精力充沛，负责编辑；克洛弗沉静稳重、周到细致，负责财务和生产。二人相辅相成，一心要将"现代图书馆"办出自己的特色来。"现代图书馆"系列开面小，价格低，以重印欧美古典文学名著为主。在平装书问世以前，这类书深受普通读者尤其是大学生的欢迎，销路一直很好。但瑟福与克洛弗不满足于仅仅是赚钱，常常商量如何在重印"现代图书馆"的作品之外还要出版自己的书。1926 年，由瑟福命名的蓝登书屋正式宣告成立。

1928 年，蓝登书屋的第一本书，装帧精美的《甘第德》（伏尔泰著）隆重出版。随后出版的也大多是精装的文学经典作品，如麦尔维尔的《本尼特 · 赛里诺》和但丁的《神曲》。但一年之后，美国股市崩溃，经济一蹶不振，高价的精装书顿时无人问津。蓝登书屋靠着95 美分一本的"现代图书馆"系列才在大萧条时期得以生存。

1933 年，美国著名剧作家尤金 · 奥尼尔向瑟福力荐自己的编辑老友萨克斯 · 科敏斯，并以此作为自己的作品在蓝登书屋出版的唯一条件。科敏斯以他出色的才华和人品为蓝登书屋后来的成功作出了很大贡献，与奥尼尔同时成为蓝登书屋签约作者的还有著名诗人罗宾 · 杰弗斯。

与奥尼尔和杰弗斯签约后，瑟福乘船前往欧洲与爱尔兰作家詹姆斯 · 乔伊斯商谈在美国出版乔伊斯的代表作《尤利西斯》的事宜。返回纽约时，瑟福携带的《尤利西斯》一书被美国海关以语言污秽为名禁止入境。瑟福将海关告上法庭，又请了名律师为该书辩护。1933 年 12 月 6 日，联邦法庭宣布《尤利西斯》在语言上并无污秽之处。不仅如此，法官约翰 · 伍赛还指出："就乔伊斯在此书中为自己定下的目标的难度以及他所获得的成功而言，《尤利西斯》不愧为一部了不起的杰作。"这一历史性的判决不仅是出版业在冲破审查制度、捍卫言论自由上的重大胜利，而且让蓝登书屋名声大振。1934 年，《尤利西斯》在美国首印出版，瑟福将伍赛法官的结论作为该书的引言。此后，蓝登书屋还出版了法国作家普鲁斯特、美国作家格特鲁德 · 斯坦因、英国诗人奥登和斯彭德的作品。

1936 年，蓝登书屋与哈斯－史密斯出版社合并。史密斯不久后退出，出版社由瑟福、克洛弗和哈斯三人共有。这一合并让蓝登书屋获得了威廉 · 福克纳、罗伯特 · 格雷夫斯、埃德加 · 斯诺、爱扎克 · 迪内森、安德内 · 马尔罗等美国和欧洲的优秀作家。蓝登书屋的名望也吸引了不少资深编辑以及与他们有合作关系的作家的加盟，进一步壮大了蓝登书屋的作者阵容。性情开朗而又善于结交的瑟福花费大量时间和心思维护与作家们的关系。他一方面竭尽全力给予他们支持和帮助，另一方面也以与这些文化名人交往为荣。瑟福深知出版社面临赚钱和品位的两难处境，如他自己所说："每一个出版家都认为自己是一个理想主义者，但理想主义往往被抛在脑后。"瑟福坚持出版高品位的诗歌、散文和只赔不赚的新人作品。对他而言，这才是一个真正理想主义者的责任。

1940 年，瑟福与菲丽丝·弗雷泽结婚，这是瑟福的第二次婚姻。菲丽丝给蓝登书屋带来了新的变化。在她的建议和参与下，蓝登书屋开始制作一套专门为儿童创作的有关美国历史的书籍——"里程碑丛书"，这套由知名作家撰写的系列丛书出版后获得了极大成功。此外，菲丽丝还邀请著名儿童作家苏斯博士和夫人海伦共同创办了一个专门出版学龄前儿童读物的出版公司，由蓝登书屋发行。苏斯博士写的《帽中猫》（全书共 223 字）这样的故事幽默简洁、朗朗上口，很快成为家喻户晓的名作。一次，瑟福与苏斯博士打赌，愿用五十元换他用五十个字写出的一个故事。结果苏斯博士接受了瑟福的挑战，仅用五十字便写出了脍炙人口的《绿蛋与火腿》。这本书曾经名列最受儿童喜爱的一百部作品的第三名，至今仍流传不衰。

1942 年，克洛弗参加了空军，蓝登书屋的事务几乎都落在瑟福肩上。二战期间，兰登书屋出版了一系列与战争有关的作家作品，如昆丁·雷诺、约翰·巩特尔等人的著作。对幽默小品一贯情有独钟而且自己也常常妙语连珠的瑟福亲自编辑并创作了《袖珍本战争幽默》和《幽默小品轶事集》，后者一度名列畅销书榜首，为战争硝烟中的广大士兵和后方的读者带去了轻松的笑声。

20 世纪 50 年代，蓝登书屋出版了约翰·奥哈拉、卡尔·夏皮罗、拉尔夫·埃里森、杜鲁门·卡波特、欧文·肖等著名作家的作品，为美国文学留下了宝贵财富。

尽管瑟福主要负责出版社的编辑事务，但在蓝登书屋历史上的几次重大决策中他都表现出了一个企业家出色的商业直觉和远见，这也许和他当年在华尔街做经纪人的经历不无关系。1960 年，蓝登书屋买下了瑟福最为景仰、以品位高雅著称的科诺福（Knopf）出版社。科诺福夫妇成为蓝登书屋的董事会成员，科诺福仍然保留自己在作品出版上的独立性。第二年，著名的万神殿出版社（Pantheon Books）也被蓝登书屋纳入名下。万神殿的作家之一波里斯·帕斯捷尔纳克因长篇小说《日瓦戈医生》而荣获诺贝尔文学奖。60 年代，威廉·斯蒂伦、菲利普·罗斯和谢尔比·福提先后加入了蓝登书屋签约作家行列。1965 年，瑟福将蓝登书屋卖给了美国无线电公司（RCA）。在谈判过程中，双方出的价格大约相差一百万元。RCA 总裁建议第二天再继续洽谈，瑟福却出人意料地表示自己将和夫人一起按原计划外出度假，对方在措手不及中不得不同意了瑟福的全部条件。蓝登书屋最终以四千万元售出并保留所有的编辑权，瑟福则如愿以偿地为自己的出版生涯划下了一个圆满的句号。

瑟福与同行们的一大区别在于他并没有生活在文学艺术的象牙塔中，而是热衷于出版业之外的活动。瑟福曾经为数家刊物撰写专栏文章，其中他的幽默小品专栏"看谁挡得住我"被几百家报纸转载。二战期间，他做过广播电台的节目主持人，专门采访与战争文学有关的作家。从 1951 年到 1967 年，瑟福在哥伦比亚广播公司（CBS）的猜谜节目"我该说什么"中担任评委，他机敏风趣的表现给观众留下了深刻的印象。随着这个节目在全国走红，瑟福也成了家喻户晓的明星。对此，他不无得意地抱怨："我不得不提醒人们我是一个出版家。"

将蓝登书屋卖掉后，瑟福和夫人一直闲居纽约郊区家中。1971 年 8 月 27 日，瑟福去世，享年 73 岁。他生前热衷于与文学名流交往，喜欢做抛头露面的公众人物，因此曾被人批评为附庸风雅、爱慕虚荣。他死后，《纽约时报》回顾他的一生和蓝登书屋辉煌的业绩，在头版讣文中称瑟福为"美国文学和文化生活强有力的塑造者"。《星期六评论》郑重宣称："他对自己的事业尽心竭力，每一个与书籍有关的人都应该感谢他。"

乔治·格什文
《蓝色狂想曲》的作曲人

1890 至 1930 年间，美国的流行音乐领域呈现出前所未有的繁荣景象。在纽约百老汇与第五大道之间的锡盘巷一带，大大小小的音乐出版社如雨后春笋般涌现，有名与无名的作曲家们带着作品频繁出入其间，音乐舞台上和私人沙龙里，散拍乐、浪漫情歌、谐谑小曲不绝于耳。乔治·格什文 (George Gershwin) 便是锡盘巷时代最成功、最才华横溢的作曲家。

乔治·格什文的父母都是俄国犹太裔移民，在纽约相遇后结婚。乔治·格什文于 1898 年 9 月 26 日出生在布鲁克林。他从小性格活跃，喜欢运动，但对上学并不热衷。他 12 岁那年，父母为爱好文学和阅读的哥哥艾拉买了一架钢琴，却不期而然引发了乔治·格什文对音乐的兴趣。在学了几年钢琴之后，他从高中退了学，跑到锡盘巷的一家音乐出版社打工。那年他只有 15 岁。

在广播和电视成为传播音乐的主要渠道以前，乐谱是唯一的方式。音乐出版社从作曲家那里买来乐谱，再雇用乔治·格什文这样的乐手在店里反复弹唱这些曲子。长时间的钢琴演奏不仅提高了乔治·格什文的技巧，而且让他接触到大量的歌曲，对什么样的歌曲受人欢迎了然于心。这期间，乔治·格什文开始自己创作歌曲。1916 年，他出版了第一首歌《心想事成》。1917 年，他离开音乐出版社到百老汇发展，到 1918 年底，已有三出百老汇舞台剧采用了他的歌曲。1919 年，他成功地为音乐剧《露西尔》全剧作曲。同一年，由他谱曲的歌曲《斯旺尼》一炮而红，使他成为百老汇最令人瞩目的作曲家之一。在接下来的几年里，乔治·格什文又陆续创作了多部在百老汇和伦敦上演的歌剧，其中《女士，发发善心》由他的哥哥艾拉·格什文填词，从此开始了兄弟两人成功而默契的合作。

1924 年，著名歌舞乐队领队保罗·怀特曼请乔治·格什文为他的乐队谱曲。在短短三个星期内，乔治·格什文就写出了《蓝色狂想曲》。2 月 12 日，《蓝色狂想曲》

在纽约伊奥利安音乐厅首演。这首被称为"交响爵士乐"的乐曲把爵士乐的节奏和蓝调音乐的旋律通过交响乐式的编曲加以演奏，是在古典音乐框架中运用流行音乐的首次尝试。乔治·格什文在作曲之外还在演出中担任了钢琴独奏。尽管人们普遍认为这是乔治·格什文的创作向古典音乐转移的标志，但实际上早在1915年乔治·格什文就已经开始系统学习和声、配合旋律、管弦乐谱曲和音乐形式等古典音乐的基础理论和技巧，并写过一些短小的作品。《蓝色狂想曲》受到观众的好评和评论界的关注，充分显示了乔治·格什文作为作曲家的创造性和多面性。这首优美抒情的乐曲至今仍是美国乃至世界其他国家大型交响乐团的保留曲目。

《蓝色狂想曲》获得成功之后，乔治·格什文将更多的时间放在创作在音乐会演奏的音乐上。他一方面继续音乐理论的学习，一方面致力于作曲。1925年，他应纽约交响乐团之邀写出了《F调协奏曲》。1926年，他创作了三首《钢琴前奏曲》。1928年，他在巴黎停留了三个月，随后完成的音乐交响诗《一个美国人在巴黎》把听众带到了20年代巴黎的街头。这部作品经纽约交响乐团首演后，又陆续成为美国各大交响乐团的演奏曲目。在拓展自己的音乐创作领域的同时，乔治·格什文继续活跃在音乐剧舞台上。30年代，他与艾拉合作写出了《女儿迷》《为你而歌》等多部音乐剧，其中不少歌曲至今仍然流行。

1935年，乔治·格什文开始着手创作歌剧《波吉和贝丝》。在这部以美国南部黑人贫民窟为背景和主题的作品中，乔治·格什文将黑人民间音乐与传统歌剧音乐糅合在一起，谱写了一出独具特色的"美国民歌剧"。艾拉·格什文为全剧填写了歌词。《波吉和贝丝》于1935年10月在纽约上演。但由于票房收入不佳，很快就停演了，连成本都未能收回。令人遗憾又欣慰的是，这部作品在乔治·格什文死后逐渐受到重视和好评，它不仅是美国第一部反映少数族裔生活的音乐作品，而且被公认为是美国作曲家所创作的最成功的一部歌剧。

1930年和1936年，乔治·格什文先后两次应邀前往好莱坞参加电影制作。他与艾拉·格什文一起为多部影片谱写了插曲，包括《我爱的那个人》《有人保护我》《我踩上了节奏》等。这些歌曲让乔治·格什文成为最走红的作曲家之一。在好莱坞期间，乔治·格什文没有中断学习和创作严肃音乐，《蓝色狂想曲之二》和《古巴前奏曲》就是在这一时期完成的。

乔治·格什文的猝死是美国音乐史上最令人震惊的事件之一。1937年上半年，他不时感到头晕而且情绪低落。7月9日，他突然陷入昏迷。医生在他脑子里发现了一个肿瘤并做了紧急手术，但他没有从手术中苏醒过来。7月11日，乔治·格什文溘然长逝，年仅38岁。

乔治·格什文在短暂的音乐生涯里创作了几百首歌曲。从锡盘巷到百老汇到好莱坞，他的歌曲不仅赢得了与他同时代听众的喜爱，而且不断出现在今天的广告、电视和电影里。乔治·格什文的旋律既抒情又富有节奏，与艾拉·格什文犀利而感情真挚的歌词相得益彰，为美国流行音乐留下了令人难忘的声音。与其他锡盘巷时代的作曲家不同的是，乔治·格什文在音乐上的造诣和创造性没有局限于流行歌曲领域，他在自己的严肃作品里将传统上互不相通的流行音乐和古典音乐有机地融合在一起，并且在西方歌剧中引入了黑人民间音乐，从而创作出打上了美国烙印的经典音乐作品。

艾伦·科普兰
美国音乐传统的开创者

美国著名作曲家艾伦·科普兰（Aaron Copland）在自传《科普兰：1900–1942》一书的开头写道："对一个作曲者来说，音乐是一种语言。在乐谱背后，甚至在演奏出的各种声音背后，是情感在诉说。"科普兰以自己的音乐赋予了美国独特的音乐语言。它是美国土地和人民的语言，是美国历史和神话的语言，它蕴含着对普通美国人的感情和理解。

1900年11月14日，科普兰出生于纽约市布鲁克林一个俄国犹太移民的家庭，父亲是一家百货商场的老板。科普兰很早就显露出音乐天赋。他8岁时就写了第一首歌，但直到13岁才开始正规的音乐训练。尽管科普兰起步较晚，他在音乐上的悟性和勤奋却让他后来居上。15岁时，他已经立志于作曲，因此高中还未毕业便开始在鲁宾·格尔德马克门下学习和声、旋律配合和作曲。四年后，格尔德马克传统保守的风格已经无法满足年轻的科普兰对音乐的追求，1921年，科普兰前往位于法国枫丹白露的美国音乐学院，成为著名作曲大师纳迪雅·布朗热的学生。

此时，艺术之都巴黎正热烈酝酿着新的潮流。移居欧洲的作家艾略特和庞德、超现实主义画家布拉克和恩斯特、法国"六人团"作曲家普朗克和米约纷纷在各自的艺术领域里摒弃传统，大胆地标新立异。在这种纯粹的现代主义气氛渗透下，科普兰写出了他的第一部管弦乐作品《格拉夫》。

1924年，科普兰学成回国。离开巴黎之前，科普兰应布朗热之邀为她谱写了一部管弦与风琴的合奏曲，布朗热担任其中的风琴独奏。这部现代风格的作品在纽约首演后，评论家褒贬不一，听众则感到既新奇又震惊。科普兰清楚地认识到自己作品中欧洲风格的痕迹，决意用美国特有的音乐语言进行创作。多年后，他在接受《纽约时报》的采访时回忆道："我充分意识到法国作曲家和德国作曲家有怎样的区别，伊格尔·斯特拉文斯基听上去多么有俄国情调。我十分迫切地想要写出具有独特美国风格的严肃音乐作品。"1925年和1926年,科普兰先后创作了《戏剧乐曲》和《钢琴协奏曲》,并在其中融入了爵士乐。但评论家们认为他的努力过于人工化,作品中的爵士乐成分听上去更像是具有美国特征的符号而不是个人情感的表达。

在创作之外,科普兰还大力向公众介绍和推广其他年轻美国作曲家的作品。1928年,他与作曲家罗杰尔·赛森联合举办了科普兰-赛森系列音乐会,连续数年为纽约听众提供欣赏和了解当代美国音乐的机会。从1932年起,他组织并主办了在纽约举行的美国当代音乐节。与此同时,科普兰的音乐风格再次发生了变化。这个时期的《交响乐颂》《钢琴变奏曲》《交响乐短篇》等作品给人以抽象、单薄和空旷的感觉。它们不仅在演奏上有相当难度,而且其中突兀的节奏和不和谐的音调也往往让听众感到费解和排斥。

在探索中,普兰逐渐认识到音乐应该面向更广大的听众而不仅仅是音乐界的同行,而创作简单通俗的作品恰恰对自己最具有挑战性。1936年,一次墨西哥之行为科普兰开辟了新的创作途径。他写出了以墨西哥民间音乐为基调的《墨西哥舞厅》,在听众中引起了热烈反响。在接下来的十年里,科普兰不断从地域性音乐中获取灵感。他把19世纪美国的民间音乐如新英格兰地区的圣歌和西部牛仔音乐等融入自己的创作中,以简单而富于表现力的音乐语言,传递出一份朴实自然的美国风情和"人的本质——他们的人性、羞涩、尊严和独特的魅力"(《科普兰:1900–1942》)。科普兰的新作为他赢得了前所未有的荣誉和更广大的听众,但也招致了一部分音乐同行们的批评和嘲讽,指责他背叛了音乐艺术。对此,科普兰为自己辩护道:"赢得听众只是我创作这些作品的部分原因。就像我早年仓促而就的爵士乐作品一样,这些作品给了我一个尝试更本土的音乐传统的机会。我觉得我触及了我们所迫切需要的音乐的自然本质。"

30年代末和整个40年代是科普兰创作的全盛期,他的作品包括了交响乐、芭蕾舞、歌剧、电影、歌曲、戏剧等广泛的形式。科普兰曾经为《人鼠之间》《小城》《北极星》《赤驹》和《继承人》等五部故事片配乐。他的音乐在为电影增色的同时又不掩盖表演本身的光芒,成为后来电影配乐的楷模。《泰晤士报文学增刊》称《人鼠之间》和《小城》中的音乐是有史以来最好的电影配乐,《继承人》则获得了奥斯卡最佳电影配乐奖。科普兰在芭蕾舞音乐上的成就比之电影有过之而无不及。他的传记作者朱丽亚·史密斯写道:"通过芭蕾的形式,艾伦·科普兰以任何美国作曲家都不曾达到的当代音乐语言表现了美国传统的实力、强大和信念。他为美国的国家艺术奠定了基础，建立起一个公认的美国音乐传统。"科普兰最著名的芭蕾舞音乐包括《男孩比利》《赛马表演》和《阿巴拉契亚之春》，其中《阿巴拉契亚之春》获得普利策音乐奖和纽约音乐评论家奖。

尽管在通俗音乐领域成就辉煌，科普兰却从未放弃对严肃音乐的探索，并且始终希望以精妙优雅的音乐赢得高音乐素养的听众的欣赏和尊重。20 世纪 40 年代初，他创作了为音乐会谱写的《钢琴奏鸣曲》《小提琴奏鸣曲》和《第三交响乐》，后者被纽约音乐评论家协会评为 1946 至 1947 年最佳管弦乐作品。此外，纪念美国总统林肯的交响诗《林肯肖像》和管弦乐《为普通人喝彩》也受到好评。从 50 年代到 60 年代，科普兰回到了他早年尝试过的抽象前卫的风格。《钢琴四重奏》《钢琴梦幻曲》和《内涵》是其中的代表作品。值得一提的是，科普兰在 50 年代创作的《艾米莉·狄金森诗歌十二首》和歌剧《热土》融合了严肃与通俗等不同风格，被列入他最优秀的作品。

科普兰音乐生涯中的一个重要部分是音乐的教育和普及。从 20 世纪 20 年代中到 30 年代末，科普兰在新社会研究院讲授现代音乐。1940 年到 1965 年的 25 年里，他担任了波士顿交响乐团主办的伯克舍音乐中心作曲系主任，指导过几代美国作曲家。50 年代初，他在哈佛大学举办的音乐讲座于 1952 年以《音乐和想象》为题结集出版。此外，他还对全国各地的听众介绍和宣传美国现代音乐并发表了《怎样听音乐》和《我们的新音乐》等著作。

1970 年，科普兰突然停止了作曲，转而成为乐团指挥。十年后，他在一次接受采访时谈到："我自己也很奇怪我竟然没有任何失落感，我一定是已经很充分地表达了自己。我一点也不难受或者怨恨，只觉得曾经有过这么长的时间进行创作非常幸运，而当这些都结束时也可以坦然接受。"《华盛顿邮报》对此做了如下解释："科普兰的地位相当于一座国家纪念碑，他只需存在着，让人看得到便足够了。"1964 年，科普兰成为美国第一位获得总统自由勋章的作曲家。1979 年，他被授予肯尼迪中心荣誉奖，表彰他对美国文化的贡献。1986 年，里根总统向他颁发了国家艺术勋章。

1990 年 12 月 2 日，曾经几度中风的科普兰患肺炎去世，享年 90 岁。他的音乐生涯几乎跨越了整个 20 世纪。《纽约时报》在悼文中指出："在美国所有的古典音乐家中，没有任何一位像科普兰那样打动过美国人的心弦。"

威廉·佩利

哥伦比亚广播公司创始人

有人称他为 20 世纪 50 年代美国电视界的巨头，有人称他为现代广播业的鼻祖，也有人称他为现代社会的建筑师之一，他就是美国哥伦比亚广播公司的创始人威廉·佩利（William Paley）。1928 年，威廉·佩利单枪匹马创办了哥伦比亚广播公司（CBS）。接下来六十多年的漫长岁月里，威廉·佩利一直是哥伦比亚广播公司的头号决策人，为哥伦比亚乃至美国广播电视业的飞速发展作出了举世公认的贡献。1990 年，威廉·佩利因心脏病突发去世。他去世之后，哥伦比亚广播公司电视新闻主持人丹·拉特作对威廉·佩利作出高度评价："他是 20 世纪的商界巨人；他一生都追求卓越。"

1901 年 9 月 28 日，威廉·佩利出生于芝加哥一个富裕的犹太家庭。父母亲从乌克兰移民美国，父亲十几岁时便开始在雪茄厂当学徒，不出十年就办起了自己的雪茄公司——国会雪茄公司。佩利高中毕业后进了芝加哥大学，全家搬到费城之后，他又转学到著名的沃顿商学院。1922 年，佩利大学毕业后在父亲手下打工。他打杂、采购、招聘员工样样都干，不但对各项业务了如指掌，而且成为出色的采购员和推销员。不久，年纪轻轻的他便升任公司副经理，享受 5 万美元的年薪，这在当时几乎是一个天文数字。1925 年的夏天，他擅自拿出公司的 50 美元给费城的一家地方电台 WCAU 做广告赞助，节目用公司"佩利娜"雪茄冠名播出。佩利的叔叔发现了这项开销后非常生气，立即撤下赞助，却不料引起听众的强烈不满，让佩利的父亲大吃一惊。他一查账目，发现电台播出广告期间佩利娜雪茄的销售量直线上升，从此以后国会雪茄公司就成了 WCAU 电台最大的广告赞助商。

1928 年，一家名叫"联合独立广播者"的广播公司因为财务问题而濒临倒闭，电台的主人找上门来，佩利说服父亲用不到 50 万美元买下了这家广播公司，并改名为哥伦比亚广播公司（CBS），刚满 27 岁的佩利也顺理成章地做了公司总裁。当时，

CBS 最大的竞争对手是国家广播公司（NBC）。NBC 实力雄厚，有母公司美国无线电公司（RCA）撑腰，而 CBS 尽管名下挂着包括 WCAU 在内的十几家电台，却没有一家属于自己的电台。佩利立即对公司进行改组。为了把更多的电台召到 CBS 名下，他向电台提供免费节目。作为交换条件，各电台则为 CBS 赞助的节目提供相应数量的时间段。这个貌似简单的做法非常灵验，到了 1929 年年初，CBS 名下的电台已经增至 49 家，在 42 个城市播出。广告商也满心欢喜，因为有这么多的电台轮流播出他们的广告。这一年，佩利把 CBS 一半的股份以 380 万美元的价格卖给了派拉蒙电影公司，纽约股市暴跌之后又以低价全数收回。

尽管 CBS 已经成了 NBC 的强劲对手，但是威廉·佩利的目标是争当第一。为了达到这个目标，CBS 必须拥有最优秀的节目并争取到一流的广告商。他使出当推销员的看家本领，不但请到了烟草界大亨乔治·希尔这样的电台赞助商，而且把弗兰克·辛纳特拉和威尔·罗杰斯等演艺界大腕召到了 CBS 的麾下。此外，他亲自发现并聘请了名歌手秉·克罗斯比和凯特·史密斯，还不惜血本把大批演员从 NBC 挖到了 CBS，其中包括杰克·班尼、弗莱德·艾伦、乔治·彭思和格拉西·艾伦等大牌明星。在电台节目的安排上，佩利更是技高一筹，在注重娱乐性的同时积极开发知识性和探索性节目。20 世纪 30 年代末期，CBS 电台富有创意的节目层出不穷，CBS 也变成了广播业最高产的创作中心。

CBS 和 NBC 在娱乐节目上难分高下，佩利于是开始在新闻节目上寻找新的突破口。他强调新闻的客观性，要求新闻记者对各种观点做不偏不倚的报道，而不是以新闻分析员的身份表达个人意见。他的新闻理念成为美国新闻报道的标杆，也为 CBS 网罗到一大批优秀的新闻记者和新闻播音员，包括爱德华·穆洛、查尔士·考林伍德、霍华德·史密斯和埃里克·西瓦里德，从而大大提高了 CBS 的声望。20 世纪 40 年代末，CBS 的新闻收听率终于超过了 NBC，不过此时电视已经出现了取代电台之势。和 NBC 相比，CBS 在电视上的起步要晚得多，但也制作了一些深受观众喜爱的电视剧，比如情景喜剧《我爱露西》和《都是一家人》。CBS 的晚间电视新闻主持人瓦尔特·克朗代尔则成为美国人民最信任的公众人物。为了与 NBC 竞争，CBS 借了五百万美元的贷款，和许多 NBC 的电视明星签下合约。在很长一段时间里，CBS 的收视率都一直高于对手 NBC 和 ABC。等到威廉·佩利从公司董事长的位置上退下来时，CBS 已经是一个年收入超过 300 亿美元的超级传播王国。

在工作之余，威廉·佩利还是一名艺术收藏家。他收藏有塞尚、毕加索、高更、马蒂斯、雷诺阿等大师的作品，后来全部捐献给了纽约现代美术馆。1947年，他和第一个太太离婚，旋即娶了美丽高雅的波士顿名媛芭芭拉·顾希恩为妻。在全世界服饰最佳女性排行榜上，芭芭拉连续十四年名列榜首。夫妻两人喜欢在纽约第五大道的豪华公寓里大宴宾客。他们在纽约长岛拥有一座占地85英亩的庄园，在巴哈马岛上还另有一座庄园。

1990年，威廉·佩利因心脏病突发去世，享年89岁。他的个人资产大约有五亿美元，其中包括CBS百分之八的股票，价值三亿五千万美元。两千多人出席了他在纽约的葬礼。《美国新闻和世界报导》周刊的讣文写道："威廉·佩利的去世标志着美国广播开拓期的结束。"

马克·罗斯科
抽象表现主义大师

1970 年 2 月 15 日，马克·罗斯科（Mark Rothko）在纽约自己的画室里割腕自杀，这位美国抽象表现主义的代表画家在名气如日中天时被抑郁症夺去了生命。

罗斯科原名马尔克斯·罗斯科维茨，1903 年 9 月 25 日出生于俄国的德文斯克。罗斯科 10 岁时，做药剂师的父亲目睹犹太人在俄国的悲惨境遇决定举家移民美国。罗斯科在西海岸的波特兰市长大，是一个成绩优异的学生。1921 年高中毕业后，罗斯科获得了耶鲁大学的奖学金，但只读了两年便辍学离开了耶鲁。

1924 至 1926 年，罗斯科在纽约的艺术学生协会选修了一些绘画与人体方面的课程，这就是他作为艺术家的全部专业训练。在这期间，罗斯科开始接触欧洲的先锋派艺术，特别是塞尚和立体主义画家的作品。同时，他频繁出入纽约大大小小的博物馆和画展，对美国画家密尔顿·艾弗里与法国画家马蒂斯的绘画风格尤其欣赏。作为一位自学成才的艺术家，罗斯科的作品从一开始就非常个性化，最早的创作尽管表现的是传统绘画的内容，比如风景、静物、人体、肖像等，但表现主义的倾向已经初露端倪。1928 年，他的作品第一次在纽约的机会画廊展出。

1932 年，罗斯科与珠宝设计师埃蒂丝·莎沙结婚，那时他的收入主要来源于在布鲁克林的犹太中心教孩子们美术。经济大萧条期间，罗斯科的创作反映了那个时代的社会政治氛围与城市风貌。在他最具代表性的地铁系列和街道系列作品里，人在空旷的都市环境和逼仄的室内建筑中显得压抑而隔膜。1933 年，罗斯科回西海岸探望家人时，波特兰美术馆为他举办了首次个人画展。几个月之后，他在纽约的首次个人画展在当代画廊开幕。1935 年，罗斯科参加了纽约萨赛森画廊的一个联展，并与同时参展的其他画家建立了一个名为"十人"的组织。年底，"十人"在纽约的蒙特罗斯画廊举办了首次画展。到 1939 年为止，"十人"每年都在纽约和巴黎集体展出作品。1938 年，罗斯科加入美国籍。两年之后，他将自己的名字缩短为马克·罗斯科并开始在作品上以此签名，但将近二十年后他才通过法律手续正式改名。

20世纪40年代初期，罗斯科受欧洲的超现实主义和荣格的集体无意识思想的影响，对希腊和罗马神话产生了浓厚兴趣，认为原始的神话更能表现人类的思想和生活状态。这个时期他的代表作《鹰之兆》和《叙利亚公牛》以古代符号和局部的人体与动植物取代了早期作品中现实的画面。二次大战期间，大批欧洲先锋派艺术家流亡纽约，其中法国超现实主义画家对罗斯科的影响最为突出。他的画风比以往更加抽象。在《海边的慢漩涡》《章鱼的诞生》等作品中，形状各异的生物状态在宽阔的彩色横带背景上弥散开来，暗示了人在不同层次上的潜意识。1943年，罗斯科与画家戈特利布在《纽约时报》上宣告了自己的艺术信仰："我们赞成用简单的方式表达复杂的思想。我们偏爱大块的形状，因为它们具有不容含糊的力量……我们选择平白的形式，因为它们摧毁幻觉、暴露真实。"

二战结束后，罗斯科与埃蒂斯离异并很快与儿童作品画家玛丽·贝斯苔尔结婚。他的作品在纽约的重要画廊和博物馆频繁展出。罗斯科认为自己以古代神话为内容的作品中那些尚能辨识的人形已不足以充分表现人的心理状态，因此从1947年起，他开始以纯粹抽象的风格作画。人体从他的画面上彻底消失，代之以任意飘浮的色彩明亮的的形状。这期间罗斯科与纽约画派的画家们关系密切，后者不久之后便被称为抽象表现主义流派。但罗斯科从来不认为自己是一个色彩主义或抽象主义的画家，他坚持自己的作品是用来表现"人类最基本的情感——悲剧、狂喜、宿命"，而颜色与抽象的形式只不过是传达上述主题的载体。在罗斯科与其他纽约画派画家的影响下，纽约逐渐成为世界艺术的中心。

到了1950年，罗斯科最为人所知的风格已经完全成熟。红、橙、黄、紫色的毛边长方形上下平行，几乎覆盖了整个画布。直到他去世前，罗斯科都保持了这一基本风格，只是每幅画上，长方形的数目逐渐减至两到三个，使画面更加简洁，从而完全消除了画家与主题、主题与观众之间的障碍，而画家本人则得以通过对色彩、光和大小的调整达到他想要创造的情绪。先锋派评论家们对罗斯科的新作给予了高度的评价，但传统的评论家们则对他日益增大的画幅与空旷的画面有所保留。1955年4月17日，《纽约论坛》指出："罗斯科的画越来越大但表达的内容却越来越少。"对此罗斯科曾在不同场合做出了回应。他说："有些画家觉得要把一切都表现出来，但我不是。""我画大尺寸的作品是为了创造一种亲密的状态。"罗斯科后期的作品往往没有标题或者仅仅以画的颜色和编号命名，其目的是让观众在完全没有先入为主的状态下进入画面所表达的情绪，他的画越抽象，观众用传统绘画主题作为参考和引导的可能性就越小。

作品展出的环境与作品本身的大小明暗对罗斯科来说几乎同样重要。为了保证作品的主题与观众之间的透明度，他总是要求把自己的作品和别的艺术家的作品分开展览。此外，他对照明的光线和作品之间的距离也往往有特殊的要求。1958年，纽约的四季餐馆委托罗斯科画一组壁画。在这组壁画里，罗斯科首次采用了横向的画布，并且让背景色彩从长方形的中间部分显露出来，而画的颜色也比以往都暗。但罗斯科在对四季餐馆作了实地考察之后，认为它豪华讲究的环境与自己的画作极不相宜，因此没有如约交画，并退回了酬金。1969年，他将其中部分作品捐赠给伦敦的泰特现代美术馆。1961年，纽约现代艺术博物馆为罗斯科举办了一个大型回顾展，罗斯科得以亲自指挥展品的布置。他将展出的五十四幅画很近地挂在一起，用极暗的灯光给予照明，使它们仿佛在黑暗中发出光来。纽约现代艺术博物馆是现代艺术的权威评判者，在罗斯科之前，在世的艺术家中只有毕加索和米罗等极少几位画家有此殊荣。

从1958年起，罗斯科的画变得越来越灰暗严肃，长方形柔和的毛边也逐渐被刚硬的直线取代。1961年，哈佛大学委托他为校园里的一个建筑画一组壁画。罗斯科共画了五幅，包括中间相连的三幅和两端的单幅，画的色彩包括红、黄、橙、黑、紫，和为四季餐馆画的那组壁画风格相近。三年之后，罗斯科又一次应邀为休斯顿的一座教堂作画。这是一座无教派教堂，呈八边形。罗斯科花了三年时间将这组壁画完成，用抽象的形式创造了一个宗教的精神境界：半幅画面是一个浮在彩色背景之上的黑色长方形，另一半则全部是黑色，只用了淡淡一抹紫红色稍作调和。这座教堂后来被命名为罗斯科教堂。

此时，罗斯科已经被抑郁症所困。他将画室的天窗用降落伞罩起来，制造出昏暗的效果。1968年春，罗斯科患动脉瘤，手术后心情更加沮丧，体力也大不如前。他曾经放弃了用大型画布作画，转而在小而轻的纸张上画出明亮鲜艳的颜色。在他人生的最后阶段，罗斯科仍然在尝试新的表现形式。他最后的一系列作品中出现了两块大小相等的平行的长方形，周围是一圈白色的空白。上方的长方形不是黑色便是棕色，而下方的长方形几乎无一例外是灰色。

1969 年，罗斯科的第二次婚姻破裂。一年之后，他终于不堪抑郁症的折磨离开了人世。罗斯科生命的最后几年正是他事业的鼎盛时期。1968 年，罗斯科被选为美国国家艺术文学院院士。他的作品被博物馆与私人竞相购买，价值不菲。罗斯科一生都在寻找用绘画表达人类情感的最有力的方式。他和他同时代的艺术家们共同定义了美国的现代艺术，为后代留下了一笔宝贵的文化财富。

朱利叶斯·奥本海默
原子弹之父

1945 年 7 月 16 日，美国首枚原子弹在新墨西哥州的沙漠上空试爆成功。8 月 6 日，美军在日本的广岛上空引爆了第一颗原子弹，8 月 9 日又对长崎扔下了第二颗原子弹。8 月 10 日，日本天皇宣布日本无条件投降，二战正式结束。毫无疑问，原子弹的研制成功对提早结束二战起到了决定性的作用，而在研制原子弹中发挥了关键作用的则是美国的"原子弹之父"——朱利叶斯·奥本海默（Julius Oppenheimer）。

奥本海默 1904 年 4 月 22 日出生于纽约市一个殷实的犹太家庭，是家中长子。他的父亲 1888 年从德国移民美国，从事布料进口生意，母亲是一位画家。他们住在曼哈顿哈德逊河畔的一个豪华公寓里，墙上挂着梵·高、塞尚和高更的名画。学生时代的奥本海默成绩优异，小小年纪就迷上了数学和化学。11 岁的时候，奥本海默已经是一位矿石收藏家，还是纽约矿物学会年龄最小的会员，并在 12 岁那年做过一次成功的学术演讲。他因为长得瘦弱，书呆子气十足，常常被同龄的男孩欺负。1921 年，奥本海默被哈佛大学录取，但因为患结肠炎没能在秋天入学。为了增强他的体质，他父亲送他去新墨西哥州体验骑马等户外活动，那里特殊的地貌给他留下了深刻印象。

1922 年，奥本海默正式成为哈佛大学的学生，他大量选课，理科之外还选了哲学、东方宗教、法国文学和英国文学等文科课程，用三年时间就拿到了哈佛大学化学专业的本科学位，并以第一名的优异成绩毕业。这时的奥本海默已经对原子物理产生了浓厚兴趣，毕业后他去了英国剑桥大学，在著名的原子研究中心卡文迪斯实验室当研究生。因为在实验室里的动手能力不强，奥本海默于 1926 年转到德国的哥廷根大学师从麦克斯·波恩学习理论物理，只用一年时间就获得了博士学位，并在量子论方面发表了为数可观的论文。1927 至 1929 年间，奥本海默先后在母校哈佛大学、加州理工大学和荷兰的莱顿大学做博士后。随后，他在十几所向他提供教职的大学中选择了加州伯克利大学和加州理工学院，每年在两地轮流任教。他把一大批青年学子召集在自己身边，不久就把伯克利大学变成了美国理论物理的研究中心。教学之余，奥本海默继续从事研究，在天体物理、核物理和光谱学方面均有建树。同时，他在高能粒子、介子、正电子、电子碰撞、非周期性碰撞、宇宙射线等领域发表了不少重要论文，并且第一个提出了著名的黑洞理论。奥本海默的知识面很广，对包括艺术和文学在内的其他学科都极有兴趣。他读古典作品，读小说、诗歌和戏曲，在语言方面也天赋过人，在学了六个月的荷兰文之后就去荷兰用荷兰语做学术报告。30岁那年，为了能够阅读印度教的经文原文，他学会了阅读第八种语言——梵文。

珍珠港事件爆发之前，美国科学家就已经在美国政府的授意下开始了研制原子弹的工作。1941年，奥本海默主要做有关核爆炸的铀量研究。1942年8月，由美国陆军负责的"曼哈顿计划"正式启动，奥本海默被任命为"曼哈顿计划"的科研主任。他做的第一件事情就是把爱德华·泰勒、汉斯·贝什等优秀理论物理学家请到伯克利大学，探讨制造原子弹的可行性，他们得出的结论是原子弹的研制需要众多科学家的通力合作。奥本海默提议成立一个专门负责研制原子弹的实验中心，并建议把实验中心建造在早年给他留下深刻印象的新墨西哥州的沙漠上。同年10月，他受命担任实验中心的主任。1943年，他把一大批精力充沛、才华横溢、平均年龄只有25岁的科学家召集到自己麾下。在新墨西哥州洛斯阿拉莫斯实验中心工作的科学家和工作人员有一千五百多人，由奥本海默统一指挥。他事必躬亲，既要保证硬件的到位，又要统筹安排人事调度，调解磨擦，还要解决数不胜数的理论问题和实际问题。负责"曼哈顿计划"的格罗夫斯将军对奥本海默有这样的评价："他是一个天才，一个真正的天才。奥本海默是一个万事通，他可以和你讨论任何一个话题。"当时的国防部长亨利·西姆森也认为原子弹的研制成功在很大程度上得益于奥本海默的天赋灵感和领导才能。

1945年7月16日，第一枚原子弹试爆成功，威力相当于一万八千吨TNT。在五英里之外的控制室里，奥本海默注视着冉冉上升的蘑菇云，心中百感交集，脑海里掠过了印度教经典《福者之歌》里克利须那劝王子履行职责的一句诗："我成了打碎世界的死亡之神。"原子弹对广岛、长崎的毁灭性打击让奥本海默看到了核武器对人类的巨大威胁。他对杜鲁门总统说："我觉得我们的手上沾满了鲜血。"杜鲁门总统的回答是："没关系，洗洗手血就没了。"

1945 年 10 月，奥本海默辞去洛斯阿拉莫斯实验室的主任职务，回到了伯克利大学。1947 年，他接替爱因斯坦出任普林斯顿大学高级研究所的所长，同时担任美国原子能顾问委员会主席。1949 年，苏联引爆了第一枚原子弹，爱德华·泰勒等人力主美国尽早试制氢弹，奥本海默和他领导下的原子能顾问委员会对这一建议持反对态度，但杜鲁门总统最终否决了奥本海默的意见。1950 年，氢弹计划正式出笼。

有趣的是，多年以来奥本海默尽管身居要职，却一直受到美国联邦调查局的监视，"曼哈顿计划"实施的过程中他也一直是内部监控的对象。这是因为在 20 世纪 30 年代后期，奥本海默和许多经历了经济大萧条的美国知识分子一样，关心社会疾苦，思想上趋于激进。他在 1936 年结识的一位女友是美国共产党员，并通过她认识了不少左派人士，并用父亲留下的遗产给各种左派组织捐过款。1940 年，他和生物学家凯瑟琳·哈里森结婚，而凯瑟琳和她在西班牙内战中身亡的前夫也都是共产党员。结婚后奥本海默慢慢断绝了和左派组织的联系。1943 年，奥本海默独自到旧金山和前女友会面，全程被美军的反谍报官员跟踪盯梢。同一年夏天，他披露他的一位朋友曾经想从他和其他科学家那里为苏联挖取有关"曼哈顿计划"的情报，结果引火烧身。他对氢弹计划的否定态度也让美国政府对他的忠诚起了疑心。1953 年 12 月，奥本海默从英国旅行回来，发现原子能委员会已经取消了他参加机密工作的许可，而这一决定得到了艾森豪威尔总统的默许。尽管在听证会上许多科学家站出来为奥本海默说话，但当时正是麦卡锡主义甚嚣尘上之时，他最终不得不退出原子能委员会，以后再也没能从事和原子能有直接关系的工作。

1962 年 4 月，肯尼迪总统把奥本海默作为特邀客人请到白宫。第二年，原子能委员会推选他为费米奖得主。肯尼迪总统遇刺一星期后，约翰逊总统亲自为他颁奖，算是给他正式平反。1967 年，奥本海默死于咽喉癌，终年 63 岁。

历史往往有惊人的相似之处。将近半个世纪以后的 2000 年，洛斯阿拉莫斯实验中心又爆出了一桩间谍案，只不过这一次的主角变成了和美国的主要假想敌中国有关的华裔美国科学家李文和。此案被美国媒体炒得沸沸扬扬，但最终李文和在被关押九个月之后被法庭宣判无罪。一场耸人听闻的间谍案草草结束，不知奥本海默的在天之灵对此会作何感想？

艾萨克·巴斯维思·辛格
最著名的意第绪语作家

　　20 世纪 70 年代后期是诺贝尔文学奖对美国犹太作家格外垂青的十年。1976 年，索尔·贝娄成为第一位获取诺贝尔文学奖的美国犹太作家。两年之后的 1978 年，艾萨克·巴斯维思·辛格（Issac Bashevis Singer）也捧回了诺贝尔文学奖的桂冠。不同的是，贝娄童年时从加拿大移居美国，一直用英文写作，可以算是土生土长的美国犹太作家，而辛格 30 岁之后才移民美国，终生用意第绪语写作，讲述的是他所熟悉的东欧犹太人的故事，并因此而成为 20 世纪最著名的意第绪语作家。

　　1904 年 7 月 14 日，辛格出生于离华沙不到 30 公里的一个波兰小镇。他的祖父、外祖父和父亲都是拉比。辛格 4 岁那年，全家搬到华沙，住进了克罗奇马尔纳街的一个公寓，街上住满了三教九流，小偷、妓女、摊贩和拾破烂者一应俱全。辛格成名后把克罗奇马尔纳街称为他的"文学金矿"。父亲在简陋的住房里开办了一个拉比法庭，每当父亲替别人仲裁纠纷或是就犹太教和家庭问题为别人提供忠告时，辛格总是兴趣盎然地列席旁听。辛格从小接受犹太传统教育，学习犹太教《托拉》圣经、《塔木德》经和希伯来神秘哲学，对父母给他讲述的犹太民间传奇也十分入迷。辛格在学会字母之前就已经会"写作"了。他喜欢在纸上信笔涂鸦，也喜欢画马、狗和房子。星期六安息日对他来说最不好过，因为那一天他不能摸笔。辛格一家人都喜欢讲故事，他小小年纪就学会了自己编故事。他认为一个好作家不必是学者，也不必是人类拯救者，但起码应该会讲故事。

　　一战爆发后，德军占领了华沙，辛格的母亲于 1917 年把一家人转移到娘家一个与世隔绝的犹太小村庄。住在那里的三年期间，辛格耳濡目染了村民口耳相传的犹太民俗、迷信和宗教教规，为他日后的写作积累了丰富的素材。在父母的督促下，辛格 17 岁那年去一家拉比神学院学习，但不到一年就退学了，因为他发现自己既对《塔木德》经感兴趣，更对陀斯妥也夫斯基着迷。哥哥以色列·乔舒亚热爱文学，对辛格的文学生涯影响最大。辛格不顾父母的极力反对，决定步哥哥的后尘，成为一个写世俗题材的作家。1923 年，19 岁的辛格来到华沙，为哥哥主编的一份意第绪语文学杂志当校对，同时把雷马克的《西线无战事》和托马斯·曼的《魔山》等著名小说翻译成意第绪语，靠微薄的稿酬勉强维生。三年后，他开始在不同杂志上发表文章和短篇小说，发表的文学作品一律署名义茨科克·马斯维思，既是对自己的母亲表示敬意，也是为了不让读者把他和已经是名作家的哥哥混淆起来。1932 年，辛格发表了第一部长篇小说《戈雷的撒旦》。小说模仿中世纪意第绪编年史的语言风格，以 17 世纪哥萨克人对犹太人的大屠杀为背景，故事围绕自封为弥赛亚的沙巴泰·孜威的生平展开，描写那个时期的东欧犹太人因为宗教狂热而产生的疯狂行为。

1935 年，辛格为躲避纳粹对犹太人的迫害来到了纽约。这时他已经年过三十，和妻儿刚刚分别，英文一窍不通。他为纽约的意第绪语报纸《犹太前锋日报》写过文章、评论和短篇小说，但感觉到意第绪语是一门正在走向消亡的语言。这一切都让辛格心灰意冷，意气消沉。他写作的速度慢了下来，不过并未停笔。20 世纪 40 年代，辛格用意第绪语陆续写出了《傻瓜吉姆佩尔》《克里谢夫的毁灭》《小鞋匠》等短篇小说，在《犹太前锋日报》和其他刊物上发表。1950 年，科诺福出版社出版了辛格的小说《莫斯卡特一家》，让众多美国读者第一次知道了艾萨克·巴斯维思·辛格的名字。

1952 年，作家欧文·肖主编《意第绪语故事精选》，有人把辛格的《傻瓜吉姆佩尔》读给他听，欧文·肖击节赞叹之余说服索尔·贝娄将这篇故事翻译成英文。《傻瓜吉姆佩尔》的英语译文在次年的《巴黎评论》发表后，辛格声誉鹊起，正式步入美国主流作家的行列。从此，他一发而不可收，一部接一部的短篇小说集相继问世。其中著名的有《市场街的斯宾诺莎》《卡夫卡的朋友》和《羽冠》。1967 年，《纽约客》杂志打破不发表翻译作品的惯例，发表了辛格的短篇小说《屠夫》的英文译本，整个 60 年代和 70 年代，辛格的作品频频在《哈泼斯》《时尚》《周六晚报》和《花花公子》等著名刊物上出现，让越来越多的读者知道了辛格的名字。辛格还亲自参与了自己小说的翻译过程，他和译者的工作场所往往是他在曼哈顿西城上区的公寓或是附近的自助餐馆。他知道英译本读者和原著读者的文化宗教背景不同，所以在翻译过程中做了大量的剪辑和修改，而且干脆就把他的英译本称作"再创作"。

辛格最优秀的作品是他的短篇小说，但他也写了不少的长篇小说。《卢布林的魔术师》塑造了一个行为古怪、不守常规的反英雄形象。《奴隶》从一个身为奴隶但敏感虔诚的犹太人的角度描写了 17 世纪残酷无情的波兰社会。《萧莎》讲述了一个发生在 20 世纪 30 年代的波兰的爱情故事。除了数量繁多的短篇小说，辛格一共发表了 18 部长篇小说，14 本少儿读物和许多随笔及评论文章，是一位名副其实的高产作家。辛格对小说的情节和人物刻画相当在意。在他看来，揣摩人物性格是一件最有趣的事情，但是文学又和闲言碎语不同，因为文学不必对任何人指名道姓。辛格的作品具有浓厚的超现实主义的神秘色彩，给读者带来一种独特的阅读体验。他作品中主人公几乎都是犹太人，但他们所经历的各种悲欢离合却能引起所有读者的共鸣。

1978 年，辛格成为第九位获得诺贝尔文学奖的美国作家。在这前后他还得到过不计其数的文学奖。1991 年，辛格在佛罗里达州去世，享年 87 岁。辛格以翻译文学作品开始了自己的文学生涯，而今，他自己的作品也已经被翻译成了数十种语言。

巴克西·西格尔

拉斯维加斯第一个巨型赌场的创建人

美国最大的赌城拉斯维加斯每年都能吸引美国和世界各地数以百万计的游客。拉斯维加斯主街上鳞次栉比的大赌场里旅馆、商店、餐馆、剧院等各式设施一应俱全，赌客能在赌场里豪赌数日而无须迈出赌场大门一步。在拉斯维加斯的初期发展中，一个充满传奇色彩的黑帮老大扮演了举足轻重的角色，他就是巴克西·西格尔（Bugsy Siegel）。

巴克西·西格尔原名本杰明·西格尔。"巴克西"是地下帮会里的一个尊称，专门用来形容那些胆量过人、视死如归的硬汉。1906年2月26日，巴克西·西格尔出生于纽约市布鲁克林区一个贫穷的俄国犹太人家庭，家里共有五个孩子。20世纪初的纽约地下帮会大行其道，机灵的巴克西在帮会里很早就崭露头角。他最初把目标锁定在沿街叫卖的手推车摊贩身上，向他们强行索取五美元的保护费，遇到抵抗便浇煤油烧货品，逼迫对方就范，他的"硬汉"之名由此而来。

还在十几岁时，巴克西·西格尔就结交了日后成为纽约黑社会帮主的梅涅·兰斯基，从此更加有恃无恐。他们合伙涉足赌博业，盗窃汽车，巴克西还受雇为不同帮会充当职业杀手。20年代美国全面禁酒，为他们带来了滚滚财源。他们在曼哈顿的东城下区开办了一家汽车卡车出租公司，把走私酒运到纽约城的各个角落。

30年代初，美国政府对酒品开禁，巴克西·西格尔随即把目标转向赌博业。这时，黑社会已经在美国的佛罗里达、阿肯色、肯塔基和路易斯安纳等州开设了赌场，巴克西于是盯准了南加州。1933年，他首次造访好莱坞，结识了不少电影界名流。几年之后，他在好莱坞定居下来，买下了几艘加州海面上的赌船。这时他已经有了家室，但一点不妨碍他在外面寻花问柳，他的情妇大多是好莱坞的电影明星和交际花。这一时期，巴克西过的是花天酒地、奢侈无度的生活。

在一次回美国东部的路上，巴克西途经地处内华达州边界的小镇拉斯维加斯，突然之间灵光一闪，脑海里浮现出拉斯维加斯成为赌徒极乐世界的辉煌远景。当然，还有一种说法是他仅仅停下车方便了一下。到了纽约之后，巴克西向他的黑帮兄弟们描绘了在内华达的不毛之地建造集旅馆和娱乐设施于一身的大赌场的宏伟蓝图。回到西海岸之后，他开始把自己的梦想付诸实施。他几次试图买下拉斯维加斯已有的几家赌场，但都未能得手。

1945 年，机会终于来临。洛杉矶的一位商人比利·威尔克曼和巴克西有同样的想法，也准备造这样一座大赌场，但因为资金短缺，只好把手头的项目拱手让给巴克西。巴克西成功地说服他的黑帮兄弟们出资入股，一共买下三分之二的股份。他对赌场的原始设计做了大刀阔斧的改动，大大超出了最初的预算，开销从一百万美元飙涨到六百万美元。巴克西找来的投资人慌了手脚，并怀疑他有贪污行为。他们聚在一起，商量如何暗杀巴克西。在兰斯基的干预下，他们决定再给巴克西一次机会。

1946 年的圣诞节那天，弗拉明哥大赌场正式开业，不少好莱坞明星前来捧场，可是好景不长，赌场很快就冷清下来。那时的拉斯维加斯还是一个牛仔城，当地人很少光顾赌场，再加上弗拉明哥赌场刚开业时旅馆还没有落成，很多赌徒赢了钱之后便携款而去。一个多月之后，赌场不得不关门。巴克西只好回头向投资人求助，但这时他的黑帮兄弟们积怨已久，再次策划对他下手。经兰斯基再三说情，巴克西才又躲过一劫。

第二年的三月，弗拉明哥大赌场在旅馆完工之后重新开业。这一年的上半年，弗拉明哥终于扭亏为盈，赚进了 25 万美元。在弗拉明哥的带动下，一家又一家巨型赌场在拉斯维加斯大道上拔地而起。弗拉明哥由于是第一家超级赌场而独领风骚、名声远扬。它拥有三千五百多间客房，是当时全世界最大的旅馆。

拉斯维加斯能够发展成世界闻名的大赌城，巴克西可以说是立了头功，但是他没能看到拉斯维加斯后来的繁华景象。1947 年 6 月 20 日晚，巴克西坐在比佛利山庄自己家中的客厅里看报，一颗子弹穿窗而入，击中了他的脑袋，一只眼球被弹出五米之外。四颗子弹随即又打中他的身体，年仅 41 岁的巴克西·西格尔当场毙命。

不过巴克西一手建成的弗拉明哥大赌场的命运则要好得多。它在拉斯维加斯大道上目睹了几十年的世道沧桑，直到 20 世纪 80 年代才被希尔顿公司买下后夷为平地，随之在它的旧址上建起了一座新的弗拉明哥大赌场。弗拉明哥在英文中的原意是"火烈鸟"，而弗拉明哥大赌场就像浴火重生的凤凰，耀眼的霓虹灯招牌继续在拉斯维加斯的夜幕下熠熠生辉。

　　好莱坞对巴克西·西格尔似乎也情有独钟，半个世纪以来一再把他的生平搬上影视屏幕，其中最有名的是1991年拍摄的传记故事片《豪情四海》，扮演男主角的是好莱坞明星沃伦·比蒂，他的太太安妮特·贝宁扮演女主角——巴克西的情妇希尔。巴克西一直称希尔为"弗拉明哥"，后来他又用这个昵称为他心爱的赌场命名。

爱德华·泰勒
氢弹之父

美国在二战结束前研制出原子弹后，苏联奋起直追，于 1949 年也造出了原子弹。1950 年，杜鲁门总统下令研制氢弹。两年之后，美国的首枚氢弹在南太平洋小岛伊鲁格拉波引爆成功。这枚氢弹取名"麦克"，威力相当于一千万吨 TNT 炸药，是广岛原子弹的一千倍，让小岛顷刻之间在南太平洋水面上消失得无影无踪。如果说美国犹太人朱利叶斯·奥本海默是美国的"原子弹之父"，那么，美国的"氢弹之父"则是另一位美国犹太人——爱德华·泰勒（Edward Teller）。

1908 年 1 月 15 日，爱德华·泰勒出生于匈牙利布达佩斯一个殷实的犹太家庭，父亲是律师。泰勒 12 岁那年，父亲把他介绍给在布达佩斯大学教数学的朋友克拉格教授，激发起他对数学的强烈兴趣。18 岁高中毕业以前，他结交的朋友当中有日后的诺贝尔物理奖得主尤金·威格纳、日后成为著名数学家的约翰·冯·纽曼和日后的原子弹专家列奥·茨拉德。1926 年，匈牙利的反犹排犹之风刮得正猛，18 岁的泰勒来到德国的卡尔斯鲁厄工学院求学，主修化学和数学，两年后转到慕尼黑大学。有一次他坐有轨电车时受伤，右腿落下了终身残疾。1929 年，泰勒转读莱比锡大学，一年后获得物理化学的博士学位，他的博士论文运用量子力学理论测试出受激氢分子中的能量程度。接下来的几年里，泰勒先后在莱比锡大学和哥廷根大学做研究员。1934 年，他申请到洛克菲勒基金会的研究基金，前往丹麦哥本哈根大学理论物理研究院深造。同一年，他被伦敦大学聘为讲师。

1935 年是爱德华·泰勒一生的转折点。他来到美国的乔治·华盛顿大学担任客座教授，教授分子物理和原子物理课程。在这之前他主要从事量子力学在物理化学方面的应用，来美国后他的兴趣转向了核物理。他和乔治·加默合作，一起总结出辐射蜕变过程中亚原子颗粒脱离原子核的规律。到了 1939 年，物理学家们已经知道原子核能够在裂变时产生热能，U-235 这一稀有的铀同位数蜕变时也会产生能量巨大的连锁反应。泰勒和其他五位科学家一起，说服爱因斯坦给罗斯福总统写信，呼吁美国尽早研制原子弹。1941年，他加入美国籍成为美国公民。同一年，他转到纽约哥伦比亚大学，正式参加原子弹的设计研制。

1942至1946年期间，爱德华·泰勒一直都是"曼哈顿计划"的成员。1942年，他在哥伦比亚大学和费米教授一起从事裂变研究，第二年他转到芝加哥大学冶金实验室。从1943到1946年，泰勒在新墨西哥州的洛斯阿拉莫斯原子能实验所工作，先在汉斯·贝斯的理论物理组从事研究，后来转到费米的手下探索氢弹的可行性。1945年，首枚原子弹研制成功，但泰勒对氢弹的兴趣有增无减。由于在研制氢弹的问题上和奥本海默的观点相左，他在1946年离开了洛斯阿拉莫斯实验所，转到芝加哥大学任教。1949年，泰勒又回到洛斯阿拉莫斯实验所，并成为实验所的副主任。同一年，苏联的原子弹试爆成功，泰勒开始大张旗鼓地为氢弹计划做宣传。在他看来，如果苏联抢先美国一步造出氢弹，美国就会大难临头。他的倡议很快得到杜鲁门总统的支持，美国的氢弹计划在1950年1月正式上马。头一年，泰勒的研究工作很不顺利，第二年才取得了突破性进展。他和另一位科学家乌拉马合作，发现能用X光点燃氢弹的热核燃料，解决了氢弹研制中的关键问题。1952年，美国第一枚氢弹试爆成功，爱德华·泰勒的名字也和氢弹永远挂上了钩。

在研制氢弹的过程中，泰勒认为洛斯阿拉莫斯实验所对氢弹计划的支持不够，因此和奥本海默以及其他科学家发生了龃龉。奥本海默在20世纪30年代和美国左派组织有过密切联系，对氢弹的研制又一直持反对态度，因而被指控为对美国不忠。许多科学家在法庭上挺身而出为他辩护，而爱德华·泰勒则提供了对奥本海默相当不利的证词。作为共事多年的同事，两位科学家都为美国的核武器发展作出了杰出贡献，而他们之间的恩怨也给麦卡锡时期的美国政治写下了一个独特的注脚。

氢弹研制成功之后，爱德华·泰勒仍然不满足于美国热核武器的发展进度。1952年，在泰勒的大力倡导下，另一家核武器实验所——劳伦斯·利物茅实验所——在加州成立，和洛斯阿拉莫斯实验所打起了擂台。在接下来的二十多年里，作为实验所主任，泰勒把主要精力放在热核弹头的研制开发上，其中由劳伦斯·利物茅实验所开发出来的洲际导弹和核潜艇导弹成了美国核弹库中的拳头产品。由于泰勒在核武器问题上一贯持鹰派立场，他在20世纪60年代再次成为争议性人物，有的反战人士甚至给他贴上了"战争罪犯"的标签。但是泰勒不为所动，仍然坚定不移地主张全力发展美国的核武器，对禁止核武器实验和1972年的美苏反弹道导弹条约持反对态度。80年代，他是里根总统"星球大战"计划的积极拥护者。

在劳伦斯·利物茅实验所工作的这些年里，爱德华·泰勒一直担任加州伯克利大学的物理教授。退休之后他写了几部回忆录，包括《天地能源》《盾强于剑》和《20世纪科学和政治之旅》。他先后获得过二十多个荣誉学位，并多次获奖，其中有1959年的爱因斯坦奖、1962年肯尼迪总统颁发的费米奖、1963年的罗宾斯奖、1975年的哈维奖、1989年的总统公民奖和1992年里根总统颁发的美国国家科学勋章。

爱德华·泰勒于2003年9月9日去世，享年95岁。

雅诗·兰黛
美国化妆业女王

里根任美国总统期间曾在白宫宴请来访的英国查尔斯王子和戴安娜公主。戴安娜亲自邀请了三位嘉宾，他们是电影明星罗伯特·莱德福特、摇滚歌星布鲁斯·斯普林斯廷，还有一位就是雅诗·兰黛（Estee Lauder）女士。

1985年11月，一本雅诗·兰黛的传记已经付梓印刷，即将与读者见面，但是传记的主人公先声夺人，抢先一步推出了自传《雅诗·兰黛——一个成功的故事》。如同在商场上一样，雅诗·兰黛又一次抢在了竞争对手的前面。

在自传中，雅诗·兰黛娓娓讲述自己的创业史，将一个真实的自我一览无遗地展现在读者面前。但她还是做了一个小小的隐瞒，没有透露自己的出生年月。在她看来，年龄对一个女人来说无关紧要，只要她用对了化妆品，就能青春不老，芳颜永驻。照片上的雅诗·兰黛有一头波浪形的卷发，两根细长的眉毛下面是一双笑意盈盈的眼睛，嘴唇微微张开，露出一排整齐洁白的牙齿，脖子上挂了一串珍珠项链，一看而知是那种懂得如何打扮自己的女人，岁月的流逝在她脸上几乎没有留下痕迹。照片上的她似乎已过了不惑之年，却又很难让人猜出她的准确年龄。这也许正是雅诗·兰黛想要追求的效果。

雅诗·兰黛出生于纽约的皇后区，生日大概是1908年7月1日。父康麦克斯移民美国之前在匈牙利过着养尊处优的生活，来到美国后别无所长，又说一口有浓重口音的英文，只好靠缝纫养活一大家人，其中五个儿子和一个女儿都是雅诗的母亲萝丝和前夫所生的孩子。雅诗是家里的幺女，尽管父母亲处处恪守东欧犹太移民的习惯，但雅诗从小就下定决心要成为一个百分之百的美国人。

不久，父亲买下了一家小五金店，小小年纪的雅诗负责布置橱窗里的陈列品，算是有了她平生第一次的推销经历。一战爆发后不久，雅诗的舅舅约翰搬来和他们一家同住。约翰是一位研究皮肤保健品的化学专家，他在后院的小马厩里建起一个简易实验室，像一个变戏法的魔术师，转眼能变出一种乳膏，再一转眼就把乳膏塞进了实验室里的坛坛罐罐，让一旁的小雅诗看得如痴如醉。她闻着满屋的芳香，用小手把乳膏抹在小脸上，顿觉脸上的皮肤变得柔滑如丝。从那天起，雅诗便打定主意要步舅舅的后尘。没过多久，她就开始向女同学们推销化妆品，让她们全都抹上了厚厚的面霜。

1930 年 1 月，雅诗和约瑟夫·兰黛结婚，三年后生下大儿子里奥纳德·亚伦。婚后的雅诗·兰黛一如既往地钻研如何改良舅舅的面乳，她一刻也不肯闲着，除了做饭便是用各式小锅试制乳液，把家里的厨房变成了一个小作坊。

雅诗在曼哈顿上区一家美容院拉到了第一批顾客。不久，她开始在纽约各大旅馆做产品推销。夏天，她奔走于各大旅馆之间做巡回展销；冬天，她送货上门，周旋于纽约贵妇人的社交圈里。她总是盛装出行，因为她知道只有把自己打扮得光彩照人，顾客才会买她的化妆品。随着社交圈的扩大，她的生意也越做越大。她一心扑在事业上，导致婚姻破裂。1939 年，她和约瑟夫离婚。三年之后，两人又复婚，携手做起化妆品的生意，雅诗负责营销，约瑟夫管理财务。1944 年，二儿子罗纳德·史蒂芬出生。1946 年，雅诗·兰黛公司正式挂牌。初创阶段的公司是标准的夫妻店，两人包揽了从烧制搅拌到消毒包装的全部生产工序。最初的产品只有四种基本的护肤品，外加几种化妆品，他们的"工厂"则是一家餐馆改建而成的。

雅诗发现了一个有趣的现象：妇女买化妆品大都因为心血来潮，一时冲动。于是，她在一家规模大、生意好的专卖店里租下一个专柜。为了吸引顾客，她在纽约的各种慈善募捐会上散发大量的免费样品。功夫不负有心人，雅诗终于从名店萨克斯第五大道拿到一张八百元的订单。雅诗在自传里这样写道："我们在餐馆的煤气炉上烧制面乳，然后搅拌均匀，再用开水将那些漂亮的坛坛罐罐消毒，倒入面乳，然后贴上标签……所有的工序都是手工操作，由我们俩的四只手完成。"他们日以继夜赶工，两天之内这批货即销售一空。

从此，雅诗一发而不可收。她只肯在最好的商店里出售自己的产品，每年有半年时间出门在外，培训全国各地给她做推销的女推销员。每去一家商店，她都要亲自挑选女推销员。这些女推销员容貌美丽、充满自信，成了雅诗·兰黛产品的活广告。她们不但对每一种产品了如指掌，而且能够从容示范如何使用这些产品。雅诗·兰黛要求她们时刻不离柜台，她最不能忍受的是所谓的"双 T 售货女"，即那些把时间都

用来上厕所 (toilet) 和打电话 (telephone) 的员工。她在每一家新店一般要花一个星期的时间培训员工，摆设样品，并亲自向顾客推销产品。到了 20 世纪 80 年代末，经她亲自培训出的推销员已有七千五百人，她给她们起了一个好听的名字——"美丽顾问"。

尽管生意不错，但有好多年时间雅诗都捉襟见肘，入不敷出。每到一处，她都在商店的自助餐厅用餐，乘坐公共汽车和地铁，将省下的钱全部投入再生产。1953 年是雅诗·兰黛的转折点，她在这一年推出了"青春露"——一种暖香袭人、兼有浴油和香水功能的产品，售价 8.50 美元，算是普通人消费得起的奢侈品。众多女顾客被免费的"青春露"样品所吸引，在抢购的同时也一并购买了其他雅诗化妆品。在达拉斯的尼曼·马科斯店，雅诗·兰黛专卖柜一星期的销售额从几百美元增加到数千美元。到了 20 世纪 50 年代中期，雅诗产品中 80% 的赢利来自"青春露"。到了 80 年代中期，"青春露"在美国的销售量达到一亿五千万美元。与此同时，雅诗·兰黛系列产品占据了妇女化妆品市场销售额的三分之一，男士化妆品市场销售额的四分之一。

雅诗是一位推销高手。有一次，一位广告商因为数额小而不肯接她的广告，雅诗便把准备用来做广告的五万美元花在免费样品上，直接送到顾客手里。还有一次，一家商店只同意在新年的第二天才让雅诗产品挂牌销售，错过了圣诞节最佳销售时机。她灵机一动，在电台上号召女顾客"以新面孔迎接新年"，并许诺向购买雅诗化妆品的顾客附送一份新年礼品。免费礼品对顾客很有吸引力，这已成了如今化妆业最常见的促销手段。

雅诗不光把目光盯准美国市场，还想方设法将产品打进国际市场。1960 年，她捷足先登，在伦敦最有名的哈罗德百货商店开出一个雅诗·兰黛专卖柜，随后又在欧洲各国的豪华商店里销售雅诗·兰黛系列产品。雅诗在推销产品时往往别出心裁。有一次在巴黎促销，她"不小心"打破了一瓶"青春露"，浓郁的香水味在大厅里久久挥之不去，引来众多顾客的好奇询问。从 1962 年开始，公司先后聘用多位名模，广为宣传"雅诗·兰黛女性"的形象，其中凯伦·格莱姆成为公司的独家模特。新产品系列和新颖独到的促销手段大大提高了雅诗·兰黛产品在国际市场的竞争力。她广交社会名流，和皇亲贵族来往密切，还造访过好几任白宫主人，借此为自己的产品抬高身价。

一生的辛勤耕耘终于换来丰厚的回报。1998 年，雅诗·兰黛的产品占全美百货商店化妆品销售额的 45% 以上，是主要竞争者欧莱雅 (L'ORÉAL) 的整整三倍，同时还远销到全世界一百二十多个国家。这一年，雅诗·兰黛公司的总销售额是 36 亿美元，纯利润为二亿多美元。这一年，九十高龄的雅诗·兰黛仍然拥有公司 77% 的股票，96% 的选举权，为自己和家族创造了 62 亿美元的财富。2004 年 4 月 15 日，雅诗·兰黛离开人世，享年 97 岁，在全美财富 500 强排行榜上名列第 349 名。

弥尔顿·弗里曼
影响美国经济走向的经济学家

"经济自由是政治自由的必要条件。经济自由能让人们在没有高压和统一指挥的前提下彼此合作，进而缩小政治权力的范围。同时，市场自由化也能够通过分散权力来减弱政治极权的影响。而经济权力和政治权力联手的结果只能是专制暴政。"《选择的自由》中的这段话道出了弥尔顿·弗里曼（Milton Friedman）经济思想的精髓。作为"芝加哥经济学派"的掌门人，弥尔顿·弗里曼的经济理论不但被约翰逊总统、尼克松总统、里根总统任内的美国政府广泛采用，而且直接影响了美国 20 世纪下半叶的经济走向。可以毫不夸张地说，20 世纪影响最大的美国经济学家非弥尔顿·弗里曼莫属。

1912 年 7 月 31 日，弥尔顿·弗里曼出生于纽约的布鲁克林，成长于新泽西。从商的父亲和当裁缝的母亲都是从奥匈移民美国的犹太人，弗里曼是四个孩子当中唯一的男孩。1928 年，弗里曼高中毕业后进入拉特格斯大学学习经济学。在校期间他获得过数学奖，在校报当过编辑，还打过几份零工。1932 年，他本科毕业一年后便获得了芝加哥大学的硕士学位，并留校做了两年的助理研究员。从 1935 到 1943 年，他先后在国家资源委员会、国家经济研究局和美国财政部税收研究部工作。这段工作经历对弥尔顿·弗里曼至关重要，他的一些经济理论在这段时间里初步成型。此外，他开始给《经济学季刊》《经济研究评论》等多家学术刊物投稿，并与别人合作发表过《防止通货膨胀的税务手段》等专著。1943 年，弗里曼去哥伦比亚大学攻读博士，三年后博士毕业，被聘为芝加哥大学经济系副教授。1948 年，年仅 36 岁的弗里曼升任正教授。

弗里曼在教学之余写了大量文章和专著，逐步建立起自己的经济理论体系。他独树一帜，和当时在欧美国家被奉为金科玉律的凯恩斯理论大唱反调。凯恩斯认为政府的税收和开支对经济周期有决定性的影响，所以政府应该通过向私人和企业提高税收来遏制通货膨胀，通过减少税收和增加政府开支来应对经济衰退，并不惜以增加财政赤字为代价来刺激消费、激活经济。而弗里曼则认为市场的自动调节、流通中的货币量以及利率才是关键，提出市场调节是遏制通货膨胀、促进经济平衡增长的最有效的手段，政府干预的效果只会适得其反。在他看来，联邦储备委员会的职责是不紧不慢地增加货币供应量，任何货币方面大幅度的波动都会破坏经济稳定。在与别人合著的《1867-1960年美国货币史》一书中，他批评联邦储备委员会给美国20年代的经济大萧条雪上加霜。在1962年出版的《资本主义与自由》一书中，他描述了政府在市场经济体系中应该扮演的角色，认为政府的主要职责是保护民众的自由，而且政府应该尽量下放权力，以避免权力的过分集中。有鉴于此，他对美国政府从30年代"新政"时期以来推出的许多社会法案都不以为然，认为它们导致了许多美国人对政府的过分依赖和个人自由的丧失。在1968年出版的《美元与赤字》和1971年出版的《货币分析的理论框架》里，弗里曼进一步建立了自己的理论体系。1976年，弗里曼因为"在消费分析、货币历史和货币理论等领域的贡献"荣获诺贝尔经济学奖。

从20世纪60年代开始，越来越多的人开始接受弗里曼的理论。1964年，美国总统候选人巴利·哥德瓦特聘请弗里曼担任他的经济政策顾问，约翰逊总统对他的"负所得税"的提议很感兴趣，尼克松总统就任期间聘他为经济顾问。从1967年开始，弗里曼连续十年在《新闻周刊》杂志上发表专栏文章，阐述自己的经济理念。里根总统和英国首相撒切尔都是弗里曼经济理论的忠实信徒。里根上台后大幅度的减税、在经济领域的不干涉主义和对福利制度的大力修正在很大程度上都受了弗里曼的影响。1979年，联邦储备委员会响应弗里曼的一贯主张，首次制定货币增长目标。80年代，美国的通货膨胀率一直居高不下，老百姓对福利制度普遍失望，政府的开销也呈几何倍数增长，弗里曼的理论于是被越来越多的人所接受。他在1980年发表的《选择的自由》和1984年发表的《难逃现状》两本书都是为在全美转播的电视节目准备的读物，对象是平民百姓。弗里曼用通俗易懂的语言进一步阐述了自己的经济理念。

随着个人影响力的递增，弗里曼在许多有争议的话题上也更加直言不讳。他公开反对制定最低工薪，建议废除许多美国人赖以为生的社会安全体系。在谈到美国教育制度的种种弊病时，他更是口无遮拦："为什么我们的教育制度培养出来的青年不会阅读、不会写作、不会算术？原因很简单，因为我们目前的学校机制是一个由教师工会——'国家教育协会'和'美国教师联盟会'——所把持的垄断集团，也是全国势力最强的工会和游说组织。教师工会的领导人都不是坏人，他们和我们一样都是好人，但是他们的利益和建立良好学校体系的利益相左。"他在力主毒品合法化时也是出语惊人："我敢说美国的监狱会减半，犯人会减半，每年会少死好几千人，贫民区里的穷人可以不必时时为他们的生命担心，瘾君子们不必有失尊严地为了得到毒品而铤而走险，而且还能买到保质保量的毒品。我们是在重蹈当年禁酒的覆辙。"

在芝加哥大学执教三十余年期间，弗里曼著作等身，通过教学和撰文把众多追随者召集到自己门下。1979 年，他从芝加哥大学退休，但仍然笔耕不辍，直到 2006 年以 94 岁的高龄去世。他的最后一篇专栏文章在他去世后的第二天发表在《华尔街日报》上。弗里曼个子矮小，身高只有一米六出头，但是作为"芝加哥经济学派"的领军人物，他却是一个影响了 20 世纪下半叶美国政治和经济的巨人。

杰瑞·西格尔
"超人"的创造者

1988 年，美国《时代》周刊为超人的 50 周岁生日做了大幅报道，并特意采访了构思出超人形象的杰瑞·西格尔 (Jerry Siegel)。据西格尔回忆，1934 年他刚刚高中毕业，一天晚上因思念自己心仪的女孩而夜不成寐，想象自己若能拥有某种超自然的神力，便一定能追得佳人。这一瞬间，超人的形象在他脑海里跃然而出。他迫不及待地找到好朋友舒斯特，讲述了自己的构思，两人一起画了 12 幅超人漫画。两位 19 岁的大男孩创造出的"21 世纪人类原型的最佳代表"就在那一天正式诞生。他们带着联手创作的超人漫画找了多家漫画出版商，但都被一一拒绝。直到 1938 年，侦探漫画公司 DC 要出版一份新的漫画杂志《动作漫画》，于是用 130 美元买断了超人的版权。没想到超人首次亮相便大受欢迎，《动作漫画》短短几天之内便卖出了二十多万本。

在杰瑞·西格尔和乔·舒斯特两人的笔下，超人慢慢变成了一个血肉丰满的英雄人物：他的出生地是克里斯顿星球，克里斯顿星球爆炸时他乘坐火箭来到地球，被家住美国中西部斯莫维尔镇的老肯特夫妇领养，成了克拉克·肯特。老夫妇教会克拉克如何隐瞒自己的真实身份，同时利用自己的超人能力帮助人类。克拉克长大成人之后当上了报社记者，尽管其貌不扬、性格内向却很讨女孩子的欢心。表面上他和常人并无二致，但他转眼之间就能披上红色斗篷，变得力大无比、迅如疾电，可以在摩天大楼之间腾挪跳跃、如履平地，在斩奸除恶中尽显英雄本色。超人身上既能看到其他超级英雄的影子，也能看到德国哲学家尼采和英国剧作家萧伯纳作品中超人的影响。西格尔和舒斯特开始创造超人时，美国还没有从经济大萧条的阴影中走出来，而纳粹德国气焰嚣张，威胁到欧洲和全世界的和平。超人的问世对很多美国人来说不啻是一剂鼓舞人心的强心针，他们需要一个不畏强权，肯为小人物伸张正义的英雄人物来鼓舞士气，帮助自己走出困境。在 20 世纪的 40 年代和 50 年代，超人在电台和电视台的流行节目中一再亮相。到了 70 年代，由克里斯多福·里弗主演的超人电影更是风靡一时，让超人的形象在千千万万美国人的心中扎下了根。

1914 年，杰瑞·西格尔出生于俄亥俄州克里夫兰市一个来自立陶宛的犹太家庭，在 6 个孩子中年龄最小。他父亲早年靠油漆招牌为生，后来开了一家男子服饰用品店。西格尔读初中时，父亲在自己的店里被一个上门行窃的小偷杀害。西格尔从小就酷爱电影、漫画和科幻故事。15 岁那年，他独自创办了一份可能是有史以来的第一本科幻小说爱好者杂志，并为杂志取了一个响亮的名字：《宇宙故事》，用手动打字机和油印机打印成册。1931 年，他结识了随家人从加拿大搬到克里夫兰的乔·舒斯特，两人读同一所高中，两家的房子也只隔了十几条街。和西格尔一样，舒斯特也出生于犹太家庭，他不但对科幻故事有同样的爱好，而且擅长绘画，两人因此而结为挚友。1932 年，两人合办了一份名为《科幻小说》的杂志，杂志的第三期里有一个故事的题目是"超人时代"，里面的超人是一个反面角色，但可以算是英雄超人的雏形。

根据《世界漫画百科全书》记载，超人是漫画中赢利最高的漫画人物，和超人有关的产品包括超人拼版、超人娃娃、超人口香糖、超人幻灯片等不一而足。1938 年，《动作漫画》第一期的售价是每本 10 美分。1995 年，同一期《动作漫画》在伦敦著名苏士比拍卖行的拍卖价超过了七万五千美元。尽管杰瑞·西格尔和乔·舒斯特给 DC 漫画公司和有关厂家带来巨大利润，但他们自己似乎并没有得到太大好处。1948 年，他们两人起诉 DC 漫画公司，想从公司手里要回超人的版权。官司打败后他们不但被公司除名，他们的署名也从漫画上消失。接下来的许多年里两人都过得十分艰难。舒斯特因患眼疾视力减弱，一度靠一份邮局的工作养家糊口。西格尔也只好另谋生路，到别的漫画公司门下谋生。1959 年，为生活所迫的西格尔回到 DC 漫画公司，工资待遇大不如前，也不能在自己的作品里署上真名。1969 年，他和舒斯特再次就超人的版权问题起诉 DC 漫画公司。直到 1976 年，已经买下 DC 漫画公司的华纳公司才同意每年给西格尔和舒斯特提供三万五千元的年金，并在所有的超人漫画、超人电影、超人电视节目和超人电子游戏上标明超人的创作者是杰瑞·西格尔和乔·舒斯特。1986 年，DC 漫画公司的总编邀请西格尔为超人写一个结局故事，被西格尔拒绝。十年之后，西格尔因心脏病在洛杉矶去世。和无所不能的超人相比，超人创造者一生潦倒而无奈。

杰瑞·西格尔的超人对后来漫画中英雄人物的塑造有着深远影响。半个世纪之后，在美国风靡一时的"蝙蝠侠"和"蜘蛛侠"等超级英雄都是从超人身上得到的灵感，而超人将永远是美国人心目中代表人类优秀品质的美好化身。

乔纳斯·索尔克
小儿麻痹症疫苗的发明人

脊髓灰质炎是困扰了人类几千年的疾病，一直可以追溯到古埃及。它轻则使人瘫痪，重则致人死亡，对儿童尤其具有杀伤力，因此通常被称为"小儿麻痹症"。在脊髓灰质炎的疫苗出现以前，每年都有成千上万人被它夺去生命，更多的儿童因此一生不能站立。20世纪50年代中期，一位美国病毒学家发明了脊髓灰质炎的灭活疫苗，从此彻底消灭了这一危害人类健康的疾病。他就是乔纳斯·索尔克（Jonas Salk）。

1914年10月28日，乔纳斯·索尔克出生于纽约市一个波兰犹太移民的家庭，父亲是衣厂工人，母亲是家庭妇女，索尔克的童年是在哈莱姆和布朗克斯的穷人区度过的。索尔克学业优秀，12岁时就考进了纽约最好的高中之一。1930年，未满16岁的索尔克进入纽约城市学院学习法律，但他很快发现科学比法律更具吸引力，于是立即改换了专业。三年之后，索尔克拿到科学学士学位，转入纽约大学医学院继续深造。学医期间，索尔克在细菌学系主任汤马斯·弗朗西斯手下做研究，后者对他事业上的发展起了关键作用。

1939年6月，索尔克获得医学博士学位。第二年3月，索尔克在纽约的赛奈山医院开始了为期两年的实习。1941年底，美国进入二战。数月之后，索尔克申请到了国家研究委员会基金，前往密执安大学做研究，而此时弗朗西斯已经成为那里流行病学系的系主任，二人得以继续合作。他们的研究课题是为二战中的美军找到预防流感的疫苗。1943年，弗朗西斯与索尔克成功地研制出A型与B型流感的灭活疫苗。他们的研究结果打破了病毒学的传统观点，证明了灭活疫苗不仅能够有效地杀死人体内的流感病毒，而且可以产生抵抗新病毒的抗体。索尔克担任了美军抗流感委员会主任，数百万官兵在二战期间接种了流感疫苗。

1946年，索尔克成为流行病学系的助理教授。一年后，当时尚无名气的匹兹堡大学医学院聘请他为病毒研究实验室的副教授。他来到匹兹堡时，发现实验室的工作人员对他所做的研究毫无经验，索尔克不得不向校外的基金会寻求经费。在他的努力下，病毒研究实验室很快发展起来。

1949年，索尔克应全国小儿麻痹基金会的要求开始了脊髓灰质炎疫苗的研究，他首先要做的是确定这一病毒的种类和数量。在此之前，尽管有研究表明该病毒共有三类，但并未得到实验的证实。30年代，洛克菲勒研究中心的著名科学家阿尔伯特·萨宾通过研究认定脊髓灰质炎病毒只能在人或动物的神经组织上培养，这就意味着索尔克需要上千只猴子的神经组织来收集足够的病毒样品。在这个关键时刻，以约翰·恩德斯为首的三位科学家的研究取得了重大突破，他们成功地使用胚胎组织培养出了脊髓灰质炎病毒，从而加快了索尔克的实验速度。1951年，他证实了脊髓灰质炎病毒有三种类型。

在索尔克之前，已经有多位美国科学家在做脊髓灰质炎疫苗的研究。1951年，他前往哥本哈根参加一个有关脊髓灰质炎的国际会议，在返美途中与全国小儿麻痹基金会主席丹尼尔·欧康纳同船。在船上，索尔克的才华和他对欧康纳患有小儿麻痹症的女儿所表现出的关切给欧康纳留下了深刻印象。作为一个出身贫寒的爱尔兰移民的后裔，欧康纳十分理解索尔克对成功的渴望。"他与任何一个非盎格鲁-萨克逊血统、非清教徒、父母既不富有也没有受过良好教育的人一样面临着相同的障碍。"后来，欧康纳几乎把基金会的全部资金都用来支持索尔克的疫苗研究。

在匹兹堡大学的实验室里，索尔克用甲醛将培养出的脊髓灰质炎病毒杀死，然后注射进猴子体内，猴子随即产生了对病毒的抗体。索尔克经过反复实验，确保被杀死的病毒足以产生抗体但又没有强到导致对人体的传染。在猴子身上实验成功后，索尔克紧接着给自己、家人和实验室工作人员打了脊髓灰质炎疫苗。1952年，他又秘密地在宾夕法尼亚州两个护理智障男性和跛足儿童的机构为那里的患者进行了注射。所有被接种者体内均产生了抗体，无一人因此患病。索尔克大受鼓舞，他把对161人进行疫苗注射的结果送往《美国医学学会期刊》，该刊物决定在1953年3月28日那一期发表他的文章。在此之前，新闻媒体已经听到风声，并且报道了脊髓灰质炎疫苗即将问世的消息。索尔克不希望在疫苗的安全性得到完全确认之前让公众期望过高，因此向欧康纳建议通过广播向全国人民解释疫苗研究的发展状况。1953年3月26日，索尔克上了哥伦比亚广播电台的"科学家谈话"节目，距他的文章发表还有两天。这一举动违背了科学界约定俗成的程序，索尔克被部分同行们指责为动机不纯、哗众取宠。同时，索尔克年轻的资历和非传统的灭活疫苗本身都令人对他的研究成果表示怀疑，其中反应最激烈的是已经研究脊髓灰质炎多年的萨宾。他批评索尔克的疫苗"缺乏普遍实验、具有不安全因素、效力与稳定性不确定"。

众说纷纭之际，全国小儿麻痹基金会决定于1954年对索尔克的疫苗进行全国范围的实验，由弗朗西斯主持。一个美国历史上规模最大的医学实验开始了。一百多万六至九岁的儿童参加了实验，其中40万人接种了疫苗。1955年4月12日，弗朗西斯正式宣布灭活疫苗有效并且安全。500名世界一流的科学家和医生、150名记者和16家电台电视台出席了新闻发布会。4月23日，艾森豪威尔总统在白宫的玫瑰园授予索尔克"杰出成就奖"。

然而，坏消息也接踵而至。204人在接种疫苗后染上了脊髓灰质炎，其中多数人瘫痪，11人死亡。经调查，所有的坏疫苗都出自加州的一家实验室，而该实验室未严格按照索尔克的指示彻底杀死脊髓灰质炎病毒。怀疑和指控再次毫不留情地落到索尔克头上，他第一次感到绝望。1955年5月7日，美国卫生局宣布停止使用索尔克疫苗。直到生产疫苗的安全标准强化之后，大规模的接种才又重新开始。

时间是最好的证人。索尔克的重大功绩很快彰显出来。在他的疫苗出现之前，美国每年都有二万五千人死于脊髓灰质炎。到了1969年，脊髓灰质炎的致死率为零。对许多普通美国人而言，索尔克是科学奇迹的象征。在一次民意调查里，他在重要当代人物中名列甘地与丘吉尔之间。出名之后，新闻曝光、好莱坞片约、厂商合同纷至沓来，对此索尔克感到既无奈又困扰。媒体总是喜欢创造传奇，而对幕后的英雄们忽略不计，这使得索尔克的一些同行十分不满。萨宾曾公开在《纽约时报》上将索尔克的研究称作"纯粹的厨房化学"。1954年，诺贝尔医学奖颁给了恩德斯等三位科学家而不是众望所归的索尔克，连美国科学院都没有吸收他为院士，难怪索尔克叹道："我最大的悲剧就是我的成功。"

与此同时，萨宾研制出活性脊髓灰质炎疫苗口服剂，因其简单易行，在60年代中期以后逐渐取代了索尔克的灭活疫苗，但加拿大等国仍然继续使用索尔克的疫苗。二者孰优孰劣在医学界争议了长达几十年。

索尔克的名声并未随着脊髓灰质炎从地球上消失而黯淡。1954年，他升任匹兹堡大学教授，研究一种预防整个中枢神经系统感染的疫苗，其中对正常和病变细胞的研究涉及了癌症的研究领域。1963年，索尔克在加州的圣地亚哥创建了索尔克生物研究所，吸引了大批世界一流的科学家。索尔克在担任主任之外，继续自己在癌症和多种硬化症的免疫方面的研究。70年代，索尔克开始致力于写作，出版了大量哲学以及科学著作。1977年，索尔克分别获得国会金奖和总统自由奖。80年代初，他开始了艾滋病疫苗的研制，其有效性仍然有待进一步验证。如今，索尔克生物研究所已经成为世界神经科学和细胞生物学等领域的尖端研究机构。

1995年6月23日，索尔克因心脏衰竭去世，享年80岁。

索尔·贝娄
第一个获诺贝尔文学奖的美国犹太作家

1976 年，在辛克莱·刘易斯、赛珍珠、奥尼尔、福克纳、海明威和斯坦贝克之后，诺贝尔文学奖再次被美国人捧回，得主是索尔·贝娄 (Saul Bellow)，他也是第一位获得诺贝尔文学奖的犹太裔美国作家。

索尔·贝娄的父母亲都是俄国犹太人，1913 年从圣彼得堡移民加拿大的魁北克，两年后索尔·贝娄出生。贝娄一家住在蒙特利尔一个人口混杂的贫民区里，周围全是来自希腊、意大利、俄国、乌克兰和波兰的移民。母亲一心希望贝娄有朝一日成为研究犹太教《塔木德》经的学者，所以幼年的贝娄还没上学前班就学会了希伯来语，接下来又学会了意第绪语。贝娄 9 岁那年，全家从蒙特利尔搬到美国的芝加哥。贝娄对芝加哥一往情深，把它当作自己的故乡，他日后的许多作品都以芝加哥为背景。贝娄 17 岁那年母亲去世，对他造成巨大的心理打击。1933 年，贝娄高中毕业后被芝加哥大学录取，两年后转到离芝加哥不远的西北大学，主修人类学和社会学。英文系的系主任曾劝他不要以英文为专业，因为"犹太人理解不了英语文学传统"。1937 年，贝娄以全优成绩从西北大学毕业，并获得了威斯康辛大学人类学研究生奖学金。在那里，他发现自己并不适合做学问，因为他每写一篇论文，总会把它写成一篇故事。读了一个学期的研究生后贝娄辍学，立志当一名专业作家。

在接下来的几年里，索尔·贝娄先是在公共事业署工作，后来又做了《大不列颠百科全书》的编辑，同时在芝加哥一家师范学院执教，还当过商船船员，但他把主要精力都放在了从事小说创作上。1944 年，贝娄的第一部小说《晃来晃去的人》问世，小说以日记的形式写成，讲述了一个二战期间等待应征入伍的芝加哥青年的心路历程。三年之后，贝娄发表了第二部小说《受害人》，主人公是一个遭受种族歧视的纽约犹太人。这两部小说都没引起读者太大的兴趣，评论界的反应也相当平淡。

二战结束后，贝娄相继在明尼苏达大学、纽约大学、普林斯顿大学任教。1948

年，他得到一笔古根海姆的研究基金，去巴黎和罗马住了一年，并开始写他的第一部大部头小说——《奥吉·马奇历险记》。这部第一人称小说讲述了一个出身贫穷的芝加哥犹太青年的种种遭遇。小说师承18世纪英国小说《汤姆·琼斯》的写作手法，脱离了古板拘泥的小说形式，信马由缰，娓娓道来，给人耳目一新的感觉。1953年，《奥吉·马奇历险记》出版并获得了次年的国家图书奖。1956年，贝娄发表了一部中短篇故事集《机不可失》，其中包括一个中篇、三个短篇和一个独幕剧。中篇小说《机不可失》描写一个陷入家庭危机的中年纽约人，被评论家认为是贝娄写得最好的作品。1959年发表的《雨人亨得森》讲述一个性格古怪的百万富翁婚姻破裂后去非洲的冒险经历。和《奥吉·马奇历险记》一样，《雨人亨得森》也探索了人的孤独和异化等主题以及在追求知识和灵魂升华中所面临的困境。

1962年，贝娄被母校芝加哥大学聘为教授，他利用业余时间继续从事小说和戏剧创作。1964年，他的剧本《最后的分析》被搬上了纽约的百老汇舞台，但一共只演了28场。同一年，他殚精竭虑重复修改了15次的小说力作《赫哲格》问世。主人公摩西·赫哲格像贝娄一样，也在蒙特利尔度过了一个贫困的童年，也是一位犹太裔的大学教授，生活走进了一个死胡同，濒临自杀的边缘。于是他开始给各式各样活着的和死去的人写信，其中有尼采、海德格尔、斯宾诺莎、艾森豪威尔、前妻玛德琳和上帝，但这些信一封也没有发出去。和奥吉·马奇一样，摩西·赫哲格性格内向、焦虑不安，但他最终还是接受了命运对自己的安排。《赫哲格》为贝娄再次赢得国家图书奖。

1970年，贝娄发表了小说《萨姆勒先生的行星》，小说中72岁的主人公是一位纳粹大屠杀中劫后余生的波兰籍犹太人，他在一个充满暴力和私欲的世界里坚定不移地保持着责任感和个人尊严。《萨姆勒先生的行星》让贝娄又一次捧回了国家图书奖，使他成为唯一一位三次获此殊荣的美国作家。1975年，贝娄的又一部力作《洪堡的礼物》问世。小说的主人公查理·西特林是一位有钱的成功作家，但个人生活不幸，离婚后又被情妇抛弃。他被内心深处的失败感所折磨，整日沉浸在对逝去的朋友的缅怀之中。《洪堡的礼物》获得了普利策文学奖。

1976年12月10日，瑞典的古斯塔夫国王亲手把诺贝尔文学奖颁发给索尔·贝娄。瑞典皇家学会充分肯定了贝娄对当代文学的贡献，因为"他的作品兼有对人性的理解和对当代文化的敏锐分析"。在他之前拿到诺贝尔文学奖的美国作家得奖后大都没有写出流传后世的佳作，刘易斯和赛珍珠如此，海明威和斯坦贝克更是如此。得奖后的贝娄一直笔耕不辍，不断有新作问世，包括精装本销量超过十万的《教务长的十二月》、小说集《祸从口出》和长篇小说《伤心而死》。2000 年，85 岁高龄的贝娄发表了他的最后一部小说《雷弗斯坦》，小说以他在芝加哥大学的同事和名教授阿伦·布鲁姆为蓝本，其中涉及布鲁姆同性恋私生活的部分在小说出版后引起了广泛争议。

其实，索尔·贝娄本人的个人生活也相当富有戏剧性。死亡的主题在他的小说中一再出现，而他本人则有过两次死里逃生的经历。一次是 8 岁时因呼吸道感染住了半年的医院，另一次是 80 岁在加勒比海休假时吃鱼中毒，在特护病房关了五个星期，一年多后才康复。贝娄结婚五次，离婚四次，有三子一女。前三任太太各生了一个儿子，女儿的母亲是第五任妻子，女儿出生时贝娄已经 84 岁。

2005 年 4 月 5 日，索尔·贝娄在马萨诸塞州布鲁克兰的家中与世长辞，享年 89 岁。伴随他生命最后一程的是他的妻子和年仅五岁的女儿。

阿瑟·米勒
现代戏剧经典《推销员之死》的作者

1983 年，由知名艺术家英若诚翻译的美国话剧《推销员之死》被搬上了北京人艺的舞台，剧本的主角威利·洛曼也由英若诚出演。当时，中国刚刚步入改革开放的第五个年头，《推销员之死》的公演成了文艺界一件万众瞩目的盛事，而该剧的导演兼剧作家本人阿瑟·米勒（Arthur Miller）也引起了中国观众的关注。

阿瑟·米勒是 20 世纪美国戏剧界泰斗。在长达大半个世纪的写作生涯中，他写了 30 多部剧本，获得过一次普利策奖、两次戏剧评论家奖、七次托尼奖、约翰·肯尼迪终身成就奖和其他大奖。牛津大学、哈佛大学和他的母校密执安大学都授予了他名誉博士学位。

除了戏剧创作，让阿瑟·米勒名声远扬的还有另一个原因。他的第二任妻子是令全世界无数影迷倾倒的玛丽莲·梦露。因此有人干脆用他的一个剧本的剧名——"处处走运的男人"——来形容阿瑟·米勒。

但是，年轻时候的阿瑟·米勒可能从来没有想到自己会受到命运之神的垂青，更不会想到会功成名就。1915 年 10 月 17 日，阿瑟·米勒出生在纽约曼哈顿的东城上区。他父亲是从奥匈帝国移民美国的犹太人，靠做女装生意谋生。20 年代末父亲的服装店在经济大萧条中损失惨重，全家人只好搬进布鲁克林区的一座木板小屋。孩童时代的阿瑟是个运动健将，他打棒球和橄榄球，爱好田径，但学习成绩平平，考试常常不及格。他出名之后，当年的老师没有一个人记得他是谁。高中毕业以后，他偶然读到陀思妥耶夫斯基的《卡拉马佐夫兄弟》，才立志进大学学习写作。因为付不出学费，他只好在父亲的服装店打工，后来又到曼哈顿一家汽车配件批发店当搬运工，从 15 美元的周薪中存下 13 美元。这段打工经历让阿瑟·米勒下定决心要有所成就。两年半之后，他进入密执安大学学习新闻，攒下的钱刚好够交一年的学费。他半工半读，在餐馆里洗过盘子，也给《密执安日报》当过夜班编辑。在校期间他写过几个剧本，并两次获奖。

1938 年，阿瑟·米勒本科毕业后回到纽约，成为"联邦戏剧项目"的成员，但是该项目还没有来得及上演米勒的剧本就解散了。1940 年，他和大学恋人玛丽·斯莱特里结婚。1944 年，阿瑟·米勒的剧本在百老汇舞台首次亮相就铩羽而归，《处处走运的男人》只上演了四场。阿瑟·米勒失望之余决定再写一个剧本，如果不成功就放弃写作。他用了两年时间写出了《全是我的儿子》。剧中主人公乔·凯勒是一个飞机零件制造商，在二战中向美国空军出售次品的飞机部件，导致多架战机失事。在法庭上，他又设法给自己撇清干系，让他的商业伙伴代为受过。最后，乔·凯勒得知自己的儿子莱利在空战中身亡，才意识到死去的空军飞行员"都是我的儿子"，悔恨之余结束了自己的生命。《全是我的儿子》1947 年登上百老汇舞台，连续上演了三百多场，得到观众和评论家的一致好评，并获得了那一年的纽约戏剧评论家奖。

但是为阿瑟·米勒奠定美国当代戏剧大师地位的是他仅仅花了六个星期就写出的《推销员之死》。主人公威利·洛曼当了一辈子的推销员，兢兢业业地追求"美国梦"，但最终还是被公司解雇，于是决定自杀以换取人寿保险金，好让儿子来继续完成自己没能实现的"美国梦"。阿瑟·米勒在剧本中打破时空界线，用表现主义的手法描绘威利·洛曼悲剧性的一生，在一个普通人身上赋予了希腊悲剧英雄人物的特征，让威利·洛曼成为一个锲而不舍追求虚幻目标的悲剧典型。《推销员之死》1949年 2 月 10 日首演，在百老汇一连上演了 742 场，并于 1951 年由哥伦比亚制片厂拍成电影，剧本同时获得普利策戏剧奖和纽约戏剧家评论奖。在《推销员之死》之后，米勒还写过多部剧作，如《桥头眺望》和《倒下之后》等，但影响都远远不及《推销员之死》。

阿瑟·米勒的另一部重要剧作是 1953 年在百老汇上演的《炼狱》，剧本根据著名的 1692 年塞勒姆女巫案的历史记录写成，但明眼人一眼就能看出是影射当时甚嚣尘上的麦卡锡主义。以麦卡锡为首的"众议院非美行动委员会"利用二战后美国人的恐共心理在全国范围内搜捕亲共人士，弄得文艺界人人自危。三年之后，阿瑟·米勒也被"众议院非美活动委员会"传讯，因为拒绝提供亲共人士的名单而以蔑视国会的罪名被罚款 500 美元，并被判了 30 天的缓期徒刑。

1956 年，阿瑟·米勒和名演员玛丽莲·梦露结婚。两人多年前在好莱坞的一个晚会上认识，后来又在纽约相遇，米勒和前妻离异不久，梦露也刚从和棒球明星乔·迪麦奇欧婚姻破裂的阴影中走出来。米勒和梦露发现他们俩有不少共同之处——两人都喜欢陀思妥耶夫斯基，喜欢骑自行车，喜欢天马行空地瞎聊。米勒被梦露的单纯天真所吸引，而梦露在去了米勒父母家之后，不但爱上了米勒，也爱上了他的父母。为了和米勒在犹太教堂里结婚，梦露皈依了犹太教。他们俩结婚五年期间阿瑟·米勒仅仅创作出一部电影剧本《格格不入》，由克拉克·盖博和玛丽莲·梦露担纲主演，这是盖博生前演的最后一部电影。1961 年，米勒和梦露宣告婚姻破裂。米勒的第三任妻子是奥地利摄影家英格·莫拉斯。

阿瑟·米勒在康涅狄格州的罗克斯伯里有一个占地 350 英亩的私人农庄，他的后半生的大半时间都在这个农庄上度过。他喜欢在农庄上的一个小木屋里写作，屋里没有电话，但有一杆猎枪。2005 年 2 月 10 日，阿瑟·米勒在自己的农庄与世长辞，享年 89 岁。

露丝·汉德勒
芭比娃娃的创造人

芭比娃娃是玩具史上最畅销的产品，每一秒钟就有两个芭比娃娃在世界上某个地方售出。自 1959 年问世以来，芭比的销售量已经超过了十亿，成为历久弥新、永不过时的玩具经典。

芭比娃娃的创造者露丝·汉得勒（Ruth Handler）于 1916 年 11 月 4 日出生于科罗拉多州丹佛市。她在兄弟姐妹中排行第十，父母亲都是波兰籍犹太移民。1935 年，19 岁的露丝只身搬到洛杉矶，在派拉蒙制片公司找到一份秘书的工作。1938 年，露丝与高中时的男友艾略特·汉德勒结婚，艾略特在当地的一家艺术学院学习设计。

1945 年，汉德勒夫妇与好友梅森在自家的车库里创办了梅特尔公司，以生产画框为主，由露丝负责销售。心灵手巧的艾略特同时利用画框的边角材料制作玩具房子，销路甚至超过了画框。公司因此将重心转向制造玩具，第一年就有了盈利。1955 年，汉德勒夫妇决定投资 50 万元在一个名叫《米老鼠俱乐部》的儿童电视节目上做全年的玩具广告。在此之前，百分之八十的玩具销售量都集中在圣诞节期间，而且大人给小孩买玩具往往根据的是商店售货员的推荐。电视广告的出现不仅让孩子们直接看到自己想要的玩具，而且梅特尔的品牌也通过广告打出了知名度。商店则不得不改变节日促销的传统，随时进货以满足消费者的需求。汉德勒夫妇的这一创举不但为梅特尔扩大了市场，也为玩具制造业创立了新的销售模式。

20 世纪 50 年代初，玩具娃娃一律是幼儿造型，成人造型的娃娃则是硬纸板剪出的平面图片。一次，露丝发现女儿芭芭拉和其他女孩对纸片娃娃兴趣盎然，她意识到女孩子们需要通过成人造型的娃娃来想象自己长大以后的模样。露丝向公司的董事会提出了制作成人娃娃的创意，但遭到由清一色男性组成的董事会的否决，他们认为这个产品不仅造价昂贵而且难有市场。

不久，露丝从欧洲旅行归来，带回一个叫做丽莉的性感娃娃。露丝仿照丽莉设计出一个少女时装娃娃，并且专门请服装师为娃娃做了衣服，她还用女儿的小名将娃娃命名为芭比。

梅特尔公司董事会终于批准了露丝的设计，第一个芭比娃娃于 1959 年在纽约的美国玩具展销会上正式露面。她梳着马尾辫，身着黑白条纹的泳装和露趾凉鞋，戴着太阳镜和耳环。展销会上，男性采购员对售价 3 美元的芭比娃娃反应冷淡，购买者寥寥无几，但女孩们和她们的母亲却对芭比一见钟情，几天之内货架上的娃娃就被抢购一空。消息传开之后，各大商场纷纷下订单，梅特尔应接不暇，一年就卖出了三十五万个芭比娃娃，随后又花了几年时间才拉平了供需。从那以后，芭比娃娃一直畅销不衰，梅特尔也因此而日益壮大，成为全世界最大的玩具制造商。

露丝在梅特尔的发展过程中作出了重大贡献。1948 至 1967 年，她担任公司的执行副总裁，1967 年又升任总裁。1973 年，她与丈夫同时被任命为董事会主席。60 年代初，梅特尔打入国外市场，在英、法、德、意、墨西哥等国都开办了工厂。继芭比娃娃之后，梅特尔又开发了一系列热销玩具，产品也更加多元化，还收购了多家非玩具企业，包括马戏团、游乐场、宠物用品公司等。

近半个世纪以来，芭比娃娃不仅代表着一代又一代女孩子梦寐以求的形象，也折射出美国社会日新月异的变化。芭比先后有过八十多个不同的职业，从最早的芭蕾舞演员、空姐发展到后来的摇滚明星、警察、医生、海军陆战队士兵、运动员、消防员、宇航员、古生物学家甚至总统候选人。随着美国对多元文化的了解以及世界各国之间的密切交流，形貌各异、文化背景不同的芭比娃娃也陆续出现。意大利芭比是第一个异国芭比娃娃。1980 年，非裔和拉美裔芭比问世。德国芭比的出现与东西德统一同时发生在 1990 年。至今，芭比已经以世界上数十个国家和民族的形象出现，包括伊斯兰、牙买加、美国印地安人、墨西哥、肯尼亚和中国等。像任何一个普通的美国女孩一样，芭比也有自己的家人和朋友，而且人数还在不断增加。1961 年，以露丝的儿子命名的芭比的男朋友肯恩出现在芭比身旁。1968 年，黑人娃娃克里斯蒂成为芭比第一个少数族裔的女友。1995 年，芭比添了一个小妹妹凯丽。1997 年，坐在轮椅上的贝奇加入了芭比的好友行列。

尽管梅特尔力求把芭比塑造成一个富有时代感的独立自信的女性，但围绕芭比所产生的争议从来就没有停止过。如果把芭比娃娃按比例放大成真人尺寸，她的三围将是令人咋舌的 39、18 和 33 英寸。女权主义者认为芭比的形象是为了满足男性的性幻想，她不切实际的身材只会对大多数女孩产生误导，让她们对自己丧失信心。20 世纪 60 年代，男朋友肯恩的出现甚至引发了一场解放芭比的运动。对于来自各方面的批评和质疑，露丝·汉德勒在自传中写道："我创造芭比娃娃的整个理念就是通过她让一个小女孩心想事成。芭比始终代表着女性的选择。女生们曾经多次告诉我，对她们而言芭比不仅仅是一个娃娃，而是她们自身的一部分。"

露丝·汉德勒本人就是她所推崇的女性自我主宰和选择的体现。1970 年，她被诊断出乳腺癌并做了一侧乳房切除手术。因为找不到合适的义胸，露丝自己动手设计样品，并成立公司进行批量生产和推销。当时，人们对乳腺癌知之甚少，露丝便成为乳腺癌早期发现和治疗的最早宣传者之一。露丝对自己所设计的义胸感到十分骄傲，她说："我绝对重建了我个人的尊严，我相信我也帮助别人重建了自尊。"20 世纪 70 年代中，梅特尔因向美国证券交易委员会提交不实财务报告而受到审查，负责公司行政和财务的露丝被课以重罚。联邦法庭要求梅特尔进行重组，汉德勒夫妇被迫从自己亲手创建的公司退出，并交出价值两百多万美元的股票。

2002 年 4 月 27 日，露丝·汉德勒因病去世，享年 85 岁。而她所创造的芭比将以多姿多彩的面貌和与时俱进的精神继续激励女孩们发掘自己的潜能，让梦想成为现实。

麦克·华莱士
宝刀不老的电视节目主持人

哥伦比亚广播公司的老牌节目《六十分钟》是美国电视上出现的第一个新闻杂志节目，至今已经播出了近 50 年。当年的主持人麦克·华莱士（Mike Wallace）就像片头那只滴嗒作响的老式马蹄表一样，成为这个节目的标志。

麦克·华莱士原名麦伦·华莱士，1918 年 5 月 9 日出生于马萨诸塞州布鲁克兰市的一个犹太移民家庭。他的父亲开过杂货批发店，也卖过保险。少年时代的华莱士对体育和音乐很感兴趣。高中毕业之后，他就读位于安娜堡的密执安大学，在学校的广播室里找到了自己的发展目标。1939 年，华莱士大学毕业后在底特律的一家电台开始了他的职业生涯。第二年，他搬到了芝加哥。在接下来的十年里，他主持过电台上各式节目，包括猜谜、访谈、广告、新闻报道等等，成为一位经验丰富的多面手。

20 世纪 50 年代初，电视在美国兴起。华莱士前往纽约，就职于哥伦比亚广播公司（CBS）。最初几年，华莱士一边为 CBS 广播电台编写并主播新闻，一边主持电视猜谜和访谈节目，甚至还在百老汇演出舞台剧。1955 年，华莱士离开 CBS，在杜蒙电视网下属的纽约电视台担任晚间新闻主播。第二年，华莱士成为现场访谈节目《夜的节拍》的主持人，在电视界脱颖而出。《夜的节拍》每星期一至星期五播出。在一个小时的节目里，由华莱士现场采访一至两位名人嘉宾。凭借充分的准备和翔实的材料，华莱士以尖锐的提问和敏感的话题面对面向受访人质询。在简单的黑色背景衬托下，一方步步紧逼、穷追不舍；一方如坐针毡、仓皇应对，电视采访变成了一场审问。《夜的节拍》以全新的访谈风格和扣人心弦的话题紧紧抓住纽约观众的视线。在成功采访了著名作家诺曼·梅勒、西班牙现代派画家达利、美国第一位黑人法官马歇尔、《花花公子》创始人休·海夫纳等政客名流之后，《夜的节拍》被美国广播公司（ABC）看中，改为半小时的《麦克·华莱士访谈》节目，在晚间黄金时段向全国播放。华莱士继续以咄咄逼人的方式采访现场嘉宾，但好景不长，ABC 的主管担心招致当事者的抗议和诉讼，决定减弱节目的锋芒，随后访谈内容渐渐趋于平稳理性，节目也在 1958 年无疾而终。

在接下来的几年中，华莱士在纽约当地电视台和全国电视网上以不同身份出现，包括各种娱乐节目的主持人和新闻主播等等。1959 到 1961 年，他在 65 集系列电视纪录片《人物传记》中担任主持人和叙述者。《人物传记》以丰富翔实的历史资料展现了毛泽东、斯大林、马克·吐温、海伦·凯勒等历史人物的生平，播出之后在美国引起很大反响，华莱士富有特色的声音也给观众留下了深刻印象。

1963 年，华莱士决定放弃高薪的娱乐节目，把精力完全集中在新闻上。他与 CBS 签订了三年合约，成为 CBS 晨间新闻的主播。三年之后，华莱士离开演播室做了实地记者，先后为 CBS 报道了 20 世纪 60 年代所有重大新闻，包括越战、中东冲突和水门事件。20 世纪 60 年代末，CBS 制作人唐·休伊特策划了一个全新的新闻节目并邀请华莱士担任主持人。

1968 年 9 月 24 日，《60 分钟》正式开播。华莱士重展当年令人生畏的风采，而且越来越成熟老辣。短短一年之内，《60 分钟》已经拥有了稳定的观众群。70 年代末，《60 分钟》成为美国有史以来收视率最高的电视节目，每星期都有越来越多的观众聚集在电视机前观看华莱士揭露丑闻、打击不义。华莱士最常用的方式是携带暗藏的摄像机出其不意地出现在现场，让当事人无从抵赖。有人宣称 20 世纪 80 年代英文里最让人心惊肉跳的一句话就是"麦克·华莱士来了"。很多人把华莱士誉为伸张正义的新闻良心，但他也受到一些评论家的指责。他们将华莱士的报道称作"伏击式新闻"，认为他这样做是为了追求耸人听闻的效果，既不公平，也不道德。

1992 年是"水门事件"曝光 20 周年。华莱士制作并主持了有关这一丑闻及其复杂背景的专题节目。1996 年 2 月，原烟草公司总裁杰弗里·维甘德在《60 分钟》上首次揭露了美国烟草业不可告人的秘密，成为第二天各大媒体的头条新闻。1998 年，华莱士采访了"安乐死医生"科沃尔年，《60 分钟》同时还播放了科沃尔年自己拍摄的为重病患者注射致命针剂促其死亡的录像。这期节目在全国引起了轩然大波和媒体长达数星期的密集报道。

在《60 分钟》三十多年的历史上，华莱士曾数次卷入法律纠纷，但都不了了之。1982 年，华莱士在《未被计算在内的敌人：越战的谎言》节目中采访了越战期间美军总指挥威廉·韦斯特摩兰德将军。华莱士通过调查认定，越战中以韦斯特摩兰德为首的军界要人有意低估越共军队的人数以获得美国国内对战争的支持。韦斯特默兰德以损害名誉罪将华莱士和 CBS 同时告上法庭。但法庭在审理过程中发现，尽管华莱士的调查手段欠妥，他的观点却言之有据。1985 年，就在华莱士即将出庭之际，这个拖了三年的案件以 CBS 道歉、韦斯特默兰德撤诉而草草了结。

多年来，除了在节目里揭露丑闻以外，华莱士也采访了几乎所有重大历史事件中的关键人物和社会名流，其中包括从肯尼迪到老布什的历届美国总统、邓小平、霍梅尼、萨达特、卡扎菲、瓦尔德海姆等国际政要，以及音乐家伯恩斯坦、钢琴家霍罗维兹、芭蕾舞大师巴利什尼柯夫、数学天才约翰·奈什等名人。1998 年，华莱士作为唯一的记者陪同联合国秘书长安南前往伊拉克与萨达姆会面，并在《60 分钟》节目里对安南做了独家采访。

在半个世纪的新闻生涯中，华莱士获得不计其数的荣誉。1991 年，他被选入电视名人榜。1996 年，他以一部报道美国社会暴力现象的电视专辑荣获罗伯特·肯尼迪新闻大奖和电视大奖。2003 年，华莱士获得了他一生中第二十个艾美电视奖——终身成就奖。此外，他还被马萨诸塞大学、宾夕法尼亚大学、密执安大学授予荣誉法学和文学博士学位。

20 世纪 90 年代末，华莱士公开承认自己曾因韦斯特默兰德一案患过抑郁症，使熟悉他在电视上的强硬形象的观众大感意外。为了帮助其他患者战胜这一疾病，华莱士在有关电视节目和书籍中坦率讲述自己患病和治愈的经历。2012 年 4 月 7 日，还有两天就要过 94 岁生日的华莱士在自己的家中寿终正寝。他和他主持的《60 分钟》共同为美国电视史留下了精彩的一页。

朱利叶斯·罗森堡
美国历史上最具争议性的间谍

　　20 世纪在生前死后最有争议的美国人当属朱利叶斯·罗森堡（Julius Rosenberg）。1953 年 6 月 19 日，朱利叶斯·罗森堡夫妇被双双送上电椅，成为美国冷战时期仅有的两位以苏联间谍罪名被处以死刑的美国平民。这一案子从开庭那天起就吸引了全世界的广泛关注，朱利叶斯·罗森堡夫妇被判死刑的消息传出后国际舆论一片哗然。很多美国人认为他们是麦卡锡主义的牺牲品，但也有不少美国人认为他们咎由自取，罪有应得。半个世纪后的今天，许多美苏两国当年的机密文件已经解密，但面对新的历史资料，大家对朱利叶斯·罗森堡一案的真相仍然众说纷纭，朱利叶斯·罗森堡其人也仍然裹在重重迷雾之中。

　　朱利叶斯·罗森堡于 1918 年 5 月 12 日出生于纽约哈莱姆的一个犹太家庭，父亲是服装设计师。罗森堡出生不久后全家人搬到了犹太人聚居的纽约东城下区。他和后来成为他妻子的爱丝尔住的房子只隔了两条街，住的都是拥挤破旧的简易公房，房子附近到处是制造服装的血汗工厂。他们两人先后就读同一所高中和希伯来学校。年轻的罗森堡非常虔诚，每天花四五个小时研读《旧约全书》。他的理想是成为家里的第一个大学生，大学毕业后当一名机械工程师。1934 年，16 岁的罗森堡进入纽约城市学院，被学校浓厚的政治气氛所吸引，参加了不少反纳粹、反战和支持工会的活动。这一年，他加入了美国共产主义青年团。

　　在 1937 年国际海员工会举办的新年舞会上，罗森堡和爱丝尔坠入爱河。他们政见相同，常常一起出席工会会议和美国共产党组织的活动。1939 年 2 月，罗森堡拿到电子工程的本科学位，几个月之后和爱丝尔结婚。婚后，罗森堡夫妇另立门户住进了自己的公寓。罗森堡在一家军用单位拿到一份雷达工程师的工作，年薪两千美元，爱丝尔在东城国防团里为军队募捐，收集军需用品。1943 年，他们的第一个儿子迈克尔出生，爱丝尔辞去工作，当起了全职妈妈，逐渐从政治活动中退出。四年之后，他们又有了第二个儿子罗比。在这之前，罗森堡因为被指控为共产党员而丢掉了工作，自己办了一个机械加工车间，并邀请爱丝尔的弟弟大卫·格林格拉斯入伙，但他们的生意十分清淡。

1950 年 6 月，大卫·格林格拉斯在新墨西哥州被捕，罪名是二战期间他在洛斯阿拉莫斯实验中心担任制图员时，曾向苏联提供过有关原子弹的机密资料。为了减刑，他供出了姐夫罗森堡，声称自己受罗森堡指令，将一份有关原子弹的图表以五百美元的价格卖给了苏联谍报人员。7 月 17 日，罗森堡被联邦调查局的官员从家中强行带走。三个星期之后，爱丝尔也锒铛入狱。8 月 17 日，美国联邦大陪审团以间谍罪向罗森堡夫妇提出起诉。1951 年 3 月 6 日，法庭正式开庭受理此案。此前几个星期，朝鲜战争刚刚爆发，因此美国国内的政治气氛对罗森堡夫妇极为不利，任何胆敢窃取原子弹机密的间谍在美国民众眼里都是过街老鼠，报纸杂志也将他们称为卖国贼。

在法庭上，罗森堡夫妇受到的指控主要有两点：一是大卫·格林格拉斯接受罗森堡的指令出售给苏联人的原子弹图纸威胁到了美国的国家安全；二是罗森堡夫妇通过出售国防机密赚了钱。但这两项指控都站不住脚。大多数科学家认为交给苏联人的图纸"一钱不值"，而据说是苏联人作为报酬送给罗森堡的一张贵重的桌子是夫妇俩花 15 美元在梅西百货商店购买的。尽管原告一方拿不出任何确凿的证据，罗森堡夫妇对所有的指控也都矢口否认，但最终法庭还是裁决罗森堡夫妇有罪，判处极刑。法官的原意是逼迫罗森堡夫妇认罪后再予减刑，但罗森堡夫妇宁死不屈，于 1953 年 6 月 19 日在纽约州的新新监狱被处死。根据报道，通电之后坐在电椅上的罗森堡当即身亡，而死刑电椅都是按照男人的身材设计的，身材矮小的爱丝尔在数次电击之后才命归九泉。

罗森堡夫妇死后，成千上万的抗议者在纽约的工会广场上聚会，世界各地也都有类似的抗议活动，很多激进人士把这一案子看成是纳粹国会纵火案的美国翻版，但也有不少左派文人一夜之间变成了反斯大林的急先锋。美国的犹太人更是人人自危，担心反犹浪潮在美国卷土重来。罗森堡夫妇被处以极刑的那年，他们的两个儿子迈克尔和罗比一个十岁，一个只有六岁。亲朋好友唯恐受到牵连，都不敢收留他们。他们先后被寄放在好几户人家，最后才被一对歌唱家夫妇领养。

罗森堡夫妇死后，他们的形象在文学作品中多次出现。最早涉及他们的文学作品是阿瑟·米勒的《炼狱》，剧中男女主人公约翰和伊利莎白名字的排首字母 J 和 E 正好和罗森堡夫妇名字的排首字母相吻合。在西尔维娅·帕拉斯的《钟罐》、约翰·厄普代克的《成双成对》和乔伊斯·卡洛·奥茨的《你必须牢记》等作品里也能看到他们的影子。

1975年，罗森堡夫妇的两个儿子通过法律手段向美国联邦调查局索讨有关他们父母亲的材料。从拿到手的二十多万页纸的材料来看，没有任何罗森堡把原子弹情报交给苏联人的确凿证据，也不存在所谓的间谍网。从前苏联解体后的解密文件来看，罗森堡确实在二战期间当过苏联间谍。但没有任何证据表明爱丝尔也参加了间谍活动。判处罗森堡夫妇死罪的法律依据是"战争期间为敌方从事间谍活动"，而二战期间苏联是美国的盟国。2001年，爱丝尔的弟弟大卫·格林格拉斯终于承认当年他为了保护自己的妻子儿女才不得不作伪证出卖自己的姐姐和姐夫。

当然，多年之后仍然有人相信罗森堡死有余辜。20世纪80年代，里根总统把自由勋章颁给了当年判处罗森堡夫妇死刑的考夫曼法官。1983年出版的《罗森堡档案》一书在检查了联邦调查局公布的档案之后，再次得出了罗森堡罪有应得的结论。看来，关于罗森堡间谍案的争论还远远没有结束。

安·兰德斯
全世界读者最多的专栏作家

问："亲爱的安·兰德斯：我的男朋友比我小十二岁，我们已经谈及婚嫁，但每次谈到最后他总要问我的经济状况。如果他心有不诚，为什么却信誓旦旦，总说对我踩在脚下的泥土也顶礼膜拜呢？——B.L.K. 小姐"

答："亲爱的 B.L.K. 小姐：可能他觉得你脚下的土里有石油吧。"

问："亲爱的安·兰德斯：今年我 15 岁，生活里最让我烦心的是我妈妈。她从早到晚唠叨个没完，要我关掉电视，做完作业，站直身体，收拾屋子，洗干净脖子。请告诉我，有什么办法可以让她不来烦我呢？——挑刺家"

答："亲爱的挑刺家：关掉电视，做完作业，站直身体，收拾屋子，洗干净脖子。"

从 1955 年开始，在近半个世纪的岁月里，美国人几乎每天都能在报纸上读到安·兰德斯 (Ann Landers) 给读者的回信。不少美国人非常喜爱安·兰德斯的专栏，订报纸的目的就是每天读到她的专栏。给兰德斯写信的人都有问题向她求教，而她的回信往往三言两语就能找到问题的症结。她时而语言犀利，一针见血；时而幽默诙谐，妙语连珠。读者在开怀一笑之余总能领悟到一些生活的真谛，这也就是为什么成千上万的读者对兰德斯专栏情有独钟。根据 1975 年的盖洛普民意测验，兰德斯是全美国最受崇拜的二十名女性之一。据 1992 年吉尼斯世界纪录大全记载，安·兰德斯是全世界报刊转载最多的专栏作家，每天有一千二百多份报纸的近一亿读者阅读她的专栏。

1918 年 7 月 4 日美国独立节那天，原名为艾丝特·波琳·弗里曼的安·兰德斯在衣阿华州的苏城出生，家里有四姊妹，其中一个妹妹和她是双胞胎，比她晚出生17 分钟。这个妹妹的名字和她的名字正好倒过来，叫波琳·艾丝特。她们的父母都是俄国犹太移民，父亲刚到美国时以卖鸡为生，后来成为电影院老板，让全家人过上了衣食无忧的生活。艾丝特 18 岁那年高中毕业，进入苏城的莫宁萨德学院，主修心理学和新闻学。她在那里认识了朱尔斯·莱德勒。在她 21 岁生日的前两天，艾丝特和朱尔斯结为伉俪，妹妹波琳也在同一天完婚。朱尔斯很会做生意，是保捷汽车出租公司的创始人。婚后十几年，艾丝特过的都是相夫教子的平静生活，也参加一些慈善活动和民主党的政治活动。

1955 年，艾丝特一家迁居芝加哥。就在那一年，《芝加哥太阳时报》写《安·兰德斯》专栏的作家露丝·克劳利去世，《时报》决定在工作人员及亲属当中找一位接任者。艾丝特从一位朋友处得知消息后报名参加了选拔赛。在三十位参赛妇女当中，艾丝特是唯一的非专业作家，但她脱颖而出，荣幸当选为新一任的安·兰德斯。

1955 年 10 月 16 日，安·兰德斯开始了她的每日专栏《请教安·兰德斯》。《芝加哥太阳时报》每天都收到大量寄给安·兰德斯的读者来信，妹妹波琳于是主动提出帮她回信。没想到，两个月后，波琳在报纸《旧金山记事》上开出了自己的专栏《亲爱的艾比》。安·兰德斯对这种偷鸡摸狗的做法不以为然，姐妹俩从此结下芥蒂。但两姊妹的专栏都一炮打响，安·兰德斯更是名声大噪。最初，她的专栏有二十多家报纸转载，三个月后上升到四十多家，十个月后变成七十多家。一年半后，已有一百多家美国报纸同步转载《安·兰德斯》专栏。

每天，安·兰德斯需要八个助理帮她拆阅上千封读者来信，信里的问题千奇百怪，涉及生活的各个方面。安·兰德斯大胆接触各种敏感问题，比如同性恋、酗酒、吸毒、父母虐待子女等许多令人不快的话题。但她讨论最多的还是家长里短，比如约会、离婚、婚外情等等。有一位男读者来信，抱怨和他谈了多年恋爱的女朋友把太多精力放到她养的鹦鹉和金丝雀身上，兰德斯给他回信说："女朋友以鸟为伴，爱情之巢太拥挤了，赶紧飞走吧。"还有一位年轻人问她对青少年性行为的看法，她的回答更简单："一只柠檬被挤过太多次以后就成了垃圾。"

安·兰德斯对待政治话题同样直言不讳。她强烈反对越战，坚定不移地支持枪支控制和妇女堕胎权，接受用动物做医学研究，因此得罪了美国步枪协会、反堕胎组织和动物保护组织，给自己树敌不少，但她不仅毫不在意，反而以此而自豪。1971 年，她在一封回信里表示支持为癌症研究立法，不计其数的读者将这封信寄给了尼克松总统。事隔不久，尼克松就签署了启动一亿美元的国家癌症法案。

1975 年，安·兰德斯和丈夫离婚，原因是丈夫向她坦白了一段持续数年之久的婚外情。她能为所有的读者答疑，却不知该如何解释自己的婚姻破裂，这篇短短的专栏让她费尽踌躇："我和朱尔斯结婚 36 年，现在要离婚了，这是一个令人难以置信的可悲事实。我就像是在写一个读者的婚姻，与我自己毫不相干，这种感觉很不真实。"她没有解释离婚的具体原因，同时恳求读者不要追究细节。三万多名读者给她写信，向她表示同情。

1987 年，《芝加哥太阳时报》换了主人，安·兰德斯转到《芝加哥论坛》报后继续写专栏。她一般上午睡觉，下午工作，晚上参加社交活动。她博览群书，对新闻了如指掌。上了年纪后，她开始在家里工作，有时坐在浴缸里给读者回信。

2002 年初，安·兰德斯诊断出骨髓癌。她只肯服止痛药，拒绝接受任何治疗，并且决定以自己喜欢的方式走完生命最后一程。6 月 22 日，安·兰德斯离开人世，享年 83 岁。遗嘱中她表明死后不要举办葬礼，不要有告别仪式，不要有下一个安·兰德斯来接手写《安·兰德斯》专栏。这就是安·兰德斯给读者们的临别赠言。

伦纳得·伯恩斯坦
享誉世界的音乐大师

    伦纳得·伯恩斯坦（Leonard Bernstein）是第一位美国土生土长的世界级音乐大师。作为作曲家、指挥家、钢琴演奏家、音乐教育家和作家，伯恩斯坦在将古典音乐引入美国的同时也将美国音乐介绍给了全世界。

    伦纳得·伯恩斯坦于1918年8月25日出生于美国马萨诸塞州，父母是来自俄国的犹太移民。伯恩斯坦十岁时才接触钢琴，并不顾父亲的反对立志以音乐为职业。在哈佛大学读本科时，他主修钢琴和作曲。大学毕业之后，他进入位于费城的科提斯音乐学院继续深造，学习指挥和管弦乐作曲。暑假期间，他在伯克舍音乐中心学习，师从著名指挥家科塞维斯基。

    1943年，伦纳得·伯恩斯坦成为纽约交响乐团的副指挥。同年11月13日，伯恩斯坦临时救场，代替因病缺席的布朗诺·沃尔特指挥一场在卡内基音乐厅举办的音乐会。这场向全国转播的音乐会让25岁的伯恩斯坦一举成名，第二天的《纽约时报》在头版头条对伯恩斯坦的精彩表现给予了肯定。在指挥上崭露头角的同时，伯恩斯坦创作的第一部交响乐《耶利米》于1944年1月由匹兹堡交响乐团首次演奏，并获得当年纽约音乐评论家奖的最佳新作奖。同年4月，芭蕾舞剧《异想天开》在纽约公演，伯恩斯坦为该剧作曲并兼任指挥。因为反映良好，伯恩斯坦进一步将它改编成音乐剧《进城》，数月之后在百老汇上演，再次获得观众和评论界的好评。

    在接下来的几十年里，伯恩斯坦的音乐生涯在不同领域同步发展。1958至1969年，伯恩斯坦担任纽约交响乐团的音乐总指挥，他是第一个担任这一职位的美国本土指挥家。在此期间，伯恩斯坦致力于将古典音乐介绍给美国大众，他指挥的曲目几乎囊括了浪漫主义时期和现代音乐大师的所有经典之作，其中最为人称道的是海顿、贝多芬、勃拉姆兹、舒曼、马勒等人的作品。同时，伯恩斯坦还大力宣传美国作曲家，其中最具代表性的是与他同时代的艾伦·考普兰。伯恩斯坦在早年的钢琴演奏中多次表演考普兰的曲目，担任指挥之后又指挥并录制了考普兰所有的管弦乐作品，还多次在系列电视音乐节目中大力推荐。为了提高普通听众对音乐的理解和欣赏，伯恩斯坦常常在音乐会开始之前详尽介绍演奏曲目和作曲家。在演出过程中，他动作奔放，激情澎湃，富有强烈的感染力，很多听众被他的风采所倾倒。1969 年，伯恩斯坦离开纽约交响乐团时荣获终身名誉指挥的称号，后来又多次返回乐团客串指挥。他一生中录制了四百多张唱片，其中一大半都是与纽约交响乐团合作录制的。

在领导纽约交响乐团进入世界级交响乐团的同时，伯恩斯坦自己也成为享誉全球的指挥家。他的足迹遍布欧亚许多国家，在伦敦交响乐团、巴黎国家交响乐团、维也纳爱乐乐团、米兰歌剧院等著名乐团担任过客座指挥。特别值得一提的是他与以色列交响乐团长达几十年的密切合作。20 世纪 40 年代中期，伯恩斯坦曾经担任以色列交响乐团的音乐顾问。1957 年，他指挥了该乐团在特拉维夫新落成的弗里德里克·曼音乐厅举行的首场音乐会。1978 年，以色列交响乐团为了表彰他的贡献举办了伯恩斯坦音乐节，并于 1988 年授予他"终身名誉指挥"的称号。在与国外交响乐团合作的同时，伯恩斯坦还参与了许多具有重大历史意义的活动。1985 年，他率领一个由欧盟国家音乐家组成的交响乐团远赴希腊雅典和日本广岛进行和平之旅的巡演。1989 年纳粹入侵波兰 50 周年之际，他参加了在华沙现场直播的电视音乐会。同年 12 月 25 日，他在柏林墙被推倒的同时，指挥东、西德两国的音乐家现场演奏贝多芬的《第九交响曲》。全世界二十多个国家的上亿名观众在电视上目睹了这一历史性的时刻和伯恩斯坦的风采。

伯恩斯坦辉煌的指挥生涯一直延续到他的晚年。与此同时，他还是一位多产的作曲家，作品包括交响乐、音乐剧、芭蕾舞剧、歌剧、电影配乐以及为不同乐器谱写的奏鸣曲和独奏曲等。他的第一部交响曲《耶利米》显示出犹太教传统对他音乐主题的影响。第二部交响曲《渴求的年代》于 1944 年首演，由他的恩师，犹太裔音乐家科塞维斯基指挥，波士顿交响乐团演奏，伯恩斯坦本人担任钢琴独奏。伯恩斯坦的第三部交响曲《卡第什》（犹太教祈祷文）再次回到犹太教主题，于 1963 年由以色列交响乐团在特拉维夫首演，伯恩斯坦将这部交响曲献给遇刺身亡的肯尼迪总统。作为一个以演绎古典音乐为职业的指挥家，伯恩斯坦自己的音乐创作却以通俗音乐戏剧为主，其中最成功的是百老汇音乐剧《西城故事》的谱曲。因为在指挥上投注了大量时间和精力，伯恩斯坦晚年的创作逐渐稀少。在他整个音乐生涯中，作曲家的伯恩斯坦始终被他指挥家的灿烂光环和魅力所遮掩，但同时他又以自己的双重身份在古典音乐与通俗音乐之间架起了一座桥梁。

伯恩斯坦对美国的最大影响在于他对音乐教育和音乐欣赏的普及和推广。1951年，他接替科塞维斯基担任伯克舍音乐中心指挥系主任，并在那里任教多年。他同时还在布兰代斯大学音乐系担任客座教授。1982年，他创建了洛杉矶交响乐学院。在培养专业音乐人才之外，伯恩斯坦更注重普通民众对音乐的认识和了解。1958年，他创办了名为《青少年音乐会》的电视专题节目，系统地向电视观众介绍古典音乐和美国音乐。他的讲授题材广泛，雅俗共赏，既有对贝多芬交响乐的欣赏，又有关于爵士乐发展和演变的分析。尽管早期的电视在技术上相对粗糙，但伯恩斯坦充分发挥了这一大众媒介在时间和距离上的直接性，将成千上万的观众带进了音乐世界，他本人也成为家喻户晓的文化名人。在电视教育之外，伯恩斯坦还出版了几部有关音乐的著作，其中《享受音乐》是最受读者欢迎的音乐启蒙读物。

伯恩斯坦一生中获得了除普利策奖之外美国所有的音乐大奖，其中包括肯尼迪中心终身艺术成就奖、美国文学艺术学会音乐金奖、托尼奖以及11个不同类别的格莱美奖。此外，意大利、以色列、丹麦、德国、法国也都授予他国家级荣誉奖。

1957年，《时代周刊》在一篇评论中指出，伯恩斯坦在指挥、作曲、钢琴演奏和教学之外还有第五个职业——做名人。伯恩斯坦不仅在艺术上具备一个偶像级人物的魅力和光辉，他的私人生活和政治立场也让他的一生充满了传奇色彩。1951年，伯恩斯坦与智利籍女演员弗丽霞结婚并育有三个子女，但婚后伯恩斯坦有过多次婚外情包括同性恋关系。1970年两人正式分居，伯恩斯坦随后公开与自己的同性恋人同居。在政治上，伯恩斯坦属于激进的左派。20世纪70年代初，他积极支持黑人组织黑豹党并公开反对越战。

1990年10月14日，伦纳得·伯恩斯坦去世，享年72岁。

杰罗姆·罗宾斯
舞蹈艺术大师

杰罗姆·罗宾斯（Jerome Robbins）是美国最伟大的舞蹈家之一。在几十年的艺术生涯中，他以充满创造性的舞蹈语言在百老汇的大众剧场和古典芭蕾舞的舞台上都留下了不朽的杰作。

1918 年 10 月 11 日，杰罗姆·罗宾斯出生于纽约。他的父母为逃避对犹太人的迫害从俄国逃到美国。父亲开了一家熟食店，后来又改行生产紧身胸衣。罗宾斯很小就开始学习钢琴和小提琴，十几岁时到曼哈顿的一所舞蹈学校学舞。父母亲对他严格得近乎苛刻的要求培养了罗宾斯日后的敬业精神和对完美的追求。高中毕业后，他进入纽约大学化学系，一年之后便退学重新投身舞蹈，在学习芭蕾舞的同时他还尝试了现代舞、西班牙舞、东方舞等不同风格的舞蹈形式。1937 至 1940 年间是罗宾斯舞台生涯的开始，他在多部百老汇音乐剧中担任群舞，并在每年夏天参加成人度假营举办的歌舞表演。

1940 年，罗宾斯成为新成立的美国芭蕾舞剧院的演员，扎实的芭蕾舞功底很快让他脱颖而出。两年之后，他在斯特拉文斯基的芭蕾舞剧《帕卓什卡》中担任男主角，用充满个性的激情表演给评论家和观众们留下难忘的印象。但是美国芭蕾舞剧院过分偏重俄国古典剧目，罗宾斯很快厌倦了日复一日穿着靴子和灯笼裤，戴着假发套在舞台上表现远离美国现实的人物和生活。1944 年，罗宾斯创作了他的第一部芭蕾舞剧《异想天开》，由当时名不见经传的伦纳德·伯恩斯坦谱曲。这部短小轻松的作品讲述了三位上岸度假的水兵在纽约追求女孩子的喜剧故事。罗宾斯走出古典世界，用诙谐机智的舞蹈语言表现了二战期间普通美国青年的生活经历。在此之前，芭蕾舞中从来没有出现过当代美国人的形象，《异想天开》别开生面的人物和情节引起了观众们的强烈共鸣。罗宾斯与伯恩斯坦趁热打铁，将其改编为当时最流行的音乐剧。同年 12 月，这部名为《进城》的音乐剧在百老汇上演，并获得巨大成功，罗宾斯和伯恩斯坦也双双成名。《进城》的出现改变了百老汇音乐剧的传统面目，舞蹈第一次完整地与音乐、剧情和人物融合在一起，成为全剧不容忽视的一部分。罗宾斯的编舞相当富有表现力，一位评论家甚至写道："《进城》应该被称作芭蕾喜剧而不是音乐喜剧。"

在接下来的 20 年里，罗宾斯同时活跃在百老汇与芭蕾舞的舞台上，通俗与古典、戏剧与芭蕾彼此渗透，交相辉映。他的创作对这两种艺术形式都产生了永久性影响。

《进城》走红之后，罗宾斯成为百老汇最有名气的编舞。他相继为《百万娇娃》(1946)、《高扣鞋》(1947)、《妈妈，看我跳舞》(1948) 和《自由小姐》(1949) 设计编排了舞蹈，其中《高扣鞋》为他赢得了第一个托尼戏剧奖。20 世纪 50 年代是罗宾斯百老汇创作的高产期和成熟期。诙谐风趣的《称我为夫人》(1950)、充满异国情调的《国王与我》(1951)、神奇灵动的《小飞侠》(1954) 等充分展示了罗宾斯天才的艺术创造力和风格多样的舞蹈才华。

1957 年，《西城故事》上演，引起前所未有的轰动。罗宾斯一人担任创意、编舞兼导演，在百老汇创下史无前例的纪录。这部音乐剧讲述了一个发生在现代纽约的罗密欧与朱丽叶式的爱情悲剧。罗宾斯与伯恩斯坦再次合作，以充满激情的音乐舞蹈淋漓尽致地演绎出都市里青春的躁动和暴力。《西城故事》是反映美国现实生活的真实写照，对日后美国戏剧的发展影响深远。罗宾斯的编舞再次为他赢得了当年的托尼戏剧奖。1961 年，好莱坞将《西城故事》拍成电影，仍然由罗宾斯执导，他因此片被授予奥斯卡最佳导演奖和编舞特别奖。

1959 年，罗宾斯导演并编舞的音乐剧《吉卜赛》上演成功。随后几年里。他将主要精力集中在组建自己的芭蕾舞团和舞蹈创作上。1964 年，罗宾斯重返百老汇，带给观众又一部美国戏剧史上的经典之作——《房顶上的琴师》。这部音乐剧改编自著名俄国犹太作家肖洛姆·阿莱汉姆的短篇小说。故事发生在俄国大革命前夜的一个犹太小村庄里。主人公台维一生循规蹈矩，但求生活平安，而他年轻的女儿们却向往恋爱自由和外面的精彩世界。罗宾斯独具慧眼地抓住了传统与变化、宗教与人性、集体与个人的永恒主题，并通过伤感而活泼的歌舞表现出来，他的犹太家庭背景则为剧中的犹太礼仪和习俗提供了原型。《房顶上的琴师》共获得九项托尼戏剧奖，罗宾斯得到其中的导演和编舞奖。

尽管罗宾斯在百老汇名利双收，芭蕾舞却自始至终是他的最爱。他曾经告诉别人，

"我厌倦了在音乐剧中诠释他人。只有当我编创芭蕾舞时，我才真正成为一个具有创造性的艺术家……"继《异想天开》之后，他又创作了《互动》《写真》《夏日》等风格迥然不同的舞剧。1949 年，出生于俄国的芭蕾舞大师巴兰钦邀请罗宾斯加盟刚刚成立的纽约市芭蕾舞团，担任主演、编舞和副艺术指导。在接下来的十年中，罗宾斯创作了十部芭蕾作品，其中包括著名的《笼子》《牧神的下午》和《音乐会》。作为编舞者，罗宾斯具有罕见的戏剧天分和幽默感。在《音乐会》中，音乐会的听众随着肖邦的一组乐曲用舞蹈动作表现出各自的幻想，他的作品是芭蕾舞中少有的令人捧腹的喜剧作品。

1958 年，为了让美国芭蕾舞走向世界，罗宾斯组建了自己的芭蕾舞团——美国芭蕾舞团。在他的带领下，美国芭蕾舞团先后到英、法、意等国演出，在欧洲引起巨大轰动。这期间，罗宾斯创作了具有抽象意义的无音乐伴奏芭蕾舞《动作》。三年之后，美国芭蕾舞团解散。1965 年，罗宾斯为美国芭蕾舞剧院编导了以斯特拉文斯基的乐曲《婚礼》为题的芭蕾舞，被评论家们称赞为"我们这个时代最伟大的芭蕾舞之一"。同年，罗宾斯获得国家艺术委员会提供的为期两年的艺术专款，用于创建美国戏剧实验室。在他的组织下，创作者和表演者共同对各种形式的表演艺术进行了探索和实验。尽管实验结果没有公演，但罗宾斯无疑从中得到极大灵感。

1969 年，罗宾斯回到纽约市芭蕾舞团并创作出一系列经典之作。《聚会之舞》(1969) 以一组肖邦乐曲为背景，十个年轻的舞者在舞蹈中感受着音乐和彼此情绪的变化，是罗宾斯的作品中最细腻敏感的一部。《夜》(1969) 再次选用了肖邦的乐曲，表现了三对情人甜蜜而忧伤的感情。接着，罗宾斯抛弃浪漫，推出了巴赫气势恢弘的《哥德堡变调》(1970)。罗宾斯的又一个大胆尝试是《水车》(1972)，他在其中采用了东方舞蹈的技巧和静止的状态。70 年代末，罗宾斯为著名芭蕾舞演员米凯尔·巴利什尼柯夫和娜塔莉娅·麦卡洛娃量身打造了《梦者》《四季》等作品。1981 年，罗宾斯获得肯尼迪艺术中心荣誉奖。1983 年，在巴兰钦逝世前不久，罗宾斯被任命为纽约市芭蕾舞团总编导。1989 年，在阔别百老汇 25 年之后，罗宾斯带着《杰罗姆·罗宾斯的百老汇》重返舞台。这部名为音乐剧的作品实际上是罗宾斯一生舞蹈创作的回顾和集萃，他因此而第五次获得托尼戏剧奖。1990 年，罗宾斯从纽约市芭蕾舞团退休，但他并未停止舞蹈创作。《独舞系列》《2+3 创意曲》《布兰登堡》是他 90 年代的代表作。1998 年 7 月 29 日，罗宾斯因中风在纽约家中去世。

罗宾斯去世后，美国各大报刊纷纷撰文表示哀悼。《舞蹈》杂志的一篇纪念文章写道："他的经典之作将与芭蕾艺术一并流传后世。"罗宾斯的最大贡献在于为芭蕾舞这一欧洲古典艺术注入了现代的生命力和独特的美国韵味。像他的百老汇音乐剧一样，他的舞蹈作品已经成为美国乃至世界许多著名芭蕾舞团久演不衰的保留节目。

尽管罗宾斯在美国戏剧和舞蹈史上的成就和地位无可争议，对他为人的评价却众口不一。罗宾斯是艺术上的完美主义者，他对自己和他人的要求都极其严格。演艺圈中，他的暴戾与苛刻和他的才华与创造性同样闻名。对他声誉损害最大的一件事发生在 1953 年，麦卡锡主义最猖獗的年代。罗宾斯在美国众议院非美活动调查委员会的听证会上承认自己参与了共产党的活动并主动提供了另外八位艺术家的名字。尽管罗宾斯坚持自己的行为出于良知，但他的一些同行却一直没有原谅他。

杰·迪·塞林格
靠一部书扬名天下的当代作家

　　如果有人问：二战以后哪一本美国当代小说的影响最大？很多评论家和大学英文教授会不约而同地想到同一本书——《麦田里的守望者》，作者杰·迪·塞林格（J. D. Salinger）唯一的一部长篇小说。1951 年，《麦田里的守望者》发表后一炮而红，读者趋之若鹜，争相购阅。半个世纪后的今天，《麦田里的守望者》每年在美国的销售量仍高达二十五万册。在美国的大学里，这本书被列入美国当代文学课的必读书目。

　　《麦田里的守望者》讲的是一个简单的故事：16 岁的男孩霍尔顿·考尔菲尔德在宾州一家寄宿学校读书，被学校开除后回到纽约，住进了一家旅馆。第一天晚上他去了夜总会，在那里遇到三个女游客和他哥哥的同学，回到旅馆后召来一个妓女，但因为心情不佳想把她打发走，结果被皮条客揍了一顿。第二天，他与前女友萨丽相见，吵了一架以后不欢而散，然后独自去看了一场电影，遇见老同学卡尔。喝醉酒后他回到自己家，看到妹妹斐波，晚上又醉醺醺地去看以前的英文老师安托里尼先生，发现老师想对他行非礼后落荒而逃。第三天一早，他去大都市博物馆参观了埃及古墓，又和妹妹一起去了动物园和游乐场。霍尔顿原来打算独闯美国西部，但最后放弃了出走计划。通过这个貌似简单的故事，杰·迪·塞林格淋漓尽致地再现了二战之后美国人的苦闷、彷徨和无所适从。千千万万的美国年轻人在愤世嫉俗的主人公身上看到了自己的影子。霍尔顿·考尔菲尔德也以其鲜明的"反英雄"形象成为新一代美国人的代表。

　　《麦田里的守望者》尽管得到美国年轻人的普遍喜爱，但也受到许多卫道士的指责。因为书中大量的"粗话"和性描写以及对美国传统价值观的鄙夷，许多书店、公立学校和公共图书馆一再把这本书列为禁书。面对沸沸扬扬的毁誉之声，杰·迪·塞林格不置一词。他始终与媒体保持距离，长年隐居在新罕布尔什州一座占地 450 英亩的农庄里，几乎不接受任何采访。《麦田里的守望者》再版时，他甚至不肯把自己的照片印在书的护封上。1965 年以后，杰·迪·塞林格没有任何新作品问世。人们只知道他几十年来一直在写作，但好像都是为自己而写，而且他对自己在文学界的地位也毫不关心。至于他究竟写了多少作品，它们是否可以和《麦田里的守望者》媲美，谜底一直未能揭晓。杰·迪·塞林格对自己的一切越是讳莫如深，读者对他就越是好奇。

对于杰·迪·塞林格出名以前的生平，人们了解得要相对多一些。他 1919 年出生于纽约曼哈顿，父亲是犹太人，母亲是爱尔兰人。父亲从东欧进口奶酪肉类，按照犹太饮食教规加工后出售。父亲的生意做得很成功，全家人住在曼哈顿派克大街的一所豪华公寓里。塞林格曾被好几家私立学校开除，最后去了宾州的一所军校。18 岁那年，父亲送他去奥地利和波兰了解肉类生意的程序。见过牲畜屠宰场后，塞林格下定决心绝不选择父亲的职业。从欧洲回来后不久他在哥伦比亚大学选修了一门短篇小说写作课，教这门课的老师是富有影响的《故事》杂志的创办人兼编辑威特·伯尼特。他记得塞林格总是坐在教室的最后一排呆呆地看着窗外，直到最后一个学期的下半学期才开始活跃起来。1940 年，塞林格在《故事》杂志上发表了他的第一篇短篇小说《年轻人》，那一年他刚满 21 岁。

1942 年，塞林格应征入伍，赴欧洲参战，经历了二战中几场最残酷的战役，亲眼目睹大批战友在身边倒下。诺曼底战役中他乘坐一艘水陆两用舰艇登陆犹他海滩，两个星期之后他所属的第十二步兵团已有 75% 的士兵阵亡。血淋淋的战场经历使他的神经濒临崩溃，四个月后他住院接受精神治疗。在二战中他一直没有中断写作，利用所有空隙时间在他的便携式打字机上敲敲打打。在法国，他还和战地记者海明威有过一面之缘，据说海明威读了塞林格的作品后对他的才华大为赞赏。

二战还没有结束，塞林格便开始在《绅士》《治家有方》《周六晚报》等通俗杂志上发表短篇小说。在这之前，他一直给《纽约客》杂志投稿，在收到了不计其数的退稿单之后，终于在 1946 年在《纽约客》上发表了短篇小说《麦迪逊街边的小骚乱》。这篇小说经过改写后成为《麦田里的守望者》的一部分。从那以后，塞林格就成了《纽约客》的常客，他写的所有短篇几乎都发表在《纽约客》上。《麦田里的守望者》出版后，塞林格拥有了一大批翘首期待他的新作的忠实读者。《纽约客》上只要登出赛林格的短篇便很快销售一空。这些短篇小说后来大都收进了三本赛林格短篇小说集，其中最有名的是《九篇故事》。

除了杰·迪·塞林格的隐居生活，他的爱情故事也被人们津津乐道。大学生时代他爱上了剧作家奥尼尔的女儿乌娜·奥尼尔，几乎每天给她写一封信，有时一封信就长达十五页纸。后来乌娜嫁给了比她年长许多的查理·卓别林，让塞林格十分痛苦。他第一次结婚是1945年，妻子是一位法国医生，但两人婚后不久就分道扬镳。他的第二任妻子是英国出生的常春藤校毕业生克莱尔·道格拉斯，他们1955年结婚，有两个孩子，但这次婚姻也只维持了十二年。在这以后，塞林格有过好几位年轻女友，其中有一位是19岁的乔伊斯·梅纳德。塞林格在一份杂志的封面上看见她的照片后给她写了一封信，两人先是书信往来，在见过两面之后开始同居，最后仍是以分手告终。塞林格的最后一任妻子是比他小三十岁的柯琳·奥尼尔，不过这个奥尼尔和他爱上的第一个奥尼尔并无关系。

尽管杰·迪·塞林格的作品很少，直到2010年去世也没有新作问世，但人们对他的小说和他谜一般的生平似乎永远不会失去兴趣。

艾萨克·阿西莫夫
最高产的科幻小说家

艾萨克·阿西莫夫(Issac Asimov)以科幻小说闻名于世，同时也是美国 20 世纪最高产的作家，有著作近五百部，主题包罗万象，体裁丰富多彩，同时代作家中无人能望其项背。对此，阿西莫夫以他一贯的幽默作了解释："没人将我称作过伟大的文学之星。而我们都希望得到承认，希望因为某种长处而成名。我渐渐意识到，如果别的都不行，我至少会因为我作品的数量之多、题材之广而出名。"

1920 年 1 月 2 日，阿西莫夫出生于俄国的彼得罗维奇。他三岁时，全家移民纽约。父母亲打了几年工之后买下了布鲁克林的一家糖果店。他们早出晚归，无暇照顾孩子，阿西莫夫从小就在店里给父母帮忙，一直到长大成人。他是一个早慧的小孩，五岁不到就自己学会了认字，从那时起就几乎无所不读。在学校里，自视颇高而又性情内向的阿西莫夫不是很合群。连跳几级之后，他 15 岁就拿到了高中文凭。父亲希望阿西莫夫日后成为一个专业人才，于是他进了哥伦比亚大学，并于 1939 年获得化学学士学位。尽管对学业兴趣不大，但为了满足父亲的愿望，阿西莫夫继续在哥伦比亚大学深造，先后获得化学硕士和博士。

在糖果店帮忙期间，阿西莫夫读了不少店里出售的廉价杂志，特别是其中的科幻小说，并逐渐对科学和写作产生了兴趣。他 11 岁起开始写短篇故事，基本上是模仿自己读过的廉价小说的情节和风格。阿西莫夫的处女作是高中时在学校文学刊物上发表的一篇幽默小品。老师在刊头特别注明是因为没有其他逗笑稿件才不得不登出这一篇。20 世纪 60 年后，阿西莫夫对这件事依然耿耿于怀。

1938 年，阿西莫夫因投稿而结识了《震撼科幻小说》杂志的主编约翰·坎贝尔。坎贝尔没有采用阿西莫夫的作品，但提出了详细的修改意见并鼓励他继续创作。在坎贝尔的帮助下，阿西莫夫一篇题为《逃离天灶星》的短篇被另一家刊物采用。1940年，他们两人从阿西莫夫的《我是机器人》等作品中总结归纳了机器人的三大定律: 1. 机器人不得伤害人类; 2. 在不违反第一定律的条件下, 机器人必须服从人类; 3. 在不违反前两条定律的条件下, 机器人必须保护自己的存在。这三大定律被公认为阿西莫夫对科幻小说的重大贡献。他本人则在此基础上写出了二十多个短篇和三部小说。阿西莫夫的机器人定律得到同行和读者们的一致认同, 以至于许多人认为未来真正的机器人将与阿西莫夫设计得一模一样。1941 年, 21 岁的阿西莫夫在坎贝尔的杂志上发表了短篇《黄昏》。20 世纪 30 年后,《黄昏》被美国科幻小说家学会选为有史以来最优秀的短篇科幻小说。

从 1942 到 1945 年, 阿西莫夫创作了一系列短篇, 后来集成了著名的 "基础三部曲":《基础》《基础与帝国》《第二基础》。阿西莫夫的创作灵感来自于爱德华·吉本的《罗马帝国衰亡史》。小说描写了银河帝国的衰亡和随之而来的黑暗时代, 以及第二个银河帝国的兴起。所有发生在遥远未来的这一切都是 "心理历史学" 所预测的 "未来的历史"。"基础三部曲" 在科幻小说爱好者心目中占有重要地位。1966 年, 它作为有史以来最佳科幻小说系列被世界科幻小说大会授予特别奖。

1942 年, 阿西莫夫与格特鲁德·布鲁格曼结婚, 这段长达近三十年的婚姻并不幸福。尽管如此, 两人还是决定在两个孩子成年之前维持这个家庭。1973 年, 阿西莫夫与格特鲁德离婚, 两个星期后便娶了多年的好友詹妮特·杰普森。

1949 年, 阿西莫夫受聘于波士顿大学教授生物化学, 他很快发现自己对科研毫无兴趣也不喜欢那里的学术环境。1950 年, 阿西莫夫出版了第一部长篇小说《天空中的卵石》, 随后还写了不少教科书以及有关生化、原子弹、生物等科普著作。随着阿西莫夫在学术界之外的名气越来越大, 他在学校的境况却变得日益难堪。尽管他是一位受学生欢迎的教授, 但他和顶头上司以及其他教授都关系不佳。1957 年, 新上任的系主任辞退了阿西莫夫。阿西莫夫因祸得福, 从此做了全职作家。

早年在糖果店工作的经历让作家阿西莫夫养成了早起晚睡的写作习惯。他自己称之为 "糖果店营业时间"。他每天清晨六点准时起床, 七点半在打字机前坐下, 一直写作到晚上十点。他不喜欢旅行, 害怕坐飞机, 因此很少出门。就这样, 他先后创作和编辑了近五百部作品。他除了写科幻小说和侦探故事外还编纂了一百多部选集。他的非小说作品的题材包括原子物理、数学、天文、地质、化学、物理、生化、生物、历史以及莎士比亚和《圣经》的阅读指南。

20 世纪 50 年代末, 阿西莫夫一度中止了科幻小说的创作, 转而从事科普作品的写作，但他的名气却丝毫未减。许多科学家、评论家和教育工作者一致认为阿西莫夫最杰出的才能在于把深奥复杂的科学理论解释得明白晓畅，任何艰涩的学术语言和枯燥的计算数据到了他的书里立刻成为清晰易懂甚至不乏情趣的文字。对于普通读者而言，科学是高深莫测的，而在阿西莫夫笔下，科学是生动的、神奇的、引人入胜的。对此，阿西莫夫幽默地表示自己的才华就在于"能在读了十几本沉闷的书之后写出一本有趣的书来"。阿西莫夫对推广普及科学的贡献超过了任何一位作家和科学家，他的著作让很多人对科学产生兴趣并投身于其中。

20 世纪六七十年代，阿西莫夫只创作了为数不多的科幻作品，其中长篇小说《诸神自己》（1972）和短篇故事《双世纪人》（1975）分别获得雨果科学幻想小说奖和奈布拉奖。1982 年，阿西莫夫再续 1953 年的"基础系列"，写出了《基础的边沿》。1983 年，他重返早年的机器人系列，写出续集《黄昏的机器人》。1986 年，他把自己这两个最受欢迎的系列加以合并，出版了《机器人与帝国》和《基础与地球》。

1983 年，阿西莫夫做过一次心脏手术。1992 年 4 月 6 日，他因心脏和肾脏衰竭在纽约去世。阿西莫夫死后十年，他的夫人詹妮特·杰普森才在自己的回忆录中披露阿西莫夫的真正死因是艾滋病，那一次手术中的输血让他受到了致命的感染。

阿西莫夫被认为是美国 20 世纪中期三位最伟大的科幻小说家之一（另外两人是罗伯特·海林和范·沃格）。作为科幻小说的先驱，他把科幻小说从廉价杂志里的历险故事提升为一种包含了丰富的社会、历史和科学内容的文学体裁。他的非小说作品涉及了更为宽广的领域，将成千上万的普通读者带进了神奇的科学世界。几十年来，阿西莫夫的作品一直在出版和流传，成为科幻和科普作品的传世经典。

艾萨克·斯特恩
美国第一位小提琴大师

艾萨克·斯特恩（Issac Stern）是举世公认的伟大的音乐家。他被誉为"第一个美国小提琴大师""本世纪最杰出的小提琴家"。

1920年7月21日，艾萨克·斯特恩出生于俄国的克里米聂兹。他不满一岁时，他的犹太裔父母带他移民美国，在旧金山定居。斯特恩的父母都懂音乐，母亲克拉拉曾经在圣彼得堡皇家音乐学院学习，斯特恩6岁时母亲开始教他钢琴并带他去听音乐会。回顾自己早期的音乐生涯，斯特恩不认为自己是音乐神童。"我并没有吵着要小提琴，也没有一回到家就凭着记忆把音乐会上听到的曲子拉出来"。事实上，斯特恩8岁才开始学小提琴，10岁时进入旧金山音乐学校接受正规训练。在这期间，他开始崭露音乐天赋，并因此获得了一位贵妇人的资助。在换过几个才艺平庸的老师之后，旧金山交响乐团的首席小提琴诺奥姆·布林德尔将斯特恩收入门下。布林德尔教琴时不理会传统方法中的音阶、练习曲等必练的基本功，他注重的是培养斯特恩的独立性、音乐上的直觉和天然的技巧。斯特恩在回忆自己的老师时说："他放手让我学，从不强加于我。他教会了我自己教自己，这是一个老师所能做的最棒的一件事情。"斯特恩随布林德尔学琴一直到18岁。

斯特恩14岁时在旧金山交响乐团的伴奏下首次登台演出。1937年10月11日，17岁的斯特恩在纽约开了第一场个人音乐会。演出没有引起斯特恩所期望的轰动，但评论家们对他的才华给予了充分的肯定。失望之余，斯特恩返回旧金山发狠练琴。几年里，他的琴艺突飞猛进，表演也日益成熟。1943年1月8日，斯特恩首次在纽约著名的卡内基音乐厅演奏，这场演出成为他音乐生涯的转折点。《纽约先驱者论坛》在评论中称他为"世界级小提琴大师之一"。刚出道时，斯特恩一年只有7场音乐会，第二年增加到14场，而到了1947年，他一年的演出达到了90场。1949年，他在美国、欧洲和南美进行长达七个月的巡演，演出次数高达120场。到了20世纪70年代，斯特恩已经是全世界酬金最高的小提琴家，一年演出二百余场，每场一万美元，他的足迹遍布美洲、欧洲、亚洲和澳洲。除了在音乐会上表演之外，斯特恩还在电影中展现他精湛的琴艺，其中他为故事片《房顶上的琴师》所演奏的音乐获得了奥斯卡最佳配乐奖。1969 年，他与以色列交响乐团首次联合演出，伯恩斯坦担任指挥。电影《耶路撒冷之旅》记录这一历史性的合作。十年之后，他应中国政府的邀请到中国给年轻的小提琴手们上课。他的中国之行被拍成记录片《从毛泽东到莫扎特》，此片还获得奥斯卡最佳纪录片奖。

斯特恩以美妙的琴声征服了不同国家、不同民族、不同年龄的听众。他的演奏范围非常广泛，跨越了古典、现代和当代音乐。许多与他同时代的著名作曲家包括伯恩斯坦、翰得密斯、罗克伯格等人的作品都是由他首演。斯特恩对音乐的诠释充满了活力和激情，对乐曲风格的准确感受帮助他找到最合适的声音将其内涵表达出来。斯特恩的技巧完全服从于他的音乐理念——"用小提琴来演奏音乐而不是用音乐来演奏小提琴。"《纽约邮报》的一位评论家指出："艾萨克·斯特恩不是一个表演家。他对自己的音乐天才似乎一无所知。他之所以跻身于最杰出的小提琴家之列，是因为他只关心一件事，即他演奏的音乐。他的个人风格就是他演奏的音乐的风格。"《纽约时报》在一篇评论中也写道："你听到的不是那个小提琴家，而是海顿、巴赫、巴尔托克、莫扎特和斯萨诺斯基。斯特恩先生完全沉浸在音乐之中，他个人的精神和卓越的技巧都只是为了让你能够听到音乐。"斯特恩在舞台上从来不虚张声势、故弄玄虚。他总是平稳地站在台上，让音乐的辉煌通过手中的小提琴自然地展现在观众面前。

斯特恩十分关注美国和其他国家的文化事业。1960 年，当纽约卡内基音乐厅因年久失修面临拆毁时，斯特恩挺身而出，组织了公民拯救卡内基委员会，使这个具有历史和文化意义的建筑得以保留和修复。他随后被选为卡内基音乐厅总监，并一直连任到他去世。斯特恩还提议并协助创建了由政府主办的国家艺术委员会，被约翰逊总统任命为顾问委员。他在国会听证会上呼吁联邦政府增加艺术方面的资金，用来避免使美国变成一个"没有灵魂的工业化综合体"。斯特恩一直很关注以色列的发展，除了常常在那里举办音乐会以外，他还担任美以文化基金会主席，为以色列的文化组织和音乐家筹集资金、提供援助。1973 年，他创办了耶路撒冷音乐中心，邀请世界各国的音乐家前往授课。

斯特恩对自己年轻时在别人资助下得以完成学业一直感念于心。作为回报，他总是格外关注年轻音乐家的成长。斯特恩是音乐界有名的伯乐，绝大多数他发现和培养的天才少年后来都成为世界知名的音乐家，如艾萨克·波尔曼、瑟久·鲁卡、约瑟夫·斯文森、林昭亮、马友友等。

斯特恩音乐上的成就和文化上的贡献为他赢得了巨大荣誉，其中包括肯尼迪中心荣誉奖（1984 年）、CBS 杰出艺术家奖（1985 年）、阿尔伯特·史威泽音乐奖等等。1987 年，斯特恩被授予以色列国会建立的沃尔夫奖，表彰他"作为艺术家和教育家始终如一的贡献。他在人文方面的贡献超越了音乐表演的界限"。

斯特恩结过两次婚。第一任妻子娜拉·凯是一位芭蕾舞演员，结婚不久后分手。1951 年 8 月 1 日，斯特恩在以色列遇到薇拉·林顿布里特。两人在 16 天之内会面四次，于 8 月 17 日结为终生伴侣，婚后住在纽约。斯特恩每日练琴半小时到十四小时不等，喜欢在深夜或凌晨拉琴。他在一次《时代》杂志采访中承认自己贪吃，把从吃上得到的满足作为拉琴的动力。也许这就是身材矮胖的他被比作"胖熊"的原因。

艾萨克·斯特恩于 2001 年 9 月 22 日去世，享年 81 岁。

贝拉·阿布扎格
第一位成为国会议员的犹太女性

　　1995 年的金秋，在北京举行的联合国第四届妇女大会上有一位比美国总统夫人希拉里·克林顿更引人注目的美国女性，她就是举世闻名的女权运动先驱和领袖贝拉·阿布扎格（Bella Abzug），各国代表们在自我介绍时往往简单而骄傲地说："我是某某国家的贝拉·阿布扎格。"会上，75 岁的阿布扎格对来自全世界的女性作了充满激情的演讲。她说："有人奇怪我何以奋斗多年还依然乐观……我有幸与之共事的女性们的精神鼓舞了我。她们对和平、公正和民主的希望激励着我，使我坚强。永远不要低估我们事业的重要性，永远不要害怕讲真话，永远、永远不要让步或放弃。"而这正是贝拉·阿布扎格一生的写照。

　　1920 年 7 月 24 日，贝拉·阿布扎格出生于纽约布朗克斯的一个俄国犹太移民的家庭。小时候，她随外祖父去犹太教堂，男人们祈祷时，女人们被帘子隔在另一边。坐在帘子背后的贝拉第一次感受到对女性的歧视。贝拉 10 岁时，父亲因病去世。犹太教规定，只有儿子能够为死者诵经。但贝拉勇敢地挑战了这一传统。在接下来的一年里，她每天都去教堂为父亲念诵祷文。或许是为她的叛逆所震慑，或许是被她的哀痛所感动，教堂里居然无人提出异议。

　　阿布扎格很早就显露出领导才能，她在高中时担任了班长，上大学后又被选为学生会主席，并积极参与了反对纳粹和支持犹太复国主义的活动。1942 年，阿布扎格大学毕业后进入哥伦比亚大学法学院。她的第一志愿本是哈佛，但哈佛以不收女生为由拒绝了她的申请。入学后不久二战爆发，她一度辍学在一家军用造船厂干活。在此期间，她结识了作家马丁·阿布扎格，两人于 1944 年 6 月结婚。回到哥伦比亚大学以后，阿布扎格担任了著名的《哥伦比亚法律评论》的编辑。1947 年，她获得法学博士并通过了律师资格考试。

　　作为职业律师，阿布扎格选择了劳工法领域。这个领域不仅冲突性最强，而且报酬最低。阿布扎格成为各种工会和民权组织的律师，正式开始了她为穷人、妇女和少数族裔等受压迫者争取公正待遇的职业活动家生涯。20 世纪 50 年代，麦卡锡主义在美国大行其道，大多数律师都采取明哲保身的态度，不肯为受到政府怀疑和调查的人士辩护，阿布扎格却在此时挺身而出，将大批纽约教师、工会活动家和民权运动积极分子从恐慌不安中解救出来。由于当时美国的女性律师人数极少，阿布扎格常常被人当作秘书呼来唤去。为了表明职业女性的身份，阿布扎格开始在工作场合戴宽边帽，这后来成为她最突出的个人标志。

1950 年，密西西比州一个名叫威利·马吉的黑人因强奸一位白人妇女的罪名而被判处死刑，尽管此前他与该女子曾经有过长达数年的性关系。阿布扎格代表马吉向最高法院提出上诉。她指出，由于被告是黑人，马吉一案不仅没有陪审团的参与而且判刑过重。在上诉期间，身怀六甲的阿布扎格多次前往种族歧视根深蒂固的密西西比州。在那里她不仅受到人身恐吓和当地报纸的攻击，而且没有一家旅馆为她提供住宿。为了躲避三 K 党的骚扰，她不得不在汽车站的女厕所里过夜。马吉一案引起了全国关注，在阿布扎格不屈不挠的努力下，马吉的刑期两度被推迟，但最终他还是被处以死刑。

20 世纪 60 年代初，阿布扎格成为如火如荼的民权运动和反战运动的组织者和领导人。她参与起草了著名的《民权法案》和《选举权法案》。1961 年，美苏恢复核实验，阿布扎格与同道者创建了"妇女为和平而战"组织，在纽约和华盛顿举行了全国瞩目的反核大游行。越南战争爆发后，她又领导该组织投入了反战示威活动，自己也成为"推倒约翰逊"运动的领军人物，并最终导致约翰逊在 1968 年放弃连任美国总统的竞选。

与此同时，阿布扎格开始寻求通过政治途径为穷人、妇女和少数族裔争取民主权益。她认识到从政将是最直接、最有效的办法。1970 年，50 岁的阿布扎格宣布竞选纽约地区的美国众议院议员。她所在的选区以犹太人为主，同时包括了唐人街、小意大利等移民聚居的区域。阿布扎格以她一贯张扬的风格、如火的激情和出众的辩才投入了竞选，被媒体称之为"斗士贝拉""飓风贝拉""勇敢母亲"。在民主党预选中，阿布扎格战胜了七次连任的民主党众议员华纳德·法布斯坦。在 11 月的大选中，她轻而易举地击败了共和党候选人巴利·法伯，成为美国众议院 12 位女议员之一，也因此成为美国历史上第一位进入国会的犹太女性。

阿布扎格著名的宽边帽和大嗓门立即成为国会山上一道令人瞩目的风景。初来乍到的她我行我素，全然无视众议院论资排辈的传统。上任第一天，阿布扎格便提出了美国从越南撤军的草案。尽管这一草案在一周之内就遭到否决，但阿布扎格已经让众议院领教了她特立独行、敢说敢为的个性。在她任职期间内，阿布扎格继续为妇女、穷人和其他弱势群体的平等权益而抗争。她发起并推动了医疗保健、公共交通、托儿所、环境保护和结束征兵等一系列改善民生的提案。阿布扎格在众议院首次投票是为"平等权益修正案"投赞成票。此外，她还第一个提出了给予同性恋者平等民权的主张。作为政府运作委员会的成员，阿布扎格参与起草了三项有关政府运作透明化和公开化的法案，包括"阳光政府法案""隐私权法案"和"信息自由法案"。这三项重要法案打破了政府对内部资讯的封锁，为公众和媒体提供了监督政府的途径。1972年，阿布扎格第一个向国会提出了罢黜尼克松总统的动议。

阿布扎格凌厉逼人、不屈不挠的风格为她在国会山上赢得了尊敬也引来了非议，甚至她的宽边帽也受到无休止的嘲笑和抨击。但是，没人能够否认阿布扎格是众议院最敬业、最勤奋的议员。同时，她丰富的律师背景让她在谈判辩论与法案撰写上也表现出令人折服的才华。

1972年，纽约选区的重新划分导致阿布扎格在寻求连任时面对另一位民主党国会议员威廉·莱恩。这场势均力敌的党内竞选以莱恩获胜告终。但大选前两个月，莱恩因病去世，阿布扎格成为民主党候选人并再次当选为众议员。在连任三届众议员后，1976年阿布扎格问鼎参议院但不幸失败。1977年，阿布扎格竞选纽约市长，输给了另一位犹太候选人爱德华·科赫。1978年，阿布扎格把目标锁定在科赫空出的众议员位置，却又一次落选。

连续三次竞选失利并没有减弱阿布扎格的信念和斗志。离开政界后，她把更多的精力投入到妇女运动中。1978年，阿布扎格被卡特总统任命为妇女问题顾问委员会主席。在她的不懈努力下，美国政府出资在休斯顿举办了有史以来第一个全美妇女大会。会后，委员会发布报告，指出卡特的财政政策有损职业女性利益，要求政府重视和贯彻"平等权益修正案"。阿布扎格因此被卡特撤职，但这一决定让卡特在1980年竞选总统时失去了大量女性选民的支持。20世纪80年代，作为纽约市妇女现状委员会主席，阿布扎格领导了一场妇女参政运动，为女性候选人大造声势。1991年，阿布扎格主持了世界妇女环保大会，被选为妇女环境发展组织主席。她积极支持并参与联合国在妇女、环保和民权方面所做的种种努力，成为具有国际影响的政治活动家。

伴随阿布扎格疾风暴雨式的政治生涯的是一个温馨和美的家庭。丈夫马丁·阿布扎格一直是她最坚定的支持者，阿布扎格也对丈夫充满了发自内心的感激："从一开始，他就为了我能够做我想做的事情而竭尽全力。如果我做劳工律师一天要工作18小时，他就一直在我身边看书或写作陪伴我。我做律师时，他说我是最优秀的律师；我做众议员时，他说我是最好的议员和政治家。他从来不觉得我们之间有竞争，只为我感到骄傲。"1986年，阿布扎格再次问鼎参议院并在预选中获胜。在此期间，马丁因心脏病猝发去世，阿布扎格受到巨大打击，随后在大选中失败。这是她最后一次参加竞选。

在一次接受采访时阿布扎格说："我们的社会必须有男人和女人平等的参与，这是我的中心论点。女性将改变权力的性质而不是权力改变女性的性质。"1970年，阿布扎格进入众议院时，只有12位女议员，现在是83位。参议院当时只有1名女性，现在多达21名。美国的九人最高法院曾是清一色男性，如今有3位女性大法官。2016年，美国法学院里女生的人数第一次超过了男生。阿布扎格在妇女、战争、人权、环保等问题上的许多观念都超越了当时的历史局限，如今正在随着时代的发展而得到证实和推广。阿布扎格对美国社会尤其是美国妇女作出了巨大贡献，她的勇气、激情、远见和才干无人可及。克林顿总统曾经如此评价阿布扎格："因为她在我们中间生活和工作过，我们的社会才变得更公正、更富有同情心。"

1998年3月31日，阿布扎格在一次心脏手术后去世。在她的葬礼上，著名女权运动家、美国众议员格拉丁·费加罗在悼词中说："她没有彬彬有礼地敲门。她甚至没有把它推开或者砸倒。她把那扇门整个地、永远地卸了下来。"联合国为阿布扎格举行了前所未有的纪念仪式，联合国秘书长安南宣告："从今天起，被贝拉打开的门将永远敞开着……"

贝蒂·弗里丹
60年代女权运动的领袖

美国内战结束后，林肯总统见到《汤姆叔叔的小屋》的女作者斯陀夫人，说出一句广为流传的话："原来你就是那位引发了这场大战的小妇人。"一百年之后，另一位美国妇女的一本书也引发了一场革命，同样给美国社会带来了影响深远的巨变。这本书就是《女性的迷思》，作者是贝蒂·弗里丹（Betty Friedan）。

1921年2月4日，贝蒂出生于美国中西部伊里诺斯州的一个小城。她出生的前一年，美国妇女经过几十年的不懈努力，终于赢得了公民选举权。贝蒂的父母亲都是俄国犹太移民，父亲早年在街角卖过纽扣，后来开了一家珠宝店，母亲结婚后被迫辞去了一家报纸妇女版的编辑工作。受母亲影响，贝蒂从初中开始给校报写文章，高中后还创办了一份文学校刊。她成绩优异，但学生时代并不快乐。20年代，美国的犹太人处处受到排挤，贝蒂也因此被高中的女生联谊会拒之门外。17岁那年，她以第一名成绩高中毕业，同时被斯坦福和包括卫斯理在内的好几所美国女子名校录取，最后她选中了母亲当年想去而没有去成的史密斯女子学院。贝蒂在大学里攻读心理学专业，并显露出写作方面的才华。1942年，贝蒂又以第一名的成绩大学毕业，随后到西海岸的加州柏克利大学继续深造，一年后拿到博士奖学金，但她却放弃奖学金，搬到纽约，做了一家工人报纸的记者。1947年，她和演员卡尔·弗里丹结婚，开始了一段22年的婚姻。

美国卷入二战后，年轻男子纷纷参军上前线，美国妇女有不少工作机会，但和男人相比工资要低得多。士兵从前线返回后，有四百万妇女丢掉工作被迫回到厨房。这些失业妇女没有拿到任何救济金，工会对她们的处境也不闻不问。1949年，贝蒂·弗里丹生了第一个孩子，休完产假后继续回报社工作。1952年，她生下第二个孩子后再次申请产假，却被报社一口回绝，让一位男员工顶替了她的工作。那时，孕妇产妇被解雇是司空见惯的事情，于是贝蒂不得不步母亲的后尘，也当起了全职太太兼母亲。

她的丈夫靠做广告生意发了财，买下了纽约郊区哈德逊河边的一栋房子。不久，贝蒂生下第三个孩子。像千千万万生活在大城市郊区的家庭主妇一样，她的生活也进入了一个约定俗成的轨迹。在 50 年代的美国，公认的女性理想生活就是相夫教子。

贝蒂·弗里丹过了十几年这样的生活。为了生活充实，她出去做义工，推着婴儿车给国会议员竞选人助选，并为多家妇女杂志做自由撰稿人。但她总感觉生活里缺少了什么。1956 年，她给史密斯学院的女同学们寄了一份调查表，想知道她们的看法。收到的答卷让她大吃一惊：许多和她一样放弃事业做家庭主妇的同学也感到生活空虚，有的甚至患有严重的忧郁症。她把调查结果写成一篇文章，投给数家妇女杂志，却被一一退稿，理由是只有"病态"的女人才会不满足于当全职太太兼母亲。一气之下，贝蒂决定自己写一本书。

这本书就是弗里丹花了五年时间写成的《女性的迷思》。在写书期间，她收集了大量的写作素材，采访了全美各地的妇女，发现她和史密斯学院的毕业生所体验的空虚感绝非空穴来风。在弗里丹看来，这种空虚感是一个"无名无姓的问题"，她称之为"女性的迷思"，而所谓女性的迷思，就是妇女为了丈夫孩子完全放弃了自己的梦想，独自默默地忍受这种无法言说的痛苦。女性的迷思活埋了成千上万美国妇女，她们被牢牢地拴在玩偶之家里不得脱身，只能通过丈夫孩子来实现自我。这本书写出之后，很多人不能接受她的"异端邪说"，她的代理人拒绝受理这本书，她只好自己找到一家出版商，并且只印了几千本。《女性的迷思》也激怒了一些女性读者，她们指责她神经不正常，建议她去看心理病医生。出人意料的是，这本书出版后大为畅销，三年时间里就售出了三百多万本。全国不计其数的妇女写信给贝蒂，告诉她这本书彻底改变了她们的思维和生活。

《女性的迷思》一书正式启动了美国 60 年代的妇女解放运动。作为这本书的作者，贝蒂·弗里丹也自然而然成为这场运动的主帅。1966 年 6 月，她和其他几位妇女活动家在华盛顿特区一家希尔顿酒店里商量成立全国妇女组织协会（NOW），她在一张餐巾纸上记录下 NOW 的目标，开宗明义第一句就是"尽力让妇女进入美国主流社会，和男人平等地行使所有权利和义务"。同一年，贝蒂·弗里丹成为该协会第一任主席。最初，协会连办公室也没有，只能在会员的家里和工作场所开会办公，协会的总部就是贝蒂·弗里丹在纽约 72 西街的公寓。

1964 年通过的民权法案从法律上规定一切形式的性别歧视都属于非法，但是美国的司法部和劳工部并没有把这条法律付诸实施，雇主也照登"只聘男性"的招工广告。在 60 年代的美国，妇女同工不同酬的现象非常严重，工资往往只有男人工资的百分之六十。在贝蒂·弗里丹的领导下，NOW 把争取男女平等作为头等目标，并主张堕胎合法化、普及避孕药品、为工作的母亲提供托儿所。1970 年 8 月 26 日是美国妇女取得公民投票权 50 周年纪念日，那一天，贝蒂·弗里丹组织了一场声势浩大的示威游行，五万名妇女高举标语，呼喊着口号，浩浩荡荡穿过纽约的第五大道。弗里丹把那一天作为她生命中的一个亮点。

1970 年，贝蒂·弗里丹辞去了 NOW 的主席职位，原因之一是她觉得协会里一些领导人过于激进，有正在用"女子沙文主义"之嫌，正在把妇女运动引向歧途。1971 年，她和另外几位妇女一同创立了"全国妇女政治核心组织"（NWPC），旨在鼓励妇女参政。1973 年，她担任了"第一妇女银行信托公司"的经理。70 年代后期，她开始淡出政治活动，把更多精力用于演讲和写作。除了《女性的迷思》，她还撰写了破除"女超人"迷信的《第二个阶段》和《超越性别》《年龄之源》等著作。贝蒂·弗里丹于 2006 年在美国首都华盛顿特区去世。

《女性的迷思》一书的出版，不仅改变了贝蒂·弗里丹的生活，也改变了千千万万美国妇女的生活。半个世纪后的今天，她和她那一代美国妇女的奋斗已经在美国结出硕果。她曾经主张父母亲都享受产假，在上班地点设立托儿所，两位女雇员合干一份工作，用另一半时间在家里照顾孩子，如今这些设想在美国的不少公司企业都变成了现实。她曾经主张家庭主妇也应该得到报酬，这在美国法庭的离婚案中已成为法官裁决的考虑因素之一，让许多妇女的合法权益得到了法律的保护。今天，妇女参政的人数大幅度上升，多年来加州的两位国会参议员和华盛顿州的两位国会参议员都是女性。

当然，对贝蒂·弗里丹看不顺眼的美国人也大有人在。有人用数字说明 20 世纪 60 年代的女权运动直接导致了美国家庭的解体：和 1960 年相比，美国今天的结婚率降低了三分之一，离婚率增加了一倍，已高达 55%，一半以上的第一胎婴儿是单亲妈妈所生。贝蒂·弗里丹对这种指控嗤之以鼻，一笑置之。在她看来，20 世纪 50 年代成千上万不幸福的婚姻才是导致家庭破裂最直接的原因，而她的《女性的迷思》只不过向世人揭开了皇帝身上的新衣。

诺曼·梅勒
报告文学体裁的创造人

在美国当代作家中，诺曼·梅勒（Norman Mailer）算是一个多产作家。他出版过 39 本书，包括 11 部长篇小说。他写过话剧、电影剧本、诗歌、传记、自传以及各种形式的散文和杂文。他是报告文学的创始人，普利策奖获得者，诺贝尔文学奖候选人。半个多世纪以来，梅勒的创作生涯和他的个人生活一样跌宕起伏、毁誉参半，是美国文学界的一位传奇人物。

1923 年 1 月 31 日，诺曼·梅勒出生于新泽西州的长岛，在纽约长大，父亲是来自南非的犹太移民。高中毕业之后，梅勒上了哈佛大学。在校期间，他曾经在《短篇小说》杂志举办的大学生征文比赛中获奖，并从此立志成为一个大作家。1943 年，梅勒以优异成绩获得航空工程学位。一年之后，他应征入伍，被派往南太平洋的菲律宾群岛。那里远离二战前线，梅勒只经历过为数不多的战斗。他的一位军中同袍回忆说，当年梅勒与长官的冲突比与敌人的冲突更加频繁。1946 年，梅勒退役回国，第二年去巴黎大学读书。15 个月之后，他的长篇小说处女作《裸者和死者》问世。

《裸者和死者》讲述的是一个美国步兵排在一个太平洋岛上与日军作战的故事。梅勒用自然主义的写实手法刻画了战争中士兵的真实状态和内心冲突。这部小说发表后受到评论界的一致好评，被认为是一部反映二战的杰作。它在《纽约时报》的畅销书排行榜上连续十一周名列榜首，第一年的销售量达到近二十万册。

年仅 25 岁的梅勒一举成名。为了将《裸者和死者》搬上银幕，他一度在好莱坞做过编剧，但写出的剧本未被采用。1951 年，梅勒搬回纽约并写出了第二部长篇小说《北非海岸》。这部左倾政治小说得到的评论几乎完全是负面的，《时代周刊》称之为"没有节奏、没有品位、没有美感"。1955 年，梅勒发表了以自己在好莱坞的经历为背景的又一部长篇小说《鹿园》。书中揭露了电影业的堕落和腐败。梅勒原本希望通过这本书再次证明自己的文学成就，但整个评论界却反映冷淡。梅勒认为自己遭到排挤，一度靠爵士乐和大麻宣泄郁闷。

20 世纪 50 年代中，梅勒与志同道合的友人一起创办了美国最早的地下刊物之一《乡村之音》，并担任该报的专栏作者。他在这一时期撰写的反体制文章引起了很大反响。梅勒曾经读过马克思的《资本论》，还在一封致卡斯特罗的公开信中称他为"我们的希望"。同时，他又深受存在主义和无政府主义的影响，对美国社会持激进的批判态度。1959 年，梅勒的文集《自作广告》出版。书中收入了他以前的诗文和他未来的宏伟计划，他本人桀骜不驯、自命不凡的性格成了此书最大的卖点。

60 年代是梅勒最高产、最风光也最动荡的十年。他活跃在美国的政治和文化舞台中心，到处能听见他的声音。1962 到 1963 年间，他为著名期刊《绅士》和《评论》撰写专栏文章，其中多封公开信或批评肯尼迪总统，或为他出谋划策，他还多次撰文报道和评论一年一度的美国两党大会。1963 年，这些公开信和政治报道以《向总统进言》为书名结集出版。1968 年，梅勒参加了华盛顿的反越战游行，梅勒因闯过警戒线被拘禁，他将这一经历写成了《黑夜的军队》。书中，梅勒在客观报道这一真实事件的同时，喜剧性地夸大了他个人在其中的作用。这种所谓"新新闻"的风格从作者的主观角度用小说笔法叙述事实，令人感到如同读小说一样。《黑夜的军队》同时获得当年国家图书奖的小说类大奖和普利策奖的非小说类大奖。《纽约时报》在书评中热情洋溢地写道："只有一位天生的小说家能够将一段历史写得如此睿智、顽皮、犀利和生动……"从那以后，报告文学正式进入写作体裁，对美国的新闻和文学产生了深远影响。60 年代末，梅勒以同样的手法写出了报道美国两党大会的《迈阿密以及围困芝加哥》和描写人类首次登月之旅的《月亮之火》。此外，他也发表了两部传统意义上的长篇小说《美国梦》和《我们为什么在越南》。

70 年代初，梅勒因《性因》一书中对女权运动的批评而受到女权主义者的愤怒攻击。1973 年，梅勒发表了传记文学《玛丽莲·梦露》，并从此为自己开辟了一条新的创作途径——人物传记。1975 年出版的《较量》讲述了两位拳王穆罕默德·阿里和乔治·福尔曼之间的一场传奇性交锋。1976 年的《天才与欲望：亨利·米勒的主要作品》是一部以文学评论为主的人物专著。《行刑者之歌》写于 1979 年，主人公盖瑞·吉尔莫是一位臭名昭著的杀人犯，他的死刑是美国 20 世纪 70 年代轰动一时的新闻。梅勒因为这本书再次获得普利策奖。

进入 80 年代后，梅勒似乎对政治感到了厌倦。他的长篇巨著《古老的傍晚》是一部以古代埃及为背景的哲理故事。另一部作品《硬汉不会跳舞》则是关于一起谋杀案的惊险小说，梅勒将这部畅销书改编成剧本并亲自担任了影片导演。

1991年，梅勒这位60年代的反战英雄却公开支持海湾战争，认为美国需要通过战争重振国威。1992年，他创作了《哈罗特魅影》。这部揭密美国中央情报局的作品介于小说与历史之间，包括了大量真实的人物和史料。1995年，梅勒发表了两部人物传记。一部是关于刺杀肯尼迪总统的凶手奥斯瓦德生平的《奥斯瓦德的故事：一个美国悬案》，另一部是讲述著名画家毕加索早年生活的《帕布洛和费南德：年轻时的毕加索》。

1997年，梅勒改变了从第三者角度撰写人物传记的传统写法，以第一人称的叙述重新演绎了《圣经》中耶稣的故事。鉴于耶稣在西方宗教与文化中的特殊地位，所有古代的福音书和现代作家都刻意避讳用自述的方式再现耶稣的生平，而梅勒以他特立独行、恃才傲物的一贯风格，偏偏知难而进。他的《上帝之子的福音书》写的不仅是耶稣的一生，而且是一部当代版的福音书。在20世纪结束之际，梅勒将自己半个多世纪的作品结集出版，题为《我们时代中的时代》。

2000年，梅勒根据辛普森杀妻案创作了剧本《美国悲剧》。2003年，梅勒在纽约庆祝自己80华诞，同时出版了一部关于写作的文集《不可思议的艺术》。

梅勒从来不是那种"只见其文、不见其人"的作家。他轰轰烈烈、跌宕起伏的个人生活绝不逊色于他笔下色彩斑斓的作品。梅勒共结过六次婚，有九个子女。1960年，他在自己家中的一个通宵聚会上用小刀刺伤了第二任妻子，但因后者拒绝起诉而免于刑事惩罚。1969年，梅勒参加纽约市长的竞选，以将纽约变为美国第五十一个州为号召争取选票，结果毫无悬念地落选。1980年，梅勒成功地帮助杀人犯杰克·阿伯特获得假释并将对方在狱中写给自己的信件汇集出版。但阿伯特被释放后再次杀人入狱，梅勒因此受到舆论的批评。除了因为出格而被媒体曝光之外，梅勒还是接受电台和电视台采访最多的作家。他口无遮拦、出言不逊，毫不客气地就美国社会、政治和文化方面的种种问题发表见解。2002年，梅勒先后出现在两部关于911和伊拉克战争的纪录片中。2004年，梅勒在电视连续剧《吉尔莫的姑娘们》的一集中客串扮演了他自己。

从《裸者和死者》一朝成名到2007年去世，梅勒几乎不曾从公众视线中消失过。接连不断的法律诉讼、财务纠葛、政治纷争、人际冲突等等给他带来了巨大的知名度，但对他作为作家的名誉却不无损害。同时，他在性、暴力、政治等方面的观点也影响到对他作品的文学价值的评价。部分评论家指出梅勒的公众表演是哗众取宠、追求出名，但他的辩护者们则认为梅勒的所作所为是为了寻找创作灵感。无论人们对梅勒的作品和作品背后的为人如何评价，梅勒是无可争议的美国最重要、最具影响的作家之一。

查尔斯·拉扎勒斯
美国玩具之王

我不想长大

我是 Toys "R" Us 的孩子

那里有无数我能玩的玩具

自行车、火车和电动游戏

那是世界上最大的玩具店

我不想长大，因为长大了

我就不再是 Toys "R" Us 的孩子

可以毫不夸张地说，每一个美国孩子都是 Toys "R" Us（玩具反斗城）的孩子。从他们出生那天起睡的第一个小摇篮，穿的第一件小衣服，坐的第一个小推车，玩的第一个小玩具，到长大后的第一个芭比娃娃，第一部卡通 DVD，第一辆自行车，第一台游戏机，Toys "R" Us 一直伴随孩子们长大。它应有尽有、包罗万象，是每一个孩子心中五彩缤纷的玩具王国。

这个玩具王国的国王就是查尔斯·拉扎勒斯（Charles Lazarus），Toys "R" Us 的创建人。Toys "R" Us 是全美最大的专门经营玩具和儿童用品的零售商，在美国和世界上 37 个国家有一千五百多家连锁店，年销售量在美国就达到 130 亿美元。

1923 年，查尔斯·拉扎勒斯出生于华盛顿特区的一个犹太家庭。父亲在家里开了一个自行车店，把买下来的坏自行车修好后再出售。少年查尔斯曾经问父亲为什么不卖新自行车，父亲回答说因为在价格上无法同那些大连锁店竞争。父亲的话查尔斯一直牢记在心，而且后来成为他自己的经商指南。

二战爆发后，拉扎勒斯应征入伍，做了一名密码员。1948 年，拉扎勒斯退役之后原本打算依靠退役军人助学金上大学，但他当时已经年满 25 岁，于是决定先找工作。父亲那里有现成的店面,拉扎勒斯花了五千元把它改造成一个婴儿家具店。那时正值二战结束,美国士兵们纷纷返回家园,开始结婚成家、生儿育女,拉扎勒斯的婴儿家具店满足了这些不断增加的新家庭的需要。当他的顾客们提出买玩具的要求时,拉扎勒斯又在店里增添了玩具。但他很快意识到,婴儿家具不易损坏,往往可以在一个家庭里使用多年,玩具则需要换代更新,而且不同年龄的孩子喜欢不同类型的玩具。于是,拉扎勒斯决定改变经营方向,专门出售玩具。他将自己的店名改为"儿童超市",为了吸引顾客的注意,他特意把店名中的字母"R"反过来。

20 世纪 50 年代为玩具经营提供了大好时机。1952 年,"土豆先生"成了第一个在全国电视广告中出现的玩具,引起了消费市场的玩具热。与此同时,商品打折的潮流正在形成。在这种形势下,拉扎勒斯重新规划了自己玩具店的经营方式。他决定把商品价格压到低于一般零售业 20%,同时在品种和数量上超过其他任何玩具店。到第二家店开张时,拉扎勒斯又采用了顾客自选的购物方式,获得巨大成功。此外,拉扎勒斯注意到由于"儿童超市"的店名过长,招牌上的字显得又小又挤。1957 年,他再次更改店名,成为今天的 Toys "R" Us,字母 R 仍然反过来,放在双引号之间。这一醒目而调皮的设计,充满了童真和动感,很快得到了孩子们的认同。1959 年,芭比娃娃问世,成为有史以来最畅销的娃娃,玩具零售业掀起了又一个热潮。

到 1966 年为止,拉扎勒斯已经有了四家连锁店,年销售量达到 1200 万美元。他将 Toys "R" Us 的产业以 750 万元卖给了跨州商场,自己仍然担任经理。在接下来的八年中,Toys "R" Us 发展到 47 家连锁店。1974 年,跨州商场因经营不善而宣告破产。为了挽救占整个公司销售量 85%的玩具店,拉扎勒斯被任命为跨州商场的总经理。他卖掉了公司的其他产业,扩大了玩具经销。三年之后,跨州商场起死回生,在 Toys "R" Us 的名下重新改组,拉扎勒斯出任总裁。

1978 年,Toys "R" Us 在华尔街上市。从 1975 到 1985 年十年间,其销售量从每年 2 亿迅速增加到 20 亿。压低商品价格仍然是 Toys "R" Us 成功的重要因素之一,同时它在玩具品种和数量上的优势也吸引了广大顾客。此外,拉扎勒斯要求所有连锁店具有整齐划一的标准格式。这些店从里到外几乎长得一模一样。它们一般坐落在大型购物中心附近,有着仓库般高大宽敞的店堂,商品按种类在货架上一直摆到屋顶。你可以走进任何一家连锁店,在同一条甬道,同一个货架,同一层,同一个位置上找到同样的芭比娃娃。Toys "R" Us 的职员通常都是挣最低工资的打工学生,他们的主要任务是码货而不是为顾客提供服务。自选购物方式不仅让顾客感到自在,而且降低了商店的开销。

拉扎勒斯在经营上的另一个重大突破是使用电脑系统对各个连锁店进行统一管理。Toys "R" Us 的每一台收款机都与总部的电脑相联。公司的管理部门因此可以对当天出售的所有商品加以归类和分析。Toys "R" Us 的电脑系统在当时的零售业是最先进的,为拉扎勒斯提供了准确的市场信息和顾客需求。电脑的另一个优势是便于集中管理和规划。任何连锁店的玩具一旦出现短缺,总部马上就能够从电脑上发现并及时通知最近的一家批发中心送货。这种管理方式简单直接,既节省了人力,又减少了商品积压。

拉扎勒斯富有创造性的经营方式改变了整个玩具业。玩具生产厂家按照 Toys "R" Us 的结构重新设计了产品包装,使得玩具可以在货架上安稳地摆起来。20 世纪 80 年代中期,从 Toys "R" Us 卖出的玩具占全国玩具总销售量的 16%。从 1984 年开始,Toys "R" Us 的连锁店陆续开到了英国、加拿大和远东地区。1983 年,首家 Kids "R" Us 开业,专门出售优质低价、品种繁多的儿童服装。五年之后,Kids "R" Us 在美国共有 112 家连锁店,是销售量最大的儿童服装品牌之一。

1990 年,任天堂的掌上游戏问世,在市场上掀起前所未有的购买热,当年 Toys "R" Us 的年销售额达到 48 亿美元。同年,拉扎勒斯被美国玩具协会列入玩具业名人榜。1994 年,拉扎勒斯从总裁的职位上退休,但仍然是董事会成员,并在公司的重要事务上有相应的决策权。近年来,沃尔玛、塔吉特等大型百货商场以超低价与 Toys "R" Us 竞争,Toys "R" Us 的市场占有率从全国第一的位置上渐渐跌落下来。面对对手的强势竞争,Toys "R" Us 不断在市场上另辟蹊径以求生存。1996 年,首家 Babies "R" Us 开业,十年之内就有了两百多家连锁店,是世界上最大的婴幼儿用品专卖店。1998 年,Toys "R" Us 所属的益智玩具店"想象天地"与顾客见面,除了专卖店外,在 Toys "R" Us 店中也设有专柜。为了与网上玩具商竞争,Toysrus.com 与 Amazon.com 联手向消费者提供玩具直销,取得了显著成果。如今,拉扎勒斯一手创建的 Toys "R" Us 已经成为一个庞大的玩具王国。

将近 70 年前,拉扎勒斯以一个杰出企业家的前瞻意识和商业头脑选择了无人问津的玩具市场。多年来,他的经营理念对玩具业的生产、包装到销售的整体发展都产生了永久性的影响。仓库式的商店、整齐划一的店内格局、低廉的价格、齐全的品种、自选购物的方式、电脑中心管理系统等等现在极为普遍的经营方法在拉扎勒斯的时代却来自于一个先驱者的创意、胆识和一颗永远不想长大的童心。

约瑟夫·海勒
《第二十二条军规》的作者

从 1961 年问世起，二十二条军规已经成为一个众所周知的比喻，即使没有读过这部作品的人也了解它的含义。

1923 年 5 月 1 日，约瑟夫·海勒（Joseph Heller）出生于纽约布鲁克林，父母都是第一代俄国犹太移民。父亲给一家面包店开运货卡车，在海勒 5 岁那年因工作中操作不当丧生。布鲁克林光怪陆离的生活环境赋予了海勒辛辣诙谐的幽默感，成为他日后文学创作的独特风格。海勒 10 岁时，别人送了他一本儿童版的荷马史诗《伊利亚特》，他读了之后便立志将来要当一名作家。高中毕业之后，海勒在一家保险公司工作了将近一年，这一段经历为他的第二部长篇小说《事出有因》提供了素材。

1942 年，19 岁的海勒参加了二战中的美国空军，两年后被派往法国南部的科西嘉岛担任机翼投弹手。刚开始时，海勒把执行飞行任务看作游戏。他回忆道："我被好莱坞的英雄主义形象洗了脑，如果敌人不还击便觉得扫兴。"不久以后，他先是目睹了战友驾驶的飞机被击毁，后来他自己的飞机也被高射炮打中，那是他的第 37 次飞行。在飞行 60 次之后，海勒终于获准离开战场，并获得一枚空军勋章和一次总统分队嘉奖。

1945 年，海勒借助退役军人助学金上了大学。他先后获得纽约大学文学学士学位和哥伦比亚大学文学硕士学位。随后，他又以富布赖特学者身份前往牛津大学进修了一年。1950 年，海勒成为宾夕法尼亚州立大学的讲师。1952 年，他离开校园，先后在《时代周刊》《观察》《麦考尔》等一系列杂志做广告文案。从 1952 到 1961 年，海勒一边在杂志社上班，一边进行文学创作，在《大西洋月刊》《环球》等杂志上发表了不少短篇小说和影视剧本，得到评论界的好评。但海勒自己却认为这些作品缺乏分量和创意。1961 年，他花费八年心血完成的长篇小说《第二十二条军规》终于问世。

《第二十二条军规》中的主人公尤萨里安是二战期间美国空军的一名投弹手。他认为自己野心勃勃、自私卑劣的指挥官比德国人更危险。为了逃避飞行任务，他故意毁坏飞机，称病躲进医院里，并试图以患精神病为名离开战场，因为根据空军第二十二条军规，精神病患者不得飞行。但第二十二条军规同时又规定，凡是以自己患精神病为由要求退役者则具备理解危险的理智，因而不可能是精神病患者，必须继续飞行。《第二十二条军规》表现了战争的疯狂以及以尤萨里安为代表的个人对庞大荒诞的体制的抗争。

《第二十二条军规》问世后，评论界褒贬不一。尽管《国家》杂志称之为"二战后美国最优秀的作品"，但《纽约时报书评》等许多权威性媒体却提出了异议。《第二十二条军规》松散的结构、重复的片段和冗长的篇幅首当其冲受到批评，其中最具代表性的是著名作家诺曼·梅勒的评论。他说："你可以从《第二十二条军规》中随意抽掉一百页，连作者本人都不会意识到有任何欠缺。"在内容上，一些评论家们认为《第二十二条军规》塑造了一个懦夫加逃兵的反面人物，而书中对体制与法规的嘲讽则不仅不道德，而且对社会具有破坏性。

60 年代初，美国对二次大战依然充满着自豪的回忆，《第二十二条军规》所描写的一切似乎与真实的历史相去甚远。然而随着美国卷入越南战争以及反政府和反战情绪的蔓延，《第二十二条军规》却变成了现实的写照，并且在民间迅速流传。60 年代中期，《新闻周刊》曾经就"海勒热"作过报道，文章中把崇拜《第二十二条军规》的年轻人称为"海勒信徒"。在大学校园里，拒绝服兵役的大学生们身穿写着尤萨里安名字的空军制服以示抗议。在城市街头，汽车保险杠上贴着"尤萨里安活下去"的口号。海勒笔下反英雄的主人公成了人们心目中的偶像。这期间，《第二十二条军规》的销售量剧增，并最终达到一千万册，被称为一代人的精神教科书。1970 年，著名导演麦克·尼科斯将其改编成电影。

在接下来的几十年里，《第二十二条军规》的意义仍然在不断地被发掘和验证。它已经超越了战争的主题和时间的界限而成为人与社会对立的象征。1993 年，新版《简明牛津字典》把"第二十二条军规"作为词条列入，其定义是"一个身在其中者不可能赢的两难处境"。这一处境在生活中随处可见，但《第二十二条军规》对此作出了最生动精确的诠释。

《第二十二条军规》的出版不足以让海勒以写作为生。60 年代，他曾经先后在纽约城市大学和耶鲁大学教授英文和小说戏剧创作。在此期间，他写过几个电视和电影剧本，后来又将《第二十二条军规》中的章节改编成剧本在百老汇和伦敦的舞台上演出。

1974 年，《第二十二条军规》出版 13 年之后，海勒发表了他的第二部长篇《事出有因》。小说主人公鲍勃·斯罗康姆是一位成功的中层企业主管，但生活中却没有理想、没有道德、没有朋友、没有亲情，他无法填补的精神空虚反映了个人在美国企业文化中的消失和异化。

海勒的第三部长篇《如此优秀》于 1979 年出版，这是海勒第一次在自己的作品中以犹太传统为主题。主人公布鲁斯·戈尔德是一位充满政治野心的大学教授，因为写了一篇称颂总统大作的书评而如愿以偿做了华盛顿的高官。他热衷于官场，一心想升官成名。在小说中，海勒辛辣地讽刺了前美国国务卿基辛格，认为他代表了为了政治仕途而抛弃自己传统的一部分犹太人。

1984 年，海勒发表了长篇《上帝有知》。这部小说以第一人称的叙述重写了《圣经》旧约中以色列之王大卫的故事。

1988 年，海勒的另一部以历史为背景的长篇《画的联想》出版，他在书中通过伦勃朗、苏格拉底、柏拉图以及 20 世纪初的美国总统等历史人物对古典文化与当代美国进行了比较。这部小说在时间上跨越了整个西方文明史，在内容上涉及了艺术、金钱、战争的愚昧和民主的失败，既是小说又是历史和政论。

对海勒期望甚高的评论界对他后来的作品兼有失望、批评和赞许，但普遍认为没有一部能够超越《第二十二条军规》。海勒一如既往地在他的作品中以喜剧手法描绘一个充满道德危机的现代社会，个人与庞大的社会体制如军队、企业、政府机构等的冲突是他的小说的一贯主题。显而易见，他在强调个人在社会中的责任的同时，对个人扭转整个社会堕落趋势的能力日益悲观。在艺术上，他以断续的时间线索、错乱的时空位置、逻辑混淆的语言和重复发生的事件来表现人的存在环境的混乱和荒诞。

80 年代中，海勒与第一任妻子雪莉·海尔德的婚姻破裂。同时，一种罕见的神经系统病症导致他瘫痪卧床达数月之久。病愈之后，海勒娶了照顾自己的护士维莱莉·汉姆菲，并与在病中给予他帮助的好友斯毕德·沃格尔合写了《非同儿戏》。这部温馨幽默的病中纪实获得了读书界的好评。

1999 年 12 月 12 日，海勒因心脏病突发死于纽约家中。一年之后，他的代理人出版了海勒生前完成的最后一部长篇《一个艺术家的老年肖像》。小说的主人公是一位作家，在走向生命尽头时还在徒然地寻找早年成功的灵感。海勒的本意也许是反思自己的作家生涯，却不期然为自己一生的创作给出了评价。《第二十二条军规》被公认为海勒的最高成就，而这一部作品本身已足以确定海勒在美国文学史上的重要地位，对此海勒生前便心里有数。一次，一个采访者指出海勒再也没有写出过比《第二十二条军规》更好的作品，海勒反问道："有谁写出过？"

亨利·基辛格
敲开中国大门的美国国务卿

在 20 世纪的美国国务卿当中，亨利·基辛格（Henry Kissinger）应该算是影响最大、知名度最高、在媒体上曝光最多和下台后最受非议的一位。

1923 年 5 月 27 日，亨利·基辛格出生于德国，原名汉斯·艾尔弗雷德·基辛格。他父亲是一名女子高中的老师，母亲是家庭妇女。基辛格 10 岁那年，纳粹在德国上台。1938 年，为了逃避纳粹对犹太人的迫害，全家人移民美国，在纽约曼哈顿北面一个犹太人社区定居下来，而留在德国的数位亲戚则在大屠杀中丧生。上学后，基辛格把名字从汉斯改为亨利。1941 年，太平洋战争爆发，这一年基辛格以全优成绩高中毕业。两年之后，他成为美国公民，随即参军奔赴欧洲前线。基辛格的聪明才智得到一名军官的赏识，从陆军调到反谍报机关工作，他在二战中因表现突出而获得了一枚铜质勋章。二战结束时，他的军衔已由入伍时的二等兵升为中士。

1946 年，基辛格复员回到美国，进入哈佛大学，主修政府管理专业，潜心研读哲学和历史。在校期间，基辛格以能言善辩、口若悬河闻名，他的四年级毕业论文《历史的意义：对施本格勒、汤因比和康德的思考》长达 377 页，打破了哈佛大学本科论文的纪录。1950 年，基辛格本科毕业后进入哈佛大学研究生院深造。读研究生期间，他是"哈佛国际研讨会"的召集人，很多来宾日后成为各国政府要人。他还创办了《汇流》杂志，请到不少名家为杂志撰稿。他的博士论文论述 18 世纪拿破仑时代之后的欧洲和平问题，而他的偶像则是普鲁士的"铁血宰相"俾斯麦。和俾斯麦一样，基辛格也认为外交政策不能凭感情用事，而必须以坚实的军事、经济和政治力量为基础。1954 年，基辛格博士毕业后在哈佛大学的政府管理系留校任教。同一年，他应聘出任"外交关系委员会"一项研究项目的主任，探索全面战争之外的其他战争形式。他通过研究写出的专著《核武器与外交政策》出版后成为畅销书，他也因此而成了这一领域美国最有影响力的专家。他在书中对局部战争中核武器的使用做了详细的分析，并指出应该由战略来指导武器技术的发展，而不是由武器来决定采用何种战略。当时身为美国副总统的尼克松对这本书印象深刻，还特意给基辛格写了致贺信。1959年，基辛格被聘为哈佛副教授，三年之后升为正教授。在50年代和60年代，他在艾森豪威尔、肯尼迪和约翰逊任美国总统期间担任了非正式的政府顾问，为美国行动研究署、国家安全委员会和美国国务院出谋划策。从1958到1971年，他还是哈佛大学"国防研究项目"的主任。

60年代，一心想当美国总统的纽约州长洛克菲勒聘请基辛格为外交政策顾问。1968年，尼克松在共和党的总统提名竞选中击败洛克菲勒，把基辛格召到了自己的麾下。尼克松当选美国总统后，基辛格受命出任总统国家安全特别助理。1971年7月，基辛格成为中华人民共和国成立之后访问中国的第一位美国政府官员。次年二月，尼克松总统踏上中国国土，中美两国冻结了二十多年的外交关系正式解冻。打开中国的大门是尼克松执政期间最大的政绩，而作为美方的总导演和尼克松的开路先锋基辛格自然名扬天下。同年5月，基辛格作为美方的主要代表，和苏联达成了美苏限制战略武器第一次会谈的协议，两个超级大国之间的"缓和"终于有了实质性的进展。基辛格寻求大国之间力量均衡的外交政策引起美国右翼人士的强烈不满，认为这样会削弱美国在全世界的霸主地位。1973年，基辛格代表美方在巴黎和北越政府进行了长达数月的和谈，最终达成停火协议。美军在经历了多年的惨重伤亡之后，也终于能够"体面"地撤出越南。为了切断北越的供给线，迫使北越在谈判桌上坐下来，基辛格一手导演了对柬埔寨和北越长达十四个月的秘密轰炸。这一滥杀无辜的做法遭到美国左翼反战人士的强烈谴责。基辛格获得1973年度的诺贝尔和平奖之后，美国的一位讽刺歌手汤姆·雷勒宣告"讽刺已达到极致"，从此结束了自己的演唱生涯。

1973年8月，尼克松连任美国总统之后，基辛格成了美国犹太人当中担当美国国务卿职位的第一人，并破例保留了总统国家安全事务特别助理的头衔。两个月之后，第四次中东战争（又称赎罪日战争）爆发，他的工作重心也转向了中东事务，在著名的"穿梭外交"中频繁往返于以色列和中东各国之间。然而，基辛格在赎罪日战争中的表现受到了国内外犹太团体的广泛批评。据说战争爆发前以色列已经得知埃及和叙利亚要对以色列采取联合军事行动，但是基辛格劝以色列不要先发制人，让以方蒙受巨大损失。很多人认为正是因为基辛格的犹太人背景才使得他为了避嫌而不敢为以色列提供足够的帮助。对于这种指控，基辛格不得不在犹太人面前为自己辩护："作为一个在大屠杀中失去了十三位亲人的犹太人，我怎么会做出背叛以色列的事情呢？"

1974 年，尼克松因水门事件黯然告别白宫，由福特接任美国总统，基辛格则留任国务卿一职。在任职的最后两年，他的风头大不如前，外交上少有建树。1977 年，基辛格离开白宫。他曾经考虑过在哥伦比亚大学教书，但在一片抗议声中不得不另谋出路，成立了自己的咨询公司，担任高盛、米高梅等大公司的国际事务顾问，并不时在美国的电视媒体上露面。1979 年，他出版的回忆录《白宫岁月》连续 20 周名列《纽约时报》畅销书排行榜。1982 年出版的姊妹篇《动荡岁月》也连续 13 周入选畅销书名单。到了 90 年代，他频繁出访其他国家，多次来中国会见中国上层领导人，为此受到报界批评，指责他利用自己的政治资本为他个人和他所代表的美国大公司牟取私利。2001 年，英国记者克里斯朵夫·希钦思在《审判基辛格》一书中指控他在 70 年代鼓励拉丁美洲独裁国家的种种暴行，间接参与了对成千上万平民百姓的杀戮。2002 年，五个国家对他传讯，要求他提供内情。但在外交政策方面，基辛格一如既往占据着权威地位，许多人仍然对他洗耳恭听。

毫无疑问，在国际政治舞台上，基辛格是有史以来权力最大、影响最深的美国犹太人。

萨姆纳·雷德斯通
美国媒体王国的缔造者

1987 年，萨姆纳·雷德斯通 (Sumner Redstone) 经过数番角逐，成功买下了有线电视公司 Viacom，接下来又马不停蹄地把 MTV、TNN、Showtime、Nickelodeon、乡村音乐台和中央喜剧台等电视台通通网罗到 Viacom 的名下。他还通过兼并等手段买下了哥伦比亚广播公司、派拉蒙电影公司、西蒙－舒斯特出版社和美国最有名的录像带租借公司 Blockbuster。到了 2000 年，Viacom 已经拥有 18 家电视台，在 12 个国家拥有大型电影院，并在全世界一百多个国家设立了营业点，仅在中国就有四千多万户人家能收看到 MTV 的节目。美国的《娱乐周刊》把萨姆纳·雷德斯通评为美国传媒娱乐界最有影响力的人物之一。他在 2002 年的个人资产高达 90 亿美元，名字连续多年出现在《福布斯》杂志的美国富豪榜上。

1923 年 5 月 27 日，萨姆纳·雷德斯通出生于波士顿，父母都是犹太裔，周围住了不少有钱的犹太人。雷德斯通的父亲早年开着卡车四处兜售油毡布，接着做起了酒品批发，后来又当上了夜总会的老板，并且陆续买下了几家电影院和露天影院。雷德斯通的父母对他要求很高，母亲为了让他多练钢琴常常把时钟指针往后拨。雷德斯通就读的波士顿拉丁学校是全美国第一家公立学校，以对学生要求严格而闻名。读书期间，雷德斯通出类拔萃，是学生辩论团的主席。1940 年，他以学校有史以来的最高成绩高中毕业，进入哈佛大学后选修了日语和德语专业。1943 年，他应征入伍，进入一个由日文专家组成的小组，和组员一起成功破译过日本的军事和外交密码。二战结束后，他用士兵优惠卡买了不少积压的军用品，再转手卖给商店，发了一笔小小的战争财。

雷德斯通回到哈佛大学继续学业，两年后从哈佛法学院毕业。他的第一份工作是担任美国司法部长汤姆·克拉克的特别助理。1951 年，他在华盛顿特区开办了自己的律师事务所。三年后，他对律师行业失去兴趣，回到波士顿帮助父亲经营拥有多家电影院的全美娱乐公司。这时公司名下仅有十几家影院，而且大都是露天汽车电影院，只能放映过期电影，利润十分有限。雷德斯通接手后把好莱坞电影公司告上法庭，争得了新电影的首轮放映权。在雷德斯通的管理下，全美娱乐发展迅速，在美国各地和英国都有电影院。在 1964 年到 1974 年的十年之间，公司的电影院从 59 家增加到 129 家。但雷德斯通认识到露天电影院和小型电影院已经过时，便着手把露天电影院改造成拥有多家放映场的超大型电影院，为观众提供舒适的座位和一流的音响，也为公司带来巨大的盈利。一时间，竞争者们纷纷效仿，大型影院到处可见。

这时的雷德斯通已经不满足于仅仅做电影院的老板，他开始把目光瞄准了投资。1977 年，电影《星球大战》问世。雷德斯通电影看到一半便匆匆跑出电影院，买下了《星球大战》制片公司 20 世纪福克斯的二万五千股股票。四年之后他卖掉这些股票，轻而易举赚进了两千万美金。他还用同样方法买进卖出了哥伦比亚电影公司和米高梅公司的股票，又挣得四千万美元。他用股市挣来的钱扩大公司规模，让全美娱乐名下的电影院增加到八百多家。

1979 年，一场飞来横祸差一点夺去了雷德斯通的性命。一天晚上，他出席华纳电影公司在波士顿一家饭店举行的庆祝会，半夜被浓烟熏醒，打开房门时烈火扑面而来。他翻出窗口，用一只手抓住三楼的窗台，直到救火车赶到后才得以脱险。他身体百分之四十以上的部位被三度烧伤，腿部一直烧到动脉血管，医生花了 60 个小时给他做了五个包括皮肤和骨头移植的手术。没想到手术后雷德斯通很快恢复了健康，死里逃生后的他更加斗志旺盛。在 2001 年发表的自传《赢的欲望》里，他说他的职业生涯里最激动人心的事情都发生在这场火灾之后。

1987 年，已经 63 岁的雷德斯通做出了他一生中最英明的决定，他以 32 亿美元的高价买下了全美排行第十的 Viacom 有线电视公司。这是一个异常大胆的举动，因为当时 Viacom 名下唯一值钱的资产就是 MTV。但很多专家都认为 MTV 气数已尽。雷德斯通尽管对有线电视一窍不通，但他认准了家庭娱乐这块大有可为的处女地正处于腾飞的前夕。他买下 Viacom 的第二天就让公司股票上市，先赚了一笔。此时他仍然负债累累，很多人为他捏了一把汗。五年之后，Viacom 开始赢利，儿童台"Nickelodeon"也成了收视率最高的有线电视台。

1993 年，雷德斯通冒着巨大风险买下的 Viacom 身价已高达 55 亿美元，而他也有了更高的目标。这一年，他为买下派拉蒙通讯公司与 QVC 有线电视公司展开了一场恶斗。派拉蒙通讯公司不仅拥有派拉蒙电影公司、派拉蒙电视生产部和九百多部电影的版权，而且还拥有西蒙－舒斯特出版社及其下属的麦克米兰出版社和普兰提斯－哈尔出版社、多家电台和电视台、纽约麦迪逊广场、纽约冰球队和纽约尼克斯篮球队。同一年夏天，派拉蒙推出了获得奥斯卡最佳影片奖的故事片《阿甘正传》。为了大造声势，雷德斯通首先买下当时如日中天的 Blockbuster 娱乐公司。9 月 12 日，雷德斯通宣布完成对派拉蒙的收购，公司改名为 Paramount-Viacom 国际公司，并同时接收了派拉蒙 110 亿美元的债务。他先是卖掉麦迪逊广场、一家电子游戏公司和几家电台，还清了一半债款，然后又以 46 亿美元的天价把西蒙－舒斯特出版社卖给了皮尔森出版公司。对派拉蒙的收购不但让雷德斯通一跃成为美国媒体总裁中的重量级人物，而且让 Viacom 在与对手竞争中打出综合优势。比如，Viacom 名下的出版社出了一本畅销书，派拉蒙电影公司可以把它改编成电影，再把电影制成录像带在 Blockbuster 录像店出租，最后在公司下属的有线电视台播出。通过这种所谓"立式组合"的商业策略，可以将利润滴水不漏尽收囊中。

1996 年，雷德斯通当选 Viacom 公司总裁，同时保留公司董事长的职位。1999 年 9 月，Viacom 和哥伦比亚广播公司就兼并达成意向书，Viacom 以 373 亿美元的价格买下哥伦比亚广播公司。12 月两家公司的股东表决通过了兼并，最后的成交价是 410 亿美元。就在雷德斯通的职业生涯再创辉煌之际，与他结婚了 52 年的妻子提出离婚，让他猝不及防，而婚姻破裂的原因之一很可能是他把全身心都放在了工作上。他在接受《财富》杂志的采访时说："Viacom 就是我，我就是 Viacom。这个婚姻地久天长。"雷德斯通尽管富可敌国，却节俭成性。他永远穿着一成不变的廉价西服，虽然在纽约有一套公寓，但一直住在当年花四万三千美元在波士顿郊区买下的房子里。他对物质生活的要求很低，只要能闻闻花香、打打网球就别无所求了。

2016 年，92 岁高龄的雷德斯通从哥伦比亚广播公司和 Viacom 总裁的位置上退了下来，但人们对他商业策略上的大手笔仍然记忆犹新。

阿兰·格林斯潘
美国经济的掌舵人

　　阿兰·格林斯潘(Alan Greenspan)曾经被称为"美国第二号实权人物",其地位仅次于总统。身为联邦储备委员会主席期间,他的一举一动、一颦一笑都直接影响着千千万万普通人的命运和全球六大洲国家的金融政策。如果他神色凝重、语气严峻,随之而来的便是股市下跌、人心惶惶;而他一旦表情开朗、谈吐乐观,则极有可能令股市上扬、消费踊跃。联储会相当于美国的中央银行,它的职能是监察经济成长,防止其因发展过快而导致通货膨胀或者因发展过慢而造成经济衰退。联储会控制市场上货币的流通量,规定银行的储蓄额及利率,并通过调整利率来掌控经济发展的速度。联储会主席由总统任命,但联储会本身是一个独立机构,既不听命于总统也不受国会制约。从1987到2006年期间,阿兰·格林斯潘连续担任了五届联储会主席,历经里根、老布什、克林顿、小布什四任总统。在这个举足轻重的位置上,格林斯潘凭借卓越的经济头脑和敏锐的政治嗅觉引导美国经济走过了20世纪80年代末的股市危机、90年代的繁荣,21世纪初新经济泡沫的破灭和9·11后的低谷。

　　1926年3月6日,阿兰·格林斯潘出生于纽约,父母分别是来自德国和波兰的犹太移民后裔。他5岁时,做股票经纪人的父亲和母亲离婚,母亲带着格林斯潘回到娘家,与外公外婆挤住在一室一厅的公寓里。格林斯潘从小就显露出数学和音乐天赋。高中毕业后,他考入著名的茱利亚音乐学院,主修单簧管演奏。但不久他就辍学,随一个旋转舞乐队在美国东部巡回演出。一年之后,格林斯潘决定放弃音乐生涯,重返校园学习经济。1948年,他以优异成绩从纽约大学经济系毕业,两年后又获得硕士学位。1950年,格林斯潘转入哥伦比亚大学攻读博士,师从后来做了联储会主席的著名经济学家亚瑟·伯恩斯,但他博士尚未拿到又中途辍学。离开哥伦比亚大学后,年仅27岁的格林斯潘与65岁的资深投资经纪人威廉·汤森合伙创办了汤森－格林斯潘咨询公司,为工商业客户提供市场分析和经济预测。1958年,汤森因心脏病去世，格林斯潘接任公司总裁。他的公司尽管规模不大但声望极高，客户中有不少美国一流的企业和银行。数年之后，格林斯潘便成了百万富翁。

50 年代初，格林斯潘与艺术家乔安·米歇尔结婚，但婚后十个月即宣布婚约无效。通过乔安，格林斯潘结识了出生于俄国的著名作家和哲学家艾安·兰德，后者的客观主义理论对他产生了极其深刻的影响。格林斯潘认同兰德的观点，主张自由市场经济，反对政府对企业的干涉与约束。这成为日后几十年格林斯潘调控美国经济的主导思想。

1968 年，格林斯潘首次涉足政界，为尼克松竞选总统出谋划策。尼克松入主白宫后曾力邀他担任政府要职，但被他婉言谢绝。1974 年，尼克松因水门事件下台之前提名格林斯潘为经济顾问委员会主席，福特接任总统后作出正式任命。几番推辞不得，格林斯潘放弃了咨询公司每年 30 万的收入，成为年薪 4 万的政府官员。在接下来的几年里，他将通货膨胀率从 11% 降到 6.5%，让美国经济走上了正轨。1976 年，福特竞选连任失败，格林斯潘也离职回到自己的咨询公司。1980 年里根总统上台后任命格林斯潘为新成立的社会安全体制改革委员会主席。1983 年，他的改革法案在国会通过，格林斯潘再次功成而退。

1987 年 6 月 2 日，里根总统宣布提名格林斯潘为联储会主席，国内外股市在短暂波动后恢复平静，表现出投资者对这一任命的认可。8 月 11 日，格林斯潘正式宣誓就职。但他上任后仅两个月，美国便爆发了一场灾难性的股市崩盘。10 月 19 日，道琼指数在一天之内狂跌 508 点，被称为"黑色星期一"。格林斯潘果断作出决策，当即宣布联储会将保证充足的现金流通，同时强制银行继续提供贷款。有了联储会做后盾，投资者的恐慌迅速缓解，道琼斯指数在第二天即回升 100 多点，股市在两周后渐趋平静，从而避免了一场有史以来最严重的金融危机。格林斯潘沉着果决、力挽狂澜的大手笔为他在《华尔街日报》等媒体上赢得一片赞誉之声。

格林斯潘以治理通货膨胀为主要目标，他所采用的手段是根据经济状况对利率进行频繁和低幅度的调整。80 年代末，他连续两年提高利率，随即又在海湾战争期间以及 90 年代初经济衰退阶段略微调低。1994 年，他曾经六次提高利率以减缓经济发展的速度，避免通货膨胀。然而从 1998 到 1999 年间，格林斯潘却一改自己保守谨慎的作风，在股市飙升、经济强盛的形势下，仅象征性地提高利率一次。回顾 90 年代，格林斯潘为美国留下了经济最繁荣的十年，表现在失业率低、零通货膨胀、美元坚挺和前所未有的财富增长。不仅如此，他还帮助克林顿总统缩减政府财政赤字，从而使长期利率降低，导致新贷款增加，消费踊跃，股票上升，就业市场扩大。克林顿离任时，政府不但还清了所有债务而且有了几十亿的盈余。

2001 年是格林斯潘任联储会主席以来最艰难的一年。先是新经济泡沫破灭，股市持续下跌，随后 9·11 恐怖袭击引起投资者更大的恐慌。这一年，格林斯潘将利率从 6.5% 一路降至 1.75%，希望刺激经济发展。2002 年，美国出兵伊拉克以及企业丑闻让衰退中的经济雪上加霜，格林斯潘将利率降至 1.25% 的历史最低点，坚信生产力的增长会推动经济的扩张和恢复。2004 年，经济果然如他所预期的开始回升，他又开始逐步调高利率。同年六月，布什总统再次任命他为联储会主席并得到参议院全票通过。

格林斯潘任联储会主席期间极少受到批评，一方面是因为决定经济发展的因素众多，其中最关键的如政府的税收政策与债务管理不在联储会职权范围之内，而另一方面格林斯潘本人的经济才能与职业操守也为他赢得了同行们的尊敬。1996 年，《财富》杂志在美国 1000 名顶级工商企业总裁中进行问卷调查，结果对格林斯潘的赞成率高达 96%。不仅如此，格林斯潘还得到共和党与民主党的一致认可。尽管彼此的政治理念不同，克林顿总统在任时曾经两次提名共和党人格林斯潘为联储会主席，而后者亦全力以赴，辅佐前者创造了一个前所未有的经济盛世。格林斯潘在每一次就职宣誓中都强调自己会克尽职守，永远以经济为出发点，所有决策都将来自于经济立场而非政治考量，而他确实做到了独立、客观、实事求是。正如《财富》所指出的："格林斯潘一贯以非政治原则主持联储会工作，比他的所有前任都做得更好。"但是，格林斯潘并非对政治一窍不通。相反，他有着极其敏锐的政治嗅觉，对党派之间的纷争了如指掌，所以能够在民主党与共和党之间左右逢源，而又绝不偏离自己的既定目标。格林斯潘深知自己处于牵一发而动全身的重要位置，因此出言极其谨慎，喜怒哀乐从来不形于色，练就了说话模棱两可、含糊费解的本事，以免被人误解，导致意想不到的后果。

在人们眼中，格林斯潘是个学者型的天才经济学家。他博学、睿智、严谨、内向，甚至还有几分孤傲。尽管其貌不扬，他的智慧却让许多女性为之倾倒。1997 年 4 月 6 日，格林斯潘与国家广播公司（NBC）新闻主持人安芮娅·米歇尔结婚。

格林斯潘于 2006 年 1 月卸任。很多人把随后不久爆发的次贷危机归咎于他过于宽松的货币政策，也有不少民主党议员批评他在减税政策等方面明显表现出个人的政治理念。被众口称赞多年的格林斯潘在离任后成了一个具有争议性的人物。

爱伦·金斯堡
60年代的"嚎叫"诗人

今天，许多已经步入老年的美国人对60年代仍然充满了怀旧情绪。那是一个标新立异、崇尚自由的年代，许多年轻人鄙视传统价值，与现实格格不入。他们或者吸大麻，自由同居，成为玩世不恭的"嬉皮士"，或者参加反越战游行，拒绝服兵役，投身各种激进的政治活动。爱伦·金斯堡（Allen Ginsberg）就是那个时代最具代表性的诗人。

爱伦·金斯堡1926年6月3日出生于新泽西州的纽沃克，父母亲都是犹太裔的俄国移民。在高中教英文的父亲路易斯喜欢写抒情诗。母亲内奥米天性聪颖，在30年代大萧条期间参加了工人运动，成为美国共产党的一名积极分子。但她后来患上了严重的精神病，经常产生各种幻觉，生命的最后15年在精神病院度过。母亲的理想主义和精神病对爱伦·金斯堡的一生有着直接而深刻的影响，他公认写得最好的一首诗是《写给内奥米·金斯堡的祈祷文》。

爱伦·金斯堡读高中时初次接触惠特曼的诗歌，大受震动，高中毕业后他靠奖学金进入哥伦比亚大学的法律预科班，但很快转修文学。他在哥大校园内外结识了一批志趣相投的朋友，其中有威廉·布洛斯、赫伯特·亨克、约翰·霍尔姆斯、尼尔·卡萨迪和后来写了《在路上》的杰克·凯鲁亚克。大学期间，金斯堡放浪形骸的个性已经初露端倪，他书写谩骂哥伦比亚大学校长的标语，留朋友在宿舍过夜，以致被学校勒令休学一年。休学期间，他曾经在时代广场的一家餐馆洗过盘子，接受过货船船员训练，给新泽西一家报纸写过稿子，同时他也开始吸大麻，并出入于格林威治村的同性恋酒吧。

1948年，金斯堡拿到了哥伦比亚大学的本科学位。同年夏天，他因为和同性恋男友分手而痛不欲生。一天，他在哈莱姆的公寓里百无聊赖地翻阅威廉·布莱克的诗作，突然冥冥之中听见一个低沉的声音在朗诵布莱克的《啊，向日葵》，让他醍醐灌顶、茅塞顿开。他认定那是布莱克本人的声音，不禁欣喜万分，向亲朋好友宣布找到了自己的上帝。他认为诗人的职责就是像布莱克那样能够唤醒读者对现实的幻觉意识。为了得到更多灵感，他开始使用不同的毒品，但这并没有帮助他写出令自己满意的诗作。第二年，朋友在他的住处藏匿赃物，他受到牵连被捕，随后不得不接受了八个月的心理治疗才免去了牢狱之苦。此后他一度决定"洗心革面"，找到了一份市场调查的工作，甚至有了女朋友。

1953 年，一无所成的金斯堡从纽约搬到旧金山。他在那里接受了一个心理医生的忠告，辞去工作，重新开始了随心所欲的波西米亚式生活。他爱上了给画家当男模特的彼得·奥罗夫斯基，两人在接下来的 40 年里一直断断续续保持着恋人关系。他在旧金山结识了不少诗人和作家，这些人后来成为"旧金山文艺复兴"和"垮掉的一代"作家群里的核心人物。1955 年 8 月，金斯堡读到凯鲁亚克《墨西哥城蓝调》一诗的手稿，灵感大发，开始创作长诗《嚎叫》，仅用一个下午的时间就写出了超长的第一部分，几个星期后又在致幻剂的效力中完成了第二部分。两个月后，他在旧金山的"六画廊"和其他几位诗人一起举办诗歌朗诵会，当众朗诵了《嚎叫》：

> 我看见这一代的精英毁于疯狂……

《嚎叫》用最刺耳、最赤裸裸的语言描述了人内心深处的悸动和绝望，铿锵有力、直白式的诗句像一把匕首，把诗人的五脏六腑刺得粉碎之后又掏出来呈现在读者面前。《嚎叫》采用汪洋恣肆的自由体，和传统形式的诗歌大相径庭。1956 年，《嚎叫》一诗由城市之光出版社出版，威廉·卡洛斯·威廉斯为诗集作序。不久，旧金山警方没收了《嚎叫》的简装本，并以出版淫秽作品的罪名逮捕了两位出版商。第二年，美国公民自由联盟出面在法庭上为《嚎叫》一书辩护，法官最后宣判罪名不成立。这场官司大大提高了《嚎叫》的知名度，金斯堡一举成名。作为"垮掉的一代"的宣言，《嚎叫》是美国 20 世纪读者最多的一首诗，并被翻译成包括中文在内的二十多种语言。

60 年代，金斯堡云游天下，去过南美洲的秘鲁、智利、玻利维亚和亚马逊地区，非洲的摩洛哥，欧洲的法国、苏联和波兰，亚洲的日本和印度，并对禅宗产生了浓厚的兴趣。所到之处，他常常引火烧身。1965 年，他以记者身份去古巴，因为在哈瓦那大学谴责古巴政府对同性恋的迫害而被驱逐出境。在捷克斯洛伐克，他被十万布拉格人封为"五月之王"，再次被遣送出境。回到美国之后，他又上了联邦调查局的黑名单。

从 60 年代到 70 年代，金斯堡一直是反体制、反主流文化的一员主将。象征爱与和平的"花的力量"（flower power）一词就是他发明的，是反越战游行中最响亮的口号。1967 年，他发起组织了在旧金山金门大桥举行的首次嬉皮士大集会。同一年，他在纽约因为参加反越战游行而被捕。次年，他在芝加哥民主党全国代表大会召开期间因为抗议越战和警察发生冲突，从容面对警棍和催泪弹，在电视上大出风头。1972 年，他在迈阿密共和党全国大表大会召开期间参加了抗议尼克松的游行，又一次被捕入狱。

在参加政治活动的同时，金斯堡一直有新诗问世。1961 年，他以母亲悲剧性一生为蓝本创作的长诗《写给内奥米·金斯堡的祈祷文》出版。随后他又陆续出版了《显示三明治》《行星的新闻》《印度日记》《美国的堕落》等诗集，其中《美国的堕落》获得 1972 年国家图书奖。他喜欢和读者面对面交流，举办过不计其数的诗歌朗诵会，而且常常一边吟诗，一遍拉簧风琴助兴。80 年代和 90 年代期间，金斯堡继续笔耕不辍，但影响力远远不及《嚎叫》等早期作品。

在美国社会经历剧烈蜕变的年代里，桀骜不驯、放浪不羁的金斯堡成为美国反战运动和嬉皮士运动的领军人物。这样一位和主流观念与政治体制格格不入的叛逆者可以在美国文坛内外纵横捭阖，不能不算是美国的一个文化奇观。

1997 年 4 月 5 日，爱伦·金斯堡因肝癌不治在纽约曼哈顿东城下区的简陋公寓里去世，终年 71 岁。他在去世的前一天还写了一首小诗，题目是《名气与死亡》，写到他自己的死后哀荣。不管后世对他的评价如何，有一点可以肯定：爱伦·金斯堡发出的振聋发聩的"嚎叫"永远不会消逝。

诺姆·乔姆斯基
世界知名的美国"持不同政见者"

　　根据美国艺术和人文引文索引记载，从 1980 至 1992 年期间，在依然健在的学者里，诺姆·乔姆斯基 (Noam Chomsky) 在学术刊物中被引用的次数最多。有人把他和达尔文、笛卡尔相提并论，还有人认为他在 20 世纪的影响直追爱因斯坦、弗洛伊德和毕加索。他的理论为现代语言学带来革命性的变化，同时在心理学、哲学、人类学、教育学和文学评论等领域都产生了重大影响。从 60 年代开始，他走出象牙之塔，严厉批评美国政府的外交政策以及美国主流媒体在捍卫美国外交政策中所扮演的不光彩角色，并因此而成为美国最著名的"持不同政见者"。

　　1928 年 12 月 7 日，诺姆·乔姆斯基出生于美国的费城，是家中的长子。他父亲是一位著名的希伯来学者，1913 年从乌克兰移民美国，以教书为生。他母亲也是一位希伯来学者，兼写儿童作品。早熟的乔姆斯基十岁就能读懂父亲编写的 13 世纪希伯来文语法书，还给学校校报撰写有关纳粹在欧洲崛起的社论。1945 年，乔姆斯基高中毕业后进入常春藤名校宾州大学，读书期间他师从语言学家泽里格·哈里斯，选修了大量语言学、数学和哲学方面的课程。1949 年他本科毕业后留校在哲学系做助教，两年之后获得硕士学位并申请到去哈佛大学进修三年的奖学金。1955 年，乔姆斯基获得宾州大学博士学位，在麻省理工学院担任现代语言学讲师，三年后升任副教授，1961 年被提为正教授，年仅 33 岁。

　　在 1957 年出版的《句法结构》和 1965 年出版的《句法理论面面观》中，乔姆斯基系统阐述了他的转换生成语法理论。在他看来，任何一种语言的语法都是一个逻辑严谨的抽象系统，可以演变出无穷无尽的句子，也就是说一组抽象的结构规则 (深层结构) 可以派生出不计其数的长短句子 (表层结构)。描述派语言学家和行为心理学家认为，语言和人类的其他行为一样，是一套由训练和习惯而形成的系统，而乔姆斯基认为人类掌握语言的本领是与生俱来的，因为所有的语言都为人类提供了深层结构和表层结构以及两者之间的生成转换。乔姆斯基的理论不仅引发了语言学界的一场革命，而且强有力地冲击了心理学、哲学甚至遗传学领域里的不少传统观念。乔姆斯基的理论被人们广泛接受，他也被公认为20世纪最杰出的语言学家。

乔姆斯基年纪轻轻就学术有成，名满天下，本该专心致学，可他偏偏不务正业。早在60年代中期，他就和其他反战人士一起携手走上街头，抗议美军在越南的介入。他发表演讲、撰文写书，大力鞭挞美国在世界各地的所作所为。1967年，他的演讲《知识分子的责任》被《纽约书评》全文转载，他在文中呼吁美国知识分子对国家担负起比普通百姓更多的义务。1971年，他的专著《美国势力和新权贵》再次把锋芒指向美国在东南亚的外交政策，而被他称为"新权贵"的则是那些为美国霸主摇旗呐喊的技术官僚和文人墨客。

越战结束后，乔姆斯基并没有回到象牙塔，而是一如既往密切关注美国政府在世界各地的一举一动，对其所作所为进行尖锐的揭露，这从他大量专著的标题中就可略见一斑：《和亚洲作战》（1970）、《国家因素》（1973）、《中东和平？》（1974）、《人权和美国外交政策》（1978）、《新冷战》（1982）、《海盗和皇帝》（1986）、《恐怖主义的文化》（1988）、《必要的幻觉》（1989）、《遏制民主》（1991）、《山姆大叔究竟想要什么？》（1992）、《富有的少数和骚动的多数》（1993）、《世界旧秩序和世界新秩序》（1994）。在乔姆斯基看来，美国政府有关人权、正义和道德的种种考虑全都屈从于美国大财团和大公司的经济利益，在代表美国主流文化的道德优越感背后隐藏着令人不安的极权主义倾向。

除了美国政府的外交政策，乔姆斯基对美国的主流媒体也毫不留情。在他看来，美国的主流媒体和美国政府一样，已沦为美国大财团、大公司的工具和喉舌。极权国家使用武力制服民众，但美国这样的所谓民主国家只能通过较为隐晦的非暴力手段来控制百姓，而美国的主流媒体恰恰充当了这样一个不光彩的角色。在《制造同意：大众媒体的政治经济》（1988）一书中，他详细探究了美国新闻媒体的"宣传模式"，通过大量实例揭露美国主流媒体使用各种手段操纵民意。

乔姆斯基单枪匹马挑战美国政府和美国主流媒体为他在美国知识分子当中赢得了大批追随者，也让不少人对他恨之入骨。有人对他身为犹太人却批评以色列大为不满，也有人认为他对美国政府的抨击是一种不爱国的表现。多年来，曾经在媒体上频频曝光的乔姆斯基完全被美国的主流媒体冷落，就连像《新共和国》和《国家》等左翼杂志出于销量考虑也和他保持距离。这就产生了一个有趣的现象：尽管乔姆斯基是美国最激进的"持不同政见者"，但美国的平民百姓对他知之甚少，而他在欧洲和众多第三世界国家里却名声卓著。9·11事件的当年，他发表了专著《9·11》，探讨恐怖袭击的种种原因，认为国际恐怖活动的罪魁祸首是以美国为首的世界列强。这本书在美国的反响不大，却被翻译成了23种语言，在26个国家发行。乔姆斯基在美国和世界各地巡回演讲，行程往往排到两年之后。每到一地，他的演讲必定场场爆满。他能够不用讲稿和笔记，连续几小时旁征博引，侃侃而谈。他在演讲中神态沉稳、口气平和，一副大学者的风范，但说出来的话却像一颗颗分量十足的炮弹。

尽管乔姆斯基在美国已经成为一个边缘化的人物，但他每次开口，总会有许多人屏息聆听。今天很多美国人不再认为美国可以在全世界为所欲为，乔姆斯基功不可没。有人认为他是当今时代最具影响力的知识分子，有人把他比作刺在美国良心上的一只牛虻。流行乐队U2歌手Bono称乔姆斯基是一位"永不停顿的叛逆者，学术界的歌圣猫王"。一位评论家给了乔姆斯基最恰当不过的评语："有这种人会带来危险；没有这种人会带来灾难。"

伯纳德·马库斯
美国最大五金建材连锁店的创办人

　　1979 年 6 月 22 日，美国五金和装修材料公司家得宝（Home Depot）在乔治亚州亚特兰大市正式开张。1981 年，家得宝的股票上市。1987 年，公司已经有了 75 家连锁店，营业额高达 15 亿美元，盈利 5400 万美元。1991 年，公司在美国的 14 个州拥有 158 家连锁店和三万多名员工。八年之后的 1999 年，家得宝跻身道琼美国 30 家大公司的行列，而西尔斯连锁百货店、雪佛朗汽油公司和古德耶尔轮胎公司等老字号公司则在同一年黯然落榜。到了 2001 年，家得宝的营业额飞涨到 457 亿美元，比前一年的销售量增加了近百分之二十。这一年，它的员工人数超过了 22 万，分布在美国 48 个州和加拿大、波多黎各、阿根廷和智利的 1100 家连锁店。《福布斯》杂志连续六年把家得宝评为美国最受欢迎的专卖店。今天，家得宝已经无可争议地成了全美乃至全世界五金装修销售界的龙头老大，分店超过 2200 家，员工将近 40 万。当年创办家得宝的是两个美国犹太人，一位是亚瑟·布兰克，另一位就是伯纳德·马库斯（Bernard Marcus）。

　　1929 年，伯纳德·马库斯出生于新泽西州的纽沃克市，父母亲是俄国犹太移民。1954 年，马库斯拿到药剂学的本科学位后受雇于佛纳多医药化妆品公司。在那里，他的兴趣从制药转到了零售。他从基层做起，一步一步做到了公司副总裁，对公司的运作了如指掌。1968 年，他受聘出任欧德尔公司的总裁。两年之后，他又被聘为规模更大的达林公司的副总裁。达林公司拥有一家名为"巧匠丹家庭装修中心"的地方连锁店，马库斯和财会副总裁亚瑟·布兰克在这个基础上合作开发出为自己动手搞装修的人设立的廉价零售店，很受顾客的欢迎。有趣的是，他们成功的市场策略引起了一些风险投资商的兴趣，却并没有得到达林公司大老板的赏识。1978 年，伯纳德·马库斯和亚瑟·布兰克同时被公司解雇。马库斯把这个消息告诉了投资家兰贡，没想到兰贡大喜过望："你这是被金马掌踹了一脚。咱们甩了他们自己干！"马库斯和布兰克于是开始筹划家得宝。兰贡向他们提供的十万美元启动资金不足以用来建店，他们便买下了亚特兰大的两家旧店铺，改装成家得宝的门面，在货架上放了近两万种不同产品，把价格定得很低。

家得宝开张的那天，马库斯和布兰克想出了一个点子：他们让自己的孩子站在商店门口，给每个顾客一张一美元的现钞作为对他们上门的感谢。头两天马库斯的心情非常紧张，他的太太甚至不让他刮胡子，怕他一不留神用剃须刀划伤自己。两天之后，一位顾客回到店里，还带来一袋自家园子里种的羊角豆，表达对家得宝的谢意。马库斯这才松了口气，知道自己选对了路子。不久，顾客便蜂拥而至，一年之内家得宝又开了两家新店。

家得宝在竞争激烈的家居市场脱颖而出，主要依靠独具特色的经营理念和方式。家得宝货物充足，在面积足可以比得上三个超市总和的店里，货架上堆着十几米高的产品，各种规格、各式各样的门窗、灯具、地砖、地毯、木板、铁钉应有尽有。除了和装修房子有关的各类硬件，每家店里还设有园艺部，出售各种花草、肥料、杀虫剂、锄草车、烤肉机以及在房子的前后院里能够派上用场的所有东西。因为进货量大，家得宝的价格也往往比竞争商家的价格要低。

产品齐全、价格低廉固然重要，但更重要的是家得宝还拥有一支有事业心和创新精神的团队。在1992年的一次采访中，马库斯提到家得宝有三分之一的雇员是富有进取心的企业家，他们在这里找到了一显身手的舞台。他还讲到一个雇员通过自学手语帮助聋哑顾客，后来聋哑顾客越来越多，他索性开班为其他店员教授手语课。家得宝所有的员工都要接受"家得宝大学"的职业培训。在他看来，家得宝的成功之道就是"像对待家人一样对待顾客"。尽管身为公司的总经理，马库斯却常常抽出时间到店里，像其他店员一样穿上橘红色的围裙为顾客服务。他对待员工更是情同手足，嘘寒问暖，而店员们也对他直呼其名，有时干脆以亲昵的"伯尼"相称。

家得宝创立之时，伯纳德·马库斯已经年近五十，如今他是全美国最富有的亿万富豪之一。马库斯在获得成功和财富的同时不忘反馈社会。以他的名义成立的"马库斯基金会"在2001年向爱莫理大学医学院捐赠了450万美元。同一年，他一次性捐出2亿美元，帮助亚特兰大建成了全世界最大的水族馆。这家水族馆占地面积四十多万平方英尺，可以容纳五万多只海洋动物。

2000年，伯纳德·马库斯荣获拉特格斯大学杰出校友奖。讲台上，和马库斯一起创建家得宝的亚瑟·布兰克作了声情并茂的致辞："二十年来，我们一起在家得宝从事我们热爱的工作，而我对伯尼的仰慕也与日俱增。伯尼不分尊卑贵贱，由衷地敬重每一个人。他对生活的热爱和对他人的爱心鞭策着我和成千上万的人。我为能把他称为我的伙伴、朋友、师长和兄弟而自豪。"

乔治·梭罗斯
操纵世界的金融高手

在众多美国当代知名犹太人中，乔治·梭罗斯 (George Soros) 是最具争议性的人物之一。1992 年 9 月，他抛售一百亿英镑，强迫英国银行降低英镑兑换率，自己在一天之内赚进十亿美金，英国报界称他单枪匹马就让英国银行破了产。1997 年，他故技重演，在东南亚国家再次掀起金融风暴，马来西亚总理马哈蒂尔指责梭罗斯对马来西亚林吉特币的贬值负有直接责任，泰国媒体更把吸血鬼的恶名戴到他的头上。而另一方面，梭罗斯又是一位乐善好施的慈善家。早在南非种族隔离期间，他就给开普顿大学的黑人学生提供资助。他还从自己的钱袋里拿出 15 亿美元，设立了"开放社会基金"，受其捐助的国家包括南非、匈牙利、苏联、波兰、乌克兰、阿尔巴尼亚、吉尔吉斯斯坦、克罗地亚、塞尔维亚、波斯尼亚、捷克和白俄罗斯。他个人给一个国家的捐助有时甚至超过美国政府的捐款数额。

1930 年 8 月 12 日，乔治·梭罗斯出生于匈牙利布达佩斯一个富裕的犹太人家。1944 年，纳粹德国入侵匈牙利，一年之内 100 万匈牙利犹太人中便有 40 万人在纳粹大屠杀中丧生。梭罗斯的律师父亲弄到假身份证明，才让全家人幸免于难。但是梭罗斯认为那一段经历让他获益匪浅，早年积累的冒险精神和求生本领对他日后的投资生涯有很大帮助。

1947 年，17 岁的梭罗斯离开苏联控制下的匈牙利，只身来到伦敦，进入伦敦经济学院。他在读书之余靠打零工维持生计，在一家高级餐馆做过侍应生，经常吃顾客的残菜剩羹。他在伦敦经济学院旁听了著名哲学家卡尔·波普尔的哲学课，对他的"开放社会"理论印象深刻。波普尔认为在独裁国家的"封闭社会"里，统治阶层依靠武力把知识和真理的光环戴到了自己的头上，而在理想的"开放社会"里，人们认识到知识的局限性，社会鼓励不同观点和平共存。1952 年，梭罗斯从伦敦经济学院毕业后找不到专业对口的工作，只好在英国著名旅游城市布莱克普尔推销手提包和珠宝首饰。最终，他在英国一家投资公司找到一份实习生的工作，对股票市场的操作有了初步了解。

1956年，乔治·梭罗斯移民美国，利用自己精通法语和德语的优势，先后在几家投资公司经营外国股票套利。1961年，他成为美国公民，并在同一年结了婚。1969年，他和合伙人吉姆·罗杰斯一起成立了一家对冲基金有限合伙投资公司，起名"量子基金"。他们把公司总部设在荷兰，以避免美国对投资公司严格的条例管理，公司最初的几百万美元由一些欧洲富翁提供。对冲基金一般不买企业公司的股票，而是把赌注锁定在不同货币兑换率和联邦储蓄利率的升降上，并且往往靠借款进行投机买卖，所以风险比一般的共同基金要大得多。由于梭罗斯超凡的判断力，"量子基金"成为有史以来最成功的对冲基金之一。公司成立的头十年，基金的回报高达40倍。在1969年投资"量子基金"的一万美元到了1994年已经连本带利滚成了两千一百万美元。1997年，"量子基金"的总资产已经达到110亿美元。

1992年，梭罗斯认定了英镑会贬值，在"黑色星期三"一天之内就让自己的腰包里多了十亿美元，从此名声大噪。每次他公布自己的投资计划，许多投资人都会群起效仿，在股票市场引起连锁效应。不过梭罗斯也有马失前蹄的时候，而且损失惨重。1987年，他准确预测股市崩盘，但认为日本股市会先于美国股市受到冲击，便把手头所有的日本股票转成美国股票，一下损失了八亿美元，成了"黑色星期一"的最大输家。1994年2月14日，他对日币判断失误，一天之内又丢掉了六亿美元。

与梭罗斯在股票市场上大起大落同样有名的是他的慈善大手笔。1979年，进入中年危机的梭罗斯对如何处置个人财富作了一番哲学思考。他扪心自问："我应该做成功的奴隶，还是命运的主人？"在找到答案之后，他毅然成立了"开放社会基金会"，旨在帮助封闭型社会向开放型社会的转型。从1984到1989年，他捐出了三千万美金，用来赞助旅行、剧社、报纸、杂志、拍摄电影和社会调查。他开始把重点放在慈善事业上，而对"量子基金"则远不如以前上心。1981年，"量子基金"居然出现了负增长，合伙人罗杰斯抽身而退，梭罗斯也和第一任太太离婚。好在他及时调整重心，"量子基金"才转危为安。1989年之后，梭罗斯把越来越多的精力投入慈善事业，不再插手"量子基金"的日常管理。1992年，他为波斯尼亚提供了五千万美元的人道主义援助，为俄国的人文学科和他在布达佩斯和布拉格创办的中欧大学各捐出两亿五千万美元，为俄国的科学家提供了一亿美元的研究经费。截至1996年，梭罗斯一共捐出了十五亿美元，并在全世界三十多个国家建立了基金会。

和他在股票市场的表现一样，人们对他的慈善行为也是毁誉参半。在阿尔巴尼亚、吉尔吉斯斯坦、克罗地亚和塞尔维亚等地，政府官员指控他的基金会煽风点火，制造对政府的不满情绪。1997 年 9 月，他在白俄罗斯设立的基金会被迫关门。2003 年 11 月 7 日，在梭罗斯对俄国石油大王米凯伊·科多科夫斯基锒铛入狱表示不满之后，四十多名武装人员查封了梭罗斯在莫斯科的办事处，理由是房租逾期未交。

近年来，梭罗斯开始对美国更加关注，因为他发现过分强调个人主义对"开放社会"也是一个威胁，因为过多的竞争和太少的合作只会带来不可容忍的不平等和不稳定。他在美国的捐款面很广，包括资助低收入的美国移民，改善监狱制度，争取医用大麻的合法化以及广遭非议的毒品针管交换项目。

2004 美国总统大选年期间，梭罗斯是布什总统最坚决的反对者。他在接受《华盛顿邮报》的采访时说，把布什请出白宫是一件"生死攸关"的大事，也是他生活的"中心点"。为了把布什赶下台，他一个人就给全美多家组织捐出了两千多万美元。有趣的是，早在 1986 年，也是梭罗斯买下了布什奄奄一息的石油公司，让布什净赚了一百万美元。当别人问他这么做的动机时，梭罗斯的回答很简单："政治影响。"

芭芭拉·沃特斯
美国广播电视台的金牌女主持

2004 年 9 月 17 日，美国广播电视台（ABC）的金牌女主持人芭芭拉·沃特斯（Barbara Walters）在她主持了 25 年的每周新闻杂志节目《20 / 20》上向观众们告别。在长达两小时的专题节目里，沃特斯和观众们一起回顾了《20 / 20》过去 25 年里最精彩难忘的片断。

25 年里，沃特斯在她的节目上采访了自尼克松总统以来历届美国总统和第一夫人、撒切尔、阿拉法特、卡扎菲、叶利钦等几十位国家元首，几乎所有当红的歌星、影星、体育名星，以及轰动一时的丑闻或新闻中的主角，其中包括几个令人闻之色变的凶杀犯。1999 年，她对克林顿总统绯闻女主角莫妮卡·莱温斯基的独家采访吸引了近五千万观众，创造了美国电视单期新闻节目的最高收视率。

无庸置疑，名人效应是《20 / 20》获得观众的主要原因。采访前沃特斯总是查阅大量资料，仔细研究涉及的事件和人物。她善于与被采访者建立一种近距离的谈话关系，同情的语调和自然流露的关切往往让对方放下戒备，情不自禁地对她敞开心扉。奥林匹克跳水冠军洛加尼斯在《20 / 20》上首次公开承认自己是艾滋病患者，因指挥"沙漠风暴"战役而声名大震的美军统帅诺曼·史瓦兹考夫将军在谈到自己父亲时潸然泪下。沃特斯常常用被采访者的童年经历或家庭打开话题，同时她会精心准备和设计自己的提问来引发对方的倾诉欲。其中百试不爽的一个问题是："人们对你的最大误解是什么？"

沃特斯的采访风格被许多年轻节目主持人效仿，但也受到一些评论家的批评。他们认为沃特斯对社会名流尤其是娱乐界名人的采访模糊了娱乐与新闻的界限，并且往往过分追求采访对象在镜头前感情流露的效果。其实在沃特斯做过的上千个采访中，她面对的不仅是政客明星和社会名流，话题也远远超出了个人生活。她成功的最主要原因是敢于提出人人想知道答案却又不敢问的问题，而她把问题问得尖锐但不含敌意，追根究底而不令人恼怒，不仅显示了她过人的智慧，更体现了她作为新闻工作者的职业素养和勇气。

沃特斯曾在监狱里采访枪杀披头士歌手约翰·列侬的凶手马克·钱普曼。她盯着对方的眼睛直截了当地问："你为什么杀害约翰·列侬？"她也曾当面问过俄国前总统叶利钦："你是否酗酒？"以及担任过克格勃头目的现总统普京："你有没有杀过人？"沃特斯于1977年和2002年先后两次采访古巴总统卡斯特罗，中间相隔了25年。在卡斯特罗否认镇压异议人士时，沃特斯大胆地予以反驳。卡斯特罗在第二次采访之后亲笔给沃特斯写道："致芭芭拉——25年后我再次栽在她令人生畏的手中。我保证我将不再逃避——因为这不可能。我以愉快的心情想到我们2027年的会面。"

作为美国电视界年薪最高的主持人之一，沃特斯的职业生涯也几乎是最长的。

1931年9月25日，沃特斯出生于波士顿。她的父亲在娱乐界颇有名气，在纽约、波士顿和迈阿密都开了夜总会。但好景不长，由于父亲生意破产，沃特斯在大学毕业后就挑起了家里的经济重担。她先后在几家小电视台做过节目制作人和撰稿人。1961年，国家广播公司（NBC）聘用她做晨间新闻节目《今天》的撰稿人，基本上是幕后工作，偶尔也在电视上露面报道与妇女有关的新闻。当时的《今天》是一种比较轻松的节目形式，包括新闻、天气、人物采访等内容。除了男主持人外，还有一位女性在一旁作为点缀，称为"今天女郎"，往往由美丽的影星或模特担任。她们的工作就是在电视上对观众微笑，间或闲聊一下，读读广告，报报天气。在换过一连串的女演员之后，NBC决定改变"今天女郎"的形象，主持人休·当斯推荐了沃特斯。由于不确定观众对一个勤奋聪明的"今天女郎"会如何反应，NBC决定先试用沃特斯三个月，也没有给她主持人的头衔。沃特斯在《今天》一待就是十三年。1974年，她正式成为该节目的第一个女主持人。在此期间，她做过大量重要报道和采访，其中包括跟随尼克松总统出访中国。

1976年，ABC以百万年薪的天价聘请沃特斯出任夜间新闻主播。作为美国电视史上第一位主播新闻的女性，沃特斯经历了意想不到的挫折。同时担任主播的亨利·瑞森纳十分排斥与一位女主播在电视上合作，更何况对方的工资比他高出一倍。他处处与沃特斯过不去，连电视机前的观众都能看出他的敌意。沃特斯至今还记得在最困难的日子里，她每天走进演播室，没有一个人跟她讲话，她的采访也受到媒体的挑剔和批评。在痛苦和不平中，沃特斯充分认识到自己的事业属于一个传统上由男性支配的领域。"我必须学会和男人共事，包括那些对我的职位不满的男人。我要学会在与他们共事时不抱怨、不气恼。我早就明白我唯一的出路就是恪尽职守。"1976年，鉴于沃特斯在人物采访上日益突出的成绩和她与瑞森纳之间每况愈下的关系，ABC安排沃特斯创办自己的人物专访节目，并大获成功。1984年，沃特斯加入《20／20》，与她在NBC的老搭档休·当斯成为联合主持人。1997年，沃特斯创办了日间杂谈节目——《THE VIEW》。这个节目的主持人是四五个不同年龄层的女性，谈话形式十分随意，内容上既有时事政治又有家常里短。沃特斯是该节目的制作人，间或也亲自参与谈话。《THE VIEW》赢得了女性观众的热烈拥护，并获得多项电视大奖。

沃特斯74岁时决定在《20／20》的最佳状态下离开。近年来，美国各大电视台为得到独家采访竞争日益激烈，甚至用金钱、广告、音乐会等好处换取采访。沃特斯对于这种交易非常不满却又无可奈何，于是选择了激流勇退。

苏珊·桑塔格
左翼知识分子的代言人

9·11事件爆发后，美国全民同仇敌忾，上至美国总统，下至地方电台主持人，一致谴责这是一次对文明、自由、人类和自由世界的攻击，谴责劫机者是一群懦夫，而对事件爆发的深层原因则避而不谈。一星期后，《纽约客》杂志登出了一篇不足一千字的短文，对上述说法提出强烈质疑。文章的作者是苏珊·桑塔格 (Susan Sontag)。

苏珊·桑塔格在文章中提出："有多少美国公民知道美国一直在轰炸伊拉克？"在她看来，和这些自杀攻击者相比，那些在炮弹射程之外的高空向平民百姓扔炸弹的人才是真正的懦夫。文章最后她大声疾呼："我们可以同声哀悼，但不要同为愚民。我们稍微了解一点历史，就能明白刚刚发生的事件，就能明白以后还会发生什么事件。"当时的美国还深深笼罩在9·11的哀痛之中，发表这种观点需要过人的勇气和坚定的信念，而苏珊·桑塔格就是这样一位充满勇气和信念的知识女性。

1933年1月16日，苏珊·桑塔格出生于纽约。她5岁那年，和许多犹太人一样做皮货生意的父亲患肺结核在中国去世。幼年的苏珊患有严重的哮喘病，母亲因此把家搬到了气候温暖的亚利桑那州，随后母亲改嫁，一家人又搬到了加州洛杉矶郊区。因为聪颖过人，桑塔格上小学一年级的第一个星期就连跳两级，直接升入三年级。她很早就表现出独立不羁的个性，形只影单，酷爱阅读，15岁高中毕业后就读加州大学柏克利分校，一年后转入芝加哥大学，因为学业出色而被获准选修研究生课程，老师包括列奥·施特劳斯和肯尼思·伯克等大师级的人物。大学二年级那年，年方17岁的桑塔格遇到了比她大11岁的社会学讲师菲利普·里夫，两人在认识十天之后便结婚了。桑塔格用两年时间就拿到了芝加哥大学哲学专业的本科学位，随后进入哈佛大学深造，兼任助教。1952年，桑塔格的儿子大卫出生。1954年，她获得哈佛大学英文硕士学位，第二年又获得了哲学硕士学位。接下来的两年她在哈佛继续攻读博士，但没毕业就去了欧洲，先后在牛津大学和巴黎大学学习。1959 年，26 岁的桑塔格回到美国，和丈夫离了婚。她先是在《评论》杂志做编辑，接下来的几年里又在纽约市立学院和哥伦比亚大学等几所大学里教授哲学和宗教课程。

1963 年，苏珊·桑塔格发表了她的第一部小说《恩主》，故事的主人公是一位六十多岁的男人，有钱却没有根，游离于梦幻和现实之间无法自拔。桑塔格 1967 年发表的第二部小说《死亡工具》探讨了生存和死亡之间的关系，小说的男主人公在火车上目击了一桩谋杀案，而他本人有可能就是凶手。25 年之后，桑塔格的第三部小说《火山恋人》问世。这部历史小说根据 18 世纪打败拿破仑的海军统帅纳尔逊将军和贵夫人爱玛·汉密尔顿之间的私情以及波旁王朝时期那不勒斯宫廷里的各种丑闻写成，出版后成为畅销书，并被翻译成多种语言。桑塔格在 1999 年发表的最后一部小说《在美国》来源于 19 世纪一个波兰女演员的真实故事，女演员随家人和一群波兰人去加州建立一个乌托邦式的村庄，理想破灭后又重返舞台。这部小说获得了 2000 年国家图书奖。

不过，为桑塔格在 20 世纪下半叶的美国文化界奠定地位的并不是她的小说，而是她的评论和杂文。60 年代，她为《哈泼斯》《党派评论》《国家》等左翼杂志撰写了大量评论文章。1964 年，她在《党派评论》上发表了名噪一时的《营地记事》。在她看来，一件"糟糕的"艺术品可以因为具有内在的大胆、琐碎和无意义而被欣赏。这篇文章成为美国后现代主义的滥觞之作。1966 年，桑塔格的杂文集《反对诠释》出版，《营地记事》一文也被收录其中。她在书中强调对艺术的理解不应该来自理性的分析，而应该来自人们对艺术的本能反应。她主张把注意力从内容和意义转移到形式和风格上，通过审美敏感来体验一件艺术品的感官特质，因为艺术品的真正意义在于人们能够不加分析地同时体验其风格和内容。

1969 年，桑塔格的又一评论集《极端意志的风格》出版，再次引起巨大反响。她在书中对当代文化的各种现象——电影、音乐、现代艺术、色情作品、毒品等等——逐一进行审视。在《色情想象》一文中，她首次提出色情文学可以是一种入流的文学体裁，故意混淆雅文化和俗文化、经典文学和无名文学之间的界线。作为 60 年代越战期间美国最早的反战人士之一，她在《河内之行》一文中叙述了自己 1968 年的北越经历，谴责美国在印度支那的军事介入，把美国称为"狂热的种族主义国家"。

1975 年，桑塔格被诊断出乳腺癌，医生说她只能活两年，但她照常写作。1977

年，她花费五年时间完成的评论集《论摄影》终于问世，书中的文章探索了照片在现代社会中的作用，并进一步发展了"透明性"的概念。在她看来，摄影模糊了艺术的界线和定义，一个看照片的人在自由地观赏一幅照片的同时不必刻意去发现作品的用意。这本书获得当年的国家图书评论家奖。1978年桑塔格完成乳腺癌治疗，她的新书《疾病之隐喻》也随之出版，并被公认为她最重要的作品之一。桑塔格在书中探讨了描述疾病的各种语言，指出这些语言如何让疾病的患者产生负疚感。她因为这本书再次获得国家图书评论家奖。

进入80年代以后，桑塔格不再像年轻时那么锋芒毕露，对自己过去的一些观点也作了修正。她不再认为风格比内容更重要，承认不论风格如何美不胜收，思想观点照样有毒害作用。在20世纪的最后20年。她仍然是相当一部分美国知识分子的精神领袖。1987至1989年，她担任了国际笔会美国分会的会长。1993年夏天，她在兵临城下、四面楚歌的萨拉热窝亲自执导贝克特的《等待戈多》，而且在接下来的三年里一直住在那里，因此被授予萨拉热窝荣誉市民的称号。

2004年12月29日，苏珊·桑塔格因患白血病在纽约曼哈顿病逝，终年71岁。美国《金融时报》称她是"美国影响最大的知识分子之一"，苏珊·桑塔格对此当之无愧。

露丝·金斯堡
最高法院的女法官

1993 年，大法官拜伦·怀特退休，克林顿总统花了整整三个月的时间物色合适的接替人，最后任命露丝·金斯堡 (Ruth Ginsberg) 为美国第 107 位最高法院法官。这一年，金斯堡正好 60 岁。

6 月 14 日，在白宫玫瑰园的草坪上，金斯堡和克林顿并排站在话筒和照相机前。她个子矮小，站在她身边的克林顿总统比她整整高出两个头。金斯堡给人的一贯印象是拘谨严肃，不苟言笑。但在那一天，面对镁光灯和众多的记者，她却说出了一段满含深情的话：

"我要感谢我的母亲希丽亚·阿姆斯特·巴德尔。她是我一生中见过的最勇敢、最坚强的人，可她却早早地离开了我。她没能生活在一个对男女一视同仁、妇女大有可为的时代。但愿我能替她实现她所有的理想抱负。"

母亲去世那年，金斯堡还是一个 17 岁的高中生，母亲在她高中毕业的前一天死于宫颈癌。不但母亲没能出席她的高中毕业典礼，金斯堡也因此缺席，而那天本来是由她代表全体毕业生致词。

金斯堡生于 1933 年 3 月 15 日，在纽约的布鲁克林区长大。她父亲是俄国犹太移民，13 岁来到纽约，靠做皮货生意和卖衣服勉强谋生，母亲则是全家从波兰移民美国四个月后在美国出生的。金斯堡一岁的时候，姐姐患脑膜炎去世，她成了家里的独生女。为了让女儿成长为一个事业有成的独立女性，母亲甚至不肯向她传授烹饪手艺。她从小培养女儿的阅读兴趣，常常带她去布鲁克林国王大道附近的公共图书馆。图书馆楼下有一家中国餐馆，直到今天，金斯堡每次闻到中国菜的味道，还会联想到阅读的快乐。

犹太人在美国遭受的歧视给幼小的金斯堡留下深刻印象，她一直记得一家汽车旅馆门口挂着"狗和犹太人不得入内"的招牌。金斯堡还在布鲁克林第 238 公立学校读书时，就对法律表现出浓厚兴趣。初中的时候，她写过有关英国大宪章和美国人权法案的文章，其中有一篇的标题是《宪法自由的界标》。进了詹姆士·麦迪生高中后，金斯堡不但成绩优异，还参加各种课外活动，是校报主编、啦啦队队员和乐团大提琴手。她获得康奈尔大学的奖学金后，便把母亲去世前给她存下的几千美元学费给了父亲。1954 年，金斯堡大学毕业。同年六月，她和比她早一年毕业的马丁·金斯堡结了婚。马丁正在就读哈佛法学院，但中途应征服兵役。接下来的两年他们住在俄克拉荷马州，金斯堡在当地的社安局申请一份工作时提到自己已经怀孕，结果职位立刻从五级被降至二级，这是她第一次遭受性别歧视。

1956 年，马丁退役后回到哈佛法学院继续攻读学位，已经做了母亲的金斯堡也被哈佛法学院录取。她的年级有五百多名学生，其中只有九位女生。教授们在讲课时常常对女生们流露出不屑，法学院图书馆有一间阅览室只对男生开放。有一天，法学院院长专门宴请院里的女生，席间他询问她们有何资格占据法学院里原本属于男生的名额。院长的话让金斯堡感到十分羞辱，她从此发愤学习，决心证明自身的价值。上学期间，她被任命为大名鼎鼎的《哈佛法律评论》的主编，但马丁却被查出患了睾丸癌。金斯堡在读书的同时既要照顾年幼的女儿，又要照顾病榻上的丈夫。她从马丁的同学处借来课堂笔记打印出来，又让马丁在病床上向她口授毕业论文。1958 年，马丁从哈佛法学院毕业，在曼哈顿一家律师事务所从业，金斯堡也从哈佛转到纽约的哥伦比亚大学法学院继续学业。在那里，金斯堡在学业上依然出类拔萃，而且做了《哥伦比亚法律评论》的主编，成为第一个担任过两家常青藤大学法学院校刊主编的人，并且以年级并列第一名的优异成绩毕业。尽管拥有这样一份杰出的学历，金斯堡在纽约求职时却再三碰壁，就连律师文书这样的工作也一职难求。最高法院法官法兰克弗特不肯面试她，原因是他不招女雇员。另一位上诉法院的韩德法官也拒绝与女性共事。最后，金斯堡总算找到一份给联邦法官帕尔米里做文书的工作。

1963 年，也就是金斯堡 30 岁那年，她被拉特格斯大学法学院聘为助理教授，成为这家法学院历史上第二位女教授。两年后，她怀上了第二个孩子。尽管她各方面都非常优秀，但她还是担心校方会因为她怀孕而终止合同，因为这是她能拿到的唯一一份教职，一旦失去就等于终止了刚刚起步的学术生涯。于是，她上课时穿着从婆婆那里借来的大一号的衣服，整个春季学期里居然没人发觉她怀了孕。儿子詹姆斯在暑假出生，秋季开学时金斯堡又回到了课堂。在拉特格斯大学，金斯堡还发现了一个令她非常不快的事实：大学男同事的工资比她的工资要高出许多。最后，她和其他女教师一起，运用法律手段迫使校方给她们提了工资。1969 年，金斯堡升任正教授，三年后，她被哥伦比亚大学聘为全校第一位拥有终身教职的女教授。

在她开始教书那年，贝蒂·弗里丹的《女性的迷思》问世，后来金斯堡又读了西蒙·德·波伏娃的《第二性》。她认识到自己以前受到的种种不公平待遇都是性别歧视，开始对 20 世纪美国妇女的地位有了深一层的了解。同时，她也意识到可以通过法律手段来改变妇女的地位。她开始接收性别歧视的案子，大量阅读有关文献，结果发现美国的法律条文里处处有歧视妇女的影子。有些条文表面上保护妇女，实质上却损害了妇女的权益。1971 年，她向最高法院历数男性在执行遗嘱方面享受的特殊待遇，促成最高法院裁决一项相关法律条文无效。第二年，一位空军女军官因为怀孕而被迫退役，金斯堡告到最高法院，再次胜诉。在 1973 到 1976 年之间，她六次向最高法院提交了有关妇女权益的上诉，五次胜诉，不愧为利用法律手段维护美国妇女权益的开路先锋。

金斯堡还为一个名叫威森非德的鳏夫向最高法院提出申诉，指出他作为鳏夫应该和寡妇一样，享有配偶的社会安全福利。当时社会安全福利的别称是"母亲福利"，最终最高法院裁决这一双重标准违宪。有意思的是，法院裁决的原因并不是法律条文有欠公平，而是要让孩子免于受苦。更有趣的是金斯堡在最高法院打的另一场官司。根据俄克拉荷马州的一项法律条文，男性买啤酒的法定年龄是 21 岁，而女性买啤酒的法定年龄是 18 岁，最高法院也裁决这项法规无效。1980 年，卡特总统任命金斯堡为哥伦比亚特区上诉法院法官。接下来的 13 年里，她写过三百多篇裁决，涉及到许多重大社会问题，比如堕胎权、枪支拥有权、同性恋权益和反对种族歧视的平权法案（Affirmative Action）。

金斯堡最受争议的是她在"罗－魏德"（Roe-Wade）一案上的观点。1984 年，她在一次演讲中称最高法院堕胎合法化的决定过于激进。当时德克萨斯州法律规定，只有危及母亲生命的情况下方可堕胎。金斯堡认为，最高法院只要裁决这项法规无效即可，而最高法院却矫枉过正，直接宣布堕胎合法，延续了美国人在这个问题上的分裂局面，导致一个本来可以按部就班诉诸法律手段的问题至今得不到解决。

金斯堡兴趣广泛，喜欢听歌剧、弹钢琴、骑马、滑水、打高尔夫球、看老电影、读悬念小说。丈夫马丁·金斯堡是美国著名的税法专家，女儿珍妮是版权法专家，也是哥伦比亚大学法学院的教授。癌症的阴影一直困扰着金斯堡和家人。在母亲和丈夫之后，她本人也于1999年被查出患有肠癌，但她手术后两个星期就回到最高法院上班了。按照惯例，资历浅的法官办公室较小，而金斯堡却打破常规，搬进了供退休法官使用的大办公室，没和其他八位法官共用一层楼。她在最高法院的投票记录同样表现出她独立不羁的个性，让人很难给她贴上自由派或保守派的标签。在上任后的前84次表决中，她有54次投票和最保守的法官克莱伦斯·汤姆斯相同，但她的投票又常常旗帜鲜明地反对传统守旧，反对政教合一，并坚定不移地捍卫妇女的平等权益。

菲利普·罗斯
呼声最高的诺贝尔文学奖候选人

时间：1997年圣诞节。地点：纽约曼哈顿79街和哥伦布大道相交口。克林顿总统的特别助理乔治·斯迪佛诺普洛斯一眼认出迎面走来的一位面容严峻、身材瘦削的男人——美国当代著名作家菲利普·罗斯(Philip Roth)。罗斯显然也认出了乔治，但乔治抢先一步打了招呼。"真是太巧了，"他告诉罗斯，"我刚刚见到了总统，他刚和乔西（克林顿的独生女）通过电话。乔西正在给斯坦福大学的一门课写一篇关于你的论文。"他们俩闲聊了几分钟，告别时乔治说他很高兴见到美国最伟大的作家，罗斯给他作了一个小小的纠正："应该是活着的作家里。"

1959年，菲利普·罗斯的处女作《再见，哥伦布》被授予当年的美国国家图书奖。在接下来的几十年里，菲利普·罗斯一共创作了二十多部小说，获得过一次普利策奖、两次国家图书奖、两次国家图书评论家奖、两次国际笔会福克纳奖、国家文学艺术奖章和美国文学艺术学院的最高奖——小说金奖。步入晚年，菲利普·罗斯不但没有放慢写作速度，反而笔锋更健，多年来一直是诺贝尔文学奖呼声最高的候选人之一。

1933年3月19日，菲利普·罗斯出生于新泽西州纽沃克的一个犹太家庭。他的父亲早年开过一家鞋店，鞋店在经济大萧条中倒闭后，他转行做了保险经纪人。童年时的菲利普·罗斯对棒球情有独钟。因为是犹太人，菲利普常常被别的男孩欺负。12岁的时候，他立志长大后要做律师，为受暴力强权欺凌的弱者伸张正义。1950年，罗斯高中毕业，进入拉特格斯大学纽沃克分校，随后转到巴克纳尔大学，在选修文学的同时参加话剧演出，并担任学校文学刊物的主编，在校刊上发表过他最早的短篇小说。1954年，罗斯本科毕业后去芝加哥大学深造，一年后获得英国文学硕士学位。1956年，罗斯服过短期兵役之后回到芝加哥大学，一边教授英国文学课，一边继续创作短篇小说，并陆续有作品在《芝加哥评论》《巴黎评论》《绅士》《纽约客》

等杂志上发表。当时已经出名的小说家索尔·贝娄对罗斯的短篇小说非常欣赏。

1959 年，罗斯的中篇小说《再见，哥伦布》和他的五篇短篇小说一起结集出版。这部作品通过讲述一对来自不同阶层的犹太大学生的短暂恋情，揭示了传统道德观和当代道德观之间的种种矛盾。一位名不见经传的年轻作者能够出版短篇小说集已属不易，而更令人称奇的是《再见，哥伦布》囊括了当年的国家图书奖、国家艺术文学院奖、犹太图书会奖和古根海姆研究基金奖。这一年，菲利普·罗斯只有 26 岁。

接下来的几年里，罗斯去过欧洲，在爱荷华大学的作家培训班当过两年客座讲师，在普林斯顿大学做了两年全职作家，但他的文学创作却在这段时间滑入低谷。他发表了两部长篇小说，却都没有引起反响。同时，他的婚姻触礁，在感情和金钱方面的入不敷出让他感到生活失控，不得不寻求精神病专家的帮助。

1969 年，罗斯时来运转，《再见，哥伦布》被拍成电影，他最有名的长篇小说《波特诺伊的抱怨》也在同一年问世。这部小说正式出版之前罗斯拿到的预付稿酬和电影版税就已高达一百万美元，一年之内《波特诺伊的抱怨》卖出了近 50 万本。小说主人公亚力山大·波特诺伊是一位年轻的犹太律师，尽管在一个家教严格的犹太家庭长大，内心深处却充满了叛逆，处处和自己颐指气使的母亲作对。全书由主人公对心理分析师的一系列告白连贯而成，充满喜剧色彩和露骨的性描写。这部小说出版后引起众多非议，在澳大利亚甚至成了禁书，但却得到了评论家们的普遍好评，罗斯也因此而再一次成为文学界令人瞩目的人物。

作为一位犹太作家，罗斯在小说中大量描写自己熟悉的美国犹太人生活，而且对犹太人的刻画不无调侃揶揄，这种批评锋芒在《再见，哥伦布》已经初露端倪，《波特诺伊的抱怨》对主人公的犹太母亲更是讽刺有加。和索尔·贝娄和马拉默德等犹太作家相比，菲利普·罗斯对"自己人"显然不够客气，难怪《波特诺伊的抱怨》出版后引起了犹太团体的集体抱怨。

进入 70 年代后，罗斯把写作重点从对人物的心理分析转向对社会百态的描画。1971 年出版的《我们这一伙》把讽刺的锋芒直指当时在堕胎问题和越战问题上前后矛盾的美国总统尼克松。第二年出版的《乳房》中一个大学教授突然变成了一个六英尺高的女性乳房，其情节与卡夫卡的《变形记》有异曲同工之妙，1973 年出版的《伟大的美国小说》具有更加明显的社会批判性，美国社会中的贪婪、物质主义、种族歧视和虚假的爱国主义都成了作者鞭挞的对象。1974 年，《我的男人生涯》问世，被许多评论家认为是罗斯最好的小说。小说主人公纳森·茱克曼首次露面，他在罗斯后来的小说中一再出现，包括《捉刀代笔》（1979）、《解放的茱克曼》（1981）、《解剖课》（1983）、《被囚的茱克曼》（1985）和《反生活》（1987）。

90 年代，菲利普·罗斯先后发表了《遗产》（获 1992 年国家图书评论家奖）、《夏洛克行动：一段告白》（获 1993 年福克纳国际笔会小说奖）、《安息日剧院》（获 1995 年美国国家图书奖）、《美国田园曲》（获 1998 年普利策小说奖）、《我嫁了一个共产党员》（1998）等重要作品。《遗产》真实地记录了罗斯父亲的死亡过程，《夏洛克行动》涉及到以色列的政治冲突，《安息日剧院》描述了老年孤独和对死亡的恐惧，《美国田园曲》反映了越南战争带来的后遗症。进入 21 世纪后，菲利普·罗斯宝刀不老，继续创作了《人性的污点》（2000）、《死亡动物》（2001）和《反美阴谋》（2004）等重要作品。

1998 年，克林顿总统亲自向罗斯颁发了国家文学艺术奖章，并把他与詹姆斯·乔伊斯和威廉·福克纳相提并论。古根海姆基金会的主席认为罗斯可以当之无愧地跻身于海明威、福克纳、菲茨杰拉德、贝娄等伟大美国作家的行列。美国国会图书馆建馆 200 周年之际，罗斯被列为美国"活着的传奇"之一。

黛安·范恩斯坦
加州第一位美国国会女参议员

美国参议院一共有一百名参议员，每个州只有两名。在 1992 年的大选中，两位加利福尼亚妇女双双当选为美国参议院。在这之前，加州历届参议员均为男性。而且在美国的 50 个州里，也是第一次由两位女性同时出任美国参议员。芭芭拉·伯克塞和黛安·范恩斯坦（Diane Feinstein）都来自北加州，也都出生于犹太家庭。黛安·范恩斯坦在一次特别选举中胜出，因此在芭芭拉·伯克塞之前宣誓就职，并顺理成章成了加州的第一位国会女参议员。

这并不是黛安·范恩斯坦唯一的第一。1969 年，她被选为旧金山市政会第一位女会长。1978 年，她成为旧金山市的第一位女市长。1984 年，她成为第一位女副总统的可能人选。1990 年，她成为加州第一位代表民主党竞选州长的女候选人。她还是美国参议院司法委员会的第一位女会员。

黛安·范恩斯坦 1933 年 6 月 23 日出生，在三姊妹中排行老大。她的爷爷奶奶信奉正统犹太教，19 世纪末从波兰移民美国。她父亲是一位全国知名的外科医生，兼任旧金山加州大学医学院的教授。她母亲结婚前当过模特和护士，因为患有神经紊乱，常常无缘无故发脾气，让黛安和两个妹妹无所适从。黛安就读于旧金山公立学校，高中时被送进一家异常严格的天主教私立女子高中，是学校里唯一的犹太人，同学大都来自旧金山的名门望族。1951 年，黛安高中毕业后被斯坦福大学录取，先进了医学预科班，后来转修政治学和历史。她的业余生活也很丰富多彩，打高尔夫球、教骑马课、在电视上当服装模特。同时，她开始对政治发生兴趣，参加了民主党的多项活动。大学四年级她参加学生会副主席的竞选。有一次，她去一个男生联谊会的住地发表竞选演说，说到一半时被一个恶作剧的男生拦腰抱起，放到淋浴的水龙头下面浇得浑身透湿。黛安不但没有气馁，反而全身心地投入到竞选之中。她当选之后，毫不客气地对那家男生联谊会进行了一个小小的报复。有一次，学校有一场重要的橄榄球比赛，该联谊会申请在赛后举办一个通宵狂欢派对，作为学生会副主席，黛安拒绝了他们的申请。

1955 年，黛安从斯坦福大学毕业后在旧金山一家非营利基金会实习，第二年被基金会派到旧金山地方检查官办公室工作，她的上司是 33 岁的检查官杰克·伯曼。两人一见钟情，然后是闪电式的恋爱结婚。次年七月，他们的女儿出生。婚后黛安有一段时间在加州产业关系部工作，协助重新规定加州妇女和未成年人的最低薪水。1959 年，黛安和杰克在结婚三年后离婚，黛安成了单亲母亲。接下来的两年里，黛安一边照看女儿，一边尝试不同的职业。她学弹民乐吉他，选修表演课，参加民权示威游行，为肯尼迪竞选总统进行助选。1961 年，她出任加州妇女刑期和假释理事会理事，决定女犯人的服刑年限和假释条件。1962 年，黛安与比她大 19 岁的神经外科医生勃特伦·范恩斯坦结婚。从 1966 到 1968 年，她成为旧金山市成人监禁咨询委员会主任，负责汇报监狱的状况。

1969 年，范恩斯坦入选旧金山市政委员会，是旧金山历史上第一个被选民选为市政委员会委员的妇女。她的竞选得到了父亲和丈夫的资助，使她可以支付电视广告的费用。她的竞选开销大约是十万美元，而作为市政会委员，她的年薪还不到一万元。因为得票数最高，她担任了市政会会长。在市政会任职的九年中，她担任过三任会长，在这期间她曾经两次竞争旧金山市长的职位，但均没有成功。70 年代的旧金山社会矛盾尖锐，暴力事件层出不穷，范恩斯坦两次遭受炸弹恐吓，不得不随身携带手枪防身。1978 年，她的丈夫患癌症去世，在政界摸爬滚打多年之后，范恩斯坦本已无意第三次问鼎旧金山市长的职位，但一个突发事件改变了她后半生的人生轨迹。11 月 27 日，就在她向记者透露了退出政界打算的几个小时之后，旧金山市长乔治·莫斯孔饮弹身亡，身为市政会会长的范恩斯坦一下子被推上了旧金山市长的位置。

事发九天之前，琼斯人民圣殿教的九百多人在南美洲的圭亚那集体自杀，自杀者大都是旧金山地区的居民，因此莫斯孔市长的遇刺对这个城市更是雪上加霜。但范恩斯坦临危受命、处变不惊的大将风度为她赢得了一片喝彩之声。在第二年的选举中，她以微弱多数战胜对手，得以连任旧金山市长一职。在接下来的四年里，她大刀阔斧地对市政服务进行了多项改革，在治安、卫生和公交方面政绩昭著。1983 年 11 月，她以 82% 得票率的绝对优势再次连任旧金山市长。次年，民主党总统候选人蒙代尔一度打算邀请范恩斯坦担任竞选伙伴，但最后出于政治考虑而挑选了纽约州的国会女众议员格拉丁·费加罗。在担任第二届市长期间,范恩斯坦继续在市政建设上下功夫,全面整修有轨电车,限制市中心地区高楼的建造。1987 年,《市与州》杂志把范恩斯坦评为全美"最有实效的市长"。

按照规定,旧金山市长的任期不得超过两届。1988 年,范恩斯坦任职期满,开始把下一个目标锁定在加州州长的位置上。她的第三任丈夫理查德·布拉姆是一位投资银行家,为她筹得了三百多万美元的竞选经费。她在 1990 年的初选中顺利过关,但在 11 月的大选中败给了在竞选中花钱更多的共和党候选人彼特·威尔逊,两人得到的选票各为 46% 和 49%。威尔逊当选之前是美国国会参议员,当选后他委任自己的政治顾问约翰·西摩顶替他在参议院的席位。两年后,加州为选出威尔逊的正式接替者而举行了特别选举,这一次范恩斯坦占尽了天时地利人和。1991 年,安妮塔·希尔在听证会上证明克拉伦斯·汤姆斯当年有性骚扰行为,但后者仍然被任命为最高法院大法官,这让很多美国妇女义愤填膺,于是在第二年的选举中纷纷把选票投给了女候选人,使得 1992 年成为美国政治的"妇女年"。当时,美国国会的一百名参议员中只有两名妇女,范恩斯坦提出了一个响亮的口号:"百分之二远远不够!"她轻而易举击败了约翰·西摩,成为加州历史上第一位美国国会女参议员。

在 1994 年和 2000 年的换届选举中,范恩斯坦连续两次击败对手,牢牢占稳了她在美国参议院的一席之地。在参议院里,她身居要职,是司法委员会、拨款委员会、能源和自然资源委员会的委员,在很多法案变成法律的过程中发挥了关键作用,其中包括禁止生产、销售和拥有半自动步枪,以及把加州死谷在内的三百多万英亩土地划为国家公园。作为一个民主党人,范恩斯坦大部分时间都和民主党步调一致,她强调环境保护,支持妇女堕胎权,主张较为严格的枪支管理,但她同时又采取一种务实态度,导致有人指责她前后矛盾。初入政坛时,她坚决反对死刑,但几十年后,她转而认为死刑有其合理性。旧金山的同性恋者也因为她在不同问题上的不同立场而对她爱恨交加。面对别人的指责,范恩斯坦表现得十分坦然。她在接受《时代》杂志的一次采访中说:"有的问题需要'右的'解决方法,有的问题需要'左的'解决方法,还有的问题需要常识性的解决方法。"

莱瑞·金
CNN收视率最高的节目主持人

　　1985年6月1日，美国有线新闻网络（CNN）推出了全世界第一个电视叩应节目——《莱瑞·金现场访谈》。主持人莱瑞·金（Larry King）戴着深色宽边眼镜、穿着背带西裤、打着领带、挽着袖子，目光炯炯地出现在荧屏上。20年里，他从未改变过这身打扮。作为CNN收视率最高的节目主持人，莱瑞·金是美国家喻户晓的电视明星。而实际上，在他首次电视亮相以前，莱瑞·金的声音早已通过共同广播网（Mutual Radio Network）在北美的三百多个电台为美国听众所熟悉。每天午夜之后都有三百五十万夜不能寐的听众收听《莱瑞·金访谈节目》。除此之外，还有上百万读者等待阅读他在《今日美国》报上每周一次的专栏。然而，在如此成功的事业背后，莱瑞·金却有过一个不同寻常的开始和一段极其坎坷的经历。

　　莱瑞·金原名劳伦斯·茨格尔，1933年11月19日出生于纽约。他的父母亲是来自东欧的犹太移民，在布鲁克林开了一家餐馆。二战爆发后，餐馆关了门，父亲在新泽西的一个军工厂做工，在莱瑞10岁那年因心脏病猝发而去世。母亲带着他和弟弟靠政府救济，一年之后才找到一份勉强养家糊口的裁缝工作。父亲的死对莱瑞打击很大，他从一名成绩优异的学生变成了一个逃学惹祸的捣蛋鬼。高中毕业后，他在布鲁克林游荡了四年，打过各种各样的零工。

　　莱瑞是个广播迷，少年时就喜欢听广播并模仿著名节目主持人。他一心想进入广播行业，但在人才济济的纽约根本没有机会。终于，有人指点他去佛罗里达的迈阿密碰碰运气，因为那里的广播业刚刚兴起。1957年，莱瑞乘车南下迈阿密，好不容易在一家小电台找到了一份清洁工的工作。一天，一个音乐节目的主持人罢工不干，台长问莱瑞能否顶替，他毫不犹豫地一口答应。临上场前，台长说他的犹太姓氏太拗口，听众记不住，顺嘴给他改了名。莱瑞·金从此成了一位主持人。

　　几年后，能说会道的莱瑞·金在迈阿密地区已经小有名气。他以一家餐馆为现场，主持一个四个小时的访谈节目。刚开始时，他把女招待和就餐的客人当作采访对象，随着节目的走红，一些本地和全国的名人也加入进来。此外，他还在当地的一家电视台主持周日晚的一个访谈节目，并在《迈阿密先驱报》上撰写每周一次的专栏。

1961 年，莱瑞·金与前《花花公子》兔女郎爱琳·艾金斯结婚，两年后婚姻结束，另娶米奇·萨特芬。1966 年，他和米奇离婚，又与爱琳破镜重圆。这一时期莱瑞·金名利双收，生活极其挥霍。他开名车、赌赛马、出入豪华餐馆，花钱如流水，很快入不敷出、负债累累。1968 年，莱瑞·金受人之托转交一笔现金，却动用了部分现金为自己补交税款，几年之后以盗窃罪入狱。他身败名裂，只好离开迈阿密。

1975 年，莱瑞·金当年工作过的新电台主人听了他的节目录音后决定再给他一次机会。莱瑞·金重返迈阿密，恢复了电视台和报纸的工作。尽管有了稳定的收入，莱瑞·金依旧债台高筑。1978 年，他被迫宣布破产。

天无绝人之路，金钱上的背运与事业上的突破相继到来。几乎就在莱瑞·金宣布破产的同时，共同广播网聘请他主持一个全国范围的叩应节目。1978 年 1 月 30 日，《莱瑞·金访谈节目》在 28 家电台首次播出，听众反响热烈。通常在节目开始时由莱瑞·金采访现场嘉宾，听众也可以打电话进来提问。采访结束后，听众在莱瑞·金的主持下通过电话对之前的话题各抒己见。1980 年 12 月 8 日，披头士歌手约翰·列侬被枪杀。接到消息后，莱瑞·金果断地取消了当晚的嘉宾。从午夜到凌晨五个小时里，他和全国听众一起倾听歌迷们在电话上诉说他们的哀恸和回忆。那是莱瑞·金一生中最难忘的一次节目。80 年代中，全国 50 个州有二百多个电台转播莱瑞·金的节目。他成了广播业的一个奇迹。

1985 年，有线电视巨头泰德·特纳邀请莱瑞·金加盟 CNN。当年 6 月 1 日，《莱瑞·金现场访谈》正式播出，并在短时间内一跃成为 CNN 收视率最高的节目。1992 年 2 月 20 日，亿万富翁罗斯·普洛在莱瑞·金的节目上宣布加入美国总统竞选。一夜之间，《莱瑞·金现场访谈》从一个大众电视节目升级为政治家们发表政见的论坛，电视访谈节目也前所未有地成为总统竞选的平台。在竞选最激烈的时期，多位候选人及其各自的支持者们多次出现在莱瑞·金的节目现场。1993 年 11 月 9 日，副总统高尔与普洛在莱瑞·金的主持下进行了一场有关北美自由贸易合约的辩论，再一次扩大了莱瑞·金的影响。两年之后，莱瑞·金邀请到巴解组织主席阿拉法特、约旦国王候赛因和以色列总理拉宾就中东和平问题展开讨论，展现出他在国际上的知名度。

在长达四十多年的主持人生涯中，莱瑞·金采访过世界上最有影响、最具争议性、最引人瞩目的人物，包括福特之后的历届总统、外国政要、各界明星、新闻人物等四万多人次。被《时代周刊》誉为"话筒大师"的莱瑞·金有他独到的采访方式。他避免在节目之前对采访对象做过多的研究，也从不提问自己已经知道答案的问题。他认为只有这样才能带着和观众一样的好奇心去了解和发现对方。面对嘉宾，他没有事先准备好的提纲，而是在交谈之中自然做出反应。由于他的坦率和真诚的好奇心，嘉宾们往往更加乐于合作。《纽约时报周刊》在一篇关于莱瑞·金的特写中写道："他从不以知识精英的姿态出现，而是把自己当作一个爱问问题的平常人。在这个对说教专家和大众媒体充满怀疑的社会里，莱瑞·金更像是一个拿着话筒的普通老百姓。"

莱瑞·金不仅是一位知名主持人，还是一位多产作家。曲折的生活经历和丰富的采访生涯为他的写作提供了大量素材。他的作品包括时事评论、名人点评、小说、杂文、回忆录等多种形式，他亦庄亦谐、犀利坦率的文笔得到许多评论家们的赞赏。

东山再起之后，莱瑞·金在理财上一直十分谨慎，唯恐重蹈覆辙。但在婚姻上，他仍然波折不断，前后共结了八次婚。1987年，莱瑞·金心脏病突发，险些送命，从此对世事人生都看得更加豁达，而在事业上却丝毫没有放松。

深受观众喜爱的莱瑞·金也得到同行和专家们的肯定。他曾经获得广播、电视、新闻领域的所有大奖，并且被多所著名学府授予荣誉学位。2010年，莱瑞·金正式退休。

伍迪·艾伦

把悲剧融进喜剧的电影大师

"人生就是一座集中营，没人能够从里面逃出来。"美国电影大师伍迪·艾伦（Woody Allen）对人生的比喻充满了犹太民族的悲剧情怀和忧患意识。他个人的生活和电影似乎也印证了这一比喻。

1935 年 12 月 1 日，伍迪·艾伦出生于纽约市布鲁克林的一个犹太家庭。他的祖父外祖父分别是来自奥地利和俄国的犹太移民，他的父母都是正统犹太教教徒。在进入高中之前，伍迪·艾伦读了八年的犹太学校。他从来没有喜欢过学校，成绩一直在中下水平，作文是唯一让他感兴趣的课程。在学校里，他落落寡合、形单影只，也不参加任何课外活动。一回到家，他就把自己关在房间里，甚至不和家人一起吃饭。伍迪·艾伦对自己的童年有这样的回忆："我憎恶而且懊恼在学校度过的每一天，我希望在那儿除了学认字、写作和算术外没人来打扰我。我非常害羞，对一切都不满意，却不知道为什么。我有着极强的失败感。我从未放声大笑过，不过我还算是一个滑稽的孩子，我对事情的看法很滑稽，说话也很逗。"

上中学时期，伍迪·艾伦把大量的时间都花在写笑话上面，然后寄给报纸的搞笑专栏。15 岁的时候，他被一家公司雇佣，捉刀代笔为名人写笑话，周薪 25 美元。17 岁的时候，他已经是国家广播公司（NBC）的正式撰稿人。1953 年，伍迪·艾伦先后进入纽约大学和纽约城市学院，但都因为成绩太差又常常旷课而被开除。从此他彻底放弃了学业，全心全意为电视节目写稿并渐渐有了名气。1961 年，伍迪·艾伦在朋友们的怂恿下开始尝试表演脱口秀。因为害羞，他最初是被人硬推上舞台的。伍迪·艾伦的段子都是他自己创作的，素材也是来自他最熟悉的中产阶级犹太人的生活。他的家庭、父母、童年和恋爱经历经过夸张和浓缩都成了笑料。《纽约时报》评论伍迪·艾伦的作品表现了小人物与环境的斗争，而伍迪·艾伦本身的形象——瘦小、羸弱、神情紧张、其貌不扬——使他的表演更富有喜剧色彩。一年之后，自信心大增的伍迪·艾伦开始在纽约、芝加哥、旧金山、洛杉矶等大城市的夜总会演出。几年后，他已经跻身全国一流喜剧演员的行列，所到之处都受到观众们的热烈欢迎，《纽约客》《纽约时报周刊》《星期六评论》等严肃杂志也纷纷关注他的创作和表演并给予极高的评价。

伍迪·艾伦的喜剧才华引起了好莱坞制片人的注意。1956年，他应邀创作了电影剧本《你好宝贝儿》并在其中扮演一个次要角色。这是伍迪·艾伦电影生涯中的处女作，但他却因为在电影制作过程中不能按照自己的创作意图拍摄而拒绝将其归入自己名下，并发誓今后除非由自己亲自导演绝不再写任何剧本。

第一部由伍迪·艾伦创作并执导的电影是一部关于黑帮的喜剧片《拿了钱就跑》。这部影片和随后几部电影都是以滑稽搞笑为主的闹剧，情节夸张，场面火爆，笑料不断。进入70年代以后，已经积累了一定导演经验的伍迪·艾伦开始有意识地改变自己的风格，希望凭借在内容和艺术上都更有深度的作品成为受人尊重的电影制作人。1975年拍摄的《爱与死》是一部模仿俄国史诗性文学作品的喜剧片，伍迪·艾伦在影片中大量运用俄国文学历史典故并着重表现人物性格和环境背景，意在显示与以往作品的区别。《爱与死》获得了票房成功，但伍迪·艾伦显然认为自己的目的并没有达到。在接受《纽约时报周刊》采访时，他不无失望地说："大多数观众并未领会幽默背后的严肃意图。笑声把一切都掩盖了。"

1977年，伍迪·艾伦终于如愿以偿地通过《安妮·赫尔》取得了电影创作上的重大突破。《安妮·赫尔》是一部温馨伤感的都市爱情喜剧，伍迪·艾伦在片中扮演男主人公爱尔维·辛格，一个悲观、神经质、没有安全感的布鲁克林犹太喜剧演员。黛安·基顿扮演女主人公安妮·赫尔，一个来自美国中西部非犹太家庭的年轻姑娘。她散漫、随便，向往成为一名歌星。影片通过爱尔维的回忆和自我反省回顾了他和安妮从第一次见面到最后分手的恋爱经历。尽管《安妮·赫尔》不乏伍迪·艾伦一贯的幽默和嘲讽，但它同时更怀着伤感和失落来表现一段失败的感情，从而赋予了都市爱情喜剧前所未有的深度和复杂性。在结构上，《安妮·赫尔》也脱离了传统电影的单一故事情节。伍迪·艾伦让爱尔维的回忆以意识流的方式表现出来，除了时空的跳跃之外，他还大量运用了画面闪回、镜头切换、动画、直接面对镜头独白等当时还很少见的电影技巧来完成对故事的叙述。《安妮·赫尔》上映后得到了观众和评论家们的一致赞扬并在美国电影界引起巨大反响。它击败了广受欢迎的《星球大战》获得当年奥斯卡最佳影片奖，伍迪·艾伦获得最佳导演和最佳剧本两个奖项，黛安·基顿获得最佳女演员奖。

一年之后，伍迪·艾伦推出他的又一部力作——《曼哈顿》。在这部影片中，伍迪·艾伦的喜剧天才和他对严肃主题的追求恰到好处地融为一体。他所扮演的男主人公是一个失意而焦虑的电视剧作者，陷入与两个女性的情感纠葛中无所适从。《曼哈顿》在各个方面都比伍迪·艾伦以往的作品更为成熟。它同时又是一部非常个人化、主观色彩极其浓郁的作品，是伍迪·艾伦献给他钟爱的城市的一首恋歌。影片细腻的黑白摄影在爵士乐的伴奏中将纽约风情表现得充满诗情画意。

进入80年代以后，伍迪·艾伦的电影变得更加凝重，其中的代表作是《汉娜姐妹》。影片描写三位纽约女性与他们的丈夫、情人和彼此之间变幻莫测、错综复杂的关系。汉娜由弥娅·法柔扮演，她是80年代多部伍迪·艾伦电影中的女主角。伍迪·艾伦自己扮演汉娜的前夫，又一个落魄失意的电视剧作者。伍迪·艾伦以这部电影获得了当年奥斯卡最佳编剧奖。

90年代的伍迪·艾伦又恢复了早期轻松幽默的风格，但他的个人生活却出现了巨大危机。1992年，他多年的伴侣弥娅·法柔在伍迪·艾伦的住所发现了自己年仅21岁的韩裔养女素银的裸照。法柔随即向法庭指控伍迪·艾伦猥亵少女，并要求剥夺他对他们另外三个年幼子女的监护权。伍迪·艾伦公开承认了与素银的恋情但否认自己有任何亵童行为。法庭判伍迪·艾伦无罪，但不准他与孩子们单独相处。1997年，法柔出版了回忆录《失去的一切》并在书中披露了伍迪·艾伦的种种怪癖陋习。同年七月，62岁的伍迪·艾伦和27岁的素银在威尼斯结婚。就在伍迪·艾伦的恋情和官司在全国媒体上炒得沸沸扬扬的时候，他的新作《丈夫和妻子》也和观众见面了。一时间，荧幕上下的故事相互交叠，难分彼此。影片中伍迪·艾伦和弥娅·法柔扮演一对结婚多年的夫妻盖比和茱迪，他们最要好的一对朋友决定分居。盖比和茱迪震惊之余发现自己的婚姻也在走向崩溃。盖比爱上了比自己年轻许多的女学生，最终导致了与茱迪关系的破裂。

90年代至今，伍迪·艾伦继续以每年一部电影的速度推出新作，但普遍反响不大。伍迪·艾伦对顺应时尚毫无兴趣，一心只拍摄自己想拍的作品。多年来，他已经有了自己为数不少的忠实影迷。只要他有新片出炉，这些影迷必定捧场，因此在一定程度上保证了影片的票房收入。伍迪·艾伦电影制作的成本虽然较低，但他的才华和名气却始终吸引着一些大明星不计报酬地饰演他影片中的角色。纵观伍迪·艾伦的作品，可以发现它们有许多共同特征。影片里的男主人公（往往由他本人扮演）通常是失意、自贬、神经质的都市中产阶层的犹太知识分子型人物，如导演、作家、剧本作者等。这些角色与伍迪·艾伦本人有着惊人相似的性格和经历，包括与年轻女性的恋爱关系。他的影片大多以纽约为背景，热衷于探索爱情、艺术、死亡和宗教等主题。

　　伍迪·艾伦很少在媒体露面，也不为自己的电影做宣传。在近四十年的导演生涯中，他被国际国内大大小小的电影奖提名一百余次，但他仅出席过两次颁奖典礼。一次是9·11以后，他在奥斯卡颁奖仪式上呼吁导演们继续在纽约拍片，另一次是2002年在戛纳电影节上领取终身成就奖。

安德鲁·格罗夫
为英特尔打下半壁江山的头号功臣

1997 年，美国的《时代》周刊把年度人物的桂冠颁予英特尔电脑公司总经理安德鲁·格罗夫（Andrew Grove），因为他是"对集成电路的能力和创新潜能方面的惊人发展贡献最大的人"。《时代》周刊里的一篇文章写道："英特尔的 CEO 安德鲁·格罗夫已经向全世界百分之八十的个人电脑提供了计算机的芯片。今年，他的目标是剩下来的那百分之二十。"果不其然，到了 1998 年 4 月，《美国新闻和世界报道》宣称英特尔的市场占有率已经上升到了百分之九十，英特尔公司和微软公司成了主宰电脑行业的两大巨头。2000 年，美国历史上电脑销售量首次超过了电视销售量，安德鲁·格罗夫是带来这一巨变的关键人物之一。可以说，安德鲁·格罗夫和他麾下的英特尔在 20 世纪下半叶世界范围内的信息革命中扮演了举足轻重的重要角色。

1936 年 9 月 2 日，安德鲁·格罗夫出生于匈牙利布达佩斯的一个犹太家庭，原名为安德拉斯·格洛夫。父亲做乳品生意，母亲是一位簿记员。他 4 岁那年，猩红热席卷匈牙利，格洛夫也没能幸免，听力因中耳炎而受到严重损伤。第二年，父亲被关进了纳粹劳改营，格洛夫和母亲靠假证明隐姓埋名住进了一户基督徒朋友家，躲过一劫。二战结束后，他父亲死里逃生回到家中，但已被伤寒和肺病折磨得奄奄一息。小时候的格洛夫对新闻学有兴趣，同时学习声乐，希望将来成为一名歌剧演员，但他在大学里最终选择了化学专业。1956 年，匈牙利事件爆发，苏军大兵压境，格洛夫和一位朋友决定逃往奥地利，而苏军也正好在朝同一方向挺进，二人只好花钱雇人抄小路将他们送过了奥地利边界。

不久之后，格洛夫坐上了一艘去美国的难民船，辗转来到纽约，口袋里仅有 20 美金。他住进了他的叔叔婶婶在纽约布鲁克林的小公寓房，把自己的名字连名带姓改成了地道的美国名字——安德鲁·格罗夫。很快他就成为纽约城市学院的一名学生，用餐馆打工挣来的钱付学费，并在暑假打工时认识了后来成为他太太的伊娃。在学习工程学的同时他刻苦攻读英文，半夜三更在字典里艰难地啃着一个又一个英文单词。来美三年之后，格罗夫拿到了化学工程的本科学位。随后他去了加州，进入柏克利大学深造，只用三年时间就攻下了博士学位。毕业后他谢绝了好几家大公司的聘用，选择了一家名叫菲才德半导体的小电脑公司。他所属的科研组主要研究硅在半导体中的用途，取得了多项突破，并数次获奖。研究开发组的组长是戈登·穆尔，而格罗夫的另一位同事则是集成电路的发明人罗伯特·诺伊斯。1968 年，穆尔和诺伊斯离开了菲才德半导体公司，在旧金山附近的硅谷创办了英特尔电脑公司，并邀请格罗夫加盟。

公司最初计划由格罗夫主管技术部门，但因为人手不够，又委任他兼管公司运营。公司的这一决定让不少人大惑不解，因为格罗夫不仅没有这方面的经验，而且英文口音很重，常常让人不知所云。他脾气暴躁，头上还顶着一个奇形怪状的助听器，叫人对他敬畏之余又常常忍俊不禁。在和人交谈时，如果他对话题不感兴趣，他要么说自己的耳机失灵，要么干脆摘下耳机，表示谈话到此为止。格罗夫铁面无私，对人对己都是高标准严要求。在他的严格管理之下，员工们经常工作到半夜。有一次他发出通知，要求所有员工在圣诞节的前一天全天工作。他还要求所有迟到五分钟以上的人填写迟到卡，上层管理人员也不例外。格罗夫的管理风格引起不少人的反感，但他的聪明才智和雷厉风行的作风赢得了更多人的尊重，也给公司带来了丰厚的利润。1979 年，格罗夫升任英特尔公司总裁之后，仍然和公司其他员工一样在三米见方的小隔间里上班，在公司的自助餐厅里吃中饭。每个人都能来找他讨论工作，他还要求别人对他免去称谓直呼其名。

从 70 年代中期开始，日本以低成本批量生产计算机存储器，并向美国市场大举倾销，严重影响了英特尔产品的销售。面对不利局面，格罗夫果断做出战略调整，把重点从计算机存储工具的生产转向计算机微机的生产。这一决定不但使英特尔起死回生，而且让英特尔在计算机行业的竞争中把对手远远甩在了后面。1980 年，IBM公司决定在 IBM 生产的计算机里使用英特尔生产的芯片，英特尔更是如虎添翼，不断升级换代推出 286、386、486 以至 Pentium 等计算机芯片。到了 90 年代，英特尔已经成为全世界计算机芯片市场上无可争议的霸主。

格罗夫的高瞻远瞩和管理才能为他赢得了巨大的声誉，但他也有马失前蹄的时候。1994 年，装有 Pentium 芯片的电脑在进行复杂的除法运算时会得出错误的答案。

这一问题似乎对大多数用户不会造成影响，格罗夫因此决定不必小题大做。但不少顾客却对此产生了疑虑，报纸上的科技版也开始连篇累牍地报道 Pentium 的这一缺陷，IBM 更是威胁要停止销售装有 Pentium 的电脑。格罗夫最后只好作出让步，发布命令收回所有的次品芯片。英特尔为这一补救行动付出了五亿美元，但坏事变好事，英特尔因此改善了自己的形象，销售量反而比以前有增无减。在格罗夫任英特尔总经理的十年里，英特尔的营业额大幅度上升。1997 年，也就是格罗夫被《时代》周刊评为年度人物那年，格罗夫担任了英特尔公司董事会主席，同时兼任公司总经理。这一年，英特尔的年收入是 250 亿美元。

格罗夫在工作之余还写过好几本书。他于 1985 年发表的《高产量管理》被翻译成十几种文字，后来又出版了《面对格罗夫》和《居安思危》等书。他撰写的管理专栏被多家报纸转载，他的文章也经常在《纽约时报》《华尔街日报》《财富》等报刊上发表。2001 年，他回忆自己早年生活经历的自传《泅渡》问世，受到广泛好评。他对教书情有独钟，曾在斯坦福大学商学院开过一门名为"信息处理工业的策略与行动"的课程，深受学生欢迎，哈佛大学和纽约城市学院均授予他荣誉博士学位。格罗夫得奖无数，其中包括世界贸易俱乐部的"国际成就奖"、《工业周刊》的"年度科技领袖奖"、《CEO》杂志的"年度 CEO 奖"。1994 年，他被选为美国艺术科学院院士。1998 年，他辞去了英特尔公司总经理的职务，开始把注意力集中在公司的战略远景规划上。同一年，他还到了中国，走访了北京上海等地，对中国大地上的经济腾飞留下深刻印象，并预测中国人大显身手的时代很快就要到来。2005 年，他从英特尔公司董事长的职位上退了下来，但仍然担任公司的资深顾问，继续为英特尔的高速发展出谋划策。2016 年 3 月 21 日，美国硅谷的传奇人物格罗夫在加州的家中与世长辞。

玛德琳·奥尔布莱特
美国的第一位女国务卿

2005 年 1 月，连任成功的布什总统任命国家安全助理顾问康德丽莎·赖斯接替科林·鲍威尔出任美国国务卿，引起世人瞩目。但是赖斯并不是担任美国国务卿的第一位女性。早在近十年之前，玛德琳·奥尔布莱特 (Madeleine Albright) 就在克林顿总统执政期间出任美国国务卿。说起来，美国前后两任女国务卿早年还有过一段来往。赖斯在丹佛大学求学期间选修了奥尔布莱特的父亲科贝尔教授的国际关系课，对这门专业产生了浓厚兴趣，常常上门向导师求教，也因此经常和当时已经结婚成家的玛德琳·奥尔布莱特见面。她们当年可能都没有想到日后两人会先后坐上美国外交的第一把交椅。

玛德琳·奥尔布莱特出任美国国务卿不久，《华盛顿邮报》的资深记者麦克尔·多布斯披露出一个鲜为人知的事实：玛德琳·奥尔布莱特的父母亲都是犹太人，她的祖父母中有三人死于纳粹集中营。自小信奉罗马天主教的玛德琳·奥尔布莱特在接受记者采访时宣称以前对自己的犹太身世一无所知。不少犹太人对自己的犹太血统刻意隐瞒，所以媒体对她的说法半信半疑。玛德琳·奥尔布莱特后来在访问布拉格途中拜访了当地一家犹太会堂，会堂里的大屠杀纪念碑上刻有她亲戚的名字，她还专程参观了关押过祖父母的集中营。

1937 年 5 月 15 日，玛德琳·奥尔布莱特出生于捷克斯洛伐克首都布拉格。她的父亲约瑟夫·科贝尔早年是一位捷克外交官，在 1939 年德国入侵捷克后携全家取道贝尔格莱德逃到英国伦敦，玛德琳在那里学会说一口流利的英文。1945 年二战结束，科贝尔举家迁回布拉格，随后出任捷克驻南斯拉夫大使，任期三年。玛德琳 10 岁那年，父亲把她送到瑞士一所私立学校，她在那里又学会了法语。1948 年，捷克共产党上台，正在联合国出任捷克代表的科贝尔被捷克外交部除名，随后在美国寻求政治避难，携全家在纽约定居下来。这一年，只有 11 岁的玛德琳已经在五个国家生活过，会说四种语言。

1949 年，玛德琳的父亲在丹佛大学拿到一份教授国际关系课的教职，全家移居科罗拉多州。中学时代，玛德琳就对外交产生兴趣，曾经担任学校国际关系俱乐部主席，国际关系也是家里饭桌上的主要话题。1955 年，玛德琳进入著名的卫斯理女子学院学习政治学和新闻学，1959 年以全优成绩获取本科学位。毕业典礼的三天之后，她与约瑟夫·奥尔布莱特结婚。丈夫为《芝加哥太阳报》工作，玛德琳·奥尔布莱特也想找一份记者的差事，却碰了一鼻子的灰，理由是她既不能和丈夫在同一家报社工作，也不能给《芝加哥太阳报》的竞争对手做事，于是她只好另寻发展方向。1961年，约瑟夫·奥尔布莱特改换门庭加入了《今日新闻》报社，夫妻两人搬到纽约长岛。接下来的几年里，玛德琳·奥尔布莱特生了三个女儿，其中有一对双胞胎。与此同时，她在哥伦比亚大学攻读公共法律与政治学的研究生，导师之一是后来成为卡特总统国家安全顾问的布热津斯基。1968 年，她同时获得硕士学位和苏联研究专业证书。这一年，约瑟夫升任为华盛顿特区《今日新闻》分社主任，一家人举家迁到美国的首府。

70 年代中期，玛德琳·奥尔布莱特一边攻读博士学位，一边做参议员艾德蒙·穆斯基的助手。1978 年，布热津斯基请她担任国家安全委员会和国会之间的联络员，工作重点是国会有关外交政策的立法。共和党总统里根上台之后，她从政府机构退了出来。1981 年，她获得了史密森学会的一笔研究基金，翌年出版了专著《波兰：媒体在政治改革中的角色》。同一年，她接受乔治城大学的聘请，教授国际事务课程，并担任妇女外交事务部主任。在乔治城大学任教的十年里，她破纪录地四次荣获年度最佳教师奖，但她并没有因为进了象牙塔而远离政治。在 1984 年和 1988年的总统大选中，她先后出任民主党总统候选人蒙代尔和杜卡斯基的外交政策顾问，并亲手替杜卡斯基起草过多篇演讲稿。1989 年，她出任民主党研究院国家政策中心主任，并安排东欧国家和其他国家的领导人与美国国会议员见面。1990 年，刚被选为捷克总统的哈维尔第一次对美国进行国事访问，特意聘请玛德琳·奥尔布莱特担任他的翻译和顾问。她在家里举办的外交政策沙龙前后吸引过数百名民主党派的教授、理论家和政界要人，包括当时还是阿肯色州长的克林顿。她的沙龙聚会不同于一般的社交聚会，为 1992 年克林顿率领民主党重登权力顶峰起了探路的作用。

1992 年 12 月 22 日，在大选中获胜的克林顿提名玛德琳·奥尔布莱特为美国驻联合国大使。1993 年 1 月 27 日，国会参议院全票通过了对她的任命。她既是国家安全顾问委员会成员，又是克林顿总统的资深外交顾问，要和国务卿、国防部长、中央情报局局长、国家安全顾问等人一起参加每两周一次的核心会议。克林顿让她进入内阁，以显示对联合国的重视。她上任以后，联合国在世界各地面临许多棘手的局面，包括前南斯拉夫的种族冲突、索马里和卢旺达的内战、海地的动乱和海湾战争之后对伊拉克的经济制裁。精力充沛的奥尔布莱特全力以赴地投入到她在联合国的新使命中，穿梭往返于纽约和华盛顿首府之间，有时一周多达五次。她还频频出访，足迹遍及亚非拉和欧洲各国。

1996 年 12 月 5 日，克林顿总统提名玛德琳·奥尔布莱特为美国国务卿，国会参议院再一次全票通过了对她的任命。奥尔布莱特不仅是美国历史上第一位女国务卿，也成了美国政府里职位最高的女性。在上任的头一百天里，她便出访了意大利、俄国、韩国、中国等国家，安排了克林顿和叶利钦之间的高峰会晤，并为北大西洋公约组织的改组和扩建打下了基础。她以一贯的强悍作风在巴勒斯坦和以色列之间积极斡旋，逼迫双方都作出让步。1998 年，科索沃战争爆发，她更是大力支持美国的军事介入。面对国际舆论的批评，她坚持己见，相信武力是对付极权政府的最有效的手段。

2001 年，克林顿第二届总统任期期满，玛德琳·奥尔布莱特也正式退出了美国的外交舞台。

达斯汀·霍夫曼
美国著名性格演员

达斯汀·霍夫曼（Dustin Hoffman）是美国最著名的性格演员之一。他曾两次获得奥斯卡奖，六次被提名最佳男主角。他所扮演的角色在年龄、性格、背景、社会阶层上都有着巨大差异。从《午夜牛仔》中的落魄恶棍到《雨人》中患有自闭症的数字天才，从《克莱默夫妇》中的单亲父亲到《雌雄莫辨》中男扮女装的演员，他的每一个银幕形象都令人难以忘怀。

1937年8月8日，达斯汀·霍夫曼出生于洛杉矶的一个犹太家庭。父亲是一个家具店的销售员，同时在哥伦比亚制片厂管理道具。母亲放弃了做演员的梦想，在家中相夫教子。达斯汀·霍夫曼上学期间，由于家里多次搬迁，他本人又长得格外瘦小，无论到哪里都既不起眼又不合群。他唯一引人注意的地方就是善于模仿，特别是模仿老师。这一特长成了他演戏生涯的最早萌芽。高中毕业后，他进入圣塔莫尼卡城市学院学习音乐，但戏剧艺术的选修课却更让他感兴趣。一年之后，他辍学上了表演进修班。1958年，为了避免在家门口失败，他离开洛杉矶远赴纽约寻找做演员的机会。

在纽约的最初几年，达斯汀·霍夫曼靠打各种零工维持生活，同时继续进修表演课程。他第一次登上舞台是在一所大学的话剧里参加演出。1961年，他在百老汇上演的《将军先生的厨子》中跑过龙套。随后几年里，他仍然只是在百老汇的舞台或者在电视上串演一些小角色。1965年，他在试戏时被一位独具慧眼的导演看中，让他在《哈瑞，正午和深夜》中扮演一个生活在纳粹德国的跛脚同性恋者。从此，达斯汀·霍夫曼慢慢引起人们的注意并得到评论界的肯定。

1967年，《毕业生》的导演麦克·尼科斯邀请达斯汀·霍夫曼扮演影片中的男一号——迷惘困惑、落落寡合的大学生本杰明·布莱多克，这是一个具有颠覆性的大胆选择。在60年代的银幕上，人们习惯看到的是以格利高里·派克、约翰·韦恩、威廉·霍顿为代表的高大英俊、性格完美的男主角，而霍夫曼的形象却恰恰相反。一位影评家在他的文章中写道："他小矮个，鹰钩鼻，两眼如豆，头发蓬乱，整个一副倒霉蛋的模样。"达斯汀·霍夫曼在读过原著后也认为自己不是这个角色的合适人选，因为小说里的本杰明是一个高大的金发青年，但尼科斯却在已经30岁的霍夫曼身上看到了本杰明那一代人的精神气质。《毕业生》上映之后引起了巨大轰动，获得影评界众口一词的称赞。《星期六评论》称它为"本年度最令人耳目一新、最幽默、最感人的影片"，称达斯汀·霍夫曼为"我们这一代人最可爱的银幕英雄"。达斯汀·霍夫曼一夜之间成了家喻户晓的明星并被提名奥斯卡最佳男主角。

达斯汀·霍夫曼出名之后，片约纷至沓来。为了避免在银幕上定型，他选择了一个与本杰明从里到外都相去最远的角色。这就是《午夜牛仔》中的莱索·里佐。影片中的场景是纽约骗子、皮条客、小偷等聚集的一个污秽不堪的地下世界。莱索·里佐是一个以行骗为生的恶棍，浑身是病，孤苦潦倒，却在死前与一个年轻无知的男妓产生了一段惺惺相惜的友情。达斯汀·霍夫曼精湛的表演将一个低贱粗鄙的人物短暂的温情演绎得细腻动人，让观众为之叹息。尤其为评论家们所称道的是，影片中的里佐又老又瘸，丑陋不堪，而达斯汀·霍夫曼以刻画人物为重，丝毫不在意自己的个人形象。《午夜牛仔》为达斯汀·霍夫曼赢得了第二个奥斯卡奖提名。

接下来，达斯汀·霍夫曼与弥娅·法柔合演了《约翰与玛丽》，电影里两个年轻人在曼哈顿的一家酒吧相遇后上床，第二天临睡前才想起问彼此的姓名。这部影片的片酬是四十五万，比《午夜牛仔》多了二十万，比《毕业生》多了四十三万。接下来的一部电影是一部西部片，他在片中扮演一位121岁的印第安老人，片酬涨到五十万。达斯汀·霍夫曼几乎是以一种警觉的态度看待自己日益增长的知名度。在接受《纽约时报》采访时，他提到人在突然走红时容易丧失对自己的客观认识，因此要时时脚踏实地，不可得意忘形。

20世纪70年代初期，达斯汀·霍夫曼一连主演了几部反响平平的影片。尽管他的表演不乏可圈可点之处，但票房和影评却双双令人失望。1974年，达斯汀·霍夫曼在传记片《蓝尼》扮演喜剧家蓝尼·布鲁斯。蓝尼是现代美国的一位偶像级艺术家，生前因吸毒和在舞台上讲粗话而引起一系列法律纠纷。达斯汀·霍夫曼对蓝尼独到的诠释和逼真的模仿得到了评论界的肯定，他又一次获得奥斯卡最佳男主角的提名。

《蓝尼》之后，达斯汀·霍夫曼的表演事业一度滑入低谷，而且因为合同纠纷与制片公司发生法律冲突。与此同时，他的婚姻也面临破裂。1979年拍摄的《克来默夫妇》似乎给了他一个表达内心无奈和痛苦的舞台。达斯汀·霍夫曼在影片中扮演一个一心扑在事业上的广告公司经理，妻子离家出走后不得不单独承担照顾儿子的责任，最终成为一个充满爱心的好父亲，却又为了争夺儿子的监护权与前妻在法庭上针锋相对。达斯汀·霍夫曼的表演细腻感人，被评论界公认为是他电影生涯中最精彩的表现，他也因此而第一次荣膺奥斯卡最佳男主角奖。

在达斯汀·霍夫曼创造的一系列银幕形象中，有些是日常生活中的普通人，有些是特殊环境中的特别人物，而他既能把一个普通角色演得令人难忘，又能将一个特殊角色表现得令人信服。他在影片《雌雄莫辨》中扮演一个普通男演员，因为找不到工作而不得不女扮男装在一出肥皂剧中担任一个女角并意外获得成功。达斯汀·霍夫曼演男像男，扮女似女，对两者转换间的尴尬和狼狈表现得尤其传神，他的精湛演技再次为他赢得了奥斯卡男主角的提名。

达斯汀·霍夫曼下一个独特而具有挑战性的角色是影片《雨人》中患有自闭症的数字奇才。在英俊潇洒、精明灵活的汤姆·克鲁斯身边，达斯汀·霍夫曼显得木讷、呆板、脆弱、幼稚，却又紧紧扣住了观众的心弦。《新闻周刊》在影评中指出："达斯汀·霍夫曼的表演令人叹为观止。尽管角色本身缺少发挥余地，他却能够从中展现出丰富的色彩和层次。"《雨人》获得多项奥斯卡奖，包括最佳影片和最佳男主角奖。

20世纪90年代，达斯汀·霍夫曼影响最大的影片是《炒作》。影片里美国总统在选举前两个星期闹出性丑闻，为了避开舆论追究，总统的竞选顾问向好莱坞的一位制片人求助。后者利用媒体杜撰出发生在阿尔巴尼亚的一场战争并让美国介入，以此转移选民的视线。影片上映时，正值克林顿总统与莱温斯基的关系曝光且下令轰炸南斯拉夫，二者的巧合使得《炒作》成为当年最热门的政治讽刺影片。达斯汀·霍夫曼扮演好莱坞的制片人，第六次获得奥斯卡奖提名。达斯汀·霍夫曼不断以新的角色在银幕上与观众见面，演技也日益炉火纯青。1999年，美国电影学会授予他终身成就奖。

20世纪60年代初，达斯汀·霍夫曼的出现给美国影坛带来了前所未有的新气象，至今他仍是好莱坞公认的最具创意的演员之一。在长达半个世纪的表演生涯中，达斯汀·霍夫曼唯一受到批评的就是他的"完美主义"。他对角色的投入和对细节的苛求往往令人感觉难以合作。但正是这种对完美的追求造就了一个优秀的艺术家和一个个充满人性的独特的银幕形象。美国电影学会在终身成就奖颁奖词中写道:"三十多年前,很难把达斯汀·霍夫曼看作是一位主角。今天,很难想象他不是一位主角。达斯汀·霍夫曼可以说是一位最完美的主角。他既是好莱坞的明星,又是同代人中最伟大的演员之一。"

拉尔夫·劳伦
POLO品牌的创建人

　　一件看去普通随意的开领短袖汗衫，因为左胸前一个小小的马球标志立刻就让穿衣人显得气质优雅、卓尔不群。这就是POLO的形象，它代表着成功、自信、品位和经济实力。POLO的创始人、著名时装设计师拉尔夫·劳伦(Ralph Lauren)就是他所创造的品牌的最佳写照。

　　拉尔夫·劳伦原名拉尔夫·利夫史兹，1939年10月14日出生于纽约的布朗克斯区，父母都是来自俄国的犹太移民。父亲是一位艺术家，靠油漆房子维持一家人的生活。拉尔夫·劳伦自幼便对衣着有独特的品味。当同龄的男孩子纷纷模仿马龙·白兰度穿牛仔服或者摩托装时，他却偏爱优雅整洁、富有书卷气的花呢外套和系扣衬衫。拉尔夫·劳伦最早的时装知识来自电影和《绅士》杂志，他十分看重服装的质地和品牌。上高中时，他在亚力山大百货公司打工，把薪水大都用在买衣服上面，为了买一件名牌外套往往省吃俭用几个星期。16岁时，拉尔夫·劳伦和哥哥姐姐一起把自己的姓从生涩拗口的利夫史兹改成简洁而富有音乐感的劳伦。

　　高中毕业之后，拉尔夫·劳伦白天在亚力山大做全职售货员，晚上在纽约城市学院进修商业课程，但没拿到学位就退学了。1967年，拉尔夫·劳伦在一家领带公司卖领带，同时开始做领带设计，而他的整个办公室就是帝国大厦一个小房间里一个柜子的一个抽屉。他设计的领带面料别致，花色鲜艳，而且比传统领带要宽一至二公分，这一新式领带上市之后很受欢迎。一年以后，拉尔夫·劳伦用借来的五万美元创办了自己的时装公司，给公司起名为POLO，取其高贵优雅的气质。很快，拉尔夫·劳伦的宽型领带成功进入纽约时装市场，包括最高档的布露明黛百货公司。由于拉尔夫·劳伦名不见经传，布露明黛不仅要求他把领带变窄，还要把拉尔夫·劳伦的名字拿掉，但他宁可从布露明黛撤出产品也绝不肯改变自己的设计和放弃自己的名字。六个月之后，目睹宽型领带在其他商场热销的盛况，布露明黛主动找到拉尔夫·劳伦，表示愿意原样销售他的领带。

为了与宽型领带相配，拉尔夫·劳伦又推出了POLO男装系列。他所设计的男装比一般美国西装更加挺拔考究，却又不像欧洲男装那么正式拘谨，从面料到剪裁都体现出一份渊源深厚的英伦贵族气派。POLO男装闲适而优雅的风格立即获得了年轻高层企管人士的青睐，布露明黛率先在商场内开设了拉尔夫·劳伦专卖店。1971年，拉尔夫·劳伦女装系列问世，并逐渐发展为四种款型：精品型、古典型、乡村型和运动型。他的女装设计尽管表面看来有些男性化，但由于不同面料和款式独具匠心的搭配，反而在潇洒中更能凸显女性的柔美。接下来的二十几年里，拉尔夫·劳伦不断推陈出新：1974年的眼镜系列、1978年的男孩系列、1981年的女孩系列、1982年的鞋子系列。随后，围巾、袜子、睡衣、皮具、箱包、珠宝等也纷纷上市。

拉尔夫·劳伦的男女时装对美国人七十年代和八十年代的着装产生了巨大影响。拉尔夫·劳伦曾经为电影《了不起的盖茨比》（1973）和《安妮·赫尔》（1978）担任服装设计。罗伯特·雷德福优雅的绅士派头和黛安·基顿随意的男性化装束曾经领导了当时的时装潮流。80年代中期，POLO运动装几乎成了年轻人最崇拜、最向往的品牌。几十年来，世界和人们的观念都发生了巨大变化，时装界更是日新月异，令人目不暇接，但拉尔夫·劳伦始终在时尚潮流中保持着领先地位。他的设计融创新、传统与浪漫为一体，并且从不同历史时期和文化中获得灵感。他的大多数时装系列都有一个主题，如非洲之行、巴黎波西米亚情调、西部牛仔风情、美国印第安人文化、俄国革命时期风格等等。无论何种款式，拉尔夫·劳伦的每一件服装都以考究的面料、无可挑剔的剪裁和优雅得体的搭配体现出他一贯的品位。正如他自己所说："我信奉可以历久不衰的服装，而不只是流行一时。这样的服装应该一年比一年耐看。穿我设计的衣服的人不会觉得它'时髦'，他们欣赏的是优质的服装……"

1971年，拉尔夫·劳伦在加州比佛利山创办了第一家专卖店。他是美国第一个自己开专卖店的时装设计师。早年在商场做售货员的经历让他在零售与推销上具有敏锐的直觉和决策能力。到目前为止，拉尔夫·劳伦在美国有上百家独立的专卖店，在上千个美国高档商场中设有精品店。另外，伦敦、巴黎、上海等许多世界大都市也都有拉尔夫·劳伦的时装店。拉尔夫·劳伦是第一个在以历史悠久、名牌众多著称的欧洲时装界获得成功的美国设计师，世界各地的消费者更是以实际行动证明了拉尔夫·劳伦的魅力。2000年，拉尔夫·劳伦的产品在全球的销售额高达一百亿美元。

然而，拉尔夫·劳伦影响最大也最成功的不仅是他所设计的时装，还有他精心打造并推广的一个形象、一份梦想和一种生活方式。拉尔夫·劳伦的名言是："我设计的不是服装而是梦想。"在他的广告中，拉尔夫·劳伦推销的不是某一件产品而是一个理念，在市场销售中他也力图传达同样的信息。1983年，拉尔夫·劳伦突破时装的界限，进入居家设计领域。他的产品包括家具、窗帘、毛巾、地毯、瓷器、床上用品甚至油漆。时装所包装的是个人，而居家设计则包装了人的生活环境，从而全方位地打造出一种生活方式。1986年，拉尔夫·劳伦写出了美国时装史上前所未有的大手笔，耗资一千四百万美元将纽约麦迪逊大道上一座有着上百年历史的建筑改建为一个美轮美奂、典雅豪华的展销大厦。这座大厦从里到外每一寸空间都经过精心装饰和搭配，每一样物品从墙纸到唱片都可以供顾客选购。任何人只要身临其境，就能直观地、全面地感受拉尔夫·劳伦的生活方式在物质和精神上的内涵。拉尔夫·劳伦是第一位在自己产品广告中现身说法的设计师。他通过向观众展示自己的衣着、家庭、居住环境等来宣扬一种生活理念。而在现实中，拉尔夫·劳伦的确是他所推崇的生活方式的写照。他在科罗拉多有农场，在纽约有豪宅，在长岛和牙买加有庄园。他收藏名牌古董汽车、手表和摩托并拥有一架私家飞机，他的生活方式成为许多美国人梦寐以求的目标。

拉尔夫·劳伦七次获得美国时装设计大奖——科蒂奖。1986年，拉尔夫·劳伦进入科蒂名人榜。1992年，美国时装设计协会授予他终身成就奖，表彰他几十年来对美国时装的贡献。美丽优雅的著名女演员奥黛丽·赫本在颁奖时说："如果有人说你看上去很'拉尔夫·劳伦'，你就知道那意味着什么。"1996年，美国时装设计协会评选拉尔夫·劳伦为年度最佳设计师。拉尔夫·劳伦曾经骄傲地宣称："我提高了美国的品位。"

鲍勃·迪伦
60年代美国青年的精神偶像

鲍勃·迪伦（Bob Dylan）是美国 20 世纪 60 年代最具影响力的歌手，他的歌声领导了一个时代的音乐潮流，他本人则是整整一代人的精神偶像。

1941 年 5 月 12 日，本名罗伯特·齐默尔曼的鲍勃·迪伦出生于明尼苏达州的一个小城市，祖父母辈是来自俄国的犹太移民。他 10 岁开始写诗并自学弹奏吉他和钢琴。他对民谣、乡村音乐和早期的摇滚乐十分入迷，在高中时就组建了自己的乐队。1959 年，他上了明尼苏达大学。大城市丰富的音乐生活开阔了他的视野，他接触到不同风格的音乐并开始在学校附近的酒吧和咖啡馆登台表演。在这期间，他改名为鲍勃·迪伦，以此表达他对威尔士叛逆诗人狄伦·汤玛斯的敬慕。对音乐的痴迷使鲍勃·迪伦无暇顾及学业，他的大学生活只持续了短短的六个月便结束了。

鲍勃·迪伦从小就向往漫游的生活，在 10 到 18 岁之间曾经七次离家出走。退学以后，他马上收拾行囊上了路。1961 年，他带着两个心愿来到纽约。一是亲自拜见他最崇拜的民歌王伍迪·古斯芮，二是成为云集于格林威治村的众多歌手中的一员。病榻上的伍迪·古斯芮让鲍勃·迪伦发现了自己。他回忆道："伍迪曾是我的上帝。我写歌时总是按照我想象中的他来写。和他谈话以后，我发现他不是神而是人。他使我懂得了人们所做所为的动机所在。现在我写的都是自己的感受。"在纽约，鲍勃·迪伦起初睡在地铁站里，在街头或者咖啡馆周围弹唱，但不久他就在格林威治村崭露头角，更被《纽约时报》称赞为"曼哈顿最有特色的夜店歌手之一"。

1961 年秋天，哥伦比亚广播公司与鲍勃·迪伦签约。他的第一个专辑是《鲍勃·迪伦》，但里面只收了两首他的原创，包括一首献给伍迪·古斯芮的《致伍迪》，其余都是以死亡和生活的苦难为主题的传统民歌。真正使他出名的是第二个专辑《随心所欲的鲍勃·迪伦》，这是美国通俗音乐史上最有特色、最充满诗意、最震撼人心的声音，其中《随风飘扬》一曲成为 60 年代传遍美国乃至欧洲的和平圣歌。

60 年代初期，鲍勃·迪伦的歌具有强烈的时代感和政治色彩。他反对战争，反对种族歧视，反对贫富不均，反对不公平的社会体制。除了《随风飘扬》《大雨来了》等谴责战争的歌曲之外，他的歌中还有被杀害的黑人民权运动领袖、铁矿工人的妻子和惨死的拳击手。他以一个时代先锋的敏锐和勇气表达了一代人的渴望、痛苦、愤怒和叛逆。这段时期，鲍勃·迪伦基本上采用当时民歌的流行唱法，兼有乡村与蓝调风格。他的鼻音浓重，声音嘶哑，听上去有一种粗粝的真实感。与他的歌曲一样，鲍勃·迪伦本人也以桀骜不驯而闻名。尽管他同情民权运动，却不属于任何社会组织。他一方面被公认为时代的代言人，另一方面却强调自己的独立性："我只写我脑子里的想法，并不想为了什么人去领导什么事业。"远在大西洋彼岸的披头士乐队成员之一乔治·哈里森在讲到鲍勃·迪伦时曾经说："我喜欢他整个的态度。他的穿着，他谁也不买账的劲头，他唱反调的做法，他嘲讽一切的气派。"

在连续推出两个以政治歌曲为主的专辑之后，鲍勃·迪伦似乎对站在抗议运动的前沿有所厌倦。他的下一个专辑刻意起名为《鲍勃·迪伦的另一面》，从内容到风格都偏离了以他自己为中心的民歌潮流。在这个以情歌为主的专辑里，鲍勃·迪伦展示了他作为诗人兼歌手的独特气质和文学造诣，他歌词中包含的意象和语言深度带给了通俗歌曲前所未有的文学性。

接下来的几年是鲍勃·迪伦音乐创作上最成熟也最具影响力的时期。1965 年，来自英国的披头士以摇滚乐席卷了整个美国，其他歌手也纷纷用电子乐器演绎鲍勃·迪伦的曲目。鲍勃·迪伦充分意识到了一把吉他、一支口琴的民歌在音乐上的局限性，决意在自己的演唱中引入电吉他和摇滚乐队。1965 年夏天，鲍勃·迪伦创作了他作为摇滚民歌创始人的奠基之作《好像一块滚石》。这首长达六分钟的歌曲冲破了摇滚乐维系了十年的停滞状态，用各种乐器振聋发聩的组合彻底取代了民歌单一的曲调。《好像一块滚石》一炮而红，成为当年所有电台必播的热门曲目，鲍勃·迪伦也在一夜之间成了摇滚乐的偶像。但是，鲍勃·迪伦从传统民歌到摇滚乐的转变并不一帆风顺。1965 年 7 月 25 日，他首次带着电吉他和一个摇滚乐队在纽波特民俗节上亮相，歌迷们对他的新歌失望愤怒之余大喝倒彩。类似的反应在鲍勃·迪伦接下来的欧洲巡回表演中仍不断发生。但与此同时，鲍勃·迪伦的新摇滚专辑却连续登上了流行歌曲排行榜的前十名。其中许多歌曲都成了摇滚音乐史上的经典曲目。

声名如日中天的鲍勃·迪伦当时只有 25 岁。连续不断的演唱会让他筋疲力尽，同时他还要应付即将到期的唱片公司和出版社的合约。1966 年 7 月 29 日，鲍勃·迪伦在骑摩托车时受重伤。这次意外事故不仅让他摆脱了事业和精神上的巨大压力，而且得以与结婚一年的妻子萨拉和刚出生的儿子一起安静地享受天伦之乐。

伤愈复出之后，鲍勃·迪伦继续与不同的乐队合作并不断有新作问世，但再也未能重写他巅峰时期的辉煌。70 年代，他有三个专辑曾经名列流行歌曲排行榜之首，但更多的作品却没有引起反响甚至遭到批评。在音乐上，鲍勃·迪伦一如既往地探索新的风格，从民歌转向摇滚乐，又从民歌摇滚转向乡村蓝调。同时，他也经历了信仰上的转变。70 年代初，他有意寻找自己的犹太渊源并在耶路撒冷的哭墙前拍下著名的留影。70 年代末，他出人意料地成了再生基督徒并连续推出了几个与基督教有关的专辑，数年之后却又重返以色列。这段时间里鲍勃·迪伦的个人生活十分低调。他与萨拉离了婚，大部分时间都在各地巡回演唱。尽管鲍勃·迪伦的头上已没有昔日的光环，但他始终在流行音乐界占有一席之地。1988 年，他入选摇滚乐名人榜。1991 年的葛莱美音乐奖授予他终身成就奖。1997 年，他的专辑《疯狂时代》获得了三项葛莱美奖，他自己则成为当年美国艺术最高成就奖——肯尼迪中心荣誉奖的五名获奖者之一。2004 年，《好像一块滚石》被《滚石》杂志评为有史以来五百支最优秀歌曲的第一名。2012 年，奥巴马总统授予鲍勃·迪伦代表平民最高荣誉的总统自由勋章，称他为"美国音乐史上无与比肩的巨人"。2016 年，鲍勃·迪伦获诺贝尔文学奖，成为当年最具轰动效应的新闻之一。他获奖的原因是"用美国传统歌曲创造了诗意表达"。

鲍勃·迪伦对美国流行音乐具有不可估量的影响。他在流行音乐的形式、流派、作词、内容等方面的贡献至今无人企及。作为 60 年代美国人精神和灵魂的代表，鲍勃·迪伦将是一个永远的音乐传奇。

保罗·西蒙
把流行歌曲唱成经典歌曲的一代歌王

　　西蒙和加芬克尔是美国流行音乐史上最著名的二人组合之一。二十世纪六七十年代里，他们的二重唱表达了那一代人对和平、友谊、爱情的信念和向往，至今仍是流传不衰的经典。其中保罗·西蒙（Paul Simon）在演唱之外更兼写词和作曲，是二人组合的灵魂。从 50 年代两人初次合作至今，西蒙和加芬克尔分分合合多次，在时间上则分多于合。在他们各自的音乐生涯中，西蒙的成就显然更突出，影响也远远大于加芬克尔。

　　保罗·西蒙于 1941 年 10 月 13 日出生于新泽西州纽沃克一个匈牙利裔犹太家庭。他的母亲是一位音乐老师，父亲在广播电台演奏贝司。加芬克尔与西蒙的生日只差了三个星期，父母也是犹太裔。他们两人都在纽约的皇后区长大，在高中时结为好友，并开始用"汤姆和杰瑞"（卡通片中的猫和老鼠）的名字在一起演唱。1957 年，他们录制了第一首二重唱《嗨！女生》，在流行歌曲排行榜上排第四十九名。这一年，两人都只有 16 岁。高中毕业后，西蒙和加芬克尔各奔前程。西蒙边在皇后大学读书边创作歌词，间或也登台演唱，加芬克尔则进了哥伦比亚大学学习数学。

　　60 年代初，纽约的格林威治村聚集着大批艺术家。民歌是当时的音乐主流。西蒙和加芬克尔再次联手，以二重唱和西蒙的吉他伴奏在民歌舞台上脱颖而出。1964 年，哥伦比亚唱片公司推出了他们的第一个专辑《星期三凌晨三点》，但没有引起预料中的反响。西蒙只身前往英国寻求音乐灵感。在英期间他创作和演唱的歌曲被收入《保罗·西蒙歌集》在英国发行。与此同时，第一个专辑中受到冷落的一首歌却出人意料地在美国被重新发现并走红。这首歌就是著名的《寂静之声》。1965 年，《寂静之声》在电台上多次被听众点播，哥伦比亚的一个音乐制作人灵机一动将它从专辑中挑选出来，加入电吉他、贝司和鼓重新录制后作为单曲发行。被"摇滚"处理过的《寂静之声》广受欢迎，一举登上流行歌曲排行榜榜首。当西蒙闻讯从英国赶回美国时，他和加芬克尔已经成了名声大噪的明星。

哥伦比亚唱片公司趁热打铁，让西蒙和加芬克尔再次合作，很快推出了以《寂静之声》为名的第二个专辑。专辑中的好几首歌曲来自《保罗·西蒙歌集》，但改由二人合唱，并加入了摇滚乐伴奏，其中包括脍炙人口的《我是岩石》《绿叶》《凯西之歌》等。一年之后，《欧芹、艾草、迷迭香和百里香》问世，收录了西蒙过去一年中创作的新歌。这个专辑无论是歌曲本身还是西蒙和加芬克尔在重唱上的配合都比以往更加成熟和完美。西蒙的歌词忧郁、伤感、细腻、飘逸，旋律优美动人。加芬克尔是二人中的主唱，他纯净而真挚的声音宛若天籁，是西蒙词曲的绝配。与站在时代前列，用歌声抨击时弊的鲍勃·迪伦相比，充满书卷气的西蒙和加芬克尔代表的不是60年代人作为抗议者的愤怒和叛逆，而更多的是青春期的敏感、脆弱和渴望。

1967年，西蒙应邀为电影《毕业生》创作主题歌。在短短时间里，西蒙写出了《罗宾森太太》，由他和加芬克尔合唱。《毕业生》获得巨大成功，摘取了数项奥斯卡大奖，《罗宾森太太》也一鸣惊人，荣获葛莱美年度最佳歌曲和最佳电影插曲两项大奖。《罗宾森太太》被收入新专辑《书挡》中，其他歌曲还有传唱一时的《美国》《老人的声音》和《假装》等。

就在西蒙和加芬克尔红遍整个西方歌坛的同时，他们之间的关系也日益紧张。常年不停的巡回演唱让两个人都心力交瘁，磨擦和矛盾时有发生。加芬克尔从高中起就对电影表演有浓厚的兴趣，当《毕业生》的导演麦克·尼科斯请他在电影《第二十二条军规》中扮演一个主要角色时，他自然不肯错过这一千载难逢的机会。但加芬克尔远赴墨西哥拍片时，正值专辑《急流上的桥梁》的录制阶段。西蒙对加芬克尔的一心二用耿耿于怀，他独自一人完成了剩余部分的录音，加芬克尔则在拍片间隙赶回来补录了伴唱和合声部分。富有嘲讽意味的是，《急流上的桥梁》是西蒙特意为加芬克尔创作的一首友情颂歌。歌中唱道："在你失意的时候，泪水充满你的双眼，我将为你把它拭去……就像急流上的桥梁，我会以身将你托起。"西蒙用赞美诗般的旋律和深情动人的歌词表现了友谊带给人们的希望和温暖。歌曲高潮处，加芬克尔清越悠扬的高音把西蒙的词和曲都诠释得淋漓尽致，显示了二人在音乐上无懈可击的默契。《急流上的桥梁》如石破天惊，将西蒙和加芬克尔送上了成功的顶峰，在高居流行歌曲排行榜第一名长达六星期之久的同时也创造了前所未有的销售量。1971年，《急流上的桥梁》获葛莱美年度最佳专辑、年度最佳单曲等六项大奖。但这一切都没能挽回西蒙和加芬克尔的关系，这一对歌迷心目中的完美绝配又一次分道扬镳。

西蒙与加芬克尔分手之后，单枪匹马继续在歌坛闯荡，并在新作中不断探索和丰富自己的音乐风格。70 年代，他的几个专辑在排行榜上都占据了显著位置，其中 1975 年推出的《依然为你疯狂》让西蒙第二次拿到了葛莱美年度最佳专辑奖。1980 年，西蒙创作并主演了音乐片《魔驹》，尽管影片票房成绩不佳，但其中的主题歌之一《深夜》却进入了排行榜前十名。这一时期，西蒙和加芬克尔曾经有过几次短暂的合作，双方都有诚意修补裂痕。1981 年，两人在分手了十年之后在纽约的中央公园联袂举行了一场免费演唱会，吸引 50 万歌迷到场。由于演唱会的巨大成功，西蒙和加芬克尔决定在欧洲、日本和美国进行为期一年的巡回演唱。但巡演过程中，两人之间再度发生矛盾，终于在演出结束后宣告分手。

两年之后，西蒙推出专辑《心与骨》，但反响远远不如他以前的作品，这促使他在音乐上寻求新的突破。多年以来，西蒙就对西方流行音乐之外的音乐风格有着浓厚兴趣。1985 年，他前往南非旅行和采风，南非音乐中独特的节奏给了他灵感。1986 年，他创作了专辑《圣洁之土》，将非洲音乐融入歌曲的旋律中。《圣洁之土》是西蒙迄今为止销售量最大的专辑并又一次让他获得葛莱美年度最佳专辑奖。1990 年，《圣者之韵》问世，其中的歌曲明显受到巴西音乐的影响。

1990 年，西蒙和加芬克尔双双进入摇滚乐名人榜。在授奖仪式上，他俩在久违之后同台表演。1993 年，西蒙邀请加芬克尔加入自己音乐生涯的回顾巡演，曲目以两人过去合作的老歌为主。尽管演唱会打的是西蒙一个人的名字，在听众眼里却标志着两人的复合。1999 年，西蒙首次与鲍勃·迪伦合作进行夏季巡演，得到评论界的高度评价。2000 年，西蒙发行了他的最新专辑《就是你》。距上一次合作又一个十年之后，西蒙和加芬克尔在 2003 年的葛莱美颁奖仪式上以一曲《寂静之声》为晚会揭幕，并同时获得终身成就奖。同年年底，他俩开始了一轮名为"老朋友"的全国范围的巡演，所到之处，场场爆满。西蒙和加芬克尔不负众望，像多年以前一样，奉献给歌迷们一首又一首优美的老歌。

近半个世纪以来，保罗·西蒙以独特而丰富的音乐创作在美国歌坛上奠定了自己的地位。歌曲《就是你》恰到好处地总结了他个人的音乐生涯："在某个灿烂的瞬间／声音变成了一首歌，我必定会讲述一个故事，那便是我的归宿。"

麦克尔·艾斯纳
扭转乾坤的迪斯尼总裁

前迪斯尼公司总裁麦克尔·艾斯纳（Michael Eisner）曾经是美国风头最健、收入最高、业绩最辉煌的企业巨擘之一。20世纪末，他凭着自己的胆识与魄力把迪斯尼打造成了一个信息与娱乐的庞大帝国。

1942年3月7日，麦克尔·艾斯纳出生于纽约一个优裕的犹太家庭。哈佛大学毕业的父亲是一位律师，曾经在国家住房和都市发展署担任主管。母亲是一所医学研究机构的总裁。父母对麦克尔·艾斯纳和妹妹家教极严，兄妹二人每看一小时电视就必须读两小时的书。尽管家境富有，但艾斯纳从小就学会在花钱上慎重自律。艾斯纳中学读的是昂贵的寄宿学校，毕业后进了俄亥俄州的一所私立文理学院。他在大学里学的是文学和戏剧，暑假期间在纽约的国家广播公司（NBC）打工。毕业之后，艾斯纳在NBC做一名广告记录员，记录广告的播出次数。后来他跳槽到哥伦比亚广播公司（CBS），负责给儿童节目插播广告。艾斯纳不喜欢自己的工作，发出了上百封求职信，但只有一个公司给了他回音，这就是美国广播公司（ABC）。

1966年，ABC还是一家小公司，一位名叫白瑞·狄勒的年轻主管认为艾斯纳正是ABC所需要的人才，于是说服董事会让艾斯纳协助自己搞节目编排。在ABC的头两年，艾斯纳的能力逐渐显露出来。1968年，他被提拔为负责专题节目的经理，不到一年又升任为负责东海岸节目的主管，包括星期六上午的儿童节目。在艾斯纳的管理下，这一地区和时段的节目大见起色，吸引了不少观众。艾斯纳凭借自己突出的业绩继续向上攀升。1971年，他成为主管白天节目的副总经理，推出了《我的子女》《一生一世》等广受欢迎的电视连续剧。三年后，艾斯纳先后担任了负责节目计划和发展的副总经理和全面掌管黄金时段节目制作的高级副总裁，制作的许多电视节目红遍了整个美国。ABC有史以来第一次超过NBC和CBS成为收视率最高的电视网。

与此同时，将艾斯纳领进ABC大门的白瑞·狄勒担任了派拉蒙制片公司的董事长，他再次邀请艾斯纳加盟。1976 年，艾斯纳成为派拉蒙的总裁。当时，派拉蒙已经几年没有拍出过卖座影片，而制作一部影片的平均费用是一千二百万元。艾斯纳运用他在 ABC 的理财经验，将制片成本降低到八百万元。在掌握公司的财政事务的同时，他还积极参与影片的艺术制作。艾斯纳任总裁的八年里，派拉蒙推出了《星期六热舞》《寻宝传奇》《普通人》《母女情深》等卖座大片，占好莱坞票房最高的影片的一半。派拉蒙从昔日美国六大制片公司的最后一名一跃成为第一名。

1966 年，迪斯尼的创始人华尔特·迪斯尼去世。他的想象力与创造性曾经让迪斯尼充满了魅力和生机。他去世后，迪斯尼每况愈下，动画片制作出现停顿，迪斯尼有线频道亏损，股票下跌，完全靠主题公园的收入和米老鼠商标勉强维持。80 年代初，迪斯尼面临着被买断瓜分的危机。为了挽救公司，华尔特·迪斯尼的侄子罗伊·迪斯尼决定重金聘请曾经在 ABC 和派拉蒙扭转乾坤的艾斯纳为迪斯尼总裁。1984 年 9 月 22 日，艾斯纳走马上任。

艾斯纳很快证明自己名不虚传。他的策略是将迪斯尼的产业多元化。加州和佛罗里达州的主题公园被大规模扩建，新迪斯尼公园先后在日本和法国落成。迪斯尼的经典老片卖给电视台授权放映，同时又被制成录像带大规模发行，迪斯尼频道进入了七千万美国家庭。电影制作部门也重现昔日的辉煌，几年之内连续推出了《美人鱼》《美女与野兽》《阿拉丁》《狮子王》等多部风靡全球的动画片。此外，迪斯尼还买下了米高梅制片公司，进一步扩大自己的电影生产。同时，以迪斯尼为主题的玩具、服装、游轮专线、度假村、宾馆纷纷出现，形成了一个庞大的消费市场。在娱乐产业之外，迪斯尼还加入了美国冰球联盟，买下了加州棒球队天使队。随后，高尔夫、赛车、马拉松、足球等赛事也一一被迪斯尼揽入名下。1996 年，在艾斯纳的策划下，迪斯尼买下了 ABC 电视网和体育电视网 ESPN。昔日的雇员成为今朝的老板，艾斯纳的这一大手笔不仅让他个人名利双收，也把迪斯尼推向前所未有的鼎盛。

当年，迪斯尼的元老们看中了艾斯纳的胆识、魄力、热情以及创造力，而这些无疑都通过他在迪斯尼的业绩得到了证实。1998 年，迪斯尼的年销售量和利润分别是 229 亿和 19 亿，市场价值从 1984 年的 20 亿增加为 2005 年的 690 亿，翻了三十多倍。艾斯纳在任期间，迪斯尼股票飙涨，他本人在每年七十多万的年薪之外，也从股票上大获其利。从 1996 到 2001 年之间，艾斯纳的个人收入高达七亿三千七百万元。

21世纪初，迪斯尼连续多年的两位数增长率开始下滑。迪斯尼在互联网上的投资不断亏损，导致总利润降低，电影制作也受到成本提高和市场饱和的负面影响，而国外的主题公园在短期内还不见赢利。2001年春，迪斯尼解雇了四千名雇员。9·11后，美国经济受到全面冲击，迪斯尼也未能幸免。与此同时，艾斯纳自己的处境也面临危机。二十多年来，艾斯纳一直被看作是迪斯尼力挽狂澜的头号功臣，但也有不少人认为他刚愎自用、不可一世，许多迪斯尼主管人员因无法与之相处而另谋出路，其中包括动画片奇才杰弗瑞·卡曾柏格。他在离开迪斯尼之后与电影导演史蒂文·斯匹尔柏格、音乐巨擘戴维·盖芬联合创建了梦工厂多媒体制作公司，并将迪斯尼告上法庭，索取自己合同内应得的收入。迪斯尼最后与卡曾柏格达成庭外和解，据称赔偿了对方两亿五千美元。不久，执行总裁迈克尔·欧维兹也离开了迪斯尼，这一次迪斯尼付出的代价是九千万美元。人事纠纷加上媒体炒作使艾斯纳在迪斯尼大失人心、四面楚歌，而公司的不景气也让迪斯尼的股东们对艾斯纳的决策能力产生了怀疑。

2003年，罗伊·迪斯尼退出董事会并要求艾斯纳辞去董事长一职，被艾斯纳拒绝。2004年初，43%的股东投票免去艾斯纳董事长一职，艾斯纳不得不接受股东的决定。但按照合同规定，他的总裁一职却要到2006年才期满。2005年3月，艾斯纳宣布他将于9月底卸任。9月30日，在娱乐业叱咤风云几十年的艾斯纳带着与迪斯尼20年的恩恩怨怨黯然离去。

芭芭拉·史翠珊
好莱坞的全能女人

芭芭拉·史翠珊(Barbra Streisand)是美国娱乐界一个独一无二的女性。她在自己涉足的每一个领域——百老汇、电视、电影、唱片和音乐会——都达到了顶峰。四十多年来,史翠珊曾经荣获十次格莱美奖,六次艾美奖,两次奥斯卡奖,十一次金球奖,其唱片销售量高达七千一百万张,位居全球女歌星之首。她辉煌的演艺生涯在美国文艺史上写下了永久的传奇。

1942年4月24日,史翠珊出生于纽约布鲁克林一个犹太人居住区。她的父亲是一个中学英文教师,在她一岁多时就去世了,母亲靠一份秘书工作艰难地维持全家人的生活。史翠珊在家中一直不快乐,母亲再婚后又与继父关系恶劣。在学校里,她虽然成绩出众却很不合群,因为其貌不扬又穿着怪异而受到其他孩子的冷落和嘲笑。心高气傲的史翠珊最大的愿望是成为一个演员。她常常把自己想象成电影或书中的某个角色,穿着旧货店买来的服装在镜子前长时间地排练。母亲担心她的容貌对她成为演员不利,劝她学习打字以便将来可以做一个秘书,但史翠珊执意要去演戏。为了向母亲证明自己的决心和才华,高中毕业后,年仅17岁的史翠珊便离开家搬到曼哈顿,边打零工边寻找机会进入演艺圈。

20世纪60年代的纽约格林威治村聚集着大批演员、作家和艺术家。一次偶然的机会,史翠珊参加了一家著名同性恋酒吧的才艺比赛,从未唱过歌的她居然获得了第一名。从此,史翠珊开始在格林威治大大小小的夜总会和咖啡馆演唱。她仍然穿着旧货店买来的服饰,画着色彩浓重的眼影,一招一式都与众不同。更重要的是,史翠珊不仅拥有得天独厚的声音,而且在曲目的选择上往往出人意外,对歌曲的诠释亦别具一格。她很快就在当地小有名气并引起了百老汇制作人的注意。

史翠珊在百老汇演出的第一部音乐剧叫做《给你批发价》,她饰演一个相貌平平的小秘书。为了在演出前就给观众留下深刻印象,一贯特立独行的史翠珊要求在节目单中注明自己出生于马达加斯加、长在缅甸仰光。评论界对这部舞台剧褒贬不一，但对史翠珊在戏里的演技却给予了一致肯定。由于她的出色表现，《给你批发价》在百老汇持续上演了九个月。随着史翠珊在百老汇的成功，电台、电视台和唱片公司的邀请也纷至沓来。在忙于录制唱片和电视节目的同时，她和《给你批发价》的男主演艾略特·郭德结了婚。1962 年，哥伦比亚唱片公司推出了史翠珊的首张唱片，这张唱片名列流行曲排行榜长达十八个月之久，并且荣获两项艾美奖。这一年，史翠珊只有二十岁，是当时最年轻的的艾美奖获得者。

1964 年，史翠珊在百老汇历史上最成功的的音乐剧之一《搞笑女孩》中饰演女主角——犹太女星范妮·布莱斯，这个角色让史翠珊的喜剧和歌唱才华得到了淋漓尽致的表现。对于她在剧中所扮演的已故喜剧明星范妮·布莱斯，史翠珊并没有刻意模仿，甚至避免看她生前的录音和电影，因此呈现在舞台上的不是一段真人真事，而是史翠珊个人对剧中人物的诠释和创造。这一大胆而富有创意的行为显然得到了评论家和观众们的认可，演出盛况空前，好评如潮。史翠珊在剧中所唱的歌曲也成为她个人的经典曲目。1968 年，《搞笑女孩》被好莱坞拍成电影，仍由史翠珊主演，那一年她与另一位富有个性的女演员凯瑟琳·赫本双双获得奥斯卡最佳女主角奖。在拍片期间，史翠珊录制了一系列唱片专辑和广受欢迎的个人电视音乐会，但最为轰动的还是在纽约中央公园举行的独唱音乐会，约有十三万五千人到场观看她的演出。

获得奥斯卡奖之后，史翠珊渐渐把精力从唱歌转向了表演。在好莱坞，她先后主演了《你好朵丽》《乌鸦与猫咪》《从前的你我》《疯狂》等电影。1983 年，史翠珊执导了她的第一部音乐片《燕苔尔》，成为好莱坞首位集制片、导演、剧本创作和主演于一身的女性。《燕苔尔》的故事发生在 20 世纪初一个东欧国家，影片里的犹太女孩燕苔尔拒绝接受正统犹太教为女性规定的角色，女扮男装进入只收男生的神学院学习《塔木德经》，史翠珊亲自扮演女主角燕苔尔。这部电影获得当年金球奖最佳导演和最佳制片奖。1991 年，史翠珊执导并主演了《潮汐王子》，从此进入好莱坞最优秀导演的行列。《潮汐王子》获得了包括最佳影片在内的七项奥斯卡奖提名，但史翠珊本人却未得到最佳导演提名。很多人认为从中可以看出好莱坞对史翠珊由来已久的偏见和不满。

作为娱乐界凤毛麟角的女强人，史翠珊在圈内圈外都不可避免地受到关注和批评。自成名以来，就有人说她傲慢、霸道、自命不凡、难以合作，而她自己的种种怪癖也招致了不少猜测和议论。比如她不肯接受采访，担心说出的话被人误解。又比如她有极端的舞台恐惧症，害怕观众靠近等等。作为女强人和女人的史翠珊似乎有着双重性格。既才华过人、自视甚高，又患得患失、缺乏安全感；既独立果敢、我行我素，又感情脆弱、易受伤害。

除了为人之外，史翠珊另一个为人津津乐道的话题就是她的相貌。在群星灿烂、美女如云的好莱坞，史翠珊的长相的确是个异数，而她的成功更是一个奇迹。有一位纽约评论家曾写道："她的脸毫无动人之处……两只眼睛永远是对着的，鼻子大得不成比例，嘴巴在唱歌时歪来歪去，头发像个松鼠窝，但我没有想到她的歌声如此的美妙……芭芭拉·史翠珊证明了美是内在的。"史翠珊对自己的外貌颇有自知之明，但她不仅不加以掩饰和矫正，反而刻意张扬自己的与众不同之处，来引起别人的注意。在她走红之后，她的每一件衣服、每一个发型都在一夜之间成为年轻女性争相效仿的对象，那些长着大鼻子的女孩子更是如释重负。她们有理由相信无论自己外貌如何，只要努力和坚持就会像史翠珊一样获得成功。

史翠珊的绝大多数银幕形象都是鲜明的，甚至叛逆的犹太女性。作为制片人，她曾经将影片《明星的诞生》和《双面镜》中的主要角色改为犹太人物。史翠珊创建的独立电影工作室先后制作了一系列具有社会意义的纪录片。《沉默的军人》揭露了美国军队里性骚扰和对同性恋歧视的真相，《救援者》记载了非犹太裔人士在纳粹大屠杀中保护犹太人的历史，《长岛事件》讲述了一位普通女性单枪匹马争取法律对枪支控制的真实故事，《震撼世界的两只手》回顾了以色列总理拉宾和巴解组织领袖阿拉法特为中东和平作出的毕生贡献。2001年，全国犹太文化基金会将首届"犹太形象奖"颁给史翠珊，表彰她通过电影和电视表现犹太传统的杰出努力。

史翠珊在政治上是旗帜鲜明的民主党派。多年来，她曾经为许多民主党候选人包括克林顿总统募捐筹款，并且在自己的网页上公布自己所支持的民主党人的名单。

1985年，史翠珊建立了史翠珊基金会，直接为慈善和环保项目提供赞助，她还将自己在加州共24英亩的五处房地产捐献出来作为生态研究中心。此外，史翠珊的个人演唱会不仅征服了千千万万的听众，而且为慈善机构、艾滋病研究、癌症研究、妇女儿童组织以及改善犹太人与阿拉伯人、犹太人与黑人的关系筹款上千万元。

在她五十多年的艺术生涯里，史翠珊始终坚持自己的犹太传统和政治信仰，并且利用自己的形象、才华、地位和财富宣扬和支持人权、民主、妇女平等、环境保护和世界和平等理念，她对美国社会的影响和贡献远远超越了演艺界。

卡尔文·克雷恩
创造时尚和品位的时装设计师

世界流行的时装品牌 CALVIN KLEIN 给人带来的联想是时尚、前卫、青春、随意、自然。它的创始人卡尔文·克雷恩（Calvin Klein）是美国最受瞩目的设计师之一。他以简洁洗练的风格和惊世骇俗的广告在时装界与消费者中独树一帜。

1942 年 11 月 19 日，卡尔文·克雷恩生于纽约布朗克斯一个中产犹太家庭。少年时他开始对服装设计产生兴趣，不仅常常画女装素描，而且还学会了缝纫。他先是就读于纽约艺术设计职业高中，随后又进入著名的曼哈顿时装技术学院深造，并且在纽约第七大道上的一家服装店做了五年的见习设计师。1968 年，卡尔文·克雷恩和童年时的好友白瑞·史瓦兹联手创办了卡尔文·克雷恩时装有限公司，卡尔文·克雷恩担任服装设计，具有商业经验的白瑞·史瓦兹为公司的建立提供了资金，同时负责财务和经营。卡尔文·克雷恩最早设计的是风衣。他的第一笔大生意来得十分偶然。当时他的公司设在纽约一家酒店的七层楼上，一家大时装店的购货员有一天因走错楼层而踏入卡尔文·克雷恩的工作室。她对卡尔文·克雷恩所设计的风衣十分称许，开口就订货 5 万元，这对刚刚开张的卡尔文·克雷恩来说是一个不得了的大数目。这家时装店将这些轻盈时髦的风衣摆在临街的橱窗里，吸引了大量的顾客，卡尔文·克雷恩也因此引起了时装界的注意，他的设计开始频繁出现在《时尚》《哈伯》等花花绿绿的时尚杂志上。

70 年代初，卡尔文·克雷恩推出了女性休闲装系列，包括绒衣、裙子、衬衫、长裤和连衣裙等。这一组线条简洁、颜色素雅的服装可以任意组合成配套的日装和晚装，十分符合都市女性丰富随意的生活方式。卡尔文·克雷恩对此解释道："如今的女性不再是被支配的对象。她们把大量的时间和精力花在工作、家庭、社区和其他事务上。她们的生活改变了，没有时间去筹划自己的衣着。" 1973 年，卡尔文·克雷恩荣获美国时装界大奖——科蒂奖。他一贯的高雅品位、清新脱俗的设计和在随意与考究之间恰到好处的把握赢得了时装界的好评。至此，卡尔文·克雷恩已经形成了自己独特的风格。他的服装没有华丽的色彩和繁复的装饰，一切都简洁、精致、舒适、自然。

20世纪80年代初，卡尔文·克雷恩大胆而成功地完成了服装史上的一个创举。他将宽大耐穿的齐腰劳动布长裤改造成了时髦的牛仔裤。时装牛仔裤贴身有型，充分表现出人体的优美曲线，在裤袋上还缝有它的设计师的名字。这些新牛仔裤一上市，立刻成为热销产品，一个星期之内就卖出了几万条。但是卡尔文·克雷恩的创造性并未就此停步。1982年，卡尔文·克雷恩内衣系列问世。他所设计的短裤和三角裤无性别之分，裤腰上印着卡尔文·克雷恩的大名，从此内衣在消费者眼里不仅具有实用性，还代表了时尚和性感。接下来，卡尔文·克雷恩又将自己的名字打进香水市场，推出了迷恋、永恒、逃逸、对立等畅销品牌。他是第一位创造了男女通用香水系列的设计师。90年代，卡尔文·克雷恩开发出中档的CK品牌。这一档的服装在风格上更加随意并且包括了泳装、眼镜等配套产品。在此基础上，他又进一步推出了家用品和化妆品系列。

卡尔文·克雷恩简洁、随意、现代的时尚理念得到了大量消费者特别是年轻人的认同。一些好莱坞明星如茱莉亚·罗伯茨、圭妮丝·派特罗、海伦·杭特、詹妮弗·安妮斯顿等也都偏爱他简单优雅的风格。同时，卡尔文·克雷恩的杰出才华和创意还得到了时装界同行们的肯定。从1973到1975年，他连续三年获得科蒂时装奖，是获得该奖的最年轻的设计师。在1982到1993年期间，他又四次获得美国时装设计师协会奖。1993年，他荣获全美最佳设计师奖。

与卡尔文·克雷恩品牌具有同样影响力和知名度的是他的广告。多年来，他不断以富有争议性的广告画面冲击大众的视觉和心理接受力，甚至挑战社会道德底线。70年代初，美国最成功的广告是万宝路香烟。卡尔文·克雷恩成名之后，他的广告后来居上，在短短几年内便超过万宝路成为美国最令人瞩目的广告。时装牛仔裤以15岁的少女明星波姬·小丝为代言人，她身穿紧身牛仔裤，姿态性感，语出惊人："在我和我的卡尔文·克雷恩之间，什么都不存在……"香水电视广告中，英国模特凯特·默丝全裸出现在镜头前。她咬着自己的长发，神情迷茫地穿过海浪，追逐虫儿、风和心跳的声音。这些充满诱惑的广告显然对打响卡尔文·克雷恩的知名度起了重要作用。此后，卡尔文·克雷恩越来越大胆，也越来越多地受到社会各方面的批评。90

年代中期，他的一系列内衣广告中出现了未成年少男少女摆出与他们年龄不相称的性感挑逗的姿态，舆论界一片大哗，教育界、新闻界和宗教团体纷纷出面谴责卡尔文·克雷恩没有社会责任感，《福布斯》杂志将其评为 1995 年的最差广告，美国政府甚至动用了联邦调查局来调查卡尔文·克雷恩的公司是否触犯了禁止儿童色情的法律。最终，司法部门宣判这些广告没有犯法，卡尔文·克雷恩则在舆论界众口一词的声讨中不得不撤回他的广告，但此时他早已成了全国家喻户晓的名人。这一事件刚刚平息，卡尔文·克雷恩再次因广告掀起波澜。在宣传他的新型香水 CKOne 和 CKBe 的广告中，一群病态、冷漠的年轻人表现出一种理想化的吸毒文化氛围。这一次，克林顿总统亲自出面，告诫时装产业不可利用时尚形象来美化对毒品的沉溺。卡尔文·克雷恩则继续为自己的清白辩护，坚称自己的广告从来无意于引起社会争议，只不过是反映现实中的真实状态而已。尽管卡尔文·克雷恩的广告风波闹得沸沸扬扬，他的产品销售却不仅没有受到负面影响，反而销路更佳。难怪很多人认为卡尔文·克雷恩不仅是时装设计的天才而且也是市场运作的高手，他通过一系列大胆出格的广告让自己始终处于新闻和舆论的中心，从而扩大了产品的影响。

1996 年，卡尔文·克雷恩被《时代》杂志选为 25 位最具影响的美国人之一。

史蒂文·斯布尔伯格
美国著名电影导演

2002 年 5 月 31 日，美国加州州立大学长滩分校正在举行毕业典礼。在五百多名身穿学士袍、头戴学士帽的毕业生中有一位学生格外引人注目，他就是举世闻名的电影导演史蒂文·斯匹尔柏格 (Steven Spielberg)。当斯匹尔柏格走上主席台领取毕业证书时，乐队奏起了电影《夺宝奇兵》的主题曲。在拿到这个电影专业的学士学位之前，55 岁的斯匹尔柏格已经三次获得奥斯卡奖并拥有美国五所名牌大学的荣誉博士学位。1965 年，斯匹尔柏格进入长滩分校英语系，但只读了 3 年便离开学校到好莱坞发展。33 年后，他重返校园，主修电影，在一年之内便补齐了所有学分，其中电影与电子艺术一科要求学生完成一部长约 12 分钟、具有一定深度和水准的影片，斯匹尔柏格交上的作业是他的获奖巨片《辛德勒名单》。当年教过斯匹尔柏格的教授如今多已作古或退休，而电影系的年轻教授们几乎是看他的电影长大的。斯匹尔柏格表示自己一直想完成学业作为对父母的报答，同时也是为了以亲身经历向家人和社会表明教育的重要性。

1946 年 12 月 18 日，史蒂文·斯匹尔柏格出生于俄亥俄州的辛辛那提市。父亲阿诺德是一位电子工程专家，母亲丽雅曾经是音乐会上的钢琴师，婚后在家照料四个子女。在斯匹尔柏格的成长过程中，工作狂的父亲一直既严厉又疏远，而富有艺术气质的母亲却对斯匹尔柏格十分纵容。12 岁时，斯匹尔柏格对电影发生了浓厚的兴趣，他用家里的 8 毫米摄影机拍摄了一部 8 分钟的西部片《最后的枪》。他不仅向观众收取门票，而且让妹妹安妮在电影放映期间出售爆米花。一年之后，斯匹尔柏格又摄制了一部 40 分钟的战争片《无处可逃》，此时他已经相当熟练地掌握了摄影的角度和利用画面进行叙述的技巧。16 岁时，他以妹妹南希所写的不明飞行物故事为蓝本，制作了一部长达 140 分钟的科幻电影《火光》，并在当地影院上映成功。在斯匹尔柏格成为好莱坞导演之后，战争与外星人仍然是他电影中最常见的两大主题。由于对拍电影过分痴迷，斯匹尔柏格在学校成绩平平，高中毕业后两次申请南加州大学的电影学院都未被录取，不得已只好进了加州州立大学长滩分校的英语系。读大学期间，斯匹尔柏格仍然不肯放弃电影，千方百计往环球电影公司钻，并终于在那里找到落脚点。

斯匹尔柏格在环球拍的第一部电影《安伯林》只有不到 30 分钟，讲述了一对青年男女在搭车旅行中相识相爱的故事。这部影片在亚特兰大电影节和威尼斯电影节上先后获奖，环球公司电视部因此和当时只有 21 岁的斯匹尔柏格签下了长达 7 年的合同。在导演了一系列电视剧之后，斯匹尔柏格于 1974 年拍摄了他的第一部故事片《逃亡》。这部由著名女星歌蒂韩主演的影片获得了评论界的充分肯定，被《纽约客》杂志称为"电影史上最成功的处女作之一"。第二年，环球公司将名作《大白鲨》交给斯匹尔柏格改编为电影。斯匹尔柏格利用观众对吃人鲨鱼的恐惧心理，让影片自始至终充满了悬念。为了制造惊悚逼真的效果，影片中大量使用特殊效果，令拍摄难度与费用不断增加，档期一再拖延，斯匹尔柏格本人也差点被换掉。电影上映之后立即在影评界和观众当中产生了热烈反响，是当年最卖座的影片。自《大白鲨》起，美国电影业开始了高成本大片在暑期发行的传统，斯匹尔柏格也因为此片而成为好莱坞引人注目的导演。

1979 年，斯匹尔柏格亲自执笔创作并导演了科幻故事片《第三类接触》。影片描写了人类对未知世界的好奇与向往，通过高超的特殊效果和炫丽的画面展现出斯匹尔柏格纯真而神奇的想象力。《第三类接触》让斯匹尔柏格首次获得奥斯卡最佳导演提名。同一年中，斯匹尔柏格还导演了喜剧片《1941》，却惨遭失败，这是他几十年电影生涯中第一次也是唯一一次尝试拍摄喜剧。一年之后，斯匹尔柏格重整旗鼓，与好友，电影《星球大战》的导演乔治·卢卡斯合作推出惊险片《夺宝奇兵》。著名演员哈里森·福特扮演男主人公——骁勇机智的考古学家印第安那·琼斯。影片中琼斯的寻宝过程险象丛生，美女、毒蛇、追杀、埋伏，环环紧扣，惊心动魄。影片上映后好评如潮，被公认为动作片的经典之作，斯匹尔柏格也再一次被提名为最佳导演。1984 年和 1989 年，斯匹尔柏格先后拍摄了《夺宝奇兵》的两部续集，同样获得成功。

1982 年，斯匹尔柏格通过《E.T.》再次回到令他着迷的外星人主题。影片讲述一个可爱的小外星人 E.T. 被飞船遗落在地球上因而结识了小男孩艾略特。为了不让 E.T. 成为科学家们的研究对象，艾略特和他的朋友们把 E.T. 藏了起来并最终帮助他返回家园。《E.T.》是纯真的幻想与神奇的电影特技的完美结合。外星人的故事打动了全世界无数观众的心，创造了电影史上的票房奇迹。斯匹尔柏格承认《E.T.》是最能表现他个人情感经历的影片。片中小男孩艾略特和他本人一样也是父母离异，与母亲生活在一起。"当时我对父母关系破裂的反应就是躲进自己的想象世界里……我幻想着能够到太空中去或者有外星人来把我带走。"《E.T.》让斯匹尔柏格家喻户晓，影片中男孩子们骑着自行车在月亮上的剪影永远留在了人们的记忆里。

面对斯匹尔柏格在电影市场上令人炫目的成绩，好莱坞的反应是微妙的。从《大白鲨》到《E.T.》，斯匹尔柏格三次被奥斯卡提名，却三次空手而归。影评界对他的作品也不乏批评，认为他的电影虚假、煽情、玩弄技巧，没有人物刻画，不具备严肃电影的深度。为了证明自己的实力，斯匹尔柏格将美国黑人女作家爱丽丝·沃尔克的获奖小说《紫色》搬上了银幕。影片中的故事发生在20世纪初的乔治亚州乡村，女主人公赛莉是一个又丑又穷、饱受男人欺侮的黑人女孩。斯匹尔柏格以抒情的画面表现了赛莉自我发现和觉醒的心路历程，但部分评论家们却认为他对黑人贫困残酷的生活现实缺乏了解，因而把爱丽丝·沃尔克富有特色的文字变成了形式完美的好莱坞语言。《紫色》获得十一项奥斯卡奖提名，但在颁奖之夜全军覆没。心有不甘的斯匹尔柏格又连续拍出了《太阳帝国》《永远》和《虎克船长》，但都没能超越他以前的作品。

1993年，斯匹尔柏格的科幻巨片《侏罗纪公园》在声势浩大的媒体宣传中在世界各地同步上映，九天之内票房收入就达到一亿美元，打破了《E.T.》创下的纪录。数月之后，当人们仍在对影片中栩栩如生的巨型恐龙惊叹不已时，斯匹尔柏格却又推出了沉重的史诗片《辛德勒名单》。奥斯卡·辛德勒是一位德国实业家和纳粹党员。二战期间，他冒着生命危险保护了1100名犹太裔工人，自己落得倾家荡产，死时身无分文。早在1982年，就有人向斯匹尔柏格推荐了托马斯·肯奈利的小说《辛德勒名单》。斯匹尔柏格是将这部作品搬上银幕的理所当然的人选，因为他本人就是犹太人。而事实上，身为犹太人曾经给少年的斯匹尔柏格带来许多困扰与羞辱，以至于他成年之后一直下意识地回避自己的犹太传统。1991年，斯匹尔柏格与女演员凯特·开普肖结婚，婚前凯特皈依了犹太教。他们的孩子出生后，斯匹尔柏格渐渐产生了作为一个犹太父亲的责任感，并终于有了足够的勇气面对犹太民族最惨痛的一段历史。《辛德勒名单》在波兰纳粹集中营旧址旁实地拍摄，斯匹尔柏格彻底摒弃了自己张扬宏丽的一贯风格，刻意追求纪录片所特有的纪实效果。他强调："这部影片一定要真实，一定要公正，一定不能有一丝一毫的娱乐成分。"拍成后的《辛德勒名单》是一部长达三个小时的黑白片。斯匹尔柏格与制片公司认定这部耗资二千万元的严肃电影将无法收回成本，但谁也没有料到《辛德勒名单》是如此的震撼人心。影片在圣诞节前上映，正在度假的人们纷纷涌入电影院去了解那一段黑暗血腥的历史，并真诚地为之流泪。影评家们对斯匹尔柏格风格上的转变，尤其是在感情处理上的惊人的克制赞叹不已。好莱坞终于心悦诚服，《辛德勒名单》被授予包括最佳影片和最佳导演在内的七项奥斯卡奖。这部影片为斯匹尔柏格带来了艺术与人格上的尊重，而他本人也从中获得了前所未有的成就感和精神升华。他不仅没有收取分文片酬，而且将影片的赢利全部捐献给与二战期间犹太受难者与幸存者有关的机构和组织。2000年，德国授予斯匹尔柏格代表平民最高荣誉的斯特恩奖。

从此，无论是商业大片还是史诗巨作，斯匹尔柏格所向披靡、无往不胜。《辛德勒名单》之后，他又连续拍摄了反映黑奴暴动的历史片《艾密斯塔得》和描写诺曼底登陆的二战片《拯救大兵瑞恩》，后者再次为他赢得奥斯卡最佳导演的荣誉。与此同时，斯匹尔柏格继续在娱乐片上大显身手，《人工智能》《少数者报告》《与你周旋到底》中的科幻、悬念、惊险动作都比以往表现得更加成熟老练也更加引人入胜。

斯匹尔柏格不仅是一位点石成金的电影导演，而且还是一位成功的制片人。1982年，斯匹尔柏格建立了安柏林制片公司，制作并发行了《谁陷害了罗杰兔》《返回未来》等优秀电影。在电影之外，斯匹尔柏格还参与策划了电视剧和动画片系列的制作。1995年，斯匹尔柏格与前迪斯尼主管杰弗瑞·卡曾柏格、音乐巨擘戴维·盖芬联手创建了梦工厂多维体制作公司，其影响力与财富更是以几何倍数增长。在梦工厂旗下，《龙卷风》《黑衣人》《蒙面佐罗》等深受观众喜爱的影片相继问世，斯匹尔柏格的名字已经成为一个成功的标签，贴到哪里哪里就必胜无疑。

在全世界电影史上卖座率最高的经典之作中，斯匹尔柏格的好几部影片都榜上有名。1995年，美国电影协会授予他终身成就奖。美国著名影评家罗杰·伊伯特曾经评价道："即使斯匹尔柏格再也不拍电影，他也已经在电影史上奠定了自己的地位。"斯匹尔柏格对美国的影响实际上已经远远超越了电影，即使从来看过他的电影的人也很难不注意到他在美国大众文化上无所不在的痕迹。正如《纽约客》杂志所指出的："斯匹尔柏格的图画语言已经吞噬了我们自己的语汇。无论这个现象是好是坏，他看世界的方式已经变成了世界与我们进行日常交流的方式。"

霍华德·舒尔茨
让咖啡文化风靡全球的"星巴克"创始人

　　一杯好咖啡的浓香每天不知令多少人心醉神迷，而霍华德·舒尔茨（Howard Schultz）却将个人的钟情转化为一个业绩辉煌的企业和一个风靡世界的咖啡文化。

　　1981年，舒尔茨在纽约一家瑞典咖啡壶公司做代理商。他注意到远在西海岸的西雅图市有一家名为星巴克的咖啡制造商订购的咖啡壶比其他客户都多得多，于是他专程来到这个只有三家店面的小咖啡店一探究竟。结果星巴克征服他的不仅是香醇浓郁、味道独特的咖啡，而且是它的经营者在精选和烘烤咖啡上的用心考究与丰富经验。回到纽约后，舒尔茨立即打电话给星巴克表示加盟的愿望，同时提出了自己关于公司发展的种种设想。保守谨慎的星巴克主人们对这个来自纽约的精力充沛、雄心勃勃的年轻人不无好感，但他的宏图大论让他们觉得距离遥远而且十分冒险。舒尔茨被拒绝后并不就此罢休，他花了整整一年的时间与星巴克的主人们沟通，努力拉近彼此之间的共识，终于在1982年被星巴克任命为主管市场销售的经理。

　　一年之后，一次意大利之行再次给了舒尔茨灵感，并从此改变了他自己和千千万万美国人的生活。在米兰，他发现几乎每一个街头都有一家咖啡馆，人们在那里消磨闲暇、聊天会友，遍布全国的二十多万家咖啡馆成了整个国家的社交纽带。舒尔茨从中看到了一种全新的生活方式，但星巴克的主人们对舒尔茨描绘的新生活图景反应冷淡，表示不愿涉足餐饮业。舒尔茨受挫之下，离开星巴克，创建了自己的咖啡馆并获得成功。1987年，对星巴克念念不忘的舒尔茨以三百八十万美元买下了星巴克，如愿以偿地建立起星巴克有限公司。

　　很快星巴克咖啡馆就风靡了美国。1992年，它作为第一家品牌咖啡公司在华尔街上市并成为股票市场的宠儿。星巴克以雄厚的资金为后盾不断扩展，星巴克咖啡馆如雨后春笋般在美国各个城市的街头出现。不仅如此，百货商场、书店、飞机场、宾馆、体育馆、博物馆等一切公众场所都可以看见星巴克的标识。90年代，星巴克以每年 25% 至 30% 的速度增长，2000 年赢利高达 23 亿美元。在全面征服了美国市场后，舒尔茨把目光投向了国外。2000 年 6 月 1 日，他辞去总裁一职，成为星巴克有限公司的全球策划师。五年后星巴克在全世界 40 个国家拥有八千家分店。其中许多家就开在同一条街上。从第一家星巴克的出现到星光灿烂的今天，舒尔茨始终坚持他最初的经营理念："送上一杯上好的咖啡，建立一个富有人情味的企业。"

1953 年，舒尔茨出生于纽约，在布鲁克林的政府补助房里长大。他的父亲是一个出租车司机和工厂工人。舒尔茨靠足球奖学金进了北密执安大学，是家中拿到大学学位的第一人。舒尔茨记得当年父亲为了养家糊口不得不做几份工，而且没有劳动保险和医疗保险，更不曾受到尊重。在有了自己的公司之后，舒尔茨把善待员工作为最重要的管理原则。在许多公司普遍通过削减福利来降低开销时，星巴克为所有每周工作二十小时以上的员工提供医疗保险以及股票权。对此舒尔茨在接受《纽约时报》采访时强调："在美国，站柜台不被看作一份专业工作，但我们不这样认为。我们要给自己的员工以尊严和自信，这不是光动嘴皮子就能做到的。"星巴克给予雇员的优厚待遇让它拥有一支忠诚肯干的员工队伍。它的员工更换率只有一般快餐业的一半，大大减少了公司在招收和培训新雇员方面的费用。

舒尔茨认为只有对工作满意并且尽职的员工才能为顾客提供优质服务，而优质服务和优质咖啡同等重要。在让星巴克咖啡馆成为人们家外之家的同时，舒尔茨更用行动深入社区、回馈社会。星巴克是美国援外合作署的赞助人。1995 年，星巴克捐款五十万元用于援助生产咖啡豆的国家，舒尔茨因此而获得了国际人道主义奖。在美国国内，星巴克与体育界明星联合发起了成人阅读运动并为大城市的贫困社区提供服务。2001 年，已经在西雅图定居的舒尔茨买下了这个城市的篮球队——西雅图超音速，从此西雅图人便常常在 NBA 赛场边看到他的身影。

舒尔茨当年在意大利所梦想的咖啡文化已经在美国实现了。星巴克不仅是一种饮料，而且成为一种生活方式和时尚。星巴克所特有的名称，如 "baristas"（咖啡吧侍者）、"latte"（一半咖啡一半热奶）以及 "doppiomacchiato"（双份浓咖啡加奶沫）等等已经成为 21 世纪美国日常生活语汇的一部分。1990 年，《福布斯》杂志形容舒尔茨是"顶着反咖啡的潮流而上"。当时，美国的咖啡消费正处于下滑状态，而舒尔茨却让人们变成了咖啡的爱好者和鉴赏家。星巴克教会了美国人品尝一种更浓郁的饮料，因为它是由咖啡籽而不是一般咖啡品牌所使用的咖啡豆研磨而成的。在星巴克喝咖啡是一种全方位的经历，包括咖啡本身、咖啡配制的工序、服务方式和环境等等，星巴克的流行靠的不是广告，而是人们的口耳相传和亲身体验。

从意大利归来之后，舒尔茨并没有简单地把欧洲的咖啡馆照搬到美国街头，他所追求的是一种围绕着咖啡的文化氛围和人与人之间的交流。2003 年 4 月，星巴克在数千家咖啡馆向顾客提供免费 Wi-Fi，吸引了大批电脑族和年轻人。2004 年 10 月，星巴克在西雅图、奥斯丁等城市的一些分店开设了"音乐吧"。顾客们可以在品啜咖啡的同时欣赏星巴克唱片公司出品的音乐光碟，听到喜欢的曲子，可以当场点录，制成碟片带回家，也可以从店里的货架上买到原装 CD。星巴克的数码音乐库拥有二百五十万首歌曲供顾客选择，星巴克的员工既是做咖啡的能手也是音乐内行，能够根据顾客的心境和要求推荐合适的音乐。可以预见，星巴克将不断带给人们新潮时尚的文化享受。

杰瑞·赛菲尔德
创造最高收视率的喜剧演员

1998 年 5 月 4 日，美国国家广播公司（NBC）星期四晚黄金档的情景喜剧《赛菲尔德》播出了最后一集。当晚有七千六百万人收看，超过了一年一度超级杯美式足球的观众人数。NBC 也在《赛菲尔德》上赚了最后一笔，节目播出的两个小时中，每三十秒的广告费卖到一百万元以上。

《赛菲尔德》的创作者杰瑞·赛菲尔德（Jerry Seinfeld）是一个面对观众站在舞台上讲笑话的脱口秀演员，剧中的赛菲尔德基本上就是以他自己为原型。每一集的开头和结尾都是赛菲尔德在台上讲笑话，并往往用该集所发生的故事来点题和调侃。《赛菲尔德》还有另外三个主要角色：乔治——赛菲尔德的朋友，矮胖、秃顶，事事斤斤计较，处处格格不入，从来没有固定的工作和女友；克雷默——赛菲尔德的邻居，神经兮兮、大大咧咧、不拘小节；伊琳——赛菲尔德的前女友，快人快语、泼辣霸道，喜欢大惊小怪。

《赛菲尔德》几乎没有故事情节，它的喜剧性很大程度建立在对话和剧中人物对事件和他人的反应上，赛菲尔德骄傲地称之为"什么都没发生的戏"（"the show about nothing"）。每集的内容都围绕着赛菲尔德和他的朋友和熟人们展现，讲的是日常生活中司空见惯、细枝末节的琐事：在中国餐馆排队等座，在购物中心的停车场找车，无可无不可的口角，有始无终的恋爱等等。此外，《赛菲尔德》从不对观众说教，也没有温馨圆满的结局。它的创作者特别强调该剧有两大规则——"没有拥抱，没有教训"，它有的是对美国社会人情世故、风俗习惯的冷嘲热讽和调侃。但这出从形式到内容都与传统情景喜剧大相径庭的戏却在观众中引起了出人意料的反响，用赛菲尔德自己的话说，这是因为它"表现了每个人生活中都经历过的事情，而在电视上却从来都见不到。"尽管剧中人物有的性情怪僻、行为荒谬，有的稀里糊涂、一事无成，有的自私小气、爱占便宜，但观众们在他们身上看到了自己和身边的人的影子，因而报以会心的笑声。

自从 1989 年首次在 NBC 播出以来，《赛菲尔德》在电视节目排行榜上几乎年年高居榜首，是 90 年代最引人注目的文化现象。在长达九年的时间里，《赛菲尔德》渗透到美国人的语言、行为、价值观和生活方式的方方面面，杰瑞·赛菲尔德也成了家喻户晓的人物。

1954 年，杰瑞·赛菲尔德出生于纽约的布鲁克林。父亲做商店招牌的生意，母亲是一位家庭妇女。他 8 岁开始对电视上喜剧演员的表演着了迷，常常揣摩和模仿他们的段子，有时也在学校博同学们一笑。高中毕业后，赛菲尔德进入了纽约的皇后大学学习戏剧和传媒。学位刚一到手，他就迫不及待地闯进了曼哈顿的喜剧俱乐部一试身手。最初他几乎挣不到钱，不得不打各种各样稀奇古怪的工来养活自己。他在电话上卖过灯泡，在曼哈顿的街边非法兜售过假首饰并且不止一次被警察追赶。为了早日在喜剧表演上有所突破，他故意挑最差的工作做。在一次采访中，他这样解释道：“当背后是悬崖，没了退路的时候，才是获得成功的最佳时机。”

在纽约的喜剧俱乐部磨炼了四年之后，赛菲尔德的表演渐渐有了起色，他决定到西海岸的洛杉矶继续发展。他一度在一出走红的情景喜剧中担任过配角，但只演了几集就被解雇了。在这次失败的经历之后，他开始集中精力创作和表演脱口秀。1981 年春天，他应邀在 NBC 的《今晚》节目上表演，观众对他的笑话反响热烈，著名主持人、喜剧家强尼·卡森对他的喜剧才华也给予了肯定。随着他在几家大电视台的不断亮相，赛菲尔德的知名度越来越高。他在全国各地奔波演出，有时一年表演三百场以上。1987 年，他的个人电视专场在 HBO 播出。1988 年，他获得了美国喜剧大奖中的最佳男喜剧演员奖。

1988 年，NBC 找到赛菲尔德，提出由他创作并主演一出情景喜剧。赛菲尔德马上找到也是喜剧演员的好友莱瑞·大卫（乔治的原型）进行策划。在曼哈顿的一家咖啡馆里，两个人对全剧的内容、人物和结构进行了初步构思，随后将创意呈交 NBC 批准。1989 年 7 月 5 日，《赛菲尔德》在 NBC 试播，随后又作为临时节目在暑期里加播了四集。鉴于评论界的一致好评，NBC 决定第二年再续播六集，第三年增加到十三集。至此，《赛菲尔德》已经有了一批忠实的观众而且人数在不断上升。1992 年，《赛菲尔德》正式成为 NBC 的固定节目，翌年便斩获了艾美奖最佳喜剧奖和最佳男主角奖。接下来的几年里，《赛菲尔德》越来越火，不仅主要演员成了家喻户晓的明星，连剧中的对白也为观众们津津乐道而成为日常生活用语的一部分。就在《赛菲尔德》红透半边天的时候，杰瑞·赛菲尔德却决定让它在 1998 年结束，自己则重返舞台做一个全职脱口秀演员。

赛菲尔德一直把自己看作一个喜剧演员而不是电视明星。他说："上电视并非我的最爱。我自始至终都是一个脱口秀演员。我迷恋喜剧表演，它是那么神秘，那么深不可测，那么让人琢磨不透，电视情景喜剧绝不能给我同样的感觉。"关于他的喜剧才华特别是别具一格的喜剧语言，评论家们给予了极高的评价。他的笑话不仅好笑而且机智诙谐、不落俗套。在脱口秀中，很多演员都靠脏话来换取观众的反应和噱头，赛菲尔德的笑话却如一股清流，令人耳目一新。

斯蒂夫·鲍尔默
微软文化的缔造者

比尔·盖茨创建了微软，微软让比尔·盖茨成为世界首富，而斯蒂夫·鲍尔默（Steve Ballmer）却被认为是微软今日辉煌的头号功臣。在世人眼里，电脑巨人盖茨的光辉遮天蔽日、无与伦比；但在微软人心目中，鲍尔默才是微软真正的灵魂。微软总经理约翰·尼尔森在接受《PC 周刊》采访时说："每个人都把一切归功于比尔，而鲍尔默的影响却渗透在微软的每一个细胞里。"曾经在鲍尔默手下工作多年的另一位微软高层管理人员更直截了当地说："微软可以没有比尔·盖茨，但绝不能没有鲍尔默追求成功的意志。"可以毫不夸张地说，是鲍尔默一手缔造了独一无二的微软文化。

1956 年 3 月 24 日，斯蒂夫·鲍尔默出生于底特律郊区一个中产阶级家庭。父亲是来自瑞士的移民，在福特汽车公司做经理，母亲是出生于美国的犹太人。1973 年，鲍尔默以全校第一名的成绩高中毕业，被哈佛大学录取。在哈佛的头一年，鲍尔默与盖茨同住一层楼，但两人的性情和生活方式却截然相反。盖茨独往独来，很少上课，也不参加任何校园活动。鲍尔默则无处不在、无人不知，是橄榄球队的经理，文学杂志的主管，校报的总编。后来，盖茨中途退学，而鲍尔默则以优异成绩获取了数学和经济学士学位。

大学毕业后，鲍尔默在一家公司做了两年产品部门经理助理，然后进了斯坦福大学商学院读企业管理硕士。1980 年，鲍尔默接到盖茨的电话请他出任自己刚成立不久的电脑公司的经理。鲍尔默对正在兴起的电脑业一无所知，甚至从未使用过一台个人电脑。但他果断地退了学，成为微软的第 24 名雇员，也是第一位管理人员，年薪五万元。鲍尔默与盖茨有很多共同之处。两人都反应敏捷、争强好胜、敢于据理力争，不能容忍愚笨。最初几年，鲍尔默与盖茨之间常常意见相左、摩擦不断，但他们目标一致、彼此坦诚相见，因此不仅能够殊途同归，而且相辅相成。盖茨着眼于技术和产品的发展，鲍尔默主管市场营销；盖茨大胆设想，鲍尔默付诸实现，他们二人完美的互补与合作造就了一个科技时代的神话。

初到微软，鲍尔默的管理范围包括招聘员工、产品开发、用户培训和市场营销。他从美国名校的高材生中积极延揽人才，为微软建立起一支富有才华、创意和竞争意识的精英队伍。80 年代初，鲍尔默主管视窗操作系统的开发，为后来视窗 95 的巨大成功奠定了基础。与此同时，他为微软建立起与科技巨人 IBM 长达 11 年的合作关系，使视窗成为 IBM 电脑的一部分。在这个被他称之为"与熊共舞"的过程中，鲍尔默充分展示了他过人的谋略与韧性。随着微软新产品的不断问世，鲍尔默担负起市场行销和用户服务的重任。他亲自设计了从产品定价、广告宣传、市场运作到售后服务的一系列方针策略，将微软的名字迅速推向软件市场最令人瞩目的地位。从 1991 到 1995 年，微软产品的销售额以每年十亿元的速度飞涨。1995 年，微软赢利 60 亿元，达到前所未有的高度。

1998 年 7 月 21 日，鲍尔默被盖茨任命为微软总经理，主持整个公司的日常事务。鲍尔默刚刚上任就面临着美国司法部对微软提出的诉讼。微软因将自己的互联网探索器装入每一个视窗 95 的操作系统出售而被指控违反了公平竞争的法则。鲍尔默代表微软以强硬的态度否认任何垄断行为。他在采访中说："我不会道歉。这里是美国，是资本主义。把为顾客提供额外价值当作犯罪是极其荒谬的。"但同时他也表示将对微软的政策进行调整以消除垄断诉讼案对微软形象的负面影响，改善与客户的关系。在此之前，微软的所有策略都以产品为导向，公司内部的结构也在产品的基础上分门别类。1998 年，鲍尔默建立了客户服务部。1999 年，鲍尔默对微软的各部门进行了彻底调整，打破原先以产品为划分标准的结构，按照客户的种类和需求重新组合，形成了面向企业、个人、电子商务、信息科技等不同类型用户的新格局，每个部门都有权针对自己的服务对象制定产品开发和市场销售的计划。

2000 年，鲍尔默取代盖茨成为微软总裁。一年后，他从总经理的位置上退下，从而得以摆脱具体的日常事务，专注于微软未来的发展策略和宏观规划。鲍尔默表示，微软下一步将全面改革视窗操作系统，使之与互联网融为一体，创造一个电脑科技的新时代。2004 年，在微软接连以高额赔偿败诉给美国在线和太阳微机系统等公司之后，鲍尔默发起了一场"让事实说话"的正名运动。微软在公司网页上登载独立研究机构对微软产品的正面评价，罗列视窗较之其他操作系统的种种优势。同年 10 月，鲍尔默在致微软用户的"视窗宣言"中，再次重申视窗的优点，并对对手

Linux 的操作系统提出批评。作为微软总裁，尽管鲍尔默为自己公司大造声势的出发点无可非议，但他片面激烈的言辞却引来了不少指责。他在 2014 年退休前的几年里有若干决策上的失误，引起业内外不少人的非议。

相对于比尔·盖茨单调乏味的天才形象，鲍尔默显得血肉丰满、魅力十足。他是一位精力旺盛的领袖和激情澎湃的鼓动家。1991 年，他在一次全球行销大会上因连续高呼"视窗、视窗、视窗……"而声带撕裂，不得不动手术修补。为了推广视窗 95，他模仿电视广告制作了宣传短片并亲自主演。2000 年，微软成立 25 周年。他别出心裁地从庆祝蛋糕中跳出，引发成千上万员工的热烈欢呼。鲍尔默在各种场合发表演讲时都是手舞足蹈、声嘶力竭、大汗淋漓、衣衫不整，表情动作极尽煽情之能事，令在场观众受到强烈感染和鼓舞。对此，鲍尔默曾说："我们对用户所做的一切充满激情。我们对科技和科技所能成就的一切充满激情。我们充满激情地竞争……每一个有所作为的人都应该有一点激情才行，不是吗？"鲍尔默喧嚣的风格往往掩盖了他高超的智慧。如果把充满激情的鲍尔默仅仅看作微软的啦啦队长显然大大低估了他的角色。一位科技领域的观察家曾经指出："鲍尔默是微软背后的一位市场运作天才。他掌握着产品的推广和行销，比尔·盖茨对这些既不懂行也不在意。"

对鲍尔默的性格人们通常用军事化的语言来形容："富有策略的""拿破仑式的""统帅全军的"。《福布斯》杂志曾经称他为"软件工业的乔治·巴顿"。在坊间流传的故事里，鲍尔默不是以拳击掌就是拍桌咆哮，或者如困兽般在房间里走来走去。他大智大勇、强硬严厉的管理风格让微软的手下人既敬又畏。工作中的鲍尔默直率暴躁，标准极高，但私底下的他又是诙谐滑稽、随和可亲的。鲍尔默对自己员工发自内心的关切让他在微软颇得人心，每一个与他交谈过的人都感觉到他在用心倾听，都会得到他恳切的鼓励，都恨不得为他赴汤蹈火。

鲍尔默是一个全力以赴的工作狂。他一年有四分之一的时间在全世界奔波，与几百个用户见面。他随身带着一个要做的事情的单子，然后在一天结束之前把它们一一划去。1992 年，他在《西雅图时报》的采访中提到他已经把自己每周 90 到 100 小时的工作时间减至 60 小时，希望能够多和家人在一起。但他同时又说："我没法两头兼顾。我工作，全身心地工作，因为工作就是乐趣。"

鲍尔默对微软的贡献是无与伦比的。如比尔·盖茨所说："鲍尔默强硬的个性已经与微软不屈不挠的竞争意识紧密地编织在一起。正是这种坚韧加上鲍尔默极其敏锐的商业直觉成就了微软今日的强大……鲍尔默在微软历史上的每一个重大关头都起了关键性的作用。"通过微软，鲍尔默对整个电脑业和今天的科技时代都产生了不容忽视的影响。同时，他也从微软获得了无比的成就感和丰厚的回报。鲍尔默是微软工龄最长的雇员，也是美国第一位仅靠雇员股票权发家的亿万富翁。

谢尔盖·布伦
身价百亿的谷歌创始人

2005 年 4 月 18 日的《时代周刊》选出了年度 100 名对美国和世界影响最大的人物。谢尔盖·布伦（Sergey Brin）和莱瑞·佩奇入选"建设者与巨人"之列。《时代周刊》在对二人的介绍文章中指出："每十年似乎都有一两个真正勇于革新的科技公司给电脑的图景带来永久的变化。谷歌就是这样一个公司，因为它的创建者谢尔盖·布伦和莱瑞·佩奇对于改变我们获得信息的方式怀有巨大的热情。"

1973 年 8 月，谢尔盖·布伦出生于莫斯科。为了摆脱犹太裔在前苏联所遭受的排挤和歧视，全家在他 6 岁时移民美国，他的父亲成为马里兰大学的数学教授。布伦在微机革命时代长大，小小年纪就开始对电脑产生了兴趣。他上小学一年级的时候，电脑还远未普及。有一次他将一篇作业打印出来后上交，让老师十分意外。布伦 9 岁生日时，父亲送给他一台电脑作为生日礼物。高中毕业后，他进入了父亲任教的大学。1993 年，他以数学和电脑专业的突出成绩获得学士学位以及国家科学基金会的研究生奖学金，并因此而被斯坦福大学研究生院录取。1995 年，布伦硕士毕业后继续在斯坦福攻读博士学位。他在研究生期间的主攻方向是电脑的数据处理，通过对大量数据的分析寻找模式和趋向，并从中建立数据间的联系。

1995 年，谢尔盖·布伦结识了同在计算机学院读博士的莱瑞·佩奇。两个年轻人的相遇碰撞出辉煌的创造力，不仅改变了二人的生活，也改变了世界。佩奇有着与布伦相似的家庭背景，父母亲都在密执安州立大学教授电脑。他也是一个数学高材生，研究领域是互联网。开始布伦和佩奇只是对网上搜集到的数据进行分析处理，但最终却形成了一项准确快速的搜索技术。他们建立了自己的搜索引擎并邀请朋友和学校的老师们试用，很快每天的使用者就超过了一万人。布伦和佩奇将自己的搜索技术命名为"佩奇排位"。"佩奇排位"用复杂的数学算法决定和排列相关网页的重要性。这项技术包含着大量数学计算，需要几千台电脑同时进行，但其排列结果却和人的直觉搜索的结果十分相近。

开始，布伦和佩奇试图为自己的发明找到一位买主。他们同雅虎和 Alta Vista 都进行过接触，对方尽管意识到"佩奇排位"具有明显的优越性，却因为忙于发展聊天室、电子邮件等新技术而不愿分散精力在搜索技术上。而布伦和佩奇则认为搜索是互联网的一个重要环节，他们坚信自己的技术能够让人们快速、准确、客观地找到所需资讯，于是他们开始着手自建公司。太阳微机系统的创建人之一安迪·贝克托谢投资了十万元作为创建资金。1998 年，谷歌公司成立，佩奇任总裁，布伦任主席，两人同时中止了博士学业。不到一年，他们获得的各种私人投资便超过了一百万元。第二年九月，谷歌的使用者以每月 20% 的速度增加，进一步吸引了大投资家的资金投入。布伦和佩奇不同寻常的成功也引起了世人的关注。

1999 年，谷歌公司的网页 Google.com 问世。Google 来自数学中的术语"googol"，意为 10 的一百次方，即 1 后面加 100 个 0，布伦和佩奇选择这个名字来表示自己事业的宏大。布伦在一次采访中说："谷歌的使命就是整理全世界的资讯，让这些资讯能够被所有人获取和使用。"谷歌具有世界上最大的搜索引擎，目前它所检索的网页多达 30 万亿，每天处理的问询有 35 亿之多。为了将层出不穷的新网页纳入谷歌的检索系统，布伦和佩奇还在不断开发新的软件并增加用于处理数据的电脑数量。谷歌的独特之处在于它不是通过搜索词语而是通过网页的相关性和知名度来寻找和排列。与其他搜索引擎不同，谷歌的搜索结果不包括广告网页的链接，它采取的是客观的、以使用者为中心的方法，这是它获得成功的重要原因。谷歌的优越性让它省去了大笔广告开销，人们一传十、十传百，使用者越来越多。Google.com 曾经多次获奖，其中包括互联网世界最令人向往的韦比技术成就奖。《电脑世界》《福布斯》《时代周刊》等杂志多次将其选为最佳网页和最佳搜索引擎。谷歌已经成了日常生活中上网搜索的代名词。

2001 年 8 月 6 日，佩奇从总裁位置上退下，由原 Novell 总裁艾里克·史密特主管公司日常事务，布伦和佩奇分别担任技术与产品的主席。谷歌的员工人数由两人增至数百人，其中大多数都从事技术开发，以保证谷歌在技术上的领先地位。这个由两位研究生创办的公司依然保持着活跃独特的校园文化。谷歌为员工在公司里提供了少见的奢侈设施，包括按摩、瑜伽、台球、名厨，甚至卧室。每周两次，员工们在公司停车场上举行旱冰球比赛，会议室的长桌是专为打乒乓球而设置的。充满激情和理想的布伦和佩奇吸引了大量与他们怀有同样抱负的年轻人，谷歌汇集了 IT 领域最聪明、最有活力和创造性的员工。

随着谷歌的走红，布伦和佩奇也成了世人瞩目的焦点。2003 年，布伦在《福布斯》杂志选出的 40 位 40 岁以下的美国富豪中排名第七，身价九亿元。第二年八月，谷歌以每股 85 元在华尔街上市，布伦的身价一夜之间就翻了几番。2004 年，他以 40 亿的身价在《福布斯》四百位美国富豪中列第 43 名。2017 年，他的身价增加到四百三十亿。对于自己的成功，布伦说："显然每个人都想成功，但我希望当人们回首过去时，会认为我是一个勇于创新、值得信任和有道德操守的人，而且最终给这个世界带来了一些变化。"